GOLDMANN

Buch

Einst waren Joe Gardner und Homer »Hopfrog« Petersen Freunde. Bis zu dem Tag, als Joe Gardner sein Mädchen, Melissa Welles, gegen den Willen ihrer Eltern heiraten wollte. Hopfrog war derjenige, der das Paar zur Trauung ins angrenzende Stone Valley fahren sollte. Auf einer Brücke passierte das Unglück, das Joes und Hopfrogs Leben für immer verändern sollte.

Jetzt, mehr als fünfzehn Jahre später, kehrt Joe Gardner zurück nach Colony, den Ort seiner Jugend, um seiner todkranken Mutter einen letzten Besuch abzustatten. Er weiß, daß er damit einen Riesenfehler macht. Nicht nur, weil er damit die Wunden der Vergangenheit wieder aufreißen wird, sondern weil er weiß, daß das Böse nie aus Colony vertrieben wurde. Doch das, was Joe erwartet, ist weit schlimmer als alles, was er sich je ausgemalt hat.

Kinderstunde – ein raffiniert konstruierter Kleinstadtschocker in der Tradition von Stephen Kings *Kinder des Zorns*.

Autor

Douglas Clegg, geboren 1958 in Virginia, wird als kommender Star des Horrorgenres gehandelt. Sein für den Bram Stoker Award nominierter Roman *Nimmerland* gehört zu den bemerkenswertesten Horrorromanen der letzten Jahre; es folgten die Schocker *Bockstanz* und *Die Brut*. Douglas Clegg lebt in San Bernardino, Kalifornien. Weitere Romane sind in Vorbereitung.

Douglas Clegg im Goldmann Verlag

Nimmerland. Roman (8113)
Bockstanz. Roman (8115)
Die Brut. Roman (8123)

DOUGLAS CLEGG

Kinderstunde

UNHEIMLICHER ROMAN

Aus dem Amerikanischen von Andreas Helweg

GOLDMANN VERLAG

Die amerikanische Originalausgabe erschien 1995
unter dem Titel
»The Children's Hour« bei Dell Publishing, New York

Umwelthinweis:
Alle bedruckten Materialien dieses Taschenbuches
sind chlorfrei und umweltschonend.
Das Papier enthält Recycling-Anteile.

Der Goldmann Verlag
ist ein Unternehmen der Verlagsgruppe Bertelsmann

Deutsche Erstveröffentlichung 2/96

Umschlaggestaltung: Design Team München
Umschlagfoto: TIB/ Neleman, München
Satz: deutsch-türkischer fotosatz, Berlin
Druck: Elsnerdruck, Berlin
Verlagsnummer: 8132
SN · Redaktion: Regina Winter
Herstellung: Peter Papenbrok
Made in Germany
ISBN 3-442-08132-7

1 3 5 7 9 10 8 6 4 2

Dank an R. S., den Goldmann Verlag und an Jeanne Cavelos und Jacob Hoye bei Dell, die mir einen herzlichen Empfang bereitet haben; und an Kay McCauley, für all die guten Sachen. Wie immer auch Dank an die Cleggs und die Silvas. Besonderer Dank geht an Tyler Montague Fulcher, Barbara Michaels, Kim & Elena, Lyndi Coté, Laurent Bouzereau, Edward Lee, Laurie Drake, Wayne Edwards, Robert Weinberg, Ellen Datlow, John Scoleri, Peter Enfantino, Sheryl & Mark & Baby Parrot, Linda Marrow, William Relling, Jr., Marty Greenberg, Richard Gilliam, Gabe & Sandy, Kurt & Any Wimberger, Bentley Little, den Laymon-Clan, Kathe Koja, Rick Lieder und Carly Simon.
Außerdem gilt mein Dank allen jenen Familien in West Virginia, die mich 1994 in ihr Heim (und ihre Herzen) aufgenommen haben, als ich für diesen Roman recherchierte. Danke.

Die Stadt Colony, West Virginia, aus diesem Roman hat keinerlei Ähnlichkeit mit der wirklichen Stadt Colony, die in den wunderschönen Bergen westlich der Virginia Line gelegen ist. Die wirkliche Stadt wurde nie von mehr als einem gelegentlichen Schneesturm bedrängt – obwohl einige behaupten, sie sei tatsächlich von einem Engel gegründet worden.

Für Sky Nonhoff

PROLOG
In unserem Ende liegt unser Anfang

1.

Er wachte unvermittelt auf, von einem Geruch.

Ein Sinn, einer, den er erst kürzlich erworben hatte, nichts Spezifisches, mehr ein Instinkt sagte ihm, seine Beute sei in der Nähe. Es war, als hätte er so etwas wie Radar – *vielleicht spürst du sie, wenn du sie erst kennst, oder vielleicht (he he, mein kranker Freund) spüren sie dich ebenfalls und strecken unsichtbare Fühler nach dir aus.*

Er griff nach dem Hammer; der war immer noch da, unter den Lumpen, die er als Kissen benutzte. Sein ganzer Körper war schweißgebadet, wegen dieses Fiebertraums, der durch seinen Kopf gedröhnt war. Er wischte sich den Nacken. Der Nacken tat ihm weh; die Beine auch.

Wie lange hatte er geschlafen? Schlaf war ein Problem. Nach allem, was er durchgemacht hatte, machte ihn sein Körper fertig, zwang ihn, zuviel zu schlafen. Die anderen erwarteten, daß er Wache hielt. Er hatte sich selbst als jemand dargestellt, der keinen Schlaf brauchte, und das letzte, woran er sich erinnern konnte, war, wie er sich aufgesetzt, nach ihnen gelauscht und auf sie gewartet hatte. Und irgendwie hatte er sich dann doch reinlegen lassen und war eingeschlafen.

Er traute niemandem. Er stand auf, aber er achtete darauf, die anderen nicht zu wecken. Sie waren nur noch zu dritt. Nur noch drei. Sein Knie schmerzte noch immer von der letzten Wunde. Er schaffte es, den Schmerz zu verdrängen, so zu tun, als wäre er nur das Relikt eines vergangenen Lebens. Er mußte sich auf die Lippe beißen, denn als er endlich stand, fühlte es sich an, als wollte sein Bein gleich wieder einknicken; er hielt sich an einem Holzpfosten fest, an dem Ketten und Haken hingen.

An einem der größeren Haken war Blut angetrocknet, Blut und etwas Haar. Vielleicht auch noch Haut, die mit Haar und Blut verfilzt war, oder vielleicht hatte er sich auch einfach nur so an diese Scheußlichkeiten gewöhnt, daß er sie überall wähnte.

Er sah zu den anderen hin. Er wollte sie mit dem, was er tun würde, nicht beunruhigen. Er war immer noch nicht sicher, ob sie das waren, was sie vorgaben. Die schlafenden Gestalten waren in Decken und Stroh gewickelt. Sie hatten den Geruch nicht an sich, doch er traute seinen eigenen Sinnen noch weniger als allem anderen.

Er bewegte sich leise und nahm den Werkzeuggürtel von dem Nagel in der Korkwand. Er hätte eine Schußwaffe nehmen können, es waren genug da, ein ganz anständiges Arsenal, doch mit einer Schußwaffe konnte man die Sache nicht richtig erledigen. Es reichte nicht aus, es einfach zu tun und danach wieder fortzugehen, so viel hatte er in den letzten vierundzwanzig Stunden gelernt -- man brauchte einige Zeit, man brauchte Geduld, wenn man die Sache richtig erledigen wollte. Man mußte sie leiden sehen, ehe man mit Sicherheit wußte, daß sie wirklich und endgültig tot waren.

Er hob den Hammer mit der rechten Hand, schwang ihn vor und zurück, machte sich mit dem Gefühl vertraut; dann verließ er die Scheune. Die Hand am Griff des Hammers schwitzte – er fragte sich, ob dieser Hammer ein Teil von ihm werden würde, mit seinem Fleisch verschmelzen, bis er selbst kein Mensch mehr war, sondern nur noch ein ausführendes Organ – ein Werkzeug aus Fleisch und Blut und Holz und Stahl. Er war nie sehr religiös gewesen, doch manchmal sagten ihm die Stimmen, was er zu tun hatte, und manchmal glaubte er, was sie sagten. Manchmal glaubte er, jemand habe ihn hierher gerufen, zu diesem Ort, dieser Zeit, dieser Stunde.

Es war noch dämmerig, noch nicht ganz dunkel, und er wußte, wenn er sie töten wollte, mußte es dunkel sein, weil er ihnen in die Augen sehen wollte, weil er das Ding, das er tötete, sehen wollte – nicht sie, sondern das, was hinter ihnen stand, das, was ihnen ihr Wesen gab. Er versuchte, nicht an *sie* zu denken, weil es ihn schon nervös genug machte, zu wissen, was sie waren, ohne die noch größere Angst vor dem anderen. *Was ist, wenn ich verrückt bin? Wenn ich einer dieser Psychopathen bin, die sie überall sehen?* schoß es ihm flüchtig durch den Kopf; er ignorierte den Gedanken.

Bei Tageslicht wäre es fast unmöglich gewesen, sie zu finden, aber bei Nacht mußten sie rauskommen. Sie näherten sich wie ein Betender dem Altar, und er brauchte sie nur zu erledigen.

Nun, ganz so einfach würde es nicht werden.

Er würde zumindest mit einem kämpfen müssen, vielleicht mit allen. Wer ließ sich schon freiwillig den Kopf einschlagen? Er wußte, er war verrückt, aber er konnte sie nicht einfach gehen lassen und aufgeben. *Wenn du aufgibst, kriegen sie dich. Wenn du aufgibst, schnappen sie dich und machen Sachen mit dir, die du nicht willst, sie bringen dich auf ihre Seite, und dann sieht alles ganz anders aus.*

Die Bäume bogen sich im starken Wind, als verneigten sie sich vor ihm. *Aber du bist nicht Gott, denk dran,* sagte eine Stimme zu ihm, *du bist nur du, und du wirst ihnen irgendwann in die Augen sehen, und du wirst sie niederschmettern und durchbohren müssen, und sie werden wissen, was du denkst, sie werden dir schon halb ins Gehirn gekrochen sein, Tasten drücken, wie bei einem Computer, bis sie herausfinden, was du vorhast, und dann werden sie etwas tun, womit sie dich aufhalten können.*

Er konnte einen von ihnen riechen – sie stanken, hatten den Gestank von Menschen an sich –, der Wind war eisig, und er hätte am liebsten gekotzt. Er packte den Hammer noch fester. Das Schlimmste an allem war, sie rochen einfach nur wie Menschen, die eine Weile lang nicht gebadet hatten.

Einen Moment lang glaubte er, jemanden in dem Wäldchen am Rande des Anwesens stehen zu sehen.

Er tastete nach dem Werkzeuggürtel, suchte den Schraubenzieher.

Er war schon einmal auf die Jagd gegangen, als er jung gewesen war, und hatte von dem Phänomen gehört, daß ein Jäger, der nach Wild Ausschau hielt, manchmal auf einen anderen Menschen schießt, weil er sich das Wild so sehr herbeiwünscht, daß er nichts anderes mehr sieht. Manch einer hatte auf diese Weise sogar Freunde erschossen.

Das war das Problem mit ihnen, sie sahen aus wie jeder andere auch. Man konnte einfach nicht sicher sein, bis man mit dem Schraubenzieher in sie reingestochen hatte. Das Leben war nicht einfach, nicht grau – für ihn waren die Dinge immer entweder schwarz oder weiß. *Gut und Böse, und du bist entweder für uns oder gegen uns. Der einzige Weg, im Augenblick zu leben. Der einzige Weg zu* über*leben.*

Aber wenn er falschlag? Er konnte ihnen in die Augen schauen, und wenn er nicht das sah, wonach er suchte, würde er sie dann trotzdem töten?

Vielleicht bin ich nur ein Irrer, vielleicht hatte ich einen Nervenzusammenbruch, und der ganze Streß dieser beschissenen Welt liegt auf meinen Schultern. Vielleicht bin ich so einer wie Ted Bundy oder John Wayne Gacy, der rumläuft und alle, die ihm nicht passen, mit dem Hammer niederschlägt, ihre Gesichter zerschmettert, damit er nicht in ihre starrenden Augen blicken muß, und ihnen dann den alten Phillips Größe Zwei in die kleine süße Stelle zwischen den Rippen sticht, wo ein nettes kräftiges Herz nur darauf wartet, durchbohrt zu werden.

Ich muß mich konzentrieren, ich darf nicht abschweifen. Das wollen sie ja gerade – in Gedanken torkelst du am Rande einer Klippe, und sie kriegen dich. Wenn sie dich erst mal haben, bringen sie dich dorthin, wo sie dich hinhaben wollen, und wer weiß, was dir dann passiert, wie sie dich aushöhlen und dein Innerstes nach außen kehren, und dann bist du nicht mehr der, für den du dich hältst, oh, nein, meine Lieben, du bist etwas vollkommen anderes, und du siehst in den Spiegel, aber du erblickst nicht dich selbst, nein, nein, nein, du siehst etwas anderes, und dann willst du den Spiegel zerbrechen, weil sie dir das angetan haben, nein, danke, Ma'am, ich möchte nichts davon.

Er betrachtete die Bäume, die sich im Wind neigten. Der Himmel wurde dunkel – es war noch nicht viel später als vier, wurde jedoch schon dunkel. *Such sie niemals in ihrem Versteck auf – manchmal muß man eben ein bißchen warten, bis sie zu dir kommen.*

»He«, rief er. Freundschaftlich, nachbarschaftlich; er hielt den Hammer hinter dem Rücken. Was auch immer dort stand, würde ihn nicht verdächtigen. Sie waren nicht gerade besonders schlau, diese Geschöpfe, und wenn sie noch frisch waren, ehe sie reiften, hatten sie ein bißchen zu viel von dem, was ihnen eigen gewesen war, und das machte sie auch nicht schlauer.

Du bist krank, sagte die Stimme in ihm, *das ist alles nur ein Traum, alles ist nur ein Traum gewesen, du hast zu viel getrunken und deine Frau gequält, deine Familie, du hast zwei Six-Packs Rolling Rock getrunken, und dann bist du ausgerastet.*

Die Stimme wußte, was es bedeutete, auszurasten.

Jemand trat aus dem Schatten des Wäldchens. Es war kein *Es*, kein *Ding*, keiner von *ihnen*.

Es war ein Junge. Dunkles Haar, blasse Haut. Er trug ein Sweatshirt mit Kapuze, die Kapuze runtergezogen. Auf dem T-Shirt, das blau war, standen die Worte: *Wenn Virginia für Liebende ist, dann ist West Virginia was für uns*. Der Mann konnte es eigentlich aus dieser Entfernung gar nicht lesen, aber er kannte die Aufschrift, weil er das T-Shirt keine zwei Tage zuvor für den Jungen gekauft hatte, eigenhändig, weil er es irgendwie lustig gefunden hatte.

Er kannte den Jungen.

Er ist trotzdem einer von ihnen.

Der Junge lächelte.

Der Mann mit dem Hammer stand reglos da. Seine Finger fühlten sich taub an.

Der Junge lief mit einem Schrei auf den Mann zu.

Der Mann holte den Hammer hinter dem Rücken hervor.

Als der Junge den Mann erreichte, nahm der Mann den Jungen in den freien Arm und hob den Hammer, bereit, zuzuschlagen.

Du bist verrückt, sagte die Stimme.

Bin ich? Fahr zur Hölle.

Er hielt den Kopf des Jungen fest im Arm und starrte in diese Augen, und während sich um sie herum die Dunkelheit senkte, suchte er in den Augen nach dem Licht, er versuchte zu erkennen, was den Jungen antrieb.

In den Augen des Jungen schimmerten Tränen.

Der Junge sagte: »Dad? Daddy?«

Der Mann würde nur wenige Sekunden haben, um sein Vorhaben durchzuführen.

Aber er mußte sichergehen.

Er war schon zu weit gegangen, hatte den festen Boden unter den Füßen verloren – hatte den Bereich des Normalen und der Wirklichkeit verlassen –, um alles durch ein kurzes Zögern zu verlieren.

Dennoch mußte er absolut sicher sein, daß der Junge einer von ihnen war, ehe er ihm ins Herz stach.

Sie sind hinterlistig und traten auf wie einer deiner eigenen Art – es war nicht wie im Kino oder in Romanen, wo man nur an der richtigen Stelle treffen mußte –, es war blutig, und du mußtest wieder und wieder zustechen, bis nichts mehr pumpte – es war, als würdest du einen deiner eigenen Art umbringen, nur, daß sie nicht von deiner Art waren, sie waren eine andere Spezies, und wenn du sie nicht jagst, dann jagen sie dich.

Die Stimme sagte: *Du hast das alles satt, nicht? Du willst, daß sie dich nehmen, damit du einer von ihnen wirst und nicht mehr zu kämpfen brauchst. Du brauchst nicht mehr zu kämpfen. Alle, die du geliebt hast, sind fort, und alles, wofür du gelebt hast, ist verschwunden. Wenn du ihn tötest, tötest du dich selbst. Sieh ihn dir an, sieh ihm ins Gesicht, sieh dir seine Haut, seine Augen an. Du warst auch einmal so, weißt du noch? Als du in seinem Alter warst, genau hier am gleichen Ort, hast du das alles in Bewegung gesetzt, zusammen mit deinen Freunden. Was hat dich hierher gebracht? Du selbst. Wer ist dieser Junge? Du bist es, wie du vor so vielen Jahren warst, als du durch das Wäldchen gerannt bist und dies hier in Bewegung gesetzt hast, damit du eines Tages zurückkehren und deinem Sohn das Herz durchbohren kannst, als gerechtes Opfer für das, was du und deine Art getan haben.*

Und in diesem Moment wußte der Mann, er war verrückt, denn obwohl er den Jungen immer noch festhielt und den Hammer zum Schlag erhoben hatte, sah er, was er für das anbrechende Tageslicht hielt, in einer Farbe, wie er es noch nie gesehen hatte, und der Junge war nicht mehr das, was er noch vor einer Sekunde gewesen war, sondern eine verstümmelte und zersetzte Kreatur. Die Welt um den Mann und das, was aus dem Jungen geworden war, löste sich auf, bis das Licht wie ein Strom war, und der Mann packte den Hammer fester, senkte ihn, versuchte, nach dem Schraubenzieher zu langen, um ihm dem Jungen ins Fleisch zu treiben, ehe es zu spät wäre, als etwas seine Hand packte und sie durch eine Art Öffnung zog, als wäre die Welt nur eine Haut, die man abziehen kann.

Und auf der anderen Seite stand sie, so schön, wie er sie in Erinnerung hatte.

Sie machte den Mund auf und wollte etwas sagen; Wasser quoll zwischen ihren Lippen hervor.

»Ich weiß, du bist nicht sie«, sagte er, »ich weiß, ich stehe einfach vor der Scheune und halte meinen Sohn im Arm. Weiter unten an der Straße liegt eine Stadt. Und Apfelbäume. Es ist kalt. Es wird Nacht. Ich weiß, du kannst nicht hier sein. Ich weiß nicht, was du bist, aber ich weiß, du bist nicht sie.« Schrie er? Er konnte es nicht sagen – das Atmen fiel ihm schwer, und er spürte einen Schmerz in der Brust, dort, wo sein Herz heftig pochte. Unwillkürlich liefen ihm Tränen über die Wangen, während er versuchte, sie als das zu sehen, was sie war, und nicht so, wie sie sich ihm zeigte.

Ihr Gesichtsausdruck gefror, und dann, in einem klaren und hellen Augenblick, merkte er, daß die Stimmen nur versuchten, ihm etwas vorzumachen: daß sie tatsächlich das wäre, wonach sie aussah, und daß sie versuchte, mit ihm zu sprechen; doch die Stimmen in seinem Kopf wurden lauter, aufbrausender, kreischten durch seine Nervenbahnen. Er wußte, die Welt war nicht dieses Irrenhaus, in dem er gelebt hatte, das alles konnte nicht sein; diese Kreaturen, die er niedergemetzelt hatte, waren nichts anderes als menschliche Wesen, und er wußte, er war durch seine eigenen Zwangsvorstellungen an diesen Punkt gekommen.

Er spürte den Schraubenzieher in seiner Hand und richtete die Spitze gegen sich selbst.

Du hast schon einmal versagt, sagte die klarste Stimme in seinem Kopf, *also mach es diesmal richtig. Mach es jetzt.*

Er drückte sich die Spitze an die Brust und wollte ihr gerade einen Stoß geben, als er eine brennende Taubheit in seinem Bein fühlte, und er fiel zu Boden – der Knall einer Schußwaffe – seine Wade brannte –, er schloß die Augen, und als er sie wieder öffnete, war es Nacht, und der Junge stand über ihm und sah ihn an. Er konnte die Scheune sehen und den dunkel werdenden Himmel. Aus der Nähe rief ein Mann: »Verdammt, was machst du mit dem Jungen?«

Angeschossen. Ich bin angeschossen, verflucht, man schießt nicht auf seine eigene Art.

Aber natürlich macht man das, man tötet immer seine eigene Art, das ist das Gesetz der Menschheit.

Und was du nicht tötest, bekommen die Ungeheuer.

Er blickte auf und erkannte den anderen Mann, den Mann, der das Gewehr hielt, und er versuchte, ihm etwas zuzurufen. Obwohl er jetzt niemandem mehr traute, wußte er, dieser Mann mit dem Gewehr glaubte, er werde den Jungen aus den Klauen eines Wahnsinnigen retten. Der Mann würde versuchen, dem Jungen zu helfen.

Der Mann mit dem Schraubenzieher wußte, es war zu spät, wußte, daß sie ihn ausgetrickst hatten, ihn fast dazu gebracht hatten, sich selbst zu töten, und jetzt würden sie auf den Mann mit dem Gewehr losgehen, und dann wäre alles verloren.

Das Spiel war aus.

Jetzt wußte er, der Junge war einer von ihnen.

Der Junge, der einfach nur aussah wie ein Junge, eine perfekte Imitation seines eigenen Sohnes. Und jetzt sah er ihn an.

Dann drehte sich der Junge zu dem Mann mit dem Gewehr um und schnaubte, wie ein wildes Tier, das seine Beute wittert.

Der Mann stand da, und eine Sekunde lang überfiel ihn die Erinnerung an all das, was in diesen paar Tagen passiert war, all das, was aus einem gesunden Mann einen Menschen gemacht hatte, der glaubte, Finsternis habe sich über das Universum gesenkt.

Er erinnerte sich, wo er noch vor einer Woche gewesen war, wie normal ihm das Leben vorgekommen war, irgendwie im Gleichgewicht.

Wie unsäglich hatte es sich verändert.

2.

Aus dem Tagebuch von Joe Gardner, als er achtzehn war:

Ich werde, solange ich lebe, nie wieder dorthin zurückkehren. Dieser Ort ist böse, und alle, die dort waren, verrotten. Selbst wenn meine Mutter auf dem Totenbett liegt, selbst wenn mein Vater von Nazis gefoltert wird, selbst wenn er zur Hölle fährt. Ich weiß, was dieser Ort anrichten kann. Ich weiß, wozu er dich bringen kann.

Ich werde nie wieder hingehen, solange ich lebe.

TEIL EINS

DER ANFANG: WIR KEHREN IMMER ZU UNSERER ERSTEN LIEBE ZURÜCK

KAPITEL 1
Patty Glass macht ihren Verschwindibus

1.

Aus dem Colony/West Virginia Press Leader vom 8. April 1972:

Patricia Frances Glass, 12, ist weiterhin verschwunden. Nach vierunddreißig Tagen haben die Deputys des Sheriffs die Suche nun abgebrochen …

2.

Wichtige Ereignisse im Leben beginnen häufig mit ganz einfachen Dingen: Patty Glass wußte damals, 1972, nicht einmal, daß ein solches Ereignis bevorstand.

Es war Frühjahr, und der Boden war vom Regen aufgeweicht. Ein sumpfiger Geruch, wie er stets mit Regen einherging, lag in der Luft, als hätten sich die Abwasserkanäle in den Fluß ergossen und mit ihm die niedrigen Ufergebiete überflutet. Irgendwo in der Nähe mußte ein totes Tier liegen, vielleicht ein Opossum, vielleicht ein Waschbär, jedenfalls kein Stinktier.

Die Jungen – es waren zwei, und dazu zwei Mädchen – hätten nichts dagegen gehabt, das tote Tier zu finden und nachzusehen, ob ihm die Eingeweide heraushingen; wie Jungen nun mal so sind, hatten sie immer großes Interesse an widerwärtigen Dingen.

Sie waren schon vor Sonnenaufgang auf Froschfang gewesen, und Hopfrog (ein zwölfjähriger Junge, keins dieser Amphibien) hatte bereits einen ganzen Jutesack voll. Hopfrog Petersen war ein gefühlloser Kerl, der anderen mit den Fröschen angst machte – seine Mutter hatte eine Heidenangst vor allem, was schleimig war, und die Frösche waren seine einzige Möglichkeit, sich für den religiösen Eifer zu rächen, mit dem sie seinen jungen Verstand malträtierte. Patty ging zwar nicht wirklich mit Hopfrog, doch sie war eine der vielen Siebtkläßlerinnen, die in ihn verknallt waren. Eigentlich hieß Hopfrog Homer, aber diesen Namen verachtete er, und ungeachtet seines Vornamens und seines Spitznamens war er zur Zeit der coolste Junge im County, vielleicht sogar in der ganzen Welt.

Zumindest war Patty dieser Ansicht.

Hopfrog scherte sich nicht viel um sein Aussehen, außer, wenn er damit Leute rumkriegen konnte – was einen, wie er schon mit fünf oder sechs festgestellt hatte, in einer Stadt wie Colony, West Virginia, ein ganzes Stück weiterbrachte. Florrie Everett, die den Kramladen führte, küßte ihn jedesmal auf die Stirn und schenkte ihm was Süßes; die Mädchen machten seine Hausaufgaben, wenn es ihm zu schwierig wurde; selbst sein Vater, der bei einer Möbelfabrik als Kundendienstvertreter arbeitete, ging immer nachsichtig mit ihm um und verteidigte sich, indem er sagte: »Dieser Junge strahlt so, Boston, man kann ihm einfach nicht böse sein, wenn er so strahlt.« (Mit Boston meinte er Hopfrogs Mutter, und sie hieß wirklich so.)

Aber Hopfrog und Patty waren nicht die einzigen Kinder bei diesem Ausflug:

Siehe da, wie Hopfrogs Mutter es unangemessen ausdrücken würde, auch Joey Gardner und Missy Welles sind unterwegs. Joey überragte sie alle, ein Junge, der dazu verdammt war, Basketball mit der Koordination eines Betrunkenen zu spielen; Hopfrog jedenfalls fand ihn völlig unbeholfen. Er hatte ihn nur ungern dabei. Joey war okay, wenn die Bullies gegen die Wieners spielten – obwohl er mehr für die Wieners war –, aber er hatte nicht nur Mund-, sondern auch noch Körpergeruch. Hopfrog Petersen und Joey Gardner waren demnach nicht die besten Kumpel. Hopfrog hielt sich für einen Einzelgänger, auch wenn ihm die Mädchen scharenweise hinterherrannten, und er bezweifelte auch, daß es gut für sein Image war, Joey dauernd im Schlepptau zu haben. Der einzige Grund, weshalb Joey mit von der Partie war, lag darin, daß Joey (wie es jeder seit der fünften Klasse wußte), total in Missy verknallt war (die er Melissa nannte) und sie nicht in Ruhe lassen wollte. Missy war da, weil Patty sie mitgeschleift hatte – die beiden waren genauso unzertrennlich wie oftmals unerträglich – und Hopfrog, schon in jungen Jahren auf dem Weg, ein anständiger Misanthrop zu werden, wünschte sich gerade, er wäre allein auf Froschfang gegangen.

Sie durchquerten gerade das Anwesen des alten Feely draußen an der Lone Duck Road, und sie mußten einen Umweg machen (Hopfrog war der geborene Anführer, und er führte die Truppe hinter der alten Scheune entlang, damit der alte Feely ihnen mit der Flinte kein Steinsalz in die empfindlichen Ärsche schoß). Um die graue Scheune stand ein schmaler Ring Kiefern, unter denen es dunkel war, selbst bei hellstem Tageslicht – allerdings dämmerte es um sechs Uhr gerade erst. Hopfrog, der Pattys Hand fest umklammert hielt (in der anderen trug er den Sack mit den Fröschen), ging als erster, Joey und Missy hinter ihm. Sie trampelten durch matschiges Gras, das wie das Haar des alten Feely war, dünn und schlaff, auf den Wald zu. Der alte Feely würde sie nicht sehen; Hopfrog wußte, wenn sie sich nordöstlich der Farm hielten, würde er sie nicht bemerken.

Aber als er in das Kiefernwäldchen trat, hörte er vor sich einen Ast knacken.

Er sah auf, direkt in die rotglühenden Augen des alten Feely, und erst dann nahm er den Rest des Mannes wahr: ein Meter sechzig groß, fett wie ein Schwein, das zum Markt getrieben wird, der Overall halb offen – der alte Feely mußte wohl gerade gepißt haben, weil sein Arbeitsanzug im Schritt naß war. Von seiner Glatze perlten Tropfen. In der einen Hand hielt er einen Eimer Wasser, in der anderen sein Gewehr.

Hopfrog stand sofort still, als könnte ihn das unsichtbar machen; Joey und Missy und Patty waren nicht so schlau; als Hopfrog über die Schulter sah, schien sich alles in Zeitlupe abzuspielen: Joey rannte über das Feld zurück, Missy und Patty klammerten sich vor Schreck und Angst aneinander; es war an Hopfrog, und ganz allein an ihm, die im Anzug befindliche Katastrophe abzuwenden.

Er wandte sich wieder dem alten Feely zu.

Er nahm den Sack mit den Fröschen – den ganzen wunderschönen Ochsenfröschen – und warf ihn nach dem alten Mann. Feely ließ Eimer und Gewehr fallen, um den Froschsack zu fangen. Hopfrog drehte sich um, schob Patty und Missy vorwärts und schrie: »LAUFT!« Joey war bereits gute zehn Meter vor ihnen; Hopfrog, der sich fühlte, als renne er durch sirupartige Luft, schob die Mädchen weiter, und Patty und dann Missy rutschen im Matsch aus, also schnappte er sie am Kragen und zog sie im Weiterlaufen auf die Beine.

Nur eine Sekunde lang blickte er zum alten Feely zurück, und es war, als habe der sich in einen Heidengott verwandelt: Der kleine Mann war von Fröschen umgeben, als habe er alle Mächte des Universums angerufen.

Und dann, erst dann griff der alte Feely nach seinem Gewehr.

Es begann zu regnen, und die Sonne ging langsam auf, und Hopfrog schlitterte durch Gras, als stünde er auf seinem Skateboard –

Dann spürte er etwas im Gesäß –

Erst danach hörte er den Schuß –

Salz brannte auf seinem verlängerten Rücken.

Und er fiel hin.

3.

Damals, in den frühen 70ern, wurde Colony von einigen alten Leuten immer noch New Colony genannt. 1723 hatte ein Mann, der sich selbst als Wiedergeburt des Propheten Moses bezeichnete, die Vision gehabt, auf dem Kamm des House Mountain habe sich ein Engel niedergelassen. Der Prophet und seine Schar zerlumpter Jünger errichteten dort oben eine kurzlebige Ansiedlung; das Land gehörte in jenen Tagen noch zur Kolonie Virginia. Nach dem Unabhängigkeitskrieg verschwand die Religionsgemeinschaft, zog wahrscheinlich weiter in die Malabar Hills; New Colony blieb sich selbst überlassen, verwilderte bis ins nächste Jahrhundert und kam erst dann als schlecht geplante Tabakplantage zu neuem Leben. Die Plantage erstreckte sich vom Paramount River nach Norden und Westen und wurde im Südosten vom House Mountain begrenzt; sie umfaßte eine Fläche von weit über 100 Morgen. Auf der Eigentumsurkunde aus dem Jahr 1836 waren allerdings nur 100 Morgen ausgewiesen, weswegen Stephen Friar und seine Söhne den größten Teil des Rests verloren. Im Krieg zwischen den Staaten wurde die Plantage schließlich zerstört, und das Land verwilderte, wie es nach Jahren des Krieges häufig geschieht. 1865 waren die Söhne Friars alle tot; die Feelys, Glasses und Reynolds bestellten das wenige Farmland, und an einer Straßenkreuzung entstand eine kleine Siedlung, die den Kern der späteren Stadt bildete. Als dann die Mennoniten ins Tal kamen und innerhalb von dreißig Jahren wieder verschwanden, ließen sie Farmhäuser und Möbel zurück, von denen einige zu gebrauchen waren, andere nicht. Schließlich gab es noch die Minen, auf der anderen Seite des Paramount River in den Malabars, den Bergen, die man bis 1952 durch Tagebau bis auf ein Hochplateau abgetragen hatte; noch ehe Hopfrog und seine Freunde geboren wurden, hatten die Minen ihre beste Zeit hinter sich, obwohl es noch einen ganzen Haufen alter Leute mit Staublunge und Geschichten über Einstürze und Grubenvögel gab, die niemals auszusterben schienen. Die letzte Mine und der letzte Steinbruch der Stadt waren Mitte der 50er pleite gegangen. Inzwischen waren Möbel aus West Virginia ein Renner geworden, weil die Leute in den anderen neunundvierzig Staaten sich für die Schlichtheit des Landlebens begeisterten, und Colony wurde offiziell zur Stadt erklärt – bekam einen Bürgermeister, eine Polizei und einen Sittlichkeitsverein –, nachdem 1948 die Colony Möbelfabrik gegründet worden war, die nach schlichter Mennonitenart den Colony-Schaukelstuhl herstellte – das von Amerikas Großmüttern bevorzugte Modell. So entstehen Städte! Nicht wegen geographischer Gegebenheiten, sondern wegen einer Idee, die man einer Million Menschen verkaufen kann; etwas, was sie nicht brauchen, aber trotzdem haben müssen.

Auch nach dem zweiten Weltkrieg beschäftigte die Colony-Möbelfabrik noch all jene Bewohner, die nicht eine eigene Existenz gegründet hatten. Bergleute, die weiter ihrem Handwerk nachgehen wollten, siedelten auf die andere Seite in die Malabars (oder wie Joey Gardner sie nannte: »Mallomars«) über und schlugen Steine und gruben Schächte; außerdem wurde die Stadt eine Zuflucht für Pendler aus Charleston, die ein ruhigeres und angenehmeres Leben suchten. Colony bekam sogar einen Bahnhof, direkt oberhalb der Miner's Lodge, auch wenn der Zug nie länger als die erforderlichen zehn Minuten auf jemanden wartete. Die Main Street beherbergte Unmengen Andenkenläden, denn in der Nähe befand sich ein Schlachtfeld des Bürgerkriegs, welches offiziell Flushing Farm hieß – nach dem früheren Besitzer, einem Mennoniten – jetzt jedoch meist Fleischfarm genannt wurde, wegen der vielen dort begrabenen Soldaten. Auf einem Schild am Highway stand zu lesen: *Hier starben in der Schlacht von Colony im Mai 1864 zweihundert konföderierte Soldaten – ein Sieg für die Armee der Nordstaaten.* Obwohl sich West Virginia vom Süden abgespalten hatte, standen die Bewohner Lees Virginia wohlwollender gegenüber als Lincolns Union.

Außerdem gab es in Colony Banken und Restaurants. Die Stadt wies 1972, als Hopfrog, Joey, Missy und Patty zwölf waren, allerdings keinerlei äußerliche Ähnlichkeit mehr mit der ursprünglichen Plantagensiedlung auf, doch die Traditionen und Sitten waren tief im Andenken an die Tabakpflanzer und deren Ehrencode und Ritterlichkeit verwurzelt; viele Männer und Frauen träumten und sprachen von einer Welt, die es schon lange nicht mehr gab und die es möglicherweise nie gegeben hatte.

Wie Hopfrogs Großvater oft über Patty Glass sagte, die behauptete, über irgendwelche Cousins mit Thomas Jefferson verwandt zu sein: »Diese Stadt ist voll von Maultieren, die ständig behaupten, ihre Vorfahren seien edle Araber gewesen.«

Und Patty Glass war zwar ein Snob und konnte ihre Ahnen nicht nur bis zu Jefferson, sondern sogar bis zur Friar-Plantage zurückverfolgen, aber sie tat Hopfrog auch leid, denn er wußte, sie war über eine Vermittlungsagentur in Winston-Salem adoptiert worden. Das schuf eine Gemeinsamkeit zwischen ihnen.

Ein Band.

Weil Hopfrog Petersen auch adoptiert war.

Als er also dort auf dem Feely-Anwesen mit Steinsalz im Hintern in den Dreck fiel, rief er ihr zu, sie solle zum Teufel noch mal abhauen, ehe sie auch Steinsalz in den Hintern bekam.

Später wünschte er sich, er hätte das nicht gesagt.

Vielleicht, dachte er, *würde sie noch leben, wenn ich sie festgehalten hätte.*

4.

»Patty, mach schon!« Hopfrog scheuchte sie weg, doch sie wollte ihm helfen aufzustehen. Mittlerweile regnete es in Strömen; Joey und Missy waren längst davongelaufen.

Patty schrie – sie brach immer in Panik aus, wenn etwas Unvorhergesehenes passierte. Sie zerrte an Hopfrogs Ärmel, ein schwacher Versuch, ihn auf die Beine zu ziehen.

»Um Gottes Willen, hau endlich ab!« fauchte er, »sonst wird er auch noch auf dich schießen!«

Patty Glass beugte sich vor und drückte Hopfrog einen dicken Kuß auf den Mund; er wich zurück, aber es fühlte sich gut an. Er vergaß den bedrohlichen alten Feely, der Regen hörte auf, der Himmel wurde blau – alles eine Illusion, die auf dem Kuß beruhte. Dann ließ Patty ihn los, und er fiel in den Dreck.

Er blickte auf, in ihr Gesicht.

Unter Tränen und Regentropfen schien sie zu strahlen.

Hinter sich hörte er die Frösche quaken.

»Hopfrog«, sagte Patty und schaute nach unten, auf ihn, dann wieder nach oben, vermutlich, um das teigige Gesicht des alten Feely anzustarren.

»Lauf«, zischte Hopfrog gequält.

Patty holte tief Luft und rannte davon. Hopfrog sah, wie sie hinter der Scheune verschwand.

Das Gewehr stach ihm in die Schulter.

»Steh auf, du kleines Schwein«, sagte der alte Feely.

Hopfrog drückte sich aus dem Dreck hoch und sah dem alten Mann in die Augen. »An Ihrer Stelle wäre ich vorsichtig, wen ich als Schwein bezeichne«, sagte er.

Der alte Feely richtete das Gewehr auf Hopfrogs Gesicht.

Hopfrog versuchte sich vorzustellen, wie sich Steinsalz in der Nase oder auf den Wangen anfühlen würde, er dachte daran, welche Folgen die Narben für seinen Ruf als hübschester Junge von Colony hätten.

Auf der Schulter des alten Feely saß ein dicker alter Ochsenfrosch.

Hopfrogs Blick wanderte von Feelys Gesicht zum Frosch und wieder zurück.

Die beiden hätten durchaus entfernte Verwandte sein können.

Es war vermutlich der beschissenste Tag seines Lebens, aber Hopfrog konnte sich nicht mehr halten; es regnete, er hatte Steinsalz im Hintern, und auf der Schulter des alten Feelys saß ein Frosch: er mußte einfach kichern.

»Was'n so lustig?«

Er bekam kein Wort heraus, so sehr mußte er lachen; er fiel wieder in den Dreck und wälzte sich zur Seite. »Na gut!« keuchte er. »Erschießen Sie mich, wenn Sie wollen.«

Aber das tat der alte Feely nicht. »Ihr verdammten Blagen, rennt hier über mein Grundstück, wenn ich euch noch mal erwische, gibt's 'ne härtere Ladung, verstanden?« Er hatte eine komische Stimme; er konnte nicht reden, ohne zu schreien, und in seinem Geschrei klang irgend etwas immer wie Quaken mit.

Feely stapfte davon, und das letzte, was Hopfrog von ihm sah, war, daß der Frosch immer noch auf seiner Schulter hockte.

Hopfrog beobachtete, wie Feely sein Gewehr auf der Veranda abstellte, die Tür öffnete und ins Haus ging.

Er sah sich um, ob von seinen Fröschen noch etwas zu retten war, aber die hatten sich schon davongemacht.

Und dann hörte er den Schrei.

5.

Missy Welles und Joey Gardner hörten ihn auch.

Sie standen hinter der Steinmauer, die das Grundstück des

alten Feely umgab, dicht aneinandergedrängt (um Joey nicht unrecht zu tun, muß man hinzufügen, daß er diesmal den Arm um Missy gelegt hatte, ohne ein Gähnen vorzutäuschen).

Der Schrei kam eindeutig aus Richtung der alten Scheune.

Und sie hatten beide gesehen, wie Patty dort hineinrannte, nachdem Hopfrog hingefallen war.

Joey glaubte nicht, daß es Patty war, die geschrien hatte – sie kreischte oft, und er konnte sie gut von anderen unterscheiden.

Es war nur ein einziger Schrei gewesen, und er war unvermittelt abgerissen, als hätte jemand der schreienden Person die Hand auf den Mund gelegt.

Joey sah Missy an; Missy starrte in die Dämmerung – ein Schwarm Stare war bei dem Schrei aufgeflattert und hatte sich wie eine dunkle Traube in den Himmel erhoben. Der Morgen graute tiefblau, als hätte das Blau des flachen Gipfels des House Mountain auf den Himmel abgefärbt.

6.

Hopfrog ging dem Schrei nach. Er war aus der Scheune der Feelys gekommen, und Hopfrog fragte sich, ob es Patty gewesen war oder ein verwundetes Tier.

Er warf einen Blick auf die Haustür, um sich zu vergewissern, daß der alte Feely drin geblieben war. Im ersten Stock ging ein Licht an – wahrscheinlich hockte Feely jetzt da oben und zählte sein Geld. In der Stadt erzählte man sich, er habe unter seinem Haus einen Schatz aus dem Bürgerkrieg gefunden, den er – Geizhals, der er war – bis zum Tag des Jüngsten Gerichts horten wolle.

Der alte Feely war also ziemlich sicher beschäftigt, und Hopfrog ging zur Rückseite der Scheune – dort gab es, wie alle Kinder wußten, einige lose Bretter, die man zur Seite schieben konnte.

Er bemerkte einen Schuhabdruck im Matsch – Pattys.

Er winkte Missy und Joey zu und rief leise: »Kommt her, Leute. Patty muß hier drin sein.«

Er wartete auf die beiden, und dann zwängten sie sich zwischen den Brettern hindurch in die alte Scheune, ohne zu ahnen, daß damit das größte und schrecklichste Abenteuer ihres Lebens seinen Anfang nehmen sollte.

Denn tatsächlich hatten sie Patty Glass zum letzten Mal schreien, oder besser: kreischen gehört.

Und mit diesem Kreischen wurde ihr Schicksal, das so untrennbar mit dem ihrer Heimatstadt verbunden war, besiegelt.

7.

»Und das ist die Geschichte, wie Patty Glass vor über zwanzig Jahren verschwunden ist«, sagte der Mann zu dem Jungen.

»Aber du bist doch noch gar nicht fertig«, sagte der Junge. »Eine Geschichte kann nicht zu Ende sein, ehe alles erzählt ist.«

»Jeder gute Erzähler wird dir sagen, eine Geschichte sei dann zu Ende, wenn er alles erzählt hat, was er weiß.«

»Das versteh ich nicht, Daddy«, sagte der Junge, »wie ist sie denn verschwunden?«

Der Mann schüttelte den Kopf. »Das weiß niemand. Sie ist einfach verschwunden. Diese Kinder haben einen ihrer

Schuhe gefunden – wie bei Aschenputtel. Nur daß keine Patty darin steckte. Sie war einfach weg.«

»Haben sie denn sonst gar nichts gesehen?« fragte der Junge.

Der Mann sah aus dem Fenster.

Das Laub glänzte rot und orange. Dem Verstand nach war ihm das klar, doch er konnte nur eine graue Welt sehen, dort draußen, wo die Menschen lebten und atmeten. Er ging nicht mehr viel nach draußen – zumindest nicht öfter, als er mußte. Sie machte ihm angst – obwohl er sich das ungern eingestand –, diese ganz normale Welt, die Menschen und die Geheimnisse des Alltags, die er nicht ergründen konnte. Sein Sohn war seine wichtigste Verbindung zur Außenwelt, ein Gesandter des Lebens da draußen, der ihm die Gerüche und Geschichten und Triumphe einer Kinderwelt nahebrachte, die für ihn die einzige war, über die es sich nachzudenken lohnte.

Dort draußen liefen an diesem Abend Kinder herum, in Kostümen von Geistern und Kobolden und Hexen und Dämonen und Piraten und Helden und Prinzessinnen.

Er sah seinen Sohn an – der wartete in seinem Batman-Kostüm auf seine Mutter, damit sie mit ihm zum Trick-or-Treat ging.

Der Mann sagte: »Natürlich haben sie etwas in der Scheune gesehen. Aber manchmal spielt einem der Verstand Streiche, glaubst du nicht auch? Wie bei Halloween, heute nacht. Die Geister sind unterwegs, selbst die Dämonen.«

Der Junge schauderte. »Du willst mir bloß angst machen.«

»Ich weiß, ich weiß, und deine Mutter wird wieder böse auf mich sein, nicht?«

Der Junge lächelte. »Ich mag es, wenn du mir angst machst. Also, haben Hopfrog und Joey und Missy Geister gesehen?«

»Nicht wirklich. Was sie gesehen haben, war nicht ganz so schrecklich. Es war ein Brunnen.«

»Wie ein Wunschbrunnen?«

»Genau. In der Mitte der Scheune. Das einzig Seltsame daran war dieses Kreuz obendrauf, als würde er zu einer Kirche gehören. Als hätte es jemand von einer Kirche genommen und auf den Brunnen gesetzt.«

»Das ist verrückt.«

»Ganz bestimmt. Und als Hopfrog in die Scheune kam, dachte er, er hatte jemanden in dem Brunnen reden hören. Er dachte, er hatte auch Patty dort unten gehört. Aber als er das den Leuten sagte, und die später in die Scheune gingen, war nichts dort unten im Wasser. Nur Wasser. Jede Menge Wasser.«

»Keine Patty.«

»Keine Patty. Und deshalb solltet ihr Kinder nie raus zum Feely-Anwesen gehen. Das ist kein guter Ort zum Spielen.«

»Okay. Dad? Mom hat mir gesagt, sie hätten dich Hopfrog genannt, als du ein Kind warst, nur als du deine Beine verloren hast, hättest du nicht mehr so genannt werden wollen.«

Sein Vater grinste und erinnerte sich an das intensive Lebensgefühl der Jugend. Er fuhr mit dem Rollstuhl vom Fenster weg und schob sich näher an seinen Sohn heran. Er umarmte ihn und zerknitterte dabei den Umhang des Batman-Capes. »Ich möchte, daß du deiner Mutter sagst, wie sehr ich sie immer noch liebe, okay? Auf mich ist sie böse, aber du kannst es ihr sagen, nicht?«

Sein Sohn sah ihn unbehaglich an. »Ich glaube ja. Und, Dad? Kann ich dich noch was fragen?«

»Schieß los.«

»Wenn das Feely-Anwesen so böse ist, warum brennen sie es nicht einfach ab?«

Aber sein Vater, den man als Homer Petersen kannte, der im Haus seiner verstorbenen Mutter in der Main Street von Colony, West Virginia, wohnte und der jetzt Mitte Dreißig war, hatte darauf keine Antwort.

Seine Gedanken schweiften ab, wie sie es in den letzten Wochen so oft getan hatten. Er fragte sich, was sein Freund, dem es gelungen war, sich vom Acker zu machen, ehe diese Stadt ihn verstümmelte, wie sie ihn selbst verstümmelt hatte, wohl heute machte.

Diese Stadt.

Diese hundert Morgen Alpträume.

Draußen erhob sich der Wind, und der Mann, den man früher einmal Hopfrog genannt hatte, schloß die Augen. Ihm war, als hörte er im Dachstuhl des alten Hauses eine Stimme aus der Vergangenheit.

KAPITEL 2
Born to run

1.

In derselben Nacht, in der Homer Petersen seinem Sohn die Geschichte von Patty Glass' Verschwinden erzählte, war Joe Gardner in Baltimore. Er war nicht zu Hause in seinem renovierten Stadthaus an der Pratt Street, bei seiner Frau und seinen Kindern, die sich über ihre Halloweenbeute aus Schokoriegeln und Waffeln hermachten. Nein, er war unten in Fell's Point, wo er sich mit einem guten Bier, Oxford Class, das hier in der Gegend gebraut wurde, die Zeit vertrieb. Das Bier war goldgelb, und man konnte es, der jeweiligen Stimmung entsprechend, herunterstürzen oder auch nur daran nippen.

Die Bar hieß Franklin's, und an der Wand hing ein riesiges Porträt von Ben Franklin, der einen überschäumenden Krug hielt, so als wäre er noch kürzlich hier gewesen, um einen zu heben. Der Laden hatte eine alte Balkendecke mit allen möglichen seltsamen Zeichnungen darauf, und Wände aus roten Ziegeln. Er war irgendwann im letzten Jahrhundert gebaut worden und fiel jetzt langsam in sich zusammen. Zwischen den Ziegeln waren Risse, und der Mahagonitresen hatte auch welche, *genauso wie ich, die ersten Risse kommen durch.* Nun, Joe hatte seiner Frau vor einem Jahr versprochen, es nicht mehr zu tun – sich in die nächste Kneipe zu setzen und sich vollaufen zu lassen, doch Ben Franklin's war keine normale Kneipe, und *wenn man solche Nachrichten bekommt wie ich heute, dann ist ein Bier genau das richtige. Außerdem,* suchte er – wie so oft – nach einer Ausflucht, *folge ich schließlich nur der Tradition jener Schriftsteller, die eine Krise nicht ohne einen ordentlichen Rausch überwinden können.*

Aber ich werd schon keinen Frauen hinterhergucken, nein, Sir, nicht ich, dem habe ich wirklich abgeschworen.

Sein Blick blieb an Ben Franklin hängen, oder vielmehr an dem eiskalten Krug in seiner Hand, oder an dem Barkeeper, der ein wenig aussah wie die Tenniel-Illustration des Jabberwocky in *Alice im Wunderland* – schlaksig und lang, mit einem Neunaugengesicht und einem Fu-Manchu-Schnurrbart.

»Noch einen?« fragte der Jabberwock-Barkeeper.

»Ich glaube, vier reichen mir«, erwiderte Joe.

»Echt?«

»Haben Sie eine Mutter?«

»Hat doch jeder.«

»Nicht so eine wie ich.«

»Wie alt sind Sie, Kumpel?«

Joe mußte einen Moment lang nachdenken. »Fast fünfunddreißig.«

Der Barkeeper schüttelte den Kopf. »Machen Sie was aus Ihrem Leben, mein Freund.«

Joe wollte protestieren und erklären, er habe längst etwas aus seinem Leben gemacht, er schriebe Essays, Geschichten und Romane, doch als er noch einmal drüber nachdachte, wußte er, das war kein besonderes Leben. »Meine Mutter liegt im Sterben«, sagte er. »Sie liegt im Sterben. Soll sie doch lieber was aus ihrem Leben machen!«

Der Barkeeper verzog sich desinteressiert.

»Verdammt, muß sie denn sterben?« sagte Joe, hob seinen Krug und prostete dem alten Ben zu. »Sie stirbt, und jetzt muß ich dorthin zurück, Ben, für länger als einen Tag, Jesus, vielleicht für eine ganze Woche. Eine ganze Woche in der Hölle, Ben.«

Eine Frau, eine Blondine – er nahm ihr Haar aus dem Augenwinkel wahr – setzte sich auf den Hocker neben seinem.

Ich werd dich nicht angucken. Und nicht nur, weil ich offensichtlich verheiratet bin und überhaupt nicht hier sein sollte, sondern weil du wie sie aussehen wirst. Wenn ich dich ansehen würde, würde ich statt deines blonden Haars eine Frau mit pechschwarzen Haaren und tiefen, zimtfarbenen Augen sehen, weil, Lady, ich werde heimgesucht, doch nur auf die ganz normale, verflixte Art, wie Kerle wie ich immer von ihrer ersten Liebe heimgesucht werden. Männer sind eben Arschlöcher, Lady, hast du das noch nicht gewußt?

Er hätte schwören können, sie wollte sich mit ihm unterhalten, vielleicht nur ein wenig freundlich schwatzen, doch er hatte Angst vor diesen freundlichen Schwätzchen, weil daraus mehr werden könnte, und am Ende würde er sich nur selbst quälen, wenn er mit ihr redete. Er ließ seinen Blick weiter auf Ben Franklin ruhen.

Als er sein Bier ausgetrunken hatte, stellte er den Krug auf den Tresen und stieg vom Barhocker. Es war Zeit, nach Hause zu gehen, die Kinder fertig zu machen, sich selbst fertig zu machen, sich darauf vorzubereiten, der Erinnerung gegenüberzutreten, die offenbar nie verschwinden wollte, ganz gleich, wieviel Bier er trank, egal, wie lange er wach lag und seinem eigenen Herzschlag lauschte und sich an den Klang ihrer Stimme erinnerte, als wäre er ein Funkgerät, das nur auf ihre Frequenz eingestellt war.

Morgen fahren wir los, dachte er, *morgen machen wir uns auf zum Arsch der Welt und blicken dem Teufel ins Angesicht.*

Joe Gardner brachte den Heimweg zu Fuß hinter sich, um in dem eisigen Wind, der vom Hafen heraufwehte, ein wenig nüchterner zu werden. Die Kälte machte ihm nichts aus, die frühe Dunkelheit des Herbstes machte ihm nichts aus, denn er wußte: sein Schicksal war ohnehin besiegelt.

Er kaufte sich in Fitzpatrick's Eckladen eine Schachtel Zigaretten und rauchte sie halb auf, während er die sieben Blocks bis nach Hause ging, und dabei rauchte er eigentlich gar nicht. Das erste, was seine Frau sagte, als er ins Haus kam und sie die Zigarette in seinem Mundwinkel hängen sah, war: »Mußt du dir das jetzt auch noch angewöhnen?«

Er drückte die Zigarette in einer Untertasse aus und zuckte die Schultern: »Lungenkrebs, Emphysem, Schlaganfall; nichts im Vergleich mit der guten alten Mom.«

2.

Als Aaron endlich damit fertig war, seine Süßigkeiten zu begutachten, und er und Hillary im Bett lagen, saß Joe vor dem Fernseher und starrte leeren Blicks auf die Mattscheibe. Ein Polizist jagte einen Mann, der in seinem Hinterhof Marihuana angebaut hatte. Joe wollte umschalten, weil er sich normalerweise nur die Nachrichten ansah, doch er hatte nicht mal mehr genug Energie, nach der Fernbedienung zu greifen. Sein ganzer Körper war wie erstarrt, als legte ihn schon der Gedanke an den Besuch bei seiner Mutter völlig lahm. Seine

Frau saß neben ihm und hatte den Kopf an seine Schulter gelehnt.

»Kannst du dich noch an Aarons Hamster erinnern?« fragte sie.

»Hä? Ach so. König Tut. Das war nicht bloß irgendein Hamster, sondern ein langhaariger Blauhamster.«

»Genau. Weißt du noch, wie Aaron ihn zwei Monate lang vernachlässigt hat? Hat ihn gefüttert und alles, aber er hat ihn nicht aus dem Käfig gelassen, damit er herumlaufen konnte?«

Joe nickte und lachte. »Hamsterlähmung.«

»Das stimmt. So hat es jedenfalls der Tierarzt genannt. Das Tier hat sich nicht bewegt, also ist es krank geworden. Wirst du dich auch so benehmen, wenn wir zu deiner Mutter fahren?«

Joe drehte sich zu ihr um. Sie roch so gut. Er schloß die Augen und sog den Duft in sich hinein: süß und frisch. »Ja«, sagte er und seufzte. »Ich werde Hamsterlähmung bekommen.« Er lachte, aber es klang hohl.

»Nein, wirst du nicht. Weil du nicht deinetwegen fährst.«

»Nicht? Nun, wegen ihr werde ich auch nicht fahren.«

»Nein. Und was glaubst du, weshalb du fährst?«

»Keine Ahnung.«

»Du fährst wegen Aaron und Hillary, damit sie endlich ihre Großmutter kennenlernen, ehe es zu spät ist.«

Joe seufzte; er hätte am liebsten noch etwas getrunken, ließ es dann aber. »Ich schätze, ich denke zuviel über mich selbst nach. Diese ganzen furchtbaren Jahre.«

»Es ist jetzt schon so lange her.«

»Für mich nicht. Für mich ist es, als wäre es gestern gewesen.«

Er atmete noch ein paar Minuten ihren süßen Duft, dann sagte er: »Im Bett könnte ich die Vergangenheit sicher besser vergessen. Was hältst du davon?«

»Ach, ich weiß nicht. Wie wär's, wenn wir noch ein wenig hier sitzen blieben? Und dann können wir ja mal schauen, was noch so alles passiert.«

»Hört sich gut an«, sagte er, legte beide Arme um sie und spürte ihre angenehme Wärme; und bis er schließlich schlafen ging, half ihm das, die nagende Angst zu vergessen, er werde ein schreckliches Verhängnis heraufbeschwören, wenn er Colony, West Virginia, noch einmal beträte. Sie schliefen zwar nicht miteinander, aber das war in Ordnung. Sie gingen zu Bett und ignorierten jeweils das Schnarchen des anderen.

Er wachte mitten in der Nacht auf, als er schlafwandelte und mit dem letzten Bild eines Traums im Kopf auf dem Flur stand –

ein Mädchen mit braungefleckten Lippen hielt ein Kind in den Armen, hielt es ihm entgegen, als wollte sie ihm anbieten, was sie gerade selbst gekostet hatte.

3.

Aus dem Tagebuch von Joe Gardner, 1995:

Heute früh fahren wir.

Verdammt, Gott, ich will nicht, und das nicht nur wegen meiner Mutter, sondern wegen dieser anderen Sache, dieser Sache, die ich getan habe, dieser Sache, über die alle älteren Leute der Stadt Bescheid wissen und an die sie sich vermutlich auch noch erinnern. Damals hab ich gedacht, soll'n sie sich doch ins Knie ficken, wenn sie keinen Spaß verstehen, aber du und ich wissen, in diesem Leben versteht sowieso niemand Spaß. Niemand hat gelacht, wenn du ihm etwas geradewegs ins Gesicht gesagt hast. Beim letzten Mal, als ich dort war, habe ich mich die ganze Zeit versteckt, damit mich niemand sah, und da niemand bei Dad's Beerdigung aufgetaucht ist, mußte ich auch keinem von diesen Hurensöhnen begegnen. Verdammt, ich hasse es, erwachsen zu sein. Gut, ich bin ein Schlappschwanz, ich will einfach nicht, und daran kannst du auch nichts ändern. Bitte, laß doch ein Wunder geschehen, laß die Stadt, wenn wir dort ankommen, vom Erdboden verschwunden sein – schließlich hat sie das sowieso verdient. Gott, ich verspreche dir, für immer an dich zu glauben, wenn du das für mich tust – bitte. Bitte.

Mach, daß ich nicht gehen muß.

(Wie kann ich erwarten, daß Gott mir hilft, wenn ich nicht mal an ihn glaube?)

Wir werden am frühen Abend ankommen. So nah, und doch so weit entfernt.

Zu nah, verdammt.

Komisch, wie allein die Vorstellung, nach Hause zu fahren, etwas in dir verändern kann.

4.

Es war November, und er war seit mindestens sieben Jahren nicht mehr in seiner Heimatstadt gewesen, nicht seit Hillarys Geburt – und dann auch nur für einen Tag, ohne Frau und Familie, nur, um seinem Vater die letzte Ehre zu erweisen.

So hatte er es jedenfalls erzählt.

In Wahrheit war er gar nicht zur Beerdigung seines Vaters gegangen, war nur bis Alexandria, Virginia, gekommen, hatte dort die Nacht in einem Motel an der 395 verbracht und sich bis zum Umfallen betrunken, anstatt in dieses Höllenloch zu fahren. Er hatte sich nicht schuldig gefühlt, weil er die Beerdigung verpaßte; er wußte, er war ein schlechter Sohn, der schlechteste, doch er konnte sich nicht überwinden, nach Hause zu fahren, als gäbe es da eine unsichtbare Barriere, eine Wand aus Glas, die ihn aussperrte. Er hatte seine Frau angelogen, hatte ihr erzählt, daß er mit seiner Mutter kaum zwei Worte gewechselt habe und daß der Ort noch genau so häßlich sei, wie er ihn in Erinnerung hatte.

Joe machte sich vor, er sei nur deshalb nicht wieder hingefahren, weil die Zeit nach seinem Dreißigsten zu rasen schien. Aber seine Frau wußte, er wollte sich nicht mehr an das erinnern, was damals passiert war. Nicht die Sache mit Patty Glass, als er noch ein Kind gewesen war (darüber hatte er nie mit jemandem gesprochen), sondern das, was später geschehen war.

Und jetzt war er fast da.

Colony.

In Fredericksburg hielt er an einer Tankstelle und holte Kaffee. Während seine Familie im Wagen wartete, ging er auf die Toilette. Beim Rausgehen erhaschte er im Spiegel einen Blick auf etwas, was ihn auf unerklärliche Weise erschütterte.

Er hatte sie, nur kurz, in seinem eigenen Gesicht entdeckt.

Mutter.

In seinen Augen hatte er, als er älter geworden war, die zimtfarbenen, dunkelbraunen Tupfen entdeckt, und ihren ernsten, angespannten Blick.

Als träte sie, je näher er ihr kam, stärker unter seinem eigenen Fleisch hervor.

Ich bin ein erwachsener Mann. Was zum Teufel ist bloß mit mir los?

Er wusch sich das Gesicht mit eiskaltem Wasser und sah sich so lange im Spiegel an, bis sie verschwand. Bis er wieder einfach nur Joe war, blasse Haut, ein paar Fältchen um die Augen und auf der Stirn, dunkles Haar, das langsam dünner wurde – aber immer noch Joe und niemand anders.

Den Rest des Wegs sagte er nicht mehr viel, und es schien ewig zu dauern (natürlich hatte er, wie Aaron feststellte, den längstmöglichen Weg gewählt, weil er einfach nicht nach Hause wollte). Dann hatten, eins nach dem anderen, die Schilder an der Straße gestanden: Colony, West Virginia, 50 Meilen, Colony, 22 Meilen, Colony 14 Meilen. Es war wie der Countdown bei einem Raketenstart.

Joe nahm den langen Weg an den Steinbrüchen vorbei, nicht weit vom Fluß entfernt. Die Bäume prangten noch immer im Gold und Orange des Herbstes, glänzend vor Feuchtigkeit, da es kürzlich geregnet hatte; das Gras war welk, aber feucht, die Luft so sauber, daß man sie kaum atmen konnte.

»Ich hab ganz vergessen«, sagte seine Frau, »wie hübsch es hier ist. Die ganze Gegend. Wir waren schon ewig nicht mehr auf dem Land.«

Joe schüttelte den Kopf, als wolle er sagen: »Hübsch ist es nur bis hierher.«

Aaron saß auf der Rückbank, malträtierte seinen Game Boy und war brav; eine Folge der Drohung, daß sein Game Boy den Weg alles Irdischen gehen würde, wenn er einen Trotzanfall oder schlechte Laune bekäme. Hillary schlief, hatte den Kopf an die Scheibe gelehnt. Es hatte verdammt lange gedauert, der Weg durch die Vororte von Baltimore und das nördliche Virginia und schließlich über die Bergstraßen. Er war beeindruckt, wie brav die Kinder waren.

»Wie weit ist es noch?« fragte Aaron und legte den Game Boy zum erstenmal seit dem Frühstück aus der Hand.

Joes Frau strich die Karte auf ihrem Schoß glatt. »Noch ungefähr sieben Meilen.«

Joe sah die abgeplatteten Hügel und das blaugraue Tal vor sich. »Man kann die Stadt immer schon riechen, bevor man da ist. Hat der alte Hop immer gesagt.«

»Ach«, meinte seine Frau mit gekünsteltem Lachen.

»Ich weiß, ich weiß«, grinste Joe, »ich sollte ein bißchen ... nachsichtiger oder so sein.«

»Mr. Zynismus, was, Mom?« sagte Aaron und legte das Kinn zwischen seinem Vater und seiner Mutter auf die Lehne der Vorderbank.

Joe blickte seinen Sohn im Rückspiegel an. Der Junge sah wie seine Mutter aus; weder Hillary noch Aaron hatten Joes dunkles Haar, die blauen Augen oder den kurzen Nasenrücken geerbt. Gott sei Dank. Er hatte immer Angst gehabt, seine Tochter könnte diese Nase erben und sich als für alle Zeiten verflucht betrachten, weil sie nicht die ihrer Mutter bekommen hatte, die sanft nach oben zeigte, die perfekte WASP-Form, bei der man nicht die geringste Spur anderer ethnischer Einflüsse vermutete.

Er schaute wieder auf die Straße; sie wurde enger und schlängelte sich, und er mußte langsamer fahren, bis die beiden Fahrspuren schließlich miteinander verschmolzen. Am Rand stand ein Schild:

GEWÄHREN SIE DEM ENTGEGENKOMMENDEN VERKEHR VORFAHRT

»Was heißt denn das?« fragte Aaron und zeigte auf das Schild. Manchmal las er Dinge rückwärts – Joe gefiel der Gedanke, daß sein Sohn an einer Leseschwäche litt, gar nicht. Er bezeichnete es lieber als Originalität oder Kreativität; dennoch machte er sich Sorgen, ob Aaron richtig lesen konnte. Sonst war der Junge ziemlich helle, nur nicht, wenn es ums Lesen ging. »Ge-fähr-en?«

»Es bedeutet, man soll die, die einem entgegenkommen, zuerst durchlassen. Als wäre man höflich«, sagte Joes Frau. »Und es heißt ›gewähren‹, g-e-w-ä-h-r-e-n.«

»Du bist eine gute Lehrerin«, sagte Joe. Er legte ihr den Arm um die Schultern, sie lehnte sich an ihn.

Nach allem, was sie hinter sich hatten, wunderte er sich manchmal, wieviel eine einfache Berührung wiedergutmachen konnte.

Und dann hielt er den Wagen an.

Es war ihm gar nicht aufgefallen, daß er zitterte.

Seine Frau sagte: »Liebling? Wir können fahren – es ist niemand auf der Brücke. Joe?«

Doch die Geräusche der Welt waren für einen Moment verschwunden, und Joe fühlte sich nicht, als stünde er vor einer Brücke, sondern als befände er sich in eiskaltem Wasser.

Jemand flüsterte ihm ins Ohr: »Joe? Bist du das? Joe?«

Es war die Stimme eines Mädchens.

Es war, als hätte ihm jemand den Saft abgedreht, als würde er in das Vakuum der Erinnerung gesogen.

Als wäre er wieder achtzehn Jahre alt.

5.

Was möchtet ihr am liebsten? Geld, Liebe, Ruhm, Glück? Entscheidet euch, aber ihr bekommt nur eins. Tut es, pustet die Kerzen aus, dreht das Rad und sprecht das Gebet. Ihr bekommt nur eine Sache, also behandelt sie ordentlich.

Was möchtet ihr am liebsten?

Mein Name ist Schicksal, Mister Schicksal für euch, Kinder, und überlegt euch gut, was ihr am liebsten wollt …

Sehr gut …

Weil ich *dafür sorgen werde, daß es das einzige ist, was ihr bekommt.*

6.

Er war gerade achtzehn und hatte einen Ford Explorer, den er von einem Mann in Stone Valley billig für sechshundert Dollar gekauft hatte; die Karre war an drei Stellen verbeult, aber Joe würde die Dellen ausbeulen, das Getriebe in Ordnung bringen und den linken Scheinwerfer, der nicht hell genug war, austauschen.

'78 schien sich zu einem guten Jahr zu entwickeln, zumindest, was die wirklich wichtigen Sachen anging. Damals war er noch ein cleveres Bürschchen, er, Joe Gardner, auch wenn er die High-School mitten im Junior-Jahr hatte sausen lassen, um in der Autowerkstatt seines Vaters anzufangen. Die Zensuren waren nicht das Problem gewesen – in den Fächern, die er mochte, war er ausgezeichnet, in denen, die ihn langweilten (inklusive Chemie, Geometrie und Sport), schaffte er es immerhin, nicht durchzufallen. Sein Vater hatte ihn nicht auf die High-School schicken wollen, er hielt nicht viel von Bildung. Joes Mutter war sowohl auf ihren Mann als auch auf Joe wütend, aber Joe hatte Pläne, für die er Geld brauchte, und für Colony, West Virginia, 1978, zahlte sein Vater super, sieben Dollar die Stunde, mehr, als er in der Möbelfabrik bekommen hätte, mehr, als wenn er nach Charleston gegangen wäre, um mit seinem begrenzten Talent und seinem begrenzten Ehrgeiz Schriftsteller zu werden.

Und Joe rechnete sich aus, daß er sein Diplom so oder so irgendwo auf der Straße machen würde – Schriftsteller brauchten keine Ausbildung. Was hätte Shakespeare eine Ausbildung genutzt? Oder Jack Kerouac? Oder John McDonald? Oder irgendwem, der auch nur einen halbwegs anständigen Satz zusammenbrachte? Das waren seine Argumente, als er siebzehn wurde. Das wichtigste war, genug Bruce Springsteen zu hören und das richtige Feeling zu haben. Darüber hinaus wünschte er sich nur noch, Melissa rumzukriegen, mit ihm in seiner Karre abzuheben. Manchmal allerdings war das Leben in Colony einfach die Hölle. Hatte Bruce Springsteen etwa einen akademischen Titel gebraucht, um »Born To Run« zu schreiben? Irgendwie bezweifelte Joe das. Diese Argumente hatte er allerdings mit achtzehn bereits wieder leid, denn während er sich den ganzen Tag von oben bis unten mit Öl einsaute, sah er, wie seine Kumpel von der Colony High ihren Abschluß machten, und Hopfrog Petersen, Sohn eines der bekannteren Männer der Stadt, ging sogar nach Morgantown aufs College, derweil Joe – der im Herzen wußte, daß er cleverer war – den Rest seines Lebens in diesem verfickten Kaff hängenbleiben und fragen würde: »Verbleit oder unverbleit?« und »Soll ich noch mal schnell unter die Haube gucken, Miss?«

Immerhin wußte er, er tat es für Melissa.

Die süße Melissa.

Er war seit der sechsten Klasse in sie verliebt, und er würde sie bis zu dem Tag lieben, an dem er starb.

Und sie liebte ihn ebenfalls.

Beide konnten es kaum erwarten zu heiraten.

Brannten darauf.

Melissas Eltern wollten sie aufs College schicken, aber sie wollte Joe heiraten, und er liebte sie mehr als sein Leben.

Und damit geht der Ärger immer los, vor allem, wenn es sich um Liebe dreht: Man kann einfach nicht abwarten.

In einer Stadt wie Colony ist Geduld nicht nur eine Tugend, sie ist eine Notwendigkeit.

Schließlich hatte die Stadt hundert Jahre gewartet, bis sie sich überhaupt Stadt nennen durfte.

Was wären schon vier weitere Jahre? Das fragte jedenfalls Melissas Vater.

Aber für Joe Gardner, der in eine alte Eiche JG LIEBT MW BIS ZUM TOD geritzt hatte, und für Melissa Welles war die Zeit ein Feind; das einzige, was zählte, war JETZT JETZT JETZT.

7.

»Was wißt ihr beiden schon über Liebe?« sagte Gary Welles. Melissa war oben, versteckte sich, war vielleicht verlegen, weil ihr Vater offensichtlich eine neue Taktik Joe gegenüber ausprobierte. Gary (»Für dich Mister Welles, Junge!«) stand in der Tür zu seinem Haus, hatte die Hände in die Hüften gestemmt und die Beine gegrätscht, als erwarte er einen Kinnhaken.

Und manchmal hätte ihm Joe auch am liebsten einen verpaßt, weil Welles zu jener Sorte Tyrann gehörte, die Joe sein ganzes Leben gehaßt hatte. Er hätte ihm zu gern gesagt, daß er wußte, weshalb Melissas Mutter gelegentlich blaue Flecken hatte, oder warum Melissas kleiner Bruder Gordon mit dreizehn quasi autistisch war; aber eigentlich wollte er nur eins, er wollte Melissa sehen, und er wußte, eine Schlägerei mit ihrem Vater würde ihm dabei nichts nützen.

Außerdem war Joe nicht gerade der beste Kämpfer – nicht, daß er sich nicht schon gelegentlich auf eine Prügelei eingelassen hätte, doch egal, wie oft sein Vater ihn beiseite genommen und ihm gezeigt hatte, wie man boxt, er hatte den Dreh nie rausbekommen.

Joe hatte allerding die Größe auf seiner Seite: Mit seinen achtzehn Jahren maß er einen Meter neunzig, seine Schultern waren breit, auch wenn er sie hängen ließ, und er strahlte Kraft aus.

Melissas Vater war dagegen klein und runzlig, was einen noch wütender machte, wenn man daran dachte, wie er Melissas Mutter verprügelte.

»Liebe«, fuhr Gary Welles mit seinem Vortrag fort, »Liebe bedeutet nicht, daß die Fenster beschlagen, während man im Drive-in im Wagen rumknutscht, wie ihr Kinder euch das immer vorstellt. Liebe hat etwas mit Verpflichtung, Sicherheit und Fürsorge zu tun. Und damit, Kinder mit den richtigen moralischen Werten großzuziehen.«

»Okay, Mr. Welles, ich verstehe, worauf Sie hinauswollen«, sagte Joe, »aber wie alt waren Sie, als Sie geheiratet haben?«

Gary Welles kniff die Augen zusammen, als könnte er so die ihm gestellte Falle erkennen. »Neunzehn.«

»Und Mrs. Welles?«

»Junge, red keinen Quatsch, das kannst du doch nicht vergleichen. Wir haben 1949 geheiratet. Das waren ganz andere Zeiten. Der Krieg hat uns vorzeitig erwachsen gemacht. Ich hatte eine feste Arbeit und konnte eine Frau ernähren.«

»Das kann ich auch. Ich verdien genug, und ich such mir noch einen Job fürs Wochenende, wenn's sein muß.«

»Und was ist mit dem College, Junge? Melissa wird aufs College gehen. Ich habe keine Lust, hier ein schwangeres Mädchen rumsitzen zu haben. Meine Frau und ich, wir wollen etwas Besseres für sie als einen ölbeschmierten Tankwart. Sie soll die Welt kennenlernen.«

»Sie soll also eine gute Partie machen, wie?«

»So habe ich das nicht gemeint.«

»Sie soll nicht aufs College gehen, um etwas zu lernen, sondern damit sie einen Medizinstudenten oder einen Juristen kennenlernt. Und mich halten Sie für Abschaum, wegen meiner Mutter.«

»Nein, Junge, das hast du falsch verstanden.«

»Meine Mutter ist eine gute Frau, Mr. Welles.« Joe fühlte sich wie ein Lügner.

Gary Welles schien etwas einwenden zu wollen, doch er zögerte. Schließlich sagte er. »Ich habe keine Lust, mich mit dir zu streiten.«

Joes Mund klappte zu. Er wollte ihn wieder aufmachen und noch etwas sagen, weil dieser Kerl ihn wirklich zur Weißglut brachte, aber er wußte, sie würden sich doch nur Bosheiten an den Kopf werfen, und damit würde er Gary Welles nur darin bestärken, daß er nicht der richtige Mann für seine Tochter wäre.

Gary kam heraus auf die Veranda; Joe trat einen Schritt zurück und machte ihm den Weg frei.

Gary ging bis zur Kante der Veranda, die sich ums ganze Haus zog. Ein paar Straßenlaternen beleuchteten das Haus; das Licht war gelb, und die Lampen surrten leise. Joe dachte manchmal, sie müßten irgendwann explodieren. Man konnte Grillen und Heuschrecken hören, die wie Maracas klangen, und darunter das Dröhnen der großen LKWs auf dem Bergpaß und ihr Hupen, das wie die Schreie brünstiger Wale klang, die einander in der Dunkelheit riefen.

Gary Welles zog eine Zigarre aus seiner Brusttasche. Er trug selbst an schwülen Abenden wie diesem einen dreiteiligen Anzug; unter seinen Achselhöhlen zeigten sich dunkle Schweißflecken. Mr. Welles war Vertreter für die Colony-Möbelfabrik, und obwohl der Vertreterstab als ausgesprochen hinterlistig galt, war es ihm gelungen, den Nordosten, das größte Gebiet von allen, zu bekommen. Deshalb – so glaubte er jedenfalls – neigten alle in der Stadt den Kopf vor ihm; keiner wagte, es sich mit dem Mann zu verderben, der Hunderte von Dollars für ein Massenprodukt rausholte, welches in der Herstellung acht Dollar kostete, die Sonderbehandlung mit Kette und Zange, damit es antik wirkte, schon eingerechnet.

»So, Gardner, Joe, Junge, wärst du nicht glücklich, wenn Melissa aus diesem Loch hier rauskommen und ein besseres Leben führen könnte?« Gary Welles rauchte seine Zigarre. Einen Moment lang glaubte Joe, er hätte die Zugbrücke ein wenig gesenkt.

»Yeah. Ja. Aber ich denke, ich könnte mit von der Partie sein.«

Der Mann sah ihn an, lächelte freundlich, langte zu ihm hinüber, klopfte ihm auf die Schulter und zog ihn zu sich heran.

Er sagte: »Joe, ich würde dir gern etwas über mich erzählen. Ich würde dir gern etwas über einen Mann erzählen, der auch mal so ein Junge war wie du, der aus dem Krieg kam und seine Liebste heiraten wollte. Darüber, wie ich Blutblasen an den Händen bekam, als ich meine Schaukelstühle von Tür zu Tür schleppte, und wie ich um vier Uhr morgens aufstand, um meinen Zug zu erwischen. Wie ich alles für meine Familie geopfert habe. Und die große Frage, mein Junge, ist doch immer: War es das wert? Die ganze Plackerei, war es das wirklich wert? Und soll ich dir die Antwort verraten« – ein langer Zug an der Zigarre, und stinkender Rauch umhüllte Joe und trieb ihm die Tränen in die Augen – »soll ich dir die Antwort verraten?«

»Ich kann sie mir schon vorstellen.«

»Ich glaube, das kannst du nicht, Joe. Ich glaube, die jungen Leute heute sind nicht so reif wie wir damals. Die Antwort, mein Junge, lautet nämlich keinesfalls ja. Genau das Gegenteil ist der Fall. Wenn ich es noch einmal machen müßte, würde ich warten. Ich hätte Melissas Mutter noch drei, vier Jahre den Hof gemacht und sie geheiratet, wenn ich ein bißchen was gespart gehabt hätte, wenn ich mich mehr der Familie hätte widmen können. Sie hätte gewartet. Wenn dich eine Frau liebt, Joe, dann wartet sie auch. Wenn du eine so sehr liebst, daß sie dich bis in die Träume verfolgt, dann, glaub mir, Joe, wirst du auch warten können. Was sind ein paar Jahre, wenn die Liebe unendlich ist?«

Gary Welles blickte Joe in die Augen und blies ihm Rauch ins Gesicht.

Joes Augen begannen zu tränen, wegen des Rauchs und wegen seiner Gefühle.

Von hinten hörte er Melissa sagen:

»Hör nicht auf ihn, Joe«, und ehe er sich noch umdrehen konnte, war sie schon da, in ihrem Button-down-Hemd und Jeans und Halbschuhen – sie schnappte sich seinen Arm und zog Joe halb die Stufen der Veranda hinunter. »Laß uns, verdammt noch mal, hier verschwinden«, flüsterte sie, drehte sich um und schrie ihren Vater an: »Kannst du dein Gift nicht einmal im Leben für dich behalten?«

8.

Sie liebten sich hinten auf der Ladefläche seines Trucks, etwas, was für ihn immer noch ein Mysterium war, eine Sache des Vertrauens, ein Heiratsversprechen. Ihr Körper war heilig, und er nahm ihre Vereinigung ernster, als das die meisten Teenager tun: Er achtete darauf, daß sie so viel Vergnügen wie möglich hatte, daß sie zumindest so viel spürte wie er, Feuerwerke, Schauder, Keuchen. Sie fummelten auch viel, aber auch das Fummeln war ihm heilig. Er hatte noch nie mit einem anderen Mädchen geschlafen, hatte nie Verlangen danach gehabt; er würde den Rest seines Lebens mit ihr verbringen, und er würde dafür sorgen, daß sie die erfüllteste, glücklichste Frau auf Erden würde. Er war jetzt ein Mann und sie eine Frau, und die Welt war ihr Garten Eden. Leute wie sein Vater waren zu alt, um die wahre Liebe zu verstehen, um zu verstehen, wie Sex zwei Seelen miteinander verband, daß er das Suchen und Finden der anderen Hälfte verkörperte. Ältere Menschen hatten das wieder verloren, Menschen wie seine Mutter und sein Vater hatten den reinen Geist schon lange betrogen, hatten ihre Liebe pervertiert. Aber mit Melissa war alles anders, es war, als berühre er einen Engel. Er genoß das Gefühl, in ihr drin zu sein, selbst mit dem Pariser fühlte er die Verbundenheit, die Freude, das Feuer – Gott, er konnte es nicht lange zurückhalten, aber er mußte, mußte es für sie.

Danach küßte er sie sanft und strich ihr das Haar aus dem Gesicht.

Sie grinste, flüsterte etwas, was er sofort vergaß, und dann zog sie ihre Jeans wieder an. Es war fast Mitternacht. Sie warfen eine Münze, wessen Musik sie in den Kassettenrecorder einlegen würden, aber Melissa gewann, wie gewöhnlich: Sie war kein Springsteen-Fan, und deshalb lief der verdammte Soundtrack von *Saturday Night Fever* im Hintergrund. Jedesmal, wenn er sich gerade richtig gehenlassen und den Augenblick genießen wollte, hörte er wieder die übertrieben hohen Stimmen der BeeGees, und von daher war es auch egal, daß sie hinten auf seinem Truck lagen, wo es nicht so bequem war wie anderswo – Disco-Musik brachte es nicht, fand er jedenfalls.

Dann schnaubte er. »Er bringt mich um«, sagte er und lächelte. »Dein Vater bringt mich um.«

»Garantiert, wenn er uns so sieht«, sagte sie und rückte sich schamlos die Brüste zurecht.

»Melissa Welles, wirst du wohl damit aufhören«, sagte er und mußte lachen.

»Nach dem Sex bist du immer so schüchtern. Vor einer Stunde warst du das noch nicht.«

»Und du lernst schnell. Ich dachte immer, Jungen wären geiler als Mädchen.«

Sie zuckte die Schultern, schob ihren BH zurecht und zog sich das Hemd über. »Der große Mythos der Männlichkeit. Vielleicht tauche ich ja auch im Buch *Die Legende von Joe Gardner* auf.«

»Also« – er warf ihr einen Seitenblick zu und stützte sich auf den Ellbogen – »in welchem Kapitel meines Romans möchtest du denn mitspielen?« Er hatte es nicht eilig, sich anzuziehen; er glaubte, so nackt im Mondlicht verführerisch auszusehen, hier, hinten auf dem Truck, selbst mit den ganzen Mückenstichen am Hintern.

Sie beugte sich vor und küßte ihn auf die Stirn. »In jedem Kapitel, Joey. Aber keine Legenden mehr, okay? Ich will nur, daß wir bald heiraten. Ich liebe dich, und es interessiert mich nicht, was Daddy darüber denkt.«

»Meinst du nicht, er hat recht mit dem, was er über das Abhauen aus Colony gesagt hat?«

»Wir können auch zusammen abhauen. Wir kriegen das schon hin. Ich hab ein bißchen gespart, und du hast ein bißchen Geld, und ich schätze, wir schaffen es schon.«

»Und was ist mit dem College?«

»Ich werde eben zur Abendschule gehen müssen oder so. Ich weiß nur eins: Ich liebe dich, und ich möchte mit dir zusammensein« – sie küßte ihn leidenschaftlich, und er spürte, wie sich das Blut abermals in seinem Schoß sammelte, wie ihn ungebeten wieder diese erschreckend wunderbare Hormonflut überschwemmte.

Und als sie es noch einmal machten, ließ Melissa ihren BH und ihr Hemd an und zog nur die Jeans aus. Joe fragte sich, ob sie ihn wirklich liebte oder ob es ihr nur um den Sex ging.

Sie flüsterte: »Übermorgen können wir über die Berge gehen und in Stone Valley heiraten. Daddy wird es erst mitkriegen, wenn es zu spät ist.«

Joe keuchte – wie ein Zug, der aus dem Bahnhof herausfährt und an Geschwindigkeit zunimmt: »Ja Ja JA JA JA ICH LIEBE DICH O GOTT MELISSA ICH LIEBE DICH JA.«

Die Nacht war endlos, die Liebe war stark und wundervoll, doch am frühen Morgen surrte ihm etwas durch den Kopf.

Was wollt ihr eigentlich, Kinder?

Liebe? Glück?

Woran glaubt ihr?

Liebe? Ist es das, Joe? Liebe?

Ich werde sie euch wegnehmen. Ich werde die Kerze für euch auspusten, Joe, mein Junge, und jedesmal, wenn du eine neue anzündest, werd ich sie wieder auslöschen.

9.

Hopfrog wurde nur deshalb Trauzeuge, weil es sonst niemanden gab; Melissa und Joe wollten nicht, daß jemand sie verpetzt, und Hopfrog hatte sich trotz seines guten Aussehens und seines gewinnenden Charmes von den meisten Leuten der Stadt zurückgezogen, noch ehe er achtzehn war.

»Eigentlich, Hop«, sagte Melissa, als sie ihn umarmte »weiß ich ja nicht, ob ich dir traue, aber solange ich mich nicht *mit* dir trauen lassen muß ...«

Hopfrog zuckte die Schultern. »... bin ich zum Zeugen allemal gut genug, Mann.« Hopfrog nannte jeden »Mann«, seit er mit den Kiffern der Schule in den Maisfeldern Marihuana ausprobiert hatte. Er machte gerade so etwas wie eine coole

Phase durch, und Joe war ein bißchen über diese dauernden Drogen- und Alkoholorgien genervt. Hopfrog hatte vielleicht sogar LSD probiert, und das war selbst den Kiffern von der Colony High zu hart; allerdings nahmen ihm einige der Jungen seine Berichte, er sei wie auf einem fliegenden Teppich durch den Himmel gedüst, nicht ab. Hopfrogs Haar war ein bißchen zu lang, seine Hose ein bißchen zu ausgeblichen, und das, was er las, war ein bißchen zu sehr an William Burroughs orientiert. Hopfrog war seit der achten Klasse zu einem echten Freak geworden.

Es war der Morgen der Abschlußfeier, und Melissas Verwandte waren alle an der Schule und erwarteten sie ebenfalls dort, weil sie schließlich eine verdammte Absolventin war, wie sie es formulierte; doch statt dessen würde sie mit Hop und Joe nach Stone Valley zum Friedensrichter fahren.

Hopfrog hatte einen dieser VW-Käfer, die noch von 1969 übriggeblieben waren, mit Flower-Power-Abziehbildern und verkehrten Fahnen und schlampig auf die Haube gemalten Peace-Zeichen. Er hatte ihn in Blacksburg, Virginia, gekauft, für zweihundert Kröten und eine Tasche voll Gras, und die Karre lief, als wäre sie selbst stoned, jedenfalls, wenn sie überhaupt lief. Joe war bereit – er hatte ein blaues Sakko und eine khakifarbene Hose an, seine Schuhe glänzten, und sein Haar war ordentlich geschnitten. Er stand neben Hopfrog und wartete auf Melissa, trat von einem Fuß auf den anderen und fragte sich, ob er noch eine Zigarette rauchen sollte, um seine Nervosität zu bekämpfen.

Hopfrog lehnte sich an die Haube seines Käfers und gähnte. »Missy is immer schon gern zu spät gekommen, Mann.«

Etwas an der Art, wie Hopfrog sagte: *Missy is immer schon gern zu spät gekommen, Mann,* klang ein bißchen zu vertraut. Sicher, Hopfrog kannte sie von klein auf, genau wie Joe, doch er wußte auch, daß Hopfrog sie in letzter Zeit mit etwas anderen Augen angesehen hatte, nicht wie einen Kumpel, sondern wie eine Frau. Joe mochte das überhaupt nicht. Dann dachte er: *Shit, soll ich mich vielleicht wie einer dieser Spießer benehmen, die eifersüchtig werden, nur weil irgendein Kerl ihre Frau anmacht? Auf keinen Fall.* »Klar, weiß ich selbst, Mann«, sagte Joe, wie immer das Chamäleon. »Ich hoffe nur, daß deine Karre nicht wieder einen Platten hat, wie an Weihnachten.«

»Hör mal, du Scheißer, dieser Käfer ist in einem 1a-Zustand.«

»Ich hab ihn dir ja auch umsonst überholt«, sagte Joe. Manchmal konnte er es echt nicht fassen, wie enorm Hopfrog sich verändert hatte – seit damals, als Patty Glass verschwunden war. Danach war Hopfrog nicht mehr der alte gewesen. Er hatte zu viele Drogen genommen und zu viele Partys gefeiert, hatte seltsame Sachen gemacht: war mit purpurfarbenen Nickelbrillen rumgelaufen, zum Beispiel, und hatte seine eigenen – ganz besonderen – Schokoladenplätzchen gebacken, die er beim Mittagessen am Lehrertisch verteilte. Wie sich herausstellte, war gar kein Hasch drin gewesen, nur Ex-Lax.

»Ich hab hinten noch eine Flasche Sekt«, sagte Hopfrog und zeigte auf eine Tasche auf der Rückbank. Daneben lag eine Pizza-Schachtel von Luigi's. Hopfrog hatte an alles gedacht. Er hatte immer die Führung übernommen, schon ehe er erwachsen geworden war, und obwohl er jetzt ein Außenseiter war, hatte er immer noch dieses Pfadfinderzeugs drauf: allzeit bereit.

»Hey«, meinte Hopfrog und hob den Finger. »Spürst du das?«

Joe stand ganz still, als könnte er etwas verpassen.

»Kein Wind«, sagte Hopfrog. »Gibt also Sturm. Sonst weht immer ein bißchen Wind von den Bergen herunter, es sei denn, eine Schlechtwetterfront zieht auf. Wird wahrscheinlich der erste Sommersturm. Blitz, Donner, Naturgewalten. Wir kriegen in den Malabars bestimmt einen Schauer ab. Vermutlich müssen wir die Nacht über in Stone Valley bleiben. Soll ich dann zwischen euch schlafen oder am Fußende?«

Joe war verwirrt; er konnte nie unterscheiden, ob jemand einen Witz machte oder es ernst meinte. Nicht, daß er schwer von Begriff gewesen wäre. Er hatte einfach die prägendsten Jahre seiner Jugend nicht mit den anderen Jungs draußen beim Spielen verbracht, sondern versucht, Geschichten zu schreiben, die nirgends hinführten, oder in der Tankstelle seines Vaters gearbeitet. Jedenfalls hatte er gehofft, aus Colony herauszukommen, ehe er verrückt wurde. Er mochte es nicht, wenn jemand über Melissa Witze machte, auch nicht, wenn derjenige ein Freund war.

Hopfrog mußte ihm das angesehen haben. »Eh, komm schon, Joey, vergiß es, war doch nur ein kleiner Hochzeitswitz. Gott, du hängst entweder mit deinem verrückten Alten rum und schnüffelst Super, oder du läßt dich über russische Literatur aus, als säße Tolstoi selig persönlich neben dir.«

»Super, Hop, du weißt echt, wie man das Leben eines Mannes in einem Satz zusammenfaßt.«

»Scheint mir nur, als hättest du einen Haufen dummer Fehler in deinem Leben gemacht. Wie zum Beispiel, die Schule sausen zu lassen, wo du quasi einer der Besten warst, um dann bei deinem Alten den Ölmeßstab in die Hände zu nehmen. Du hast dir irgendwie immer die falschen Sachen vorgenommen und sie dann auch noch durchgezogen, Joey.«

»Hop«, meinte Joe.

»Ja?«

»Halt die Klappe.«

»Oh. Okay.«

»Wenn du mir erzählen willst, was ich glaube, das du mir erzählen willst, laß es lieber. Ich kenne Melissa, und ich hätte sie schon als kleiner Junge geheiratet. Alles, was ich von dir will, ist, daß du mich über die Berge fährst. Wenn es Sturm gibt, zahle ich dir ein Motelzimmer. Wenn es keinen gibt, kriegst du ein Mittagessen. Versuch dich einfach daran zu erinnern, daß du mein Freund bist und nicht mein Alter Ego, okay?«

Hopfrog nickte, und seiner Miene nach hätte er den Sekt in der Tasche am liebsten sofort getrunken.

Joe war nervös.

Hopfrog ging es nicht besser. Er war so unruhig, daß er eine Camel aus seinem aufgerollten Ärmel holte, sie ansteckte, tief inhalierte und eine graue Rauchwolke ausstieß.

Es würde ein unruhiger Tag werden.

Und es wurde auch nicht besser, als Melissa Welles schließlich auftauchte.

10.

»Ich bin nicht sicher, ob es richtig ist«, sagte sie.

Acht kurze Wörter.

Die acht schrecklichsten Wörter der Sprache, wenn du

selbst absolut sicher bist, daß es richtig ist, und geglaubt hast, sie würde es genauso sehen.

Sie sah umwerfend aus. Hopfrog bezeichnete sie immer als die »absolut Geilste« – für ihn war das ein Kompliment, für die konservativen Bürger der Stadt eher etwas Obszönes.

Für Joe sah sie auch, als sie diese entmutigenden Worte sagte, schöner aus als je zuvor.

Er merkte, wie er rot wurde. Es war alles zu schön gewesen, um wahr zu sein. Seit er sie in der vierten Klasse kennengelernt hatte, war er verliebt in sie, aber er hatte einen gewissen Abstand zu ihr gehalten, bis er ihr in der sechsten Klasse Blumen geschenkt und sie ihn geküßt hatte; und als Patty Glass weggelaufen oder entführt worden oder in einen Brunnen gefallen oder was auch immer war, hatte sie geweint, und er hatte sie in den Armen gehalten, und zum erstenmal hatte er jemanden getröstet; und in der zehnten Klasse hatte sie ihm ihre Liebe gestanden, und seit der elften wollte sie ihn heiraten.

Und jetzt: »Ich bin nicht sicher, ob es richtig ist.«

Sie kam geradewegs von der Abschlußfeier, trug noch das dunkle, elegante Kleid. Sie hatte die Hände in die Taschen geschoben – etwas, was sie nur tat, wenn sie etwas zu beichten hatte. Sie hatte noch nicht einmal einen Kulturbeutel dabei.

Sie würde ihn nicht heiraten.

Er wußte es.

Sie sagte etwas, doch er bekam nichts mit. Er befand sich unter der Wasseroberfläche, er konnte nichts mehr hören. Er konnte nur immer wieder denken, daß er jetzt nichts mehr hatte, wofür es sich zu leben lohnte. Nichts mehr, keinen Besitz, keine Erfahrung, keinen Sinn, keinen Wunsch.

Dann kicherte sie. »Joe. Joey, mach schon. War nur ein Witz. Ich liebe dich, und ich bin bereit.« Unter ihrem Kleid zog sie ein winziges rotes Kulturtäschchen hervor.

»O Gott«, seufzte er. Die Farbe kehrte in sein Gesicht zurück, er spürte wieder die Wärme des Blutes, der Sonne, der Liebe; er nahm sie in die Arme und küßte sie auf den Mund und die Wange und die Stirn. »Ich liebe dich auch, Baby, auch wenn ich deine Witze nicht mag. Ich liebe dich.«

»Du konntest noch nie Spaß verstehen«, sagte Hopfrog, klopfte ihm auf die Schulter und spuckte die Kippe auf die Straße. »So, jetzt wollen wir uns lieber mal aufmachen, ehe die ganze Bande hinter uns her ist.«

11.

Sie überquerten die Stadtgrenze. Hopfrog saß am Steuer, Melissa und Joe zusammen auf dem Rücksitz, der Sturm zog jetzt eindeutig von den Malabar Hills herunter, und sie waren fast an der Paramount Bridge, als Hopfrog sagte: »Seht mal, Jungs und Mädels.« Er zeigte auf den Straßenrand.

Ein Mercury Cougar hatte einen Unfall gehabt und lag im Graben auf der Seite.

»Da ist Gump.« Hopfrog deutete mit dem Kopf auf Joes Cousin Dale Chambers. »Soll'n wir ihm guten Tag sagen?« Der Polizist bemerkte sie kaum, während sie langsam vorbeifuhren; das Autowrack rauchte noch: Dale, den die meisten Leute Gump nannten – nach einer Comicserie im Fernsehen, deren Held genauso aussah wie er – kratzte sich am Kopf. Aus dem Funkgerät seines schwarz-weißen Ford Torino kamen Stimmen.

»Wie das wohl passiert ist?« sagte Melissa und lehnte sich an Joe. Ihr Atem war süß. Sie kaute einen Fruchtkaugummi; sie roch nach *Charlie!*, von dem sie immer ein kleines Fläschchen in der Handtasche hatte. Paßte zwar nicht so gut zu seinem *British Sterling*, aber was zum Teufel machte das schon. Er mochte ihren Geruch. »Glaubst du, jemand ist verletzt?«

Joe beugte sich vor und steckte den Kopf aus dem Fenster der Fahrertür. »Hey, Dale!«

Der Officer drehte sich um. Er erkannte Joe und winkte sie weiter. Aber auf seinem Gesicht lag immer noch ein verwirrter Ausdruck. Joe bemerkte, daß niemand in dem Wagen saß – als wäre der Betreffende einfach davongegangen.

»Scheint alles in Ordnung zu sein«, meinte Joe und ließ sich wieder auf den Rücksitz sinken; er schlug ein Bein über Melissas und dachte, daß heute der glücklichste Tag seines Lebens war.

Hopfrog gab Gas und schaltete. Brummend setzte der Käfer sich wieder in Gang.

Sie fuhren über die Paramount Bridge, und als sie in der Mitte angekommen waren, bockte der Käfer.

Joe flüsterte Melissa ins Ohr: »Was hätte sonst schon schiefgehen können?«

Es fing gerade an zu regnen.

Es würde den ersten Sturm des Sommers geben.

Über den fernen Bergen blitzte es blau und weiß.

Der angenehme Geruch von Geißblatt lag in der Luft. Die Leute in den Bergen sagten immer, Geißblatt würde einen beschützen und Glück bringen. Joe hieß den Geruch jetzt willkommen, zusammen mit dem des frischen Regens.

Vor ihnen kam ein LKW die Straße heruntergedonnert.

Auf sie zu.

»Verdammte deutsche Autos!« sagte Hopfrog und hantierte mit dem Schalthebel. Der VW bockte immer noch. Eigentlich liebte Hopfrog Petersen deutsche Autos – aus diesem Grund hatte er sich den Volkswagen ja auch gekauft – doch jedesmal, wenn er den Gang nicht reinkriegte, gab er dem Herkunftsland die Schuld.

Irgendwas an Hopfrogs Gesicht war komisch; irgendwas, das Joe nicht richtig einordnen konnte.

Joe blieb ruhig. Es würde schon nichts passieren. Der LKW würde am anderen Ende der Brücke anhalten; er und Melissa würden um drei in Stone Valley heiraten; Hopfrog würde sich mit seinem eigenen Sekt betrinken und im Kinderbett ihres Motelzimmers pennen. Er und Melissa würden verheiratet sein, und dann würde das Glück langsam zu ihnen kommen.

Es war nur schwer, im Augenblick ruhig zu bleiben.

Aber es waren ja nur noch Augenblicke.

Melissa flüsterte: »Warum wird der LKW nicht langsamer?«

Hopfrog starrte etwas an, nicht den LKW oder die Kupplung, sondern etwas im Himmel, und sein Mund formte ein O, als hätte er den Himmel noch nie zuvor gesehen.

Etwas flüsterte.

Was möchtest du am liebsten?

Denk gut drüber nach, Joe.

Aber es ist ein Geheimnis. Behalt es für dich.

Weil es das ist, was du niemals bekommen wirst. Dafür werde ich schon sorgen.

12.

»Joe?«

Er schlug die Augen auf.

Er war kein Teenager mehr.

Er saß in seinem Buick, mit seiner Frau und seinen Kindern.

Seine Tochter, Hillary, sang den »I love you«-Song aus der *Barney*-Show. Er erinnerte ihn an den alten Feely, weil es die Melodie von »This Old Man He Plays One« war.

Es war nicht mehr 1978.

Verdammt. Oder denen da oben sei Dank, einem von beiden.

»Joe? Alles in Ordnung?« fragte seine Frau.

Er sah sie an und zwang sich ein Lächeln auf die Lippen. Er schwitzte. »Wir hätten nicht zurückkommen sollen«, sagte er.

Sie langte zu ihm herüber und griff ihm an die Stirn. »Du hast ein bißchen erhöhte Temperatur.«

»Jenny«, sagte er. »Hier ist es passiert.«

Sie zog ihre Hand zurück. »Wir hätten den neuen Highway nehmen können. Warum bist du hier langgefahren?«

»Ich wollte die Stelle noch einmal sehen. Ob sich irgendwas verändert hat. Hat sich aber nicht. Die ganzen Jahre über haben sie die Straße oder die Brücke nicht ausgebessert.«

»Soll ich lieber fahren?« fragte sie.

»Nein, es geht schon.« Er ließ den Wagen wieder an.

Dieses Mal kam er sicher über die Brücke.

KAPITEL 3
Das Leben eines Jungen

Die schlimmsten Dinge geschehen immer am hellichten Tag.

Das war jedenfalls, was Billy Hoskins dachte, als er die Stufen der Veranda vor seinem Haus runtersprang und auf die Maple Street ging. Das Schlimmste für einen Jungen von neun Jahren hielten die Erwachsenen um ihn herum für ganz normal: Streitereien, mürrische Gesichter, spöttisches Gelächter, Schelte, kleine Obszönitäten, die man in sich hineinmurmelte. Es war seine Mutter, die immer damit anfing – zumindest empfand Billy das so. Sein Vater kam mittags nach Hause und wollte in Ruhe essen, und Billys Mutter fing an zu sticheln. Die Kämpfe gingen immer um nichts, zumindest, soweit Billy das beurteilen konnte. Der Geschirrspüler war kaputt, oder die Küche mußte tapeziert werden, oder Billys Dad hatte letzte Nacht die Kellnerin bei Hojo's angelächelt, oder etwas ähnlich Blödes. Billy hatte sich geschworen, nie zu heiraten, wenn er groß war, weil Ehefrauen einem nur Ärger machten. Und nun hatte er gerade sein Thunfisch-Sandwich aufgegessen und hätte gern noch einen von den Keksen genommen, die so einladend auf dem Tisch standen, weil seine Mutter sich in ihrer Verzweiflung damit den Mund stopfte, so daß sie die bösen Sachen, die sie sonst ausgespuckt hätte, für sich behalten konnte, aber dann schob er seinen Stuhl zurück

– wobei er ihn fast umkippte –, weil Mom jetzt damit anfing, wie schlimm die Hitze letzten Sommer gewesen sei, und wie es sein Vater wagen könne, ihr eine Klimaanlage zu verweigern, sie also praktisch ins Mittelalter zurückzuschicken. »Unten bei Crawford verkaufen sie welche. Wir könnten uns eine für die Küche und eine fürs Schlafzimmer kaufen. Dreihundert Dollar. Mehr nicht.«

»Zum Teufel, es ist November«, sagte sein Vater. »Jeden Tag kann es anfangen zu schneien, und du machst dir über so was Gedanken! Verdammt noch mal. Und wieso ist Billy eigentlich heute zu Hause? Warum ist er nicht in der Schule?«

»Er hatte heute morgen erhöhte Temperatur«, behauptete seine Mutter. Das war nicht wirklich wahr, wie Billy sehr wohl wußte. Er hatte in diesem Herbst viele Schultage versäumt. Seine Mutter war heute früh, von Weindunst umnebelt, wieder eingeschlafen, und Billy war einfach im Bett geblieben und hatte gehofft, die Welt würde verschwinden und seine Eltern würden ihn vergessen.

Um halb elf war sie schließlich aufgestanden, und er hatte gelogen, es ginge ihm nicht gut, und sie hatte ihm die Hand auf die Stirn gelegt und geschrien: »Oh, mein Gott, Kind, du bist ja ganz heiß!« So ging das immer, wenn sie diesem Wein, den sie »Beaujolly« nannte, wieder zugesprochen hatte.

Billy trat einen Schritt vom Tisch weg. Sie würden ohnehin nicht bemerken, wenn er sich davonmachte. Sie würden einfach dasitzen und weiterstreiten. Nachts waren sie zu müde dazu, aber tagsüber hatten sie genug Zeit und Kraft.

Das war das schlimmste, soweit es ihn betraf, und er haßte es. Er schnappte sich sein Kapuzen-T-Shirt und zog es sich eilig über den Kopf. Wenn seine Eltern sich stritten, fühlte er sich jedesmal, als müßte er Kugeln ausweichen. Bei sich nannte er das immer eine DMZ. Es war wie mit diesem Teil der Stadt, wo auf einem Schild stand: Keine Reitzone. So in der Art. DMZ stand für Dämonische Mutterzone, und das brachte alles sehr gut auf den Punkt.

Das Geschrei hörte nicht auf.

»Ich kenn dich doch, ich weiß, du kaufst mir auch im Juni keine Klimaanlage, und dann werden sie wieder teurer sein.«

»Jesus, wir hätten Billy schon vor einem Jahr zum Kieferorthopäden schicken und zweitausend für seine Zähne ausgeben sollen – schließlich hat er das schlechte Gebiß von deiner Seite geerbt – und du willst mitten im verdammten November eine Klimaanlage kaufen!«

»Er braucht die Klammer nicht so dringend, wie ich bestimmte Dinge hier im Haus«, nörgelte seine Mutter weiter.

Aber in diesem Augenblick sprang Billy bereits von der Veranda vor dem Haus und haute ab, lief die Straße runter, ohne darüber nachzudenken, wo er eigentlich hinwollte, mit dem einzigen Wunsch, so weit wie möglich von ihnen, von diesem Haus, fortzukommen. Es war ein böses Haus, in das sie vor zwei Jahren eingezogen waren. Vorher hatten sie in einer kleinen Wohnung über dem Lebensmittelladen in der Main Street gewohnt, und seit sie in dieses Haus gezogen waren, wurden alle dauernd sauer wie Milch in der Sonne. Billy haßte das Haus, und er wünschte sich, jemand würde ein Streichholz dranhalten.

Am Ende der Maple Street hörte er auf zu rennen; dort stieß die Straße auf eine Sackgasse und die Lone Duck Road, und wenn er nach links ginge, würde er zur Stadtmitte kommen, und das bedeutete Ärger zu Hause, weil er so weit nicht gehen sollte; wenn er nach rechts ginge, würde er nach einer Meile auf den Feldern landen, wenn er wirklich so weit liefe (bis jetzt hatte er das noch nie getan).

Direkt vor ihm lag der Apfelgarten des alten Feely, in dem es süß nach Fäulnis roch, da der alte Mann krank war und die Äpfel nicht hatte pflücken können. Alle Kinder nahmen auf dem Weg zur Schule die Abkürzung durch den Garten. Billy hatte das nie getan, weil er noch nicht alt genug war.

Aber heute würde er es tun.

Er würde sich ein paar Äpfel pflücken, damit er genug zu essen hätte, und dann würde er weglaufen. Vielleicht würden ihn nette Leute im Auto mitnehmen – wenn man das Anwesen des alten Feely hinter sich und den Bach überquert hatte, kam man zum Highway. Billy hatte gehört, daß ein vierzehnjähriger Junge von einem LKW-Fahrer mitgenommen worden war. Der Junge war bis Charleston gekommen, bis sie ihn erwischt und wieder nach Hause gebracht hatten. Billys Onkel war LKW-Fahrer, und der war echt nett. Vielleicht würde ihn auch so ein LKW-Fahrer mitnehmen. Dann wäre er eine Weile lang von allem fort, und vielleicht würden seine Eltern sogar traurig werden, weil er verschwunden war (er stellte sich vor, wie seine Mutter heulte und wie selbst seinem Vater Tränen in die Augen traten, wenn sie sich fragten, wodurch sie ihr einziges Kind wohl vertrieben hatten – bei dem Gedanken mußte er lächeln). Dann, nachdem er seinen Spaß gehabt hätte, würde er zurückkommen, und alles würde wieder gut werden. »Jetzt habt ihr euren Denkzettel bekommen«, würde er zu ihnen sagen, so wie es seine Lehrerin Miss Gordon ihm schon so oft gesagt hatte, wenn er in der Schule einen Wutanfall gehabt und sie ihn in den Wandschrank neben dem Putzmittelkabuff gesperrt hatte. »Jetzt hast du deinen Denkzettel bekommen, und nun komm wieder in die Klasse und sei ein guter Junge.«

Es war wichtig für Billy, ein guter Junge zu sein, aber es war schwierig, wo sie doch zu Hause immer nur rumschrien.

Er lief den schmalen Pfad entlang, der zwischen den dürren Apfelbäumen hindurchführte. Er wurde langsamer und fing an, sich nach Äpfeln umzusehen. Als erstes hob er einen auf, der wunderbar glänzte, doch als er ihn umdrehte, war er unten wurmstichig und verfault. Von dieser Sorte fand er noch drei oder vier. Er wußte, er brauchte die Äpfel als Proviant für seine Reise – er hätte sich die Kekstüte vom Glastisch in der Küche schnappen sollen, ehe er weggelaufen war. Dann entdeckte er am anderen Ende des Gartens welche, die am Baum hingen und noch gut waren; er ging hinüber und fand noch mehr. Er stopfte sie in die Känguruhtasche seines Sweatshirts. Er sammelte so viele gute Äpfel, daß er sie auch in die Kapuze tun mußte. Auf einer solchen Reise konnte man nie genug Proviant haben.

Langsam wurde er müde, und es schien kälter zu werden. Wenn er doch nur seine Süßigkeiten von Halloween mitgenommen hätte! Süßigkeiten waren einfach besser, weil sie eingewickelt waren, und er könnte sie vielleicht verkaufen und ein bißchen Geld bekommen. Er hatte gestern abend zwölf Mini-Riegel Snickers gesammelt, und mindestens fünfzehn Riegel Baby Ruth (für seinen Geschmack war viel zu viel Puffmais darin, und außerdem waren sie nicht eingewickelt, weshalb sie sich nur schlecht verkaufen ließen, da war er sicher). *Vielleicht,* dachte er, *sollte ich noch mal heimgehen und die Sachen holen.* Aber das Haus war jetzt DMZ. Es gab kein Zurück.

Was brachte es ihm schon, von seinen Süßigkeiten zu träumen?

Er würde sie doch nie wiedersehen. Er würde seine Katze, Louisianne, nie wiedersehen. Denn mittlerweile war er fest entschlossen, nie wieder nach Hause zu gehen. Er hätte am liebsten geweint, wenn er daran dachte, wie traurig sie alle ohne ihn sein würden, doch irgendwie kamen ihm die Tränen nicht. Er hatte früher oft geweint, aber seit einer ganzen Weile ging es nicht mehr.

Er sah nach vorn: Neben dem Garten stand eine alte Scheune. Hinter der Scheune stand das Haus. In den Fenstern war kein Licht zu sehen. Das war gut. Die anderen Kinder hatten Angst vor dem alten Feely, er war eine richtige Legende, aber Billy hatte vor nichts Angst, was er nicht sehen konnte – und den alten Feely hatte schon lange niemand mehr gesehen.

Die Apfelbäume bildeten Reihen, wie eine Armee auf dem Weg in die Schlacht; dann kamen der Wald und der Bach. Aber bis zum Highway waren es noch zwei Meilen. Billy wußte nicht, ob er jemals so weit gelaufen war.

Statt dessen erinnerte er sich an diese Stelle, die ihm sein Freund Mack gezeigt hatte, am Hang des Apfelgartens. Es war ein besonderer Ort. Er hatte Mack dort erwischt, wie er geraucht hatte. Mack war schon dreizehn, und er durfte rauchen, wenn er wollte (das hatte er jedenfalls damals behauptet). Und dann hatte Mack ihm die Stelle gezeigt, die hinter Steinen verborgen war.

»Was ist das?« hatte Billy gefragt und in die Dunkelheit gespäht.

»Ein Schacht einer alten Mine«, hatte Mack ihm erzählt und mit einer Taschenlampe in den Tunnel hineingeleuchtet. »Sie mußten einen Teil davon zumachen. Ich hab gehört, der

Gang führt bis hinüber zum Watch Hill. Und manchmal soll man sogar Tote durch die Minen laufen hören, die den Weg nach draußen suchen.«

Billy hatte schon über die Minen direkt hinter ihrem Haus Bescheid gewußt, denn aus ihrem Rasen ragten ein paar Rohre. Sein Vater hatte ihm erzählt, die gehörten auch zu den unterirdischen Minen.

Billy hatte Mack gefragt: »Ist es denn nicht schrecklich da drin?«

Mack hatte gegrinst. »Dort unten treiben sich viele böse Dinge herum, Billy, aber wenn ich bei dir bin, kann ich dich beschützen.«

Es war Billy sehr seltsam vorgekommen, an diesem Samstag Stunden in einem Loch unter der Erde zu sitzen und zuzusehen, wie Mack rauchte. Sie hatten sich gegenseitig Geistergeschichten erzählt. Für ihn war das der schönste Augenblick seines jungen Lebens gewesen.

Aus diesem Grund entschloß sich Billy, das Versteck noch einmal zu suchen. Er brauchte nicht lange, die aufgetürmten Steine waren noch da. Er dachte, er könnte sich hier eine Weile verstecken und dann später herauskommen und gucken, wie traurig seine Eltern wären und wie sehr sie ihn vermißten. Dann würden sie vielleicht netter zu ihm sein und ihn nicht mehr so oft anschreien. Und dann würde er nicht mehr weglaufen müssen.

Er wälzte ein paar Steine zur Seite, und dabei fielen ihm einige der Äpfel runter; schließlich mußte er das Sweatshirt ausziehen, weil ihm so heiß wurde. Das Loch war kleiner, als er es in Erinnerung hatte – aber vielleicht war er einfach im letzten Jahr so viel gewachsen. Er wischte die Spinnweben zur Seite und kroch hinein. Er schob sich noch ein bißchen weiter in den Gang. Von hier aus konnte er bis zum Haus des alten Feely gucken. Vielleicht sollte er sich besser wieder verstecken.

Aber es würde bald dunkel werden.

Er mochte die Dunkelheit nicht.

Was, wenn der alte Feely herauskäme und ihn hier schlafend fand? Dann würde er noch mehr Ärger bekommen, vor allem, wenn die Geschichten, die die anderen über den alten Feely erzählten, wirklich stimmten. Was, wenn es hier spukte?

Ich glaube nicht an so was.

Ich glaube nicht daran.

Nicht an Geister. Wenn es welche gäbe, wären sie dann nicht gestern abend an Halloween unterwegs gewesen? Aber er hatte nur andere Kinder gesehen, die sich als Zombies verkleidet hatten. Keine echten Zombies.

Billy hatte keine Angst vor Dingen, die er nicht sehen konnte.

Er zog ein paar der Steine wieder vor die Öffnung des Lochs, so, daß er zwar noch heraus-, aber niemand mehr hineingucken konnte.

Er zog die Knie hoch.

Er schloß die Augen, nur für einen Moment.

Er wollte nicht schlafen. Dazu war es noch zu früh.

Nur einen Moment lang. Probier doch einen Apfel. Äpfel sind gesund. Auch für Würmer? Und Fliegen? Können Würmer fliegen? Herumfliegen wie Engel, die über den Baumspitzen schweben … Seine Gedanken drifteten davon.

Es war drei Uhr nachmittags, als Billy Hoskins einschlief, etwa der Zeitpunkt, als Joe Gardner und seine Familie die Paramount Bridge überquerten und Homer »Hopfrog« Petersen auf dem Behindertenparkplatz vor Logan's Markt in der Stadt parkte und seine Ex-Frau Becky erspähte, die mit ihren Cockerspaniel unterwegs war. Homer konnte sich nicht überwinden, aus dem Wagen zu steigen und »Hi« zu sagen, weil er glaubte, sie hasse ihn mehr als alles auf der Welt. Es war etwas um diese Zeit, als in Colony, West Virginia, die Jahreszeiten wechselten, als der Winter mit Macht in die Stadt drängte.

Wenn Billy aufwachen würde, würde es dunkel und kalt sein.

Etwas würde ihn am Nacken berühren, und er würde sich so erschrecken, daß ihm fast die Luft wegbliebe. Er würde sich umdrehen und dem warmen Gefühl folgen, nach unten, unten, unten, und sich auf dem Weg die Knie aufschürfen, aber nicht widerstehen können.

Und dann, mit einem letzten Atemzug und dem Gefühl, in die wahre Dämonische Mutterzone eingedrungen zu sein, würde die Gewißheit kommen, daß er nichts, *nichts* dagegen tun könnte.

KAPITEL 4
Der LKW-Fahrer

Der LKW, der damals in den 70ern in Hopfrog Petersens kleinen VW reingefahren war, stürzte nicht über den Rand der Paramount Bridge. Es gelang dem Fahrer, einen leichten Schwenker zu machen, und er wirbelte einigen Staub auf, aber dann brachte er den Dreißigtonner zum Stehen. Er sprang aus der Kabine und rannte zurück zur Brücke, wo das andere Fahrzeug abgestürzt war.

Dort stand ein Polizist (dem Abzeichen nach hieß er *Dale Chambers*), und der LKW-Fahrer bemerkte, daß sich bereits ein anderer Unfall am Straßenrand ereignet hatte, wo ein Mercury Cougar ohne Fahrer auf der Seite lag.

»Haben Sie es gesehen?« fragte er atemlos. »Haben Sie es gesehen?«

»Was gesehen?« Der Polizist war ganz ruhig. »Den Unfall?«

»Nein«, sagte der Fahrer, »dieses Ding, diesen Lichtblitz!« Erst später sollte er darüber nachdenken, was aus den Leuten im VW geworden war. »Das war ein UFO«, sagte er, »ganz bestimmt! Ich hab es gesehen, hab gesehen, wie es runtergekommen ist, ganz silbern. So was habe ich noch nie gesehen, es war, als hätte jemand den Himmel geteilt, wie ein Riesenblitz zwischen Himmel und Erde, und es kam zwischen meinem LKW und dem VW runter!«

»Mister, Sie riechen nach Bier. Ich kann Ihnen nur den Rat geben, sich möglichst bald einen Anwalt zu suchen.« Der Polizist ging zu seinem Wagen, um über Funk einen Krankenwagen zu rufen, doch der Fahrer ging zur Brücke und starrte in den Himmel.

Obwohl er später wegen fahrlässiger Tötung angeklagt wurde (die Anklage wurde allerdings abgewiesen, denn ein guter Anwalt kann einiges mit Gesetzeslücken anfangen), sollte er immer wieder zu dieser Stelle zurückkehren und sie für einen verfluchten Ort halten, weil er dort Blitze und Lichter im Himmel gesehen hatte.

Das war vor vielen Jahren. Der Mann erzählte niemandem davon, aus Angst, man würde ihn für verrückt halten.

Die Zeit verging. Manche Wunden heilten.

In der Stadt kehrte wieder der Alltag ein.

Und dann kam eines Tages Joe Gardner an den Ort seiner Geburt zurück.

KAPITEL 5
In einer Stadt wie Colony gibt es keine Fremden

1.

Auf der anderen Seite des Paramount River, schon im County, steht ein Schild:

Colony, West Virginia.
»Die freundliche Stadt am Fluß
Heimat der weltberühmten Colony-Schaukelstühle«
Einwohner: 1700
Jemand hat auf den unteren Rand des Schildes gesprüht:
Willkommen in Colony. Und jetzt hau ab. Und nimm deinen kleinen Hund mit.

Wenn Sie nach Colony wollen, nehmen Sie den Zug von Harpers Fähre aus, oder Sie fliegen bis Charleston, mieten sich einen Wagen und fahren südöstlich bis fast zur Grenze von Virginia, sagen wir mal bis nach Stone Valley, und dann schlängelt sich der Weg durch die Malabar Hills, von deren höchster Stelle es noch einmal vierzig Minuten bis nach Colony sind. Wenn Sie die kleinen Landstraßen kennen, ist der Weg zwar schwieriger zu finden, aber dafür kommen Sie in den Genuß der Schönheit der Landschaft, des klaren Himmels, der Bäume, die immer noch in ihrer rot-orangefarbenen Pracht dastehen, und des Windes, der frisch, aber nicht zu stark weht. Der Ort liegt nicht direkt im Tal, sondern auf halbem Wege nach unten, als wäre ein Berg in der Mitte abgetragen und ein wenig abgesenkt worden und als hätte man dabei eine ganze Stadt ausgegraben; aber sie liegt so in einer Flußbiegung, daß sie wie ein riesiger und phantasievoller Steinbruch aussieht, der von Monolithen umgeben ist. Keiner der Einwohner wäre auf die Idee gekommen, die Stadt für schön zu halten, aber sie war es, so schön wie alle amerikanischen Städte, die ihre besten Tage zur Zeit des Eisenbahnbaus gesehen hatten, als die Kohle das Land regierte, als Ehre noch wichtiger war als ein Leben und als eine gewisse Form von Inzucht für vornehm galt. Die Stadt sah aus wie ein verstaubter, heruntergekommener Landsitz, und doch war es das moderne, stumpfsinnige Stone Valley, dem die größere Ehre zukam. Colony war nach innen eine Stadt, nach außen Land: Gelegentlich überquerte ein Hirsch oder ein Opossum eine der alten Straßen, die Lone Duck Road, die Paramount Road oder die, die man der Einfachheit halber die Old Road nannte. Der Geruch von Rauch hing in der Luft, in den Kaminen loderten Feuer gegen die Kälte des frühen Abends. Der Geschmack von verfaultem Laub und Eis auf dem Fluß im Mund mochte einem seltsam vorkommen, aber für einen Mann, der schon einmal hier gewesen war, vielleicht in seiner Jugend, in den Tagen von grünen Sommern und immerwährendem Licht, konnte es ähnlich sein wie die Erinnerung an einen Wein.

Joe Gardner stand neben seinem Buick. Aaron mußte pinkeln, und es war ihm peinlich, es direkt an der Straße zu machen, weshalb sie in einen Feldweg eingebogen waren. Aaron zitterte ein wenig, während er pinkelte. Hillary schien auf dem Rücksitz eingeschlafen zu sein; Jenny schlenderte am

Ufer des Flusses entlang, um sich die Beine zu vertreten. Sie sah ein wenig erschöpft aus. Sie hatten fünf Stunden im Auto gesessen, und nach dem Halt auf der Brücke (Joe ging inzwischen davon aus, daß der Wagen gebockt hatte – er selbst hatte nichts damit zu tun, sein Körper hatte ihn nicht angehalten, sein Verstand hatte ihn nicht angehalten, es war nur der Wagen gewesen, der mal wieder verrückt spielte) wollte Joe ihn ein wenig abkühlen lassen.

Aaron war mit Pinkeln fertig und drehte sich um, ohne den Reißverschluß hochzuziehen. Manchmal glaubte Joe, sein Junge sei der cleverste und großartigste Junge der Welt.

Und dann ließ er den Hosenstall offen.

»Was soll das?« sagte Joe zu seinem Sohn.

Aaron sah nach unten, wo ihm der Hemdzipfel aus dem Hosenstall hing. Er schob ihn hinein und zog den Reißverschluß zu. »Dad?«

»Ja?«

»Warum kommt immer noch Pipi, wenn ich denke, ich wäre schon fertig?« Er hatte die engelhafte Stimme eines Wiener Sängerknaben, versuchte aber angestrengt, wie ein Mann zu klingen. Joe merkte an seinem Tonfall, wie ernst er die Frage meinte.

»Ist wie bei einem Rohr. Vielleicht brauchst du eine neue Dichtung.«

»Das glaub ich nicht. Ich meine, vielleicht brauche ich einen neuen Trockner.« Aaron lachte. Dann blickte er auf und sah seinen Vater direkt an. »Ich kann's gar nicht mehr erwarten, bis ich mich rasieren muß.«

Joe griff sich ans Knie und rieb sich die Stoppeln. »Du glaubst wohl, das macht Spaß?«

»Nein«, meinte Aaron, »nur, in der Schule haben sie uns einen Film gezeigt, in dem es hieß, die Mädchen würden anfangen, einen zu mögen, wenn man sich rasieren muß.«

»Na ja, ganz so ist es auch nicht. Willst du denn, daß dich die Mädchen mögen?« Das war eine ganz neue Wendung; Joe hätte dieses Problem erst in ein paar Jahren erwartet.

Aaron zuckte die Schultern. »Ich glaube ... Ich glaube, ich möchte, daß mich alle mögen.«

»Es ist wichtiger, daß du dich selbst magst, Böhnchen.« Joe benutzte den liebevollen Spitznamen, für den Aaron langsam zu alt wurde.

»Oh«, sagte sein Sohn nachdenklich, »na ja, *Teile* von mir mag ich schon.«

»Welche Teile?«

Aaron verzog das Gesicht. »Die Teile, die in Ordnung sind. Wie meine Hände und mein Gehirn und meine Füße, wenn ich gehe. Die wichtigen Sachen eben.« Aaron war eins der wunderbarsten und seltsamsten Kinder, die Joe kannte: Manchmal glaubte Joe fast an Wiedergeburt, weil sein Sohn so außergewöhnlich intelligent war, als wäre er schon einmal auf der Welt gewesen. Joe hatte Bücher gelesen, in denen es um alte Seelen und junge Seelen ging, und falls es so etwas tatsächlich gab, dachte er oft, wäre er selbst vermutlich eine junge Seele, während sein eigener Sohn eine alte wäre. Aaron flüsterte, fast nur zu sich selbst: »Und Mom sagt, ihr wäre es ganz recht, wenn nicht alle deine Teile so gut funktionieren würden.«

Der Kommentar saß. Joe brauchte Aaron nicht zu bitten, ihn zu wiederholen. Er wollte auch nicht, daß Aaron erfuhr, wie wichtig diese Äußerung für ihn war. *Nobody's perfect.* Das sagte er in solchen Situationen immer, es war sein Rosenkranz, sein privates Gebet. *Nobody's perfect. Wir machen alle Fehler. Was vorbei ist, ist vorbei.*

Aaron hätte es vielleicht herausfinden können, doch wie Joe aus seiner eigenen Kindheit wußte, fand man es erst heraus, wenn man älter war, vielleicht kurz vor zwanzig, wenn man sah, daß zwischen den Eltern etwas gestorben war, wenn man beweisen wollte, daß die eigene Art von Liebe stärker war als die ihre, daß sie bis in alle Ewigkeit dauern und nicht am ersten hübschen Gesicht zerbrechen würde. Er war wegen solcher Äußerungen nicht böse auf Jenny, sie hätte es nur nicht vor Aaron sagen sollen, aber in ihrer Situation bemerkte man vielleicht gar nicht mehr, was einem entschlüpfte.

ALSO GUT, HAB ICH SIE EBEN BETROGEN.

EINMAL.

ICH WERDE HUNDERTMAL SCHREIBEN, DASS ICH DICH IN MEINEM GANZEN LEBEN NIE WIEDER BETRÜGEN WERDE. WENN DICH DAS GLÜCKLICH MACHT. ICH WERDE DEIN SKLAVE SEIN UND KEINE ANDERE FRAU MEHR ANSEHEN, WENN DU MICH DAFÜR GELEGENTLICH ZÄRTLICH ANSCHAUST UND NICHT IMMER DIESEN VERLETZTEN BLICK AUFSETZT. OKAY?

Er hatte das alles schon endlos in der Therapie durchgehechelt. Er erinnerte sich daran, was sein Vater gesagt hatte, als Joe fünfzehn gewesen war und er das mit seiner Mutter rausgefunden hatte. Sein Vater hatte gesagt: *»Na ja, Frauen haben eben Schwierigkeiten mit uns. Sie nennt mich Arschloch, Joe, und da kannst du nichts gegen sagen. Wenn es um so was geht, dann sind alle Männer auf diesem Planeten Arschlöcher.«*

Und es lauerte noch ein Gedanke in seinem Kopf, seit er sie damals betrogen hatte:

Du bist böse.

Du bist böse, weil deine Mutter böse war.

Du bist vielleicht das schlimmste menschliche Wesen auf der Welt, du bist mieser als mies, nicht, weil du deine Frau und deine Familie betrogen hast, aber weil in dem Moment, in dem du es tatest, dein Sohn gestorben ist.

Joe schaute Aaron an. Aaron grinste, sah jedoch zu den Bäumen hin, als erwartete er einen Bären.

Joe wünschte, die Sache letztes Jahr wäre nicht passiert, in dieser Bar in Baltimore bei Fell's Point, wo es so dunkel war, daß man die Person neben sich kaum erkennen konnte, wo Männer und Frauen im Schatten und in den Hinterzimmern bestimmte Sachen machten. So eine Bar.

Sie war dort gewesen.

Die Frau.

Sie war nicht nett, nicht süß, nicht einmal hübsch gewesen, und vor allem keine Schönheit wie Jenny.

Aber sie hatte etwas gehabt. Diese eine Sache.

Sie hatte ausgesehen wie sie.

(Er zitterte, wann immer er an ihren Namen dachte, er brauchte ihn nur zu denken, nicht einmal auszusprechen.)

Wie Melissa.

Genau die gleichen Augen.

Und genau die gleiche Art, ihn zu berühren.

Aaron sagte: »Dad, sieh mal!« Er zeigte über die Straße.

Ein Schwarm Vögel erhob sich aus einem Lorbeergebüsch in der Nähe und flog wie eine dunkle, lebendige Wolke über sie hinweg, löste sich auf, wie eine Erinnerung verschwindet, und wieder war der Himmel leer.

Dein Sohn lag im Sterben. Paul. Aarons kleiner Bruder. Hillarys kleiner Bruder. Etwas hat ihn ins Dunkle geholt, während du Schwein es mit einer anderen getrieben hast. Et-

was war aus dem Dunkeln gekommen, etwas namens plötzlicher Kindstod – so sagten die Ärzte jedenfalls –, aber vielleicht war es auch einfach Gott gewesen, der meinte, wenn du mit anderen Frauen rumhurst, bekommst du nicht alles, was du willst; wenn du deine Familie betrügst, verdienst du nicht noch ein wunderschönes Baby.

Vielleicht war es Gott. Oder vielleicht auch etwas viel Idiotischeres, etwas Sinnloseres und Willkürlicheres:

Vielleicht war es einfach das verdammte LEBEN.

Joe lebte mit diesen Gedanken, die sich zu den anderen, weltlicheren gesellt hatten. Meistens schaffte er es irgendwie zu funktionieren. Ihm waren zwei Menschen, die er geliebt hatte, gestorben, und dennoch: Hier stand er, zusammen mit seiner Frau und seinen Kindern, und sah zu, wie sich ein Schwarm Vögel in die Luft erhob. Sie waren unterwegs zu Grandma. *Über den Fluß und in die Wälder, tatsächlich.* Aaron beobachtete die Vögel mit Staunen. Er sah seiner Mutter so ähnlich, auch wenn Joe ein wenig von sich selbst in ihm wiederfand, die Augenbrauen, die wie sich paarende Raupen aussahen, oder die Ohren, die aus dem struppigen Haar abstanden, oder seine Größe – in den letzten Monaten war Aaron um zehn Zentimeter gewachsen. Er war erst zehn, aber er sah mehr wie ein Teenager aus, war schon fast in der Pubertät, *um Gottes willen, noch ein paar Jahre – und dann geht der Ärger los.*

Joe sah von seinem Sohn zu den Vögeln. »Sie sind spät dran. Der Winter kommt dies Jahr früh, und die Burschen da werden es nicht mehr bis nach Florida schaffen.«

»Vögel sind okay.« Aaron schob die Hände in die Hosentaschen und zog die Schultern hoch. »Manchmal wäre ich am liebsten auch ein Vogel.«

»Und wohin würdest du dann fliegen?«

»Weiß nicht. Vielleicht nach China. Wo würdest du hinfliegen?« fragte Aaron, als wäre das die normalste Frage der Welt.

Joe sah den Vögeln hinterher, die zum Berg jenseits des Flusses flogen und schließlich außer Sicht kamen. »Überallhin, nur nicht hierhin.«

Er folgte Aaron zu Jenny, die durch niedriges Gebüsch stapfte, auf eine dunkle Baumgruppe auf der Bergseite zu. Jenny war aus den Großstädten des Nordostens nie richtig herausgekommen; Baltimore war eigentlich die kleinste Stadt, in der sie je gewohnt hatte – sie kannte das Land nur von Ausflügen zum Strand und der einen oder anderen Rast an einem der größeren Highways.

Als Joe näherkam, trat er auf einen Zweig, und sie drehte sich um und sagte: »Ich habe ein Reh gesehen. Ganz bestimmt.« Sie sprach leise und gab Joe ein Zeichen, er solle nicht so viel Lärm machen. Sie winkte Aaron heran und legte ihm den Arm um die Schulter.

Sie zeigte in den Wald.

Joe bewegte sich, so leise er konnte, vorwärts.

Ein kleines Reh stand neben einem Baum und äste an den niedrigen Zweigen. Es war dünner und dunkler, als Joe Rehe in Erinnerung hatte. Offenbar hatte es die Eindringlinge bemerkt. Das Tier war so nah, daß man fast glaubte, es berühren zu können. Joe hatte zwar schon oft Rotwild gesehen, doch noch nie zusammen mit seiner Familie. Dieser Moment hatte beinahe etwas Heiliges. Vielleicht war das nach allem doch ein gutes Zeichen. Vielleicht war es richtig gewesen, hierherzukommen.

Aaron drehte sich um und sagte: »Bambi.«

Joe lächelte. Er mochte seinen Sohn, er mochte seine Familie.

Sein Vater hatte ihm vor der Heirat einen Rat gegeben. »Vermurks das nicht, Joe, weil, wenn du es diesmal nicht hinkriegst, mußt du dein ganzes Leben lang die Maschine warten, ohne die Karre auch nur ein einziges Mal fahren zu dürfen.«

Meine Mutter liegt im Sterben, aber das Leben lohnt sich immer noch.

Dann sprang das Reh plötzlich davon, weil sich von irgendwo hinter ihnen ein durchdringendes Jammern erhob – das Jammern eines Kindes – *nicht einfach das Jammern eines Kindes, du Arschloch, sondern* deines *Kindes, es ist Hillary* – und Joe fuhr herum und rannte zum Auto zurück – er hatte die Tür offengelassen, verdammt noch mal, und Hillary hatte geschlafen, und sie war erst drei, was hatte er sich bloß gedacht? Einem dreijährigen Kind konnte alles mögliche passieren, und sein Herz raste schneller als seine Beine.

Er erreichte den Wagen; die Tür war immer noch offen.

Und Hillary saß auf der Rückbank und schrie Zeter und Mordio, weil sie aufgewacht war und sich allein gefunden hatte.

Joe stellte sich vor, was der Therapeut kosten würde, wenn sie erst einmal siebzehn war. Tausende von Dollars – nur, weil man sie mit drei einmal zehn Minuten lang am Ende der Welt allein im Auto gelassen hatte.

Er hob sie vom Kindersitz und nahm sie auf den Arm. »Hilly, Hilly«, sagte er und rieb seine Nase sanft an der ihren.

Ihr Gesicht war naß von Tränen. Sie hörte auf zu schreien und holte Luft. Sie sagte nichts. Sie kannte schon genug Wörter, aber in letzter Zeit machte es ihr Spaß, ihre Gedanken vor ihm zu verbergen, wenn sie ihn bestrafen wollte.

Sie lernt schnell.

Er küßte sie auf die Wange und umarmte sie fest; er drehte sich um und winkte Jenny und Aaron zu, die herbeigelaufen kamen. »Alles okay«, sagte er.

Seine Frau schnappte sich Hillary und schwang sie hoch: »Mein großes Baby.«

Alles ganz prima, nicht wahr? Richtig prima, man muß nur sehen, wie sie mir die Kinder wegnimmt, wann immer sie kann, als hätte sie Angst, ich könnte sie mit meiner Charakterschwäche anstecken. Oder daß vielleicht noch eins wegen der Schuld stirbt, die ich auf mich geladen habe. Und verdammt noch mal, womöglich hat sie sogar recht.

»Sie hat das Reh verscheucht«, schmollte Aaron.

»Du wirst schon noch mal ein Reh sehen«, sagte sein Vater.

Hillary drückte sich die kleinen Fäuste in die Augen und rieb sich die letzten Tränen heraus. »Hunga, Mommy, Hunga ham.«

Jenny sah Joe an. »Wir haben alle ein bißchen Hunga, was?«

Joe sagte: »In der Stadt werden wir schon was finden. Wir können essen gehen, ehe wir zu Grandma weiterfahren.«

»Du meinst zu der Hexe?« fragte Aaron.

Joe starrte Jenny an, die Aaron anstarrte, der wiederum sagte: »Was ist denn los?«

Jenny sagte: »Du weißt ganz genau, was los ist.«

Aaron schob die Hände noch tiefer in die Hosentaschen und sah zu Boden, als könnte er dort entdecken, was los war.

»Gott«, seufzte Joe, und dann schrie er: »ICH HASSE DIESEN ORT!«

Seine Stimme hallte am Fluß entlang. Der Paramount River floß vermutlich in den New River oder vielleicht auch in den Kanawha, Joe konnte sich nicht mehr recht erinnern. Seine Stimme würde durch die Felsschluchten hallen. Und doch hatte er gelogen: Es war vor allem sein Zuhause, das er haßte, ein ganz spezielles Haus an der River Road, in dem es nicht einmal spukte, das weder besonders häßlich noch ungemütlich war. Aber nichtsdestotrotz ein Haus der Alpträume.

»Du erschreckst sie noch, wenn du so rumschreist, Joe«, meinte Jenny und drückte Hillary fester an sich. »Komm schon, so schlimm ist es auch nicht. Wir bleiben doch nur eine Woche. Das bist du ihr einfach schuldig.«

Aaron sah seinen Vater an. »Irgendwie mag ich es hier, Daddy«, sagte er. »Ich möchte auch eine Grandma haben. Auch wenn sie eine Du-weißt-schon-was ist.«

Und das ist sie, dachte Joe. *Eine Hexe. Ein Alptraum im Hausmantel. Die Frau, die Huren wie Engel dastehen läßt. Mommy die Schlimmste. Wie würde sie jetzt aussehen, wo sie krank war? Verschrumpelt, müde, jammervoll, mit Klauenhänden und stahlgrauem Haar? Muß ich sie jetzt lieben und mich um sie kümmern? Was hatte sie noch in dem Brief über seinen ersten Roman geschrieben? »Es ist, als würde man in ein großes Restaurant eingeladen, wo die Tische mit feinstem Leinen und Silber gedeckt sind, und man setzt sich an einen Tisch, und der Kellner bringt ein silbernes Tablett, und wenn er den Deckel hochnimmt, liegt darauf nur ein Haufen Mist. Aus dir wird nie etwas, außer vielleicht ein Pornoschriftsteller. Warum gehst du nicht wieder zurück in deine Autowerkstatt?«*

Und das war noch einer ihrer besseren Momente gewesen. Sie war auf den Beerdigungen von entfernten Verwandten aufgetaucht und hatte der Witwe erzählt, was für eine schreckliche Ehefrau sie dem Verstorbenen gewesen sei.

Oder was sie mit seinem Vater gemacht hatte: wie sie ihn während Joes Jugend praktisch Zoll für Zoll unter die Erde gebracht hatte. Ihre Affären, ihre Billigkeit, ihre Verachtung aller anderen.

Muß ich sie jetzt etwa lieben?

Und dann war da noch ein Gedanke, gerade als er sich wieder ans Steuer setzte.

Ich will nicht, daß sie mir leid tut. Ich will mich an alle ihre Schlechtigkeiten erinnern.

Er hatte fast siebzehn Jahre gebraucht, um in dieses Höllenloch zurückzukehren, und jetzt wünschte er sich dasselbe, was er sich schon mit achtzehn gewünscht hatte:

Den ganzen Scheiß niederbrennen.

Und trotzdem fuhr er weiter nach Colony.

2.

Die Stadt selbst war, von der reizenden Landschaft abgesehen, in der sie lag, keine Augenweide: ob man sie deshalb gleich niederbrennen sollte, war jedoch eine andere Frage. Die Reihen von Häusern und Geschäften auf der Main Street und der Princess Anne Street waren während der Zeit der Unionisten gebaut worden, und dazu waren später das Postamt und das Rathaus, beide im neoklassizistischen Stil, gekommen, die allerdings fehlender Mittel wegen ziemlich vernachlässigt aussahen. Im Geschäftsviertel fielen vor allem die grünen Fensterscheiben, die gebrannten Ziegel und die schwarzen Fensterläden auf. Mittags waren die Straßen wie leergefegt, gegen drei oder vier herrschte reger Betrieb, und mit der Dunkelheit senkte sich dann wieder Totenstille über die Stadt. Die Geschäfte hatten keine festen Öffnungszeiten; sie waren geöffnet, wann immer den Inhabern danach war. Wo die Flachdächer der Geschäfte endeten, begannen die spitzen Giebel der Wohnviertel. Privathäuser wuchsen wie Kröpfe vom Zentrum der Stadt nach außen: Die Leute hier waren einst nicht arm gewesen, denn am Ufer des Paramount River entlang war jedes vierte Haus riesig, und darin wohnten jetzt die weniger reichen Nachkommen, die eine zerbrochene Fensterscheibe eher mit einem Brett vernagelten als ersetzten und leckende Dächer mit Lumpen flickten. Gelegentlich gab es ein Feuer, durch Blitzeinschlag oder Brandstiftung, und danach blieben die verkohlten Fundamente und Schornsteine eines hundert Jahre alten Hauses mitten zwischen seinen friedlichen Nachbarn stehen; scheinbar war Joe Gardner nicht der einzige in der Geschichte der Stadt, der sie am liebsten in Flammen hätte aufgehen lassen.

Dale Chambers, der in der dritten Generation aus Colony stammte, hatte allerdings nichts so Spektakuläres wie eine Feuersbrunst im Sinn. Er dachte mehr über Mord nach.

Um jemanden zu ermorden, insbesondere jemanden, der einem nahesteht, muß man nicht nur einen Plan machen und ihn dann ausführen. Manche Dinge laufen anders, das Schicksal mischt sich ein, das Leben wirft einem Steine in den Weg. Dale Chambers fand dies an jenem ziemlich frostigen Tag im November heraus, als er im Alter von achtundvierzig merkte, daß sein Leben immer noch in Ordnung und er selbst in den besten Jahren war. Dieses Gefühl hatte er hauptsächlich wegen der Sache mit Lannie.

Wie die Dinge standen, entwickelte es sich zwischen Lannie Barnes und Dale Chambers prächtig – sie waren mindestens drei Nächte pro Woche zusammen, und er hatte von ihr vieles bekommen, was ihm seine Frau Nelda in den letzten zwanzig Jahren verweigert hatte. Dale war schon immer auf Lannie scharf gewesen, schon seit er als Siebzehnjähriger in der Fabrik gearbeitet hatte. Sie war sechzehn gewesen, und er hatte an Sommerabenden auf dem Heimweg immer gesehen, wie sie mit den Jungs von den Farmen am Fluß herumknutschte.

Damals, vor so vielen Jahren, war Lannie die Attraktion des Countys gewesen, denn jeder wußte, daß sie keine Unterwäsche unter dem Kleid trug, später bekam sie den Titel »Flittchen der Stadt«; und noch später nannte man sie nur noch freizügig, aber tödlich. Sie war schon fast fünfzig, sah aber noch wie vierzig aus, und hatte sich seit ihrer nacktärschigen Jugend um hundertachtzig Grad gedreht – jetzt bestellte sie Seidenunterwäsche aus dem Katalog von Victoria's Secret, um die Männer anzulocken. Sie war in dem Alter, wo sie glaubte, mehr verhüllen als zeigen zu müssen, wenn sie attraktiv sein wollte.

Als Joe Gardner und seine Frau Jenny mit ihren beiden Kindern auf die Stadt zufuhren, lagen Lannie und Dale auf den mottenzerfressenen Laken der Miner's Lodge. Sie hatten sich ein Zimmer genommen, hatten gierig eine Platte mit Austern und Käse heruntergeschlungen und dazu ein Glas Chianti gekippt. Lannies blauer Lidschatten war um Dales Nabel herum verschmiert, und Dale hatte an Stellen seines Körpers, die selbst *er* noch nie gesehen hatte, Spuren von kirschrotem Lippenstift. Was dieses eine Mal von allen anderen Malen so unterschied, war, daß Lannie Dale gerade in dem Moment, als er in sie eindringen wollte, von ihrer Schwangerschaft erzählte. – Dales Fleisch schlaffte genauso schnell ab wie sein Geist.

»Ich glaub, ich hab nicht recht gehört«, sagte er und wälzte sich von ihr runter, wobei ein saugendes Geräusch entstand. Und dann fügte er ohne nachzudenken hinzu: »Du bist doch schon viel zu alt dazu!«

Sie setzte sich auf und zog das Laken über die Brüste. »Offenbar nicht. Ich war Dienstag bei Dr. Cobb, und es sieht so aus, als schleppte ich einen kleinen Dale mit mir herum.«

Das war der Moment, in dem Dale beschloß, sie zu töten. Es war einfach am logischsten. Nelda sollte nicht erfahren, daß er dem Flittchen der Stadt einen dicken Bauch gemacht hatte; und Vater werden wollte er auch nicht. Er hatte schon einen Bastard in der Stadt, und für einen zweiten war kein Platz mehr. Am meisten ärgerte er sich jedoch, weil Lannie das zugelassen hatte. Sie mußte doch die Pille nehmen, zumindest hielt Dale das für die Pflicht einer Frau. Offensichtlich hatte sie es demnach darauf angelegt, schwanger zu werden – Gott, in ihrem Alter! Sie hatte ihm eine Falle gestellt.

Aber er würde nicht hineintappen.

Dale hatte schon einmal jemanden getötet, vor vielen Jahren, und niemand hatte es je herausbekommen. Es war eigentlich ein Unfall gewesen. Er war erst acht oder neun gewesen, und dieser andere kleine Junge hatte seinen Schwanz anfassen wollen. Das war absolut verboten, soweit es Gump betraf. Also hatte er ihn zu einem der alten Minenstollen geschleppt und ihn niedergeschlagen. Er hatte den Jungen nicht wirklich töten wollen, er hatte ihn nur irgendwo hinbringen wollen, wo er ihn nie wieder sehen müßte. In dem Stollen hatte nie jemand nachgesehen, der Junge war einfach verschwunden, und Dales Gewissen störte das wenig. Er war allerdings nicht so clever gewesen, wie er dachte, denn als er etwas älter war, bekam er gelegentlich einen seltsamen Brief, der mit einer alten Royal-

Schreibmaschine geschrieben worden war (das fand er allerdings erst später heraus, als er etwas auf der alten Schreibmaschine tippte, auf der seine Frau ihre erbärmlichen Gedichte schrieb). Die Briefe lauten so ähnlich wie:

ICH HABE DICH GESEHEN. DU BIST BÖSE.

Oder:

ICH KENNE DICH IN- UND AUSWENDIG.

Zuerst hatte ihm das angst gemacht. Aber seit ein paar Jahren waren keine mehr gekommen, und nichts war passiert.

Die Idee, Lannie wegen ihrer Schwangerschaft umzubringen, war also gar nicht so abwegig. Er wußte, er würde das schon hinkriegen – er hatte sich in seiner Freizeit viel mit Mordfällen beschäftigt und hatte auch beruflich einige Male mit welchen zu tun gehabt. Er wußte, man konnte damit durchkommen, und Leute, die geschnappt wurden, waren oft nur dumm, verängstigt oder wollten es nicht anders. Die Tat als solche war nicht das Problem, jedenfalls nicht für Dale, sondern das ganze Drumherum: die Zeit, der Ort, das Alibi, die richtige Technik. Er mochte True-Crime-Bücher, vor allem die mit Massenmördern, wobei er Ted Bundy und den Zodiac Killer am besten fand. Außerdem las er alles, was mit Jack the Ripper zu tun hatte. Jack war erstaunlich – und er war einfach so davongekommen. Und dieser Schwarze-Dahlien-Killer aus den Vierzigern, den hatte auch keiner erwischt.

Es war also zu schaffen.

Er drückte sich an Lannie und küßte sie auf die Wange. Sie wüde ihm das doch nicht übelnehmen, oder?

»Ich soll es wegmachen, was?« fragte sie und klang wie ein wimmerndes Kätzchen. »Aber ich bin eine gute Baptistin, und ich werd es nicht tun.«

Er küßte sie sanft. Als wäre sie bereits Mutter. Sie hatte immer ein Baby gewollt. Sie hatte die Beine breitgemacht, seit sie zwölf war, und zwar nicht des Vergnügens oder des Geldes wegen oder auch nur, um akzeptiert zu werden, nein, dahinter hatte das grundlegendste Motiv für Sex gestanden. Eigentlich war Lannie Barnes das altmodischste Mädchen von Colony, weil sie im Sex immer nur die Fortpflanzung gesehen hatte! Und nach fast dreieinhalb Jahrzehnten unermüdlicher Versuche hatte sie endlich den Braten in der Röhre.

»Wir bekommen ein Baby«, flüsterte Dale. »Aber laß es uns noch eine Weile geheimhalten. Du hast doch Virgil nicht erzählt, wer der Vater ist?«

Sie schüttelte den Kopf. Mit Tränen in den Augen lächelte sie. »Dr. Cobb ist nicht der Typ, der solche Sachen weitertratscht, falls du das meinst. Aber ich wollte es dir zuerst sagen, ehe ich es irgend jemand anders erzähle. Und außerdem sollte es deine Frau nicht erfahren. Noch nicht. Nicht so was Besonderes. Du liebst mich doch noch, Dale? Und du liebst das Baby, oder?«

Er antwortete ihr mit Küssen.

Nachdem sie es dann doch noch gemacht hatten – wobei er ordentlich zustieß – duschte Dale Chambers, zog sich an und ging hinaus in den frühen Abend. Die gelben Straßenlaternen begannen zu summen. Er fragte sich, wie er Lannie Barnes von ihrem Elend erlösen konnte.

Er stieg in den Wagen, lehnte sich aus dem Fenster und winkte Virgil Cobb zu, dem vielleicht ältesten praktizierenden Landarzt des Countys, womöglich sogar des ganzen Staates, der drei Tüten mit Lebensmitteln zu seinem ramponierten alten Honda Civic schleppte. »Hey, Doc, wie laufen die Geschäfte denn so?«

Virgil war über siebzig, doch er war noch gut in Form, »rege«, wie die Jungen die Alten nannten, wenn letztere noch in der Lage waren, einen Penny aufzuheben oder an einem heißen Tag zu lächeln. Er trug stets eine Fliege mit Schottenmuster, ein gestärktes weißes Hemd und eine Tweedjacke, stets khakifarbene Hose, Socken und Halbschuhe – Virgil war eine wandelnde Werbekampagne für das Jahr 1958, als seine Frau ihn verlassen hatte, um in New York ein aufregenderes Leben anzufangen. Er setzte die Lebensmittel auf dem Bürgersteig ab, trottete zu Dale herüber und sagte: »Hey, Sheriff.«

Dale Chambers lächelte und dachte: *Du kennst mich noch nicht richtig, alter Mann, ich habe ein Geheimnis, und keiner in dieser Stadt kennt das Ding, das in mir steckt, das Ding, das Briefe bekommt, in denen steht, wie böse ich bin, das Ding, das dafür sorgen wird, daß Lannie Barnes keinen Sonnenaufgang mehr erlebt. Der Gump wird es tun, weil er der Mann in mir ist, mein innerstes Selbst, ho ho.*

3.

Nachdem sich Virgil Cobb mit dem Sheriff unterhalten hatte, hob er seine Einkäufe wieder auf und brachte sie zum Wagen. Er hatte die beginnende Veränderung bemerkt – nicht nur die der Temperatur, auch wenn das bei Einbruch der Dunkelheit deutlich spürbar wurde – *heute könnte es unter fünf Grad werden, vielleicht gibt es in den nächsten Wochen in den Niederungen sogar schon Schnee.*

Aber da war noch etwas.

Die Stadt veränderte sich irgendwie, vielleicht, weil die

Hälfte der jungen Leute hier verschwand, solbald sie den Führerschein hatten, und die andere Hälfte, wenn sie volljährig waren. Colony war ein Ort, an dem niemand mehr bleiben wollte. Virgil Cobb hatte in den letzten zwei Jahren nur noch wenige Patienten gehabt, und vor allem welche in seinem Alter, welche, die schon immer zu ihm gekommen waren; die meisten Leute fuhren lieber nach Stone Valley in die funkelnagelneue Klinik und die medizinischen Zentren – sie vertrauten dem alten Mann nicht mehr. Im Winter, der insbesondere im Januar hart werden konnte, schnitten die Malabar Hills die Stadt bei jedem stärkeren Sturm von der Außenwelt ab; im Sommer waren die Mücken und die hohe Luftfeuchtigkeit unerträglich. Und die Jobs. Beziehungsweise der Mangel daran. Leute wie Virgil konnten es sich eigentlich nicht leisten, in den Ruhestand zu treten, aber er wußte, es war nur eine Frage der Zeit, bis er aus Altersgründen aufhören mußte. Als er ein Junge gewesen war, hatte er mitansehen müssen, wie Vidal Junction am Paß in den Bergen zu einer Geisterstadt geworden war, und es gab noch andere Orte in den abgelegeneren Winkeln des Staates, die ausgestorben waren, nachdem man den Minenbetrieb eingestellt hatte. Städte waren wie Menschen, Virgil wußte das. Man muß sie nähren, man muß sie aufziehen, man muß sie am Leben erhalten.

Für einen Moment sah er durch die verdunkelte Schaufensterscheibe eines Ladens ein Gesicht, und er erschrak, bis er bemerkte, daß es sein eigenes Gesicht war. Es sah aus wie ein Gespenst, dachte er, nur eine Sekunde lang, wie ein Gespenst.

Aber es war Virgil Cobb – jetzt krumm und gebeugt. Einst war er ein stattlicher junger Mann gewesen, der aber die Annäherungsversuche der Damen abgelehnt hatte, wegen seiner Bücher und seiner Medizin. Vielleicht hatte er seine

Bücher zu sehr geliebt. Hatte die meiste Zeit mit ihnen verbracht.

Hatte sich in sie geflüchtet, könnte man sagen.

Zu Hause war die Hälfte seines Betts mit Büchern und Papieren übersät; er schlief in der anderen Hälfte und spürte nur gelegentlich einen Buchrücken, als würde seine Frau nach ihm greifen.

Hab versucht zu sterben, geht aber nicht. Man kann nicht sterben, wenn man nie richtig gelebt hat, oder? Wäre doch überflüssig.

Virgil zog den Kragen seiner Tweedjacke hoch. Er wußte, solche Gedanken waren depressiv; aber vielleicht lag das nur am Alter. *Vielleicht erwartet man, wenn man lange genug gelebt hat, daß die Welt vor einem stirbt. Vielleicht erwartet man, daß sie alle verschwinden, daß die Kerze der anderen vor deiner eigenen verlischt.* Virgil war erst kürzlich über die Berge gefahren, um einen anderen Arzt zu konsultieren – nun, keinen Arzt, wem sollte er etwas vormachen? –, einen Psychiater, der natürlich auch Arzt war, nur über solche Dinge redete man in Colony nicht – und der Arzt hatte ihn gebeten, die Symptome zu beschreiben. »Müde, vergeßlich, abgespannt. Und manchmal wache ich auf und denke: Heute wäre genau der richtige Tag, sich in den Honda zu setzen und zu sterben.«

Der Psychiater hatte gefragt: »Sterben?«

Virgil hatte leise vor sich hin gelacht. »Hab ich das gesagt? Nein. Ich meine, ein guter Tag, um sich in den Honda zu setzen und zu fahren. Nur rumfahren, irgendwohin.«

»Dr. Cobb«, hatte der Psychiater gesagt, »Sie haben ›sterben‹ gesagt.«

Hatte er auch.

Er wußte es.

Virgil Cobb dachte nicht darüber nach, ob er sterben wollte, doch das Wort war einfach dagewesen.

Er stellte die Lebensmittel in den Wagen und schloß die Tür ab. Früher hatte man in Colony nichts abschließen müssen, am allerwenigsten den Wagen; doch die Dinge hatten sich verändert. Er würde noch auf den Friedhof gehen, zu seinem Bruder. War lange nicht dort gewesen. Es würde kalt werden, doch der alte Eugene war bestimmt seit August allein da draußen, ohne daß jemand nach ihm gesehen hätte. Virgil dachte, er sollte sich ein bißchen mit ihm unterhalten und sich einen Rat holen.

Er fragte sich, ob nicht inzwischen der größte Teil seiner Freunde und seiner Familie dort draußen war, auf dem Watch Hill, dem Zehn-Morgen-Knochenacker am Ufer des Paramount River, doch noch innerhalb der Stadtgrenzen. Er konnte immerhin neunzehn Leute aufzählen, die in letzter Zeit unter die Erde gekommen waren, und womöglich hätte er zehn oder zwölf weitere aufzählen können, die nur noch ebenso über der Erde weilten.

Es sollte einen Preis fürs Überleben geben, dachte er. Der alte Feely mit seinen fast neunzig würde die Goldmedaille bekommen. Miss Risa DeLaMare bekäme Silber, mit ihren vierundachtzig. Und Dean Lowell, der demnächst einundachtzig wurde, Bronze.

Verdammt, dachte er (er hatte eigentlich nie geflucht, auch nicht, als es Mode geworden war, Obszönitäten auszuspucken), *ich würde vermutlich nicht mal die Qualifikation zu den Olympischen Spielen des Überlebens schaffen.*

Virgil Cobb besuchte den Watch Hill nur noch einige Male im Jahr. Sein Bruder Eugene war offiziell nicht tot. Er gab einen Grabstein für ihn, weil man annahm, daß er dort, wohin er aufgebrochen war, nicht lange überlebt hatte. Aber niemand wußte es sicher, außer Virgil selbst. Vielleicht. Oh, er hatte gesehen, was seinem Bruder passiert war, doch was einem Jugendlichen wirklich erscheint, mochte einem nach diesen unendlichen Jahren nur noch wie ein Traumfetzen vorkommen. Und Virgil hatte sich nach außen immer an die offizielle Fassung gehalten: Sein Bruder Eugene war einfach verschwunden, mit fünfzehn, vielleicht weggelaufen, und es gab keinen Zweifel, daß er in den vergangenen Jahren irgendwann gestorben sein mußte.

4.

Byron Cheever war neunzehn und nur deshalb zu Hause, weil es am College angeblich Ferien gab. Er war ein cleverer Junge, sagten alle, aber nur er wußte, wie er den guten High-School-Abschluß geschafft hatte und Klassenzweiter geworden war – ein bißchen Erpressung war in Colony immer im Spiel. Er war an der Washington & Lee-University gelandet, einem College in Lexington, das im Süden als sehr gut galt. Byron war seit seinem Ururgroßvater der siebte Cheever, der auf diese Universität ging. Das Problem war einzig, daß By (wie ihn seine Freunde nannten) wegen Mogelei bei den Zwischenprüfungen rausgeflogen war. Deshalb war er jetzt zu Hause, nicht wegen der Herbstferien, und er würde wohl nie wieder nach Lexington, Virginia, zurückkehren. Das mußte er seiner Mutter und seinem Vater irgendwie noch beibringen, ohne bei ihnen auch noch rauszufliegen, weil er Schande und all so was über die Familie gebracht hatte, auf die sie sich so viel einbildeten. Für ihn war es noch schlimmer, denn er würde vielleicht seine Freunde aus der Lambda-Chi-Alpha-Verbindung nie wiedersehen, und für By war das Gesellschaftsleben sein ein und alles.

Deshalb tat er genau das, was er immer tat, wenn er nervös war – er sah sich in den Straßen von Colony nach einem Mädchen um, mit dem er ein bißchen Spaß haben, oder einem Typen, mit dem er sich besaufen könnte. Er fuhr im Cadillac-Cabrio seines Vaters herum, hatte das Verdeck trotz der Kälte heruntergelassen; By machte das nichts aus, und er hielt es für cooler. Und tatsächlich: Vor seinem umherschweifenden Blick tauchte eine Sechzehnjährige auf, die wie eine Mischung aus Baby Doll und Schlampe angezogen war und an der Ecke der Princess Caroline Street mit ihrer häßlichen Freundin herumschnatterte.

Er bremste scharf, und die Freundin trat zurück in die Dunkelheit.

Die Schönheit blieb stehen.

Lächelte.

Sie sah ihn so geil an wie noch kein Mädchen zuvor, und er dachte: *Scheiß aufs College, alles, was ich brauche, ist eine nette enge Möse und ein Cadillac.*

»Hey, Hübsche«, sagte er, »wie wär's mit einem Ritt auf der Bestie?«

»Oh«, sagte sie und trat vor.

Dann blickte sie zurück ins Dunkel. »Kann ich meine Freundin auch mitbringen?«

By betrachtete das andere Mädchen und zuckte die Schultern: *Zur Hölle, was soll's? Vielleicht gibt's heute abend noch 'nen glatten Dreier.*

»Kommt drauf an«, sagte er der Hübschen.

»Wodrauf?«

»Ob ihr mir heute abend in meinem Tempel der Liebe opfert.«

»Oh«, sagte sie, ohne im mindesten erstaunt zu sein. »Ich kann noch einiges mehr als das, du Bestie.«

Byron Cheever grinste und bekam sofort einen Steifen. Die Hübsche war ein nettes Stück Fleisch. Er würde ihrer Freundin eine Tüte übers Gesicht ziehen und es dann beiden besorgen. *Verdammt, es tat gut, so jung und cool zu sein.* Er würde seinen Freunden richtig was zu erzählen haben. Soviel war klar.

5.

Man konnte die Reifen des Cadillac quietschen hören, dazu das altersschwache Röhren seines Motors, als sie die Straße hochfuhren, an der Main nach links abbogen und das Stopschild ignorierten. In Städten wie dieser war das Geräusch quietschender Reifen wie ein Schrei in der Nacht, und Leute, die gerade an den Fenstern standen und sie wegen der Kälte zumachten oder ihre Geschäfte schlossen, horchten auf, als wäre es das Geheul einer Todesfee.

Die Main Street wirkte im Licht der Straßenlaternen und Schaufenster breiter, als sie eigentlich war. Die Gebäude hier waren alle im Stil der Stadthäuser vor dem Bürgerkrieg errichtet worden; über jedem Laden gab es eine Wohnung. Viele davon standen leer. Sie waren für hundertfünfzig im Monat zu haben, und ein cleverer Mieter konnte die verzweifelten Vermieter sogar auf hundert drücken. Manche der Studenten vom College in Stone Valley lebten hier – man brauchte zwar vierzig Minuten über die Berge, sparte jedoch viel Miete und Sonstiges.

Minnie Harper war achtundsiebzig und hatte schon immer über Logan's Market gewohnt – sie bezeichnete sich selbst als alte Jungfer –, und am frühen Abend stand sie für gewöhnlich am Fenster, mit Perlen behängt wie eine Prinzessin und das Haar hochgesteckt, und sah hinunter, als wäre die Straße ihr Privatbesitz.

Winston Alden saß immer noch an seinem Schreibtisch hinter den Ladenfenstern seines Büros; auf den Scheiben stand: *W.H. Alden, Rechtsanwalt.* Darunter stand: *Hier erfahren Sie, was Ihr Recht ist.* Alden würde noch zwei Stunden dort sitzen; er hatte heute wenig zu tun gehabt, aber er durchlebte im Moment so etwas wie eine zweite Kindheit – nachdem er als junger Mann Prediger gewesen und dann Anwalt geworden war, verbrachte er jetzt die meiste Zeit damit, alte Ausgaben der *Tales-From-The-Crypt*-Comics zu lesen. Er hegte und pflegte seine alten Bände von *Weird Tales.* Sein Freund, Dr. Cobb, kam gewöhnlich um neun auf ein Glas Sherry und ein Zigarre vorbei; dann erzählten sie sich Geschichten aus der alten Zeit, als sie noch Abenteuer erlebt hatten, und sie erinnerten sich an die Frauen, die sie einmal geliebt hatten, und manchmal redeten sie auch über Erinnerungen, die nicht ganz so tiefschürfend waren.

Im Block gegenüber schloß Jack LaPree seinen Buchladen um sechs; George und Callys ValCo Tankstelle war bis elf geöffnet, aber dort bekam man nach Einbruch der Dunkelheit nur noch Benzin und sonst nichts, weil irgend ein Junge aus der Stadt Cally mal eine Pistole unter die Nase gehalten hatte, und sie hatte geschworen, sie würde ihren Laden nicht mehr nach Einbruch der Dunkelheit offenhalten; die Erste Stone

Valley Spar- und Kreditanstalt machte um fünf zu (der Geldautomat war allerdings bis zwölf zugänglich); und der Supermarkt war bis neun offen. Die Kunstgalerie Fauvier war geschlossen, aber Miles Fauvier war noch da und machte seine Abrechnung; durch die Fenster konnte man die großen Leinwände mit den Landschaften von Virginia oder West Virginia sehen, ein Gemälde vom New River und das Porträt einer Minenbesitzerfamilie aus der guten alten Zeit. In den drei Bars der Stadt war vor sechs oder sieben nichts los, und in einer dieser Bars begann Becky O'Keefe – früher Becky Petersen – mit ihrer Schicht als Kellnerin, Barkeeperin und Trösterin einsamer Herzen.

Die Bar hieß Angel Wing Pub und war sowohl nach der Straße, an der sie lag, als auch nach der Vision des Gründers von Colony benannt. Unten gab es einige runde Tische, oben war der Tresen. Becky mochte ihre Arbeit nicht, aber es war einer der wenigen Jobs in der Stadt, der es ihr erlaubte, an vier Abenden in der Woche zu arbeiten und dadurch tagsüber genug Zeit für ihren Sohn Tad zu haben.

Und während sie Jack LaPree ein Glas einschenkte, der seine Augen nicht von einer Frau namens Alice wandte, die wie Jack jeden Abend hierherkam, hörte Becky eine Stimme, die sie aufblicken ließ, und sie gaubte, einen Geist vor sich zu haben.

»Ich kenn dich doch, nicht?« fragte sie. »Joe? Joe Gardner?« Sie lächelte nicht direkt, denn man lächelt nie, wenn man glaubt, einen Geist vor sich zu haben, man holt nur tief Luft und hofft, man würde sich das Ganze nur einbilden.

(Joe hätte es sich nie eingestanden, und niemand sonst hätte es laut gesagt, doch keiner sah ihn hier gern, in dieser Stadt, die sich noch so gut an jenes Mädchen erinnerte, das so *eine großartige Laufbahn vor sich gehabt hatte* und *sicherlich das kreativste Mädchen der Colony High gewesen war,* das Mädchen, das sterben mußte, als es eine Brücke überqueren wollte.

Es war gar nicht so sehr der Tod des Mädchens. Niemand gab Joe die Schuld; zum Teufel, er hatte den Wagen ja nicht mal gefahren.

Es war wegen dem, was danach passiert war, wegen der Stimmen.

Weil Joe nach ihrem Tod gedacht hatte, er würde durchdrehen.

Es war wegen dem, was er gehört hatte, wegen dieser Stimmen, der Geheimnisse, des Geflüsters.

Und deshalb schickte Becky auch ein Stoßgebet zum Himmel, daß es nur irgendein Kerl sein möge, der wie Joe Gardner aussah, wie in diesem Spiel, das sie immer mit Hopfrog gespielt hatte, Faksimile, wo sie sich Leute aus der Menge herausgepickt hatten, die anderen, manchmal berühmten Leuten, ähnelten. Sie hoffte, dieser Kerl sei nur ein Faksimile von Joe, nicht der richtige.

Denn sie hätte Joe Gardner am liebsten umgebracht dafür, wie er ihren Ex-Mann seelisch gefoltert hatte, Homer »Hopfrog« Petersen, ihm den Floh ins Ohr gesetzt hatte, der ihre Ehe praktisch ruinierte.

6.

An diesem Abend gingen in Colony noch andere Dinge ihren gewohnten Gang.

Romeo Dancer, der so hieß, weil er behauptete, der größte

Stepptänzer von drei Countys und der beste Liebhaber der Welt zu sein, saß im Eingang seines Wohnwagens draußen in Richtung Happy Valley und motzte seine Frau Wilma an, die ungerührt zurückmotzte. Er trug seinen schwarzen Anzug und seine Tanzstiefel, und er war praktisch schon auf dem Weg zu Creeker's Roadhouse an der Post Road, aber er wollte Wilma nicht mitnehmen, denn, wie er ihr sagte: »Du wirst zu schnell eifersüchtig, und ich tanze doch nur ein bißchen, Darling.« Wilma hatte einen Pitbull, und sie lebten in getrennten Wohnwagen Seite an Seite, doch manchmal, wenn sie sauer war, hatte Romeo den Eindruck, Wilma und der Pitbull wären Geschwister.

»Wenn du heut abend da hingehst«, sagte sie, »brauchst du gar nicht erst zurückkommen. Ich brenn deinen Wagen ab, du alter Scheißer, und dann werden wir ja sehen, wer hier tanzen wird.«

Der Wind trug ihre Stimmen davon. Unter den Teenagern, die es draußen am Paramount River in den Trucks ihrer Väter oder alten Chevys trieben, waren die beiden schon Legende. Man konnte ihr Gekeife klar und deutlich über das Wasser hören.

In der Stadt, in der Nähe des Lyric-Kinos, führte Miss Athena Cobb, Virgils Nichte, die achtundvierzig war und so vornehm tat, wie der Tag lang ist (jetzt im Winter wurden die Tage allerdings wieder kürzer), ihren Dobermann Chelsea spazieren und wartete auf Melanie Dahlgren. Melanie kam aus Schweden und verdiente ihren Lebensunterhalt mit ihren muskulösen Armen – sie war Masseuse, jedoch zur Enttäuschung der hiesigen Wüstlinge eine anständige. Sie war erst kürzlich nach Colony gezogen, um auf dem Land zu malen. Melanie war älter als Athena, fast sechzig, sie hatte mehr von der Welt gesehen und Athena eine völlig neue Seite des Lebens gezeigt, von der die jüngere Frau bislang nichts geahnt hatte. Miss Dahlgren, wie Athena sie trotz ihres freundschaftlichen Verhältnisses ansprach, ging gewöhnlich zur gleichen Zeit mit ihrem Dackel spazieren. Athena wollte sie nicht verpassen, und wenn ihr jemand gesagt hätte, das wäre jugendliche Schwärmerei, hätte sie vermutlich sogar zugestimmt.

Das Lyric-Kino selbst, einst ein Varieté und nun das Kino mit dem höchsten Umsatz diesseits der Malabar Hills, war bis zum letzten Platz besetzt mit, wie es schien, allen Schülern der High-School, die mindestens fünf Dollar hatten aufbringen können. Die Butter vom Popcorn war in den Gesichtern verschmiert, Kaugummi klebte unter Sitzen, und gelegentlich rollte eine Bierflasche, die jemand aus dem Six-Pack seines Bruders stibitzt hatte, den Gang hinunter – es war Horrorwoche, zu Ehren von Halloween, und es gab einen Vierundzwanzig-Stunden-Marathon: *Bis das Blut gefriert, Dr. Sardonicus, Candyman's Fluch, Carrie, Teufelskreis Alpha, Katzenmenschen, Misery, Hellraiser: Das Tor zur Hölle, Halloween, C.H.U.D.*, und gerade lief *Schatten der Vergangenheit.* Auf der Leinwand war das Gesicht einer Vogelscheuche auf einem Feld zu sehen, und das reichte Tenley McWhorter, um Noah Cristman, mit dem sie hergekommen war, leise zu fragen: »Das ist mir zu gruselig. Wollen wir'n bißchen rumfahren?«

Nur die Hartgesottensten würden auch um Mitternacht noch hier sitzen, und bis zur Morgendämmerung würden nur drei oder vier pickelgesichtige Teenager ausharren.

Winston Alden saß in seinem Büro. Er hatte die Deckenlampe ausgemacht, und jetzt steckte er sich eine Havanna an und stellte zwei Cognacgläser auf den Tisch. Er füllte eins und trank einen Schluck. Dann griff er unter den Tisch, zog ein eselohriges Exemplar von *Zwanzigtausend Meilen unter dem Meer* hervor, knipste die Tischlampe an und las, rauchte, und trank gelegentlich einen Schluck Napoleon-Weinbrand, während er auf seinen Gast wartete.

Nelda Chambers, Dales Frau, stieß an diesem Abend auf die alte Schreibmaschine, die sie schon seit Jahren nicht mehr benutzt hatte, und beschloß, eine alte Gewohnheit wieder aufzunehmen. Sie zog ein Blatt Papier ein und tippte einen Brief an ihren Ehemann:

ICH WEISS, WAS DU GETAN HAST, DU BÖSER, BÖSER MANN.

Hier, dachte sie, *du alter Nuttenjäger, damit du unser Geheimnis nicht vergißt, und guck doch mal, ob du noch einen Rest Gewissen hast.*

Als sie fertig war, stellte sie die Schreibmaschine wieder in den Wandschrank, nahm den Brief, steckte ihn in einen von Dales Briefumschlägen und legte ihn vor die Eingangstür. Sie kehrte zurück in die Küche, goß sich einen Beruhigungstee auf und ging dann hoch ins Schlafzimmer, wo sie so lange fernsehen würde, bis sie endlich einschlafen könnte.

John Feely, den alle den alten Feely nannten und der seit seiner Geburt in Colony lebte, schloß die Tür zum privatesten Zimmer seines Farmhauses auf. Er hielt eine Kerze in der Hand und beugte sich vor, so weit er konnte – er mußte sich am Geländer festhalten, um die Kerzen im Zimmer anzuzünden. Nachdem er das erledigt hatte, kniete er sich hin, faltete die Hände und blickte zu der marmornen Statue auf, die er vor langer Zeit von einem Grab gestohlen hatte, um das sich niemand mehr kümmerte. Die Statue hatte kein Gesicht, oder zumindest waren die Züge im Laufe der Zeit ausgelöscht worden, und so stellte die Figur weder einen Mann noch eine Frau da, weil der Körper ebenfalls keinerlei Geschlechtsmerkmale mehr zeigte.

Unter den Bodendielen hörte er, wie das Kind versuchte, sich zu befreien, wie es gegen die Wand trat, und John Feely betete noch lauter und inbrünstiger und länger, damit er den Lärm nicht mehr hörte.

7.

Und während all dies passierte, bekam Cathy Zane, die in der Notrufzentrale der Polizei arbeitete, einen panischen Anruf von Wendy Hoskins, die ihr aufgeregt erklärte, ihr Sohn Billy sei weggelaufen. »Wir haben gedacht, er würde heute abend zurückkommen, er wäre vielleicht nur bei einem Freund, so was hat er schon öfter gemacht, aber, gütiger Gott, niemand hat ihn gesehen, und ich glaube, irgendwas stimmt da nicht, ich glaube …« Wendy begann zu schluchzen, und ihr Mann, Mike, nahm den Hörer und sagte: »Schick sofort den verdammten Sheriff rüber, hörst du, mein Junge ist weg, und ihr solltet ihn lieber schnell finden.«

8.

Wie in jeder amerikanischen Stadt am Ende des zwanzigsten Jahrhunderts wurden auch in Colony Schandtaten begangen; in diesem Fall etwas, was Kinder auf ihre gedankenlose Art manchmal tun. Obwohl die Dunkelheit schon angebrochen war und das Licht am äußersten Rande der westlichen Berge verblaßte, schikanierten zwei Jungen auf dem Watch Hill, dem Friedhof, einen dritten. Er hatte sich nur kurz dort hinsetzen wollen, wo sein Großvater begraben lag, ehe er zum Abendessen nach Hause ging.

Er hieß Tad Petersen, und seinen Vater hatten früher alle Hopfrog genannt. Seine Mutter hieß jetzt wieder Becky O'Keefe. Seit der Scheidung seiner Eltern hatte er sich etwas zurückgezogen, in seine Bücher und Videos und die Bilder einer Phantasiewelt, die er manchmal zeichnete – aber er wußte, wie empfindlich und normal er war, und hielt die anderen Kinder in der Stadt zum überwiegenden Teil für Idioten.

Diese Haltung mochte ihm eingetragen haben, was sie nun mit ihm anstellten.

Die Jungen, die ihm gefolgt waren, Hank und Elvis, waren für ihr Alter ziemlich groß und viel zu bärtig. Sie paßten kaum mehr in ihre abgetragenen Klamotten. Sie gehörten zum Bonchance-Clan und wohnten unten am Fluß.

Und sie waren immer hinter Tad her. Dafür gab es keinen besonderen Grund, außer, daß er ein leichtes Ziel war: Er blieb meist für sich, malte verrückte Bilder, las viel und bekam zu viele gute Noten.

Als Tad sich vom Grab seines Großvaters O'Keefe erhob, sah er, daß Elvis Bonchance eine große, alte neunschwänzige Katze in der Hand hatte. Tad vermutete, daß sie Mr. Bonchance gehörte, denn Elvis' Vater setzte in Erziehungsfragen auf alte Methoden und war in ganz Colony als Sadist bekannt.

Hank kicherte boshaft. »Hey, Peterarsch, was machste hier draußen? Totenäcker sind für Leichen. Biste 'ne Leiche?«

Tad sagte sehr ernst: »Nein, aber ich spiel eine im Fernsehen.«

Hank sah Elvis an, und der lachte. »Der Kerl hält sich auch noch für komisch. Also, du Arsch, wir finden das gar nicht witzig.«

»Yeah«, echote sein Bruder, »ganz und gar nicht.«

»Böser Tad«, meinte Elvis und ließ die Katze knallen.

Tad sagte: »Haltet das Maul.«

»Deine Mom ist 'ne Hure und dein Daddy ein Krüppel.« Hank ging noch einen Schritt auf ihn zu.

»Leckt mich«, sagte Tad und ging weiter. Nachts gab es auf dem Watch Hill nur ein einziges Licht, und dorthin machte er sich jetzt auf, als ihn etwas in die Schulter stach. Er fuhr herum. Elvis hatte die Peitsche schon wieder zurückgezogen. »Sieh mal, Elvis, warum gibst du nicht einfach zu, daß dich dein Dad dauernd verprügelt und du das nicht verkraftest und dir deshalb Jungs in meiner Größe suchst, damit du das Gefühl bekommst, du wärst besser als alle anderen.«

Tad erwartete, daß die beiden Brüder jetzt erst recht über ihn herfielen, deshalb duckte er sich in Erwartung des nächsten Peitschenhiebs ein wenig.

Statt dessen kreischte Elvis: »WO ZUM TEUFEL REDEST DU VON? MEIN DADDY VERPRÜGELT MICH NICHT! ICH BIN DOCH KEIN TROTTEL!« Er begann zu zittern; die neunschwänzige Katze fiel ihm aus der Hand.

Hank grinste: »Du dummes Arschgesicht! Dafür bist du dran!«

Tad begann zu rennen, aber es war, als steckten seine Füße in Sirup. Er bewegte sie, doch irgendwie hatten Hank und Elvis ihn sofort gepackt. Sie fesselten ihn und schleppten ihn zu einer der Grüfte.

»Na, was hältst du davon, die Nacht bei den Gerippen zu verbringen, du Knallkeks?« sabberte Hank.

Tad konnte den Mund nicht halten. »Wenn hier einer ein Knallkeks ist, dann du.«

Dafür bekam er einen Schlag ins Gesicht.

Als er aufwachte, lag er auf dem Boden eines frisch ausgehobenen Grabes.

»Leute?« fragte er und schluckte die Angst runter, so gut er konnte. Alles, was er roch, war Erde. »Hank? Elvis? Leute? Ich nehm's zurück. Ich bin ein Arsch. Ihr habt recht gehabt! Leute?«

Er konnte seinen eigenen Herzschlag spüren.

Über ihm war es vollkommen dunkel, wenn man von den Sternen absah.

Tad fing an zu heulen. Auch wenn er wußte, wie kindisch das war, er konnte nicht anders. Er wußte, daß er vielleicht die ganze Nacht hier festsitzen würde und dabei sterben könnte: erfrieren oder – viel schlimmer – bei lebendigem Leibe begraben werden.

»HE!« rief er immer wieder, bis er nur noch krächzen konnte. »HE!«

Kurz darauf zogen ihn zwei Collegemädchen, die behaupteten, hinter einem Aasgeier herzusein, aus dem Grab und banden ihn los, wobei sie kicherten und ihm die Haare zurechtstrichen, als wäre er ein Baby; Tad kamen sie wie Engel vor.

Er klopfte sich die Erde, so gut es ging, von den Klamotten und ging dann auf schnellstem Wege zurück zum Haus seines Vaters.

Aber er erzählte niemandem, was er gehört hatte, als er dort im Grab lag.

Stimmen unter der Erde.

Stimmen von Kindern, die riefen, er solle zu ihnen kommen.

Er hatte eine der Stimmen erkannt – die von Billy Hoskins.

Das kann doch nicht sein. Das war bloß Einbildung. Bestimmt. Es war nur die Angst.

Billy Hoskins hatte von unter dem Grab gesagt: »Tad, he, Tad, he, wir kommen raus und holen dich. Wir alle. Wir kommen und holen dich.«

KAPITEL 6
Ein kurzes Zwischenspiel

Joe und Melissa und Hopfrog und Patty Glass sind elf, und die Scheune vom alten Feely ist dunkel

1.

In jenen Tagen, zwanzig Jahre bevor Billy Hoskins verschwand, schmeckte der Regen noch sauber und gut. Joe streckte die Zunge raus, um ein paar Tropfen zu erhaschen, dann schloß er die Augen.

»Kommt schon.« Hopfrogs Stimme klang unnachgiebig.

Joe machte die Augen auf; er stand neben Melissa Welles, der ihr helles braunes Haar vom Regenguß am Kopf klebte. Sie sah verängstigt aus, deshalb nahm er ihre Hand.

»Patty ist da drin«, sagte Hopfrog und zeigte auf die Scheune des alten Feely.

Melissa drückte Joes Hand. »Joey«, flüsterte sie. Er konnte sie kaum verstehen, deshalb beugte er sich zu ihr. »Joey, ich hab solche Angst. Was, wenn er sie gefangen hat? Was, wenn er ihr etwas antut?«

Joe grinste und schüttelte den Kopf. »Ach, wird schon nichts Schlimmes passieren. Das geht gar nicht. Wir sind doch noch Kinder.«

»Er hat aber ein Gewehr gehabt«, wandte Melissa ein, »und selbst, wenn er es nicht benutzen wollte, vielleicht hat er sie doch erschossen.«

»Der alte Feely ist ins Haus gegangen«, versuchte Joe sie zu beruhigen.

Hopfrog wartete an der Rückwand der Scheune. Drei gespaltene und abgebrochene Bretter boten genug Platz, um sich in die Scheune reinzudrücken. Hopfrog schob noch ein Brett zur Seite und spähte hinein.

Joe begann zu zittern. Er redete sich ein, es sei nur die Kälte. Aber es war nicht die Kälte, und es war nicht, weil Patty Glass vor einer Minute geschrien hatte.

Es war, weil ihn ein Gefühl überfiel, wie er es erst einmal in seinem Leben gehabt hatte (*als ihn ein seltsamer Mann an der Esso-Tankstelle angeguckt hatte; damals war er sechs gewesen)*, ein Gefühl, als würde jemand mit ihm sprechen, nur daß er nicht wußte, wer, oder wo die Stimme herkam. Er hatte keine Lust, besonders viel über diese Stimme nachzudenken, weil er Angst hatte, dann durchzudrehen; und die Stimme hatte erst einmal zu ihm gesprochen. Aber etwas daran war noch verrückter: Die Stimme sagte nichts, was Joe verstehen konnte, sie flüsterte nur.

Plötzlich schrie er auf: »Hopfrog, geh da nicht rein!«

Hopfrog sah ihn seltsam an, und dann drückte er sich durch die Lücke zwischen den alten Brettern.

»Melissa«, sagte Joe, »da ist etwas Böses drin. Etwas, mit dem wir nicht spielen sollten.«

»Ach, laß mich«, sagte sie, ließ seine Hand los und folgte Hopfrog. »Ich bin doch nicht mehr fünf. Vielleicht hat Patty sich weh getan.«

Und während sich Melissa Welles unter dem verrotteten Holz durchschob, sagte sie: »Ich wünschte manchmal, du wärst nicht so ein Angsthase, Joey.«

Das war's. Verrückte Gefühle hin und her, Joe duckte sich

unter den Brettern durch, und als er in der Scheune war, mußte er erst mal nach Luft schnappen. Dann machte er sich die Hose naß, aber nach dem Regenguß bemerkte das niemand.

2.

»Heilige«, sagte Joe und wollte mit »Scheiße« fortfahren, aber das war ein verbotenes Wort, und obwohl er es oft genug von den anderen Kindern hörte, war er nicht der Typ, der so etwas laut aussprach. Immerhin konnte er es denken.

In der Scheune war es dunkel, abgesehen von dem Lichtkreis in ihrer Mitte.

Hopfrog stand im Schatten, knapp außerhalb des Lichts.

Melissa war ein Stück hinter ihm geblieben und wartete auf Joe. Sie fragte: »Was ist das?«

»Ein Brunnen«, sagte Hopfrog. Er hob das Kreuz hoch, das auf dem Rand der zylindrischen Öffnung stand. Er betrachtete es, als hätte er nie zuvor so etwas gesehen, und stellte es dann wieder zurück.

»Das ist kein Brunnen.« Joe tat einige Schritte vorwärts. Als er Melissa erreichte, zitterte er am ganzen Leib und wollte sie nicht berühren, damit sie seine Angst nicht bemerkte (schließlich mußte er ihr so schnell wie möglich beweisen, daß er kein Angsthase war).

Hopfrog trat in den Lichtkreis. Dessen Strahlen schienen seine vom Regen naßglänzende Haut in Gold zu verwandeln. Hopfrog streckte die Hände aus: sie glühten. »Vielleicht ist es Radioaktivität«, sagte er.

»Du wirst bestrahlt«, rief Joe. Seine Stimme hallte in der Scheune nach.

Melissa machte »psst«. Sie flüsterte: »Sieh mal!« und zeigte hoch zu den Sparren.

Joe sah nach oben und entdeckte, daß die ganze Scheune mit fluoreszierenden Kruzifixen und ägyptischen Symbolen bemalt war.

»Das hat etwas zu bedeuten.« Hopfrog kniete sich hin und legte die Hände auf den Rand des goldenen Brunnens. »Ich kann es nicht lesen, aber es hat etwas zu bedeuten.«

»Vielleicht sollten wir es lieber nicht berühren«, sagte Joe. Er bekam wieder dieses Gefühl, und nicht nur aus Angst; er fühlte ein Gewicht auf der Scheune liegen, wie die drohende Gegenwart eines unheimlichen Wesens.

»Ich wünschte, du wärst ein bißchen mehr wie Hopfrog«, sagte Melissa und ging auf das goldene Licht zu. Joe nahm seinen ganzen Mut zusammen und folgte ihr.

Er sah in den Zylinder hinein; innen war er dunkel.

»Es ist eine Art Brunnen«, sagte er. »Hört mal.«

Man konnte hören, wie das Wasser leise plätscherte, als schlängelte sich ein Aal hindurch.

Joe rief: »PATTY!«

Das Geräusch ließ den Boden unter seinen Füßen rumpeln, aber dann war es nur seine eigene Stimme, die im Brunnen widerhallte.

Und dann sagte Patty Glass von irgendwo dort unten etwas. Joe konnte nicht verstehen, was, aber sie schien ihn gehört zu haben und wollte wohl antworten. Sie war jedoch zu weit entfernt.

Melissa und Hopfrog starrten Joe an.

»Sie ist da reingefallen«, sagte Joe.

Melissa schlug die Hand vor den Mund; Hopfrog riß den Mund auf, sagte jedoch nichts.

»Es ist Patty«, sagte Joe.

Er spürte etwas hinter sich, etwas außerhalb des goldenen Lichtkreises, etwas …

Er drehte sich um und sah einen Jungen, größer als er selbst, von oben bis unten mit Blut bedeckt.

Der Junge streckte die Hand aus und strich Joe übers Gesicht.

3.

Das alles war vor langer Zeit geschehen. Wann immer sich Joe daran erinnerte, glaubte er, es sei ein Traum gewesen, oder er habe es nicht richtig gesehen. Er hatte nur eine vage Erinnerung an etwas Seltsames und Beängstigendes, an etwas, weswegen er Colony nicht mehr mochte.

Joe und Melissa und Hopfrog trafen danach eine Abmachung – eine Abmachung, niemals jemandem zu erzählen, was sie in der Scheune gesehen hatten, denn sie wußten, wenn sie es täten, würde dieses seltsame Etwas bis zum Ende aller Zeiten in der Scheune bleiben.

Und obwohl sie Kinder waren, hielten sie ihr Schweigegelöbnis, nur dann und wann, mit dreizehn, dann mit fünfzehn und schließlich mit achtzehn, sahen sie einander an und erinnerten sich kurz daran, daß sie diese Erinnerung in den dunkelsten Bereich ihres Gehirns verbannt hatten, dorthin, wo die gesamte Kindheit verschwindet.

Und als Joe Gardner, inzwischen weit über dreißig, nach Colony zurückkehrte, war die Erinnerung nur noch ein böser Traum, der sich mit Hunderten oder mehr Alpträumen über seine Heimatstadt vermischte.

4.

Aus dem Tagebuch von Joe Gardner, als er elf war:

Diese Geschichte handelt von einem Jungen, der ein Held war.

Er ging in eine Scheune und sah einen großen Brunnen. Er wollte eine hilflose junge Dame retten.

Als ihn der Blutdrache angriff, griff er nach seinem Feuerschwert und zog eine Linie ins Gras. »Du kannst über die Linie nicht rüberkommen«, sagte der Junge, »oder du wirst explodieren.«

Der Blutdrache wischte mit seinen dunklen Klauen über das Gesicht des Jungen, und mit schwefliger Stimme sagte er. »Eines Tages, Junge, werde ich kommen und dich holen, aber heute nicht. Heute bist du stark. Aber eines Tages, wenn du es vergessen hast, werde ich dich bei lebendigem Leibe häuten und dein Blut aus einem goldenen Becher trinken.«

Der Junge lachte den Drachen aus. Er heiratete die junge Dame, und als der Drache zurückkehrte, zog der Junge sein Feuerschwert, und der Drache explodierte richtig gut. Die Dame, die nun Prinzessin Melissa hieß, sagte dem Jungen, er sei der tapferste im ganzen Königreich. Alle kannten ihn unter dem Namen König Joe Drachenherz, und er und seine Prinzessin lebten glücklich bis an ihr Ende, und wenn sie nicht gestorben sind, so leben sie noch heute. Ende.

5.

Aus dem Tagebuch von Joe Gardner, als er achtzehn war:

Das ist zwar nicht das Ende der Geschichte, aber ich muß abhauen. Ich muß hier verflucht noch mal abhauen, ehe ich verrückt werde.

Ich muß diese Stimmen in meinem Kopf zum Schweigen bringen.

6.

Aus dem Tagebuch von Joe Gardner, am ersten Abend nach der Rückkehr in seine Heimatstadt:

Ich bin zurück.

Scheiße.

TEIL ZWEI

COLONY

KAPITEL 7
Tad

1.

Tad Petersen war immer zwischen der Wohnung seiner Mutter und der seines Vaters unterwegs. Wie seine Mutter gesagt hätte: »Scheidung ist ein großer Mist.« Allerdings wußte er, er selbst durfte sich nicht so ausdrücken wie seine Eltern, wann immer sie aufeinandertrafen. Dauernd warfen sie sich »Tu dies!« oder »Tu das nicht!« an den Kopf, und solange es möglich war, duckte Tad sich und versuchte, unsichtbar zu sein. Seine Mutter wohnte drei Straßen von seinem Vater entfernt, und Tad schlief drei Nächte die Woche bei ihr, drei bei ihm, und sonntags abwechselnd bei einem der beiden. Das allein hätte einen schon verrückt machen können, und das Leben als Elfjähriger tat noch das Seine dazu.

Deshalb trieb er sich, wann immer er konnte (oder vielleicht auch, wann immer er sich traute), in dem Holzschuppen seines Dads herum, der für ihn zu so etwas wie einem zweiten Heim geworden war, hauptsächlich, weil er dort vor seinen Eltern Ruhe hatte, wenn seine Mutter ihn gerade abgesetzt hatte und seinen Vater wegen des Unterhalts oder wegen irgend etwas aus ihrer Vergangenheit, was ihr gerade in den Sinn gekommen war, beschimpfte, oder wenn sein Dad seine Mom anmeckerte, weil sie mit Tad eine Stunde zu spät gekommen war, oder weil er bemerkt hatte, daß Tads Noten ein wenig schlechter geworden waren und *wessen Schuld ist das wohl?*

Tad war sicher, wenn man seine Eltern in einem Raum mit einem Glas Erdnußbutter einsperrte, würden sie sich selbst darum streiten.

Der Schuppen seines Vaters war eher eine umgebaute Garage, die vom Haus getrennt war. Tad sollte dort eigentlich allein nicht hingehen; sein Vater sagte immer, die Maschinen seien gefährlich. Aber Tad kam langsam in das Alter, wo er sich für klug genug hielt, nicht dauernd das Falsche zu tun. Er wußte, er durfte nicht mit der Stichsäge oder der Drehbank herumspielen; manchmal nahm er sich jedoch einen Hammer und ein paar Nägel und schlug ein Muster in ein Stück Holz.

Er suchte nach dem Glas mit Nägeln; es gab jede Menge, doch er mochte die richtig großen, die Zimmermannsnägel, am liebsten. Die Hämmerei nahm ihm einiges von seinem Frust, und da er ein besonders gefrustetes Kind war, wollte er viel hämmern. Er fand ein kleines Glas mit dicken Nägeln und ein dreieckiges Stück Restholz.

Und dann glaubte er etwas gehört zu haben.

In dem Schuppen war es dämmrig, und draußen bildeten die Bäume im Hof eine Barriere gegen die letzten Reste vom Tageslicht.

Es war, als hätte jemand gehustet und wäre dann verschwunden.

Er erinnerte sich an das, was er sich auf dem Friedhof eingebildet hatte. Er zog die Windjacke enger um sich.

»Dad? Mom?« fragte er.

Dann glaubte er einen Schatten zu sehen, direkt hinter der Tür des Schuppens.

Tad zitterte. Er konnte nichts dagegen tun. Manchmal las er in den Büchern seines Vaters von Geistern und Unterirdischen und solchen Dingen, und es machte ihm angst, auch wenn er eigentlich nichts davon glaubte. Er las auch Horrorgeschichten, und tagsüber war ihm klar, das ganze Zeug war ausgedacht. Aber nachdem er Billy Hoskins' Stimme gehört hatte (und wie sollte Billy unter das Grab kommen? Tad hatte ihn doch kürzlich noch im Schulbus gesehen), war ihm ziemlich mulmig zumute.

Irgend jemand oder irgend etwas wartete dort draußen vor dem Schuppen.

Er ließ das Stück Holz, das er gerade erst aufgehoben hatte, wieder fallen.

Er konnte seinen eigenen Herzschlag hören.

»Wer ist da?« fragte er.

Er drückte sich näher an die Regale, wo er weiter von der Tür entfernt war. Er machte das Glas mit Zimmermannsnägeln auf und zog einen heraus. Er hielt ihn hoch, die Spitze in Richtung Tür.

»Wer ist da?« fragte er nochmals.

Sein Dad kam hereingerollt. »Tad? Ich dachte, du solltest nicht ohne Erlaubnis hier reingehen.«

Tad holte tief Luft und ließ den Nagel sinken. »Dad, du hast mich zu Tode erschreckt! Ist Mom noch da?«

Sein Vater schüttelte den Kopf. »Sie ist vor einer halben Stunde gegangen. Ich habe mich gefragt, wo du hingerannt bist. Und dann finde ich dich genau dort, wo du dich nicht rumtreiben sollst.«

»Ach.« Tad grinste. Er wußte, er würde seinen Vater besänftigen können, wie schlechtgelaunt er auch sein mochte. »Es gibt 'nen Haufen Orte, wo ich mich nicht rumtreiben soll.

Aber hier *sollte* ich mich rumtreiben. Vielleicht bin ich einfach so wie du, Dad, und vielleicht werde ich ein Spitzenklassetischler, wenn ich groß bin. Wann zeigst du mir, wie man mit der Stichsäge umgeht?«

»In ein oder zwei Jahren. Lenk nicht ab. Du solltest hier nicht spielen.«

Tad sah auf seine Schuhe. »Ich weiß, ich weiß. Ist nur, wenn du und Mom wieder anfangen, dann bin ich am liebsten so weit wie möglich weg.«

Sein Vater seufzte. »Also gut, solange du anständig auf die Sachen aufpaßt. Und wir wollen doch auch nicht immer wieder anfangen.«

»Ich weiß«, sagte Tad, »aber ihr tut es eben doch.«

»Manchmal«, gab sein Vater kleinlaut zu. »Tut mir leid, Taddo. He, du hast ja Dreck an deiner Windjacke.«

Und in diesem Moment wünschte Tad, seine Eltern hätten sich nie scheiden lassen und sie hätten gelernt, miteinander auszukommen, damit er sich nicht so fühlen müßte, als wäre er der Dad und seine Mutter und sein Vater die Kinder.

Er wünschte, er könnte die Zeit zurückdrehen, bis zu dem Zeitpunkt, als sie noch alle zusammengewohnt hatten, denn selbst bei den ganzen Streitereien und schlechten Stimmungen hatte er sich sicherer und wärmer gefühlt, als seine Eltern noch beide zur gleichen Zeit dagewesen waren.

Und wenn er einen Wunsch frei gehabt hätte, dann hätte er die Zeit zurückgedreht und sie gezwungen, sich zu lieben, wie es sich für eine Mom und einen Dad gehörte. Er hätte eine glückliche Familie aus ihnen gemacht, in der sich alle verstanden und niemand gegen den anderen kämpfte, und wenn das passieren würde … wenn das passieren würde …

Tad Petersen wußte, dann würde er wahrscheinlich noch

mehr durchdrehen, weil das dann nicht mehr seine Eltern sein könnten, das müßten irgendwelche Roboter oder Unterirdische in den Körpern seiner Eltern sein. Wenn er etwas über seine Eltern wußte, dann eins: Sie liebten es, sich uneins zu sein. »Dad?«

»Ja?«

»Wenn du Mom liebst, und sie sagt, sie liebt dich, warum könnt ihr euch dann nicht wieder vertragen?«

»So einfach ist das nicht«, sagte sein Vater und gab vor, sich mit irgendwelchen Werkzeugen zu beschäftigen, die nicht an ihrem Platz waren; er ordnete ein paar Schraubenzieher und Hämmer auf dem Regalbrett in der Mitte. »Manchmal braucht es mehr als nur Liebe, um eine Ehe zu führen.«

»Aber es kommt mir gar nicht so schwer vor. Ich glaube, es ist wie in der Schule, mit Kindern, die ich nicht kenne oder nicht mag. Ich beschließe einfach, mich mit ihnen zu vertragen, und wenn ich mir richtig Mühe gebe, dann klappt das auch.«

»Aber eine Ehe ist ein bißchen anders.«

»Ja«, meinte Tad beleidigt, »eine Ehe sollte noch leichter sein, weil ihr euch doch irgendwann mal gemocht habt.«

»Wir mögen uns immer noch. Es ist komplizierter, als du es dir vorstellst.«

Tad verstummte. Er wußte, wann er aufhören mußte, denn mit seinem Dad über solche Dinge zu reden war manchmal, wie mit einer Wand zu reden. Er beobachtete, wie sein Vater herumfummelte und versuchte, eins der oberen Regalbretter zu erreichen, wo die Bohrer hingen. »Hier, Dad«, sagte er, »ich hol es dir.« Er kletterte auf eines der unteren Regalbretter, reckte sich, griff nach der kleinsten Black & Decker-Bohrmaschine und reichte sie seinem Vater, der plötzlich klein und schwach und vollkommen hilflos aussah.

2.

Kurz vor dem Essen ging Tad nach drinnen und spülte dort. Bei seinem Vater gab es entweder Essen vom Pizza-Taxi oder von der Burger-Bude an der Main Street. Tad zog das dem quasi-vegetarischen Haushalt seiner Mutter vor; während er sich die Hände wusch, lief ihm schon das Wasser im Mund zusammen, wenn er an die Peperoni und Wurst auf dem dicken Käse dachte.

Und dann spürte er, wie sich seine Nackenhaare sträubten.

Das Gefühl ließ ihn erstarren: Jemand beobachtete ihn durchs Fenster.

Es war eine dumme Angst, und er kannte sie; er hatte schon zu viele Ängste. Neben der Angst vor den Bonchance-Brüdern hatte er Angst vor der Dunkelheit, Angst vor schlechten Noten, Angst, niemals erwachsen zu werden und verheiratet und glücklich zu sein. Manchmal dachte Tad, er hätte für jeden Augenblick des Tages die richtige Angst.

Obwohl er es besser wußte, beschwor er sich, nicht aus dem Badezimmerfenster zu gucken. *Was auch immer dort ist, es wird schon weggehen. Oder vielleicht ist es überhaupt nichts, vielleicht ist von Halloween noch ein Kobold übriggeblieben.*

Schließlich konnte er nicht mehr widerstehen. Er sah zum Badezimmerfenster.

Draußen waren nur Bäume und das Haus hinter ihnen.

Tad trocknete sich die Hände ab und ging hinüber zum Fenster. Er spähte hinaus in die Schatten.

Er meinte drüben bei der Feely-Farm etwas zu erkennen. Die war nur vier Häuser entfernt.

Das Feld und der Obstgarten waren dunkel, doch im Haus

brannte ein schauerliches Licht, und für einen Augenblick glaubte Tad, ein Gesicht zu sehen …

Aber wie kann das sein? Es ist so weit entfernt.

Als er noch viel kleiner gewesen war, hatte er geglaubt, er hätte bei Halloween eine Hexe vorm Mond herfliegen sehen. Aber da war er noch ein Baby gewesen, vielleicht vier oder fünf.

Das Licht war wie ein Irrlicht, und Tad hatte wilde Augen und ein wildes Grinsen gesehen, wie eine riesige rote Flamme hinter der Fensterscheibe.

Wie kann das sein? Es ist so weit weg und wirkt so nah.

»Ich bin doch kein Baby mehr«, sagte er laut und ging vom Fenster fort. Er weigerte sich zu glauben, er habe hinter den Schatten und Bäumen irgend etwas anderes als die normalen Lichter eines Hauses gesehen.

3.

Später, vor dem Fernseher (sie guckten sich das Video von Jurassic Park an, das sie beide schon mindestens sechsmal gesehen hatten), biß er von seiner Pizza ab und fragte seinen Vater: »Glaubst du eigentlich an Geister und Kobolde, Dad?«

»Das ist eine seltsame Frage. Wie ist die Pizza?«

»Die Pizza ist super. Aber du hast meine Frage nicht beantwortet.«

»Ach so, die Kobolde. Nein, ich glaube nicht an so was.«

Tad dachte einen Moment lang nach und meinte dann: »Aber nur, weil man nicht an so was glaubt, heißt das doch noch nicht, daß es sie nicht gibt?«

Sein Vater sah ihn an, sagte jedoch nichts.

Auf dem Bildschirm jagte ein Tyrannosaurus Rex einen Menschen.

Tad sagte: »Es mag ja sein, daß wir an bestimmte Dinge nicht glauben, aber ich habe das seltsame Gefühl, daß sie an *mich* glauben, und das ist das Schreckliche daran.«

Was immer im Film geschah, erschien Tad kaum halb so schrecklich wie das seltsame Gesicht, das er im Fenster des Feely-Hauses gesehen zu haben meinte.

Tad hätte seinen Vater gern gefragt, ob er etwas von Billy Hoskins gehört hatte. Die Kinder hatten untereinander eine Art Netzwerk, in dem sich Neuigkeiten genauso schnell herumsprachen wie über die Fernsehnachrichten, über das auch schweinische Witze weitergereicht wurden (über Männer, die Karl Arsch hießen, und Mädchen mit Namen Sue Pipi), und Lieder über Comet, eine Serie, die schon, solange Tad lebte, nicht mehr über den Bildschirm geflimmert war, und die alten Rituale des Schikanierens von Schwächlingen. Natürlich wurden auf diesem Wege auch Geschichten aus der Gegend weitererzählt, zum Beispiel die über die alte Witwe, die das Blut von Kindern trank, und am aktuellsten war das, was sie sich über Billy erzählten:

Etwas war von Halloween übriggeblieben und hatte ihn wie einen Müsliriegel verschlungen.

KAPITEL 8
Nirgends ist es wie zu Hause

1.

»Du hast dich seit der High-School kaum verändert«, sagte Becky O'Keefe.

Sie strich sich das Haar aus der Stirn und lächelte ihn freundlich an, aber ihr Blick blieb kalt. Sie roch gut. Er konnte ihr Parfüm über den Tresen hinweg riechen. Es war Yardley's English Lavender. Er wußte es, weil er es ihr früher mal zum Geburtstag geschenkt hatte. Sie benutzte es immer noch, und sie roch immer noch gut. Ihre Miene, wenn sie auch nicht versteinert war, zeigte doch einen Zug gewisser Verärgerung. Er wußte, sie hatte ihn gehaßt, für das, was damals vorgefallen war, aber er hätte nicht erwartet, daß sie sich diesen Haß so lange bewahrt hatte. Sie sah großartig aus, hatte immer noch eine gute Figur, schien eher noch attraktiver als in der High-School zu sein – sie hatten eigentlich nie viel miteinander zu tun gehabt, und so hatte es ihn um so mehr überrascht, als sein bester Freund Hopfrog plötzlich verkündet hatte, Becky und er würden heiraten; schließlich hatte sie nie zu ihrer engeren Clique gehört. Das war der Augenblick gewesen, in dem sich Joe davongemacht hatte, als wäre der Teufel hinter ihm her, und bis heute hatte er keinen Blick zurück gewagt.

»Schön, dich zu sehen, Becky«, meinte er, aber es war eine Lüge. Es war schrecklich, ihr gegenüberzustehen. Sie war der letzte Mensch im Universum, dem er begegnen wollte, abgesehen von seiner lieben alten Mom.

»Du bist es wirklich. Kaum zu glauben. Und, geht's dir gut?«

»Klar.«

»Hast du Hopfrog schon besucht?«

Joe schüttelte den Kopf.

Becky schwieg. Einer der Gäste rief sie zum anderen Ende des Tresens. Sie ging hin und nahm die Bestellung auf. Er sah ihr dabei zu. Sie hatte sich tatsächlich nicht besonders verändert; ihre Hüften waren ein wenig breiter geworden, und sie kam ihm größer und selbstsicherer vor. Sie rauchte, was sie früher nicht getan hatte. Damals hatte sie getrunken. Nachdem sie den Gast bedient hatte, zündete sie sich eine Zigarette an, inhalierte tief und legte die Zigarette dann in den Aschenbecher. »Ich hab eine Sucht gegen die andere getauscht«, sagte sie, als sie bemerkte, wie aufmerksam er sie beobachtet hatte. »Jeder braucht schließlich seine Droge, Joe.«

»Ich fühle mich, als wär ich ein unerwünschter Gast.«

Sie ignorierte die Bemerkung. »Bist du mit deiner Frau hier?«

»Sie ist mit den Kindern unten. Wir haben grad gegessen. Lou hat mir gesagt, du wärst hier oben.«

»Wieviel Kinder hast du denn inzwischen? Zwei? Drei?«

»Zwei. Einen Jungen und ein Mädchen.«

»Hab gedacht, du hättest zwei Jungen. Hat mir irgendwer mal erzählt ...«

Er unterbrach sie. »Wir hatten noch einen Sohn. Er ist gestorben.«

Sie griff nach der Zigarette. Zog noch einmal dran. »Tut mir leid, Joe.«

»Na ja«, meinte er. Er hatte ihr einfach nichts zu sagen.

»Nun, schön, dich mal wieder gesehen zu haben, Joe«, sagte sie und ging zur Kasse, wo sie eine Rechnung eingab.

Er stand auf und sah zu Boden, als überlegte er, was er noch sagen könnte. Sie wandte sich ihm wieder zu, und er lehnte sich an den Tresen. »Wie geht's Hopfrog?«

Sie sah durch ihn hindurch. »Vielleicht solltest du ihn das selbst fragen. Wir haben uns schon vor einer ganzen Weile scheiden lassen. Schau doch mal bei ihm vorbei. Ich schätze, er wird sich riesig freuen.«

»Aber du nicht.«

»Hast wohl recht, wie immer«, sagte sie und wandte sich ab.

2.

Als er wieder nach unten ins Restaurant kam, nippte Jenny an einer Tasse entkoffeiniertem Kaffee, während Aaron die bunten Tropenfische in dem Aquarium, das in die Wand eingelassen war, wie gebannt anstarrte. Die Teller waren schon abgeräumt; Lou Harper, der ehrgeizigste Schüler in Joes High-School-Klasse, schob die Tische und Stühle zurecht, weil einer seiner Angestellten heute abend eher gegangen war. Hillary war in ihrem Kinderstuhl eingenickt. In ihrem Mundwinkel hing ein Tropfen Spucke.

Joe hätte gerne geraucht, aber er wußte, er konnte das nicht immer heimlich wie ein Teenager machen. Statt dessen wurde er kribbelig; er setzte sich auf den Stuhl neben Jenny und trommelte mit den Fingern auf die rote Tischdecke.

»Das verstehe ich nicht«, sagte Aaron. »Wie füttern sie die

Fische, Dad? Sieh mal«, er klopfte an die Wand um das Aquarium. »Wie machen sie das?«

Joe grinste: »Die Fische sehen wirklich nicht so aus, als würden sie verhungern. Sie sehen eher aus wie fette Fische.«

»Aber ich verstehe das nicht«, meinte Aaron wieder und sah sich alle Ecken des Beckens an. »Jeder muß irgendwann essen. Essen sie sich gegenseitig?«

Joe legte seiner Frau die Hand auf die Schulter. Manchmal mußte er sich vergewissern, daß sie da war. Manchmal hatte er Angst, sie wäre es nicht. Jenny roch nicht nach Parfüm, sie roch nach Ivory-Seife und Pantene-Shampoo. Sie roch nach Jenny. Er beugte sich zu ihr vor und küßte sie auf die Wange.

»Womit hab ich denn das verdient?« fragte sie.

»Dafür, daß du mich nicht, wie anscheinend sonst jeder auf diesem Planeten, haßt.«

»Oh, davon würde ich nicht ausgehen. Hast du sie gefunden?«

Joe nickte. »Sie war nicht gerade begeistert.«

»Joe, kommt jetzt die Szene, in der ich herausfinde, daß ich einen Psychopathen geheiratet habe?«

Sein Grinsen verschwand. Es fiel ihm immer schwerer zu verbergen, wie schlecht er damit umgehen konnte, wieder zu Hause zu sein. Er blickte auf seine nervösen Hände, die mit den Knöpfen seiner Jacke spielten. »Ach, Jenny, vielleicht war es eine schlechte Idee hierherzufahren. Vielleicht hätte ich noch warten sollen.«

»Und inzwischen stirbt deine Mutter, und ich kann dann mit deinen Schuldgefühlen und deiner Wut fertigwerden, weil du sie nicht besucht hast. Ich hab das Spielchen schon bei meinen Eltern mitansehen müssen, besten Dank, Joe. Also, was für ein Geheimnis steckt dahinter? Warum willst du nicht hier sein, und warum wollen dich selbst deine alten Freunde nicht hier haben?«

»Ich weiß es nicht.«

»Du lügst verdammt schlecht. Sag schon.«

»Weißt du noch, was ich dir mal erzählt habe?«

Jenny nickte. In diesem Moment wurde es ihm klar. Sie war zu gut für ihn. Er hatte eine so mitfühlende Frau überhaupt nicht verdient. Sie hatte ihm durch alle emotionalen Höhen und Tiefen seines Lebens geholfen, und er hatte sie manchmal auch wieder auf die Beine gebracht, ohne es wirklich zu wollen. Und da saß sie vor ihm, immer noch Jenny.

Er begann. »Also, es ist nicht nur wegen dieses Unfalls. Danach ist noch was passiert. Vielleicht eine Woche oder so, nachdem ich aus dem Krankenhaus in Stone Valley gekommen bin. Ich habe sie gehört.«

»Wen?«

»Melissa Welles. Und nicht nur sie.«

»Joe, ich verstehe überhaupt nichts.«

»Nicht nur sie«, fuhr er fort, »sondern alle, die je in dieser Stadt gestorben sind.«

Joe Gardner wollte es nicht, aber er spürte, wie ihm die Tränen kamen, nicht in den Augen, sondern irgendwo in seinem Hinterkopf, als ginge eine Tür auf und sein Gehirn drückte etwas heraus, etwas, was er immer verdrängt hatte. Diese Erinnerung. Diese Stadt in seinem Kopf, in der er so gern jemand gewesen wäre. Diese Stadt, die sich, wie er herausgefunden hatte, gegen ihn wenden konnte. Irgendwo zwischen der ersten Träne, die sein unteres Lid erreichte, und dem Kuß, den er von Jenny bekam, hörte es auf, und er konnte den Teenager wieder dorthin verbannen, wo er sich befreit hatte. Er packte seinen Sohn am Nacken. Er schwang seine inzwischen erwachte Tochter durch die Luft, als sie den Pub verließen und in das gelbe Licht der Straßenlampen hinaustraten, auf die Straßen voller Autos, Gelächter blühender junger Liebe und Schreie von Katzen in windigen Gassen, und durch all das hindurch hörte er das Rauschen des Paramount River.

Während sie zum Wagen zurückgingen, erzählte Joe seiner Frau die Geschichte von den Stimmen zu Ende.

3.

Aus dem Tagebuch von Joe Gardner, als er neunzehn war:

Ich war unten an der Mineralwasserquelle und trank ein Glas Rootbeer, als ich sie zum ersten Mal hörte. Als säße sie neben mir. Nur, daß ich sie nicht sehen konnte. Sie sagte so etwas wie »Joe«. Viel mehr jedenfalls nicht. Ich wußte, sie war es. Also habe ich es niemandem erzählt. Und dann wachte ich am Dienstag auf und hörte sie sagen: »Du mußt zum alten Feely gehen und ihm sagen, er soll mich rauslassen.« Ich denke, es ist ein Traum, also gehe ich zur Arbeit, als ich sie wieder höre, nur diesmal ist es ein Befehl: »Sag dem alten Feely, er soll mich rauslassen!«

Sehr seltsam. Also gehe ich gestern abend zu Hopfrog, und der starrt aus dem Fenster. Seine Mom sagt, nichts mehr würde ihn interessieren. Also setze ich mich ihm gegenüber, und er sieht mich nicht mal an, und ich frage ihn, ob er an ein Leben nach dem Tod glaubt. Er tut so, als wäre ich nicht da. Ich schleich also noch ein bißchen um den heißen Brei und erzähl ihm schließlich, daß ich Melissa gehört habe.

Er wartet einen Augenblick, dann dreht er sich um und starrt mich an, und zwar ziemlich wütend. Er sagt mir, ich sollte besser mal zum Arzt gehen, zum Nervenarzt. Ich stimme ihm zu.

Und dann macht's bei mir Peng, nicht das mit Melissas Stimme und so – ich glaube, ich höre die Stimme jetzt nicht mehr –, aber mit Hopfrog, und warum er nicht mit mir spricht, und warum er so down ist. Und ich sag es ihm direkt ins Gesicht.

»Du hast sie auch geliebt«, sage ich. Und zum erstenmal in den ganzen sechs Monaten fängt er an zu heulen. Und ich geh zu ihm hin, und er umarmt mich, und ich sag ihm, es wäre okay, daß wir sie beide geliebt haben. Daß ich mich freue, weil er sie auch geliebt hat. Und daß ich mich nicht so allein fühle.

Und dann sagt er: »Weißt du, Joe, manchmal hab ich das Gefühl, ich könnte meine Beine bewegen, einfach aufstehen und wieder gehen. Aber deshalb kann ich es noch lange nicht. Sie bewegen sich trotzdem nicht. Ich glaube nur, ich kann es. Nur passiert es deswegen noch lange nicht.«

»Was willst du mir damit sagen?«

Er sagt: »Sie ist tot. Sie ist tot. Du warst doch auch dabei. Sie ist fort. Joey. Es ist nicht sie, die spricht, du bist es.«

Und dann sagt sie etwas zu mir, und ich sehe ihn an. Und wiederhole es Wort für Wort.

»Ich bin nicht ertrunken«, sage ich, »ich bin nicht ertrunken. Ihr habt mich lebendig begraben. Ich bin nicht tot, warum hilft mir denn niemand?«

Er sieht mich komisch an.

Und dann höre ich, wie mir dieser Kerl sagt, Homer solle gut zuhören.

»Gott«, meinte Hopfrog, als ich ihm die Botschaft überbringe, »das ist Gramps. Gott, Joe, hast du deinen Kopf aufgemacht und irgendwas reingetan? Bist du jetzt völlig durchgedreht?«

Jetzt kriege ich es auch mit der Angst zu tun, weil Hopfrog die Augen weit aufgerissen hat und eine Gänsehaut auf den Armen bekommt, und er schreit nach seiner Mutter, weil ich nichts dagegen machen kann, ich kann nichts dagegen machen, daß sein Großvater durch mich spricht, und ich fange an zu glauben, daß sie mir nach dem Unfall etwas in den Kopf eingebaut haben, eine Art Empfänger, irgendwas mit Kupferdraht und Kristallen, weil ich mir vorkomme wie das Funkgerät der Toten.

Und heute höre ich sie wieder, wie gestern abend. Den ganzen Tag lang.

Ich höre sie alle, und sie reden durcheinander, Kinder und alte Leute, die meisten kenne ich nicht mal, aber ich weiß, sie sind alle draußen auf dem Watch Hill, dem Friedhof, den wir immer die Fleischfarm genannt haben, und ich weiß nicht, ob ich verrückt oder krank bin, ich weiß nur, ich kann sie nicht davon abhalten, durch meinen Mund zu sprechen, und Melissa erzählt mir die ganze Zeit, wir hätten sie lebendig begraben ... und ich kann nicht mehr schlafen, ich kann nicht mehr schlafen, ich muß es wissen, *ich muß es wissen* ...

4.

»Du hast damals scheinbar ziemlich unter Streß gestanden«, meinte Jenny. Sie schnallte Hillary in ihrem Sitz fest. Joe hatte sich an den Buick gelehnt und träumte von einer Zigarette. »Du hattest eben jemanden verloren, der dir sehr nahe stand, du warst jung, du hattest Probleme zu Hause, und du hattest siebzehn Stiche im Kopf. Jeder, dem das passiert wäre, hätte Stimmen gehört.«

»Ja, ich weiß. Hört sich heute ganz logisch an. Aber damals dachte ich, ich wäre entweder ein Hellseher oder übergeschnappt.«

Aaron, der, wie so oft, vorgegeben hatte, nicht zuzuhören, plapperte dazwischen: »Wow, Daddy, und, hast du sie ausgegraben?«

»Aaron Gardner!« fuhr ihn seine Mutter an.

Joe gab keine Antwort. Er setzte sich hinters Lenkrad, und als seine Familie ebenfalls eingestiegen war, drehte er den Zündschlüssel. »Es ist fast acht«, sagte er. »Ich schätze, wir sollten lieber mal bei Grandma vorbeischauen.«

Jenny sagte: »Ich sehe schon, das werden harte Tage.«

»Ist dir das erst jetzt aufgefallen?«

»Wir sollten das Beste daraus machen. Ich sag dir was, ich checke zusammen mit den Kindern in einem Motel ein« – bei diesen Worten begann sein Kinn merklich zu beben. »Joe, das war nur ein Witz, lächle doch mal ein bißchen, ja? Du bist fünfunddreißig, du bist ein erfolgreicher Schriftsteller, und sie ist eine alte Dame mit Asthma.«

»Meine Mutter«, flüsterte Joe, damit Aaron es nicht hören konnte, »ist eine Blutsaugerin.«

5.

Anna Gardner lebte immer noch in dem zusehends verfallenden Haus im Kolonialstil, das schon das Zuhause ihrer Eltern gewesen war. Es hatte die Heirat mit Joes Vater und all die verwirrten Intrigen und Seitensprünge gesehen. Jetzt war es der

Ort, an dem Anna Gardner ihr Leben beenden würde. Das Haus hatte drei Schlafzimmer, eine breite Veranda, die sich rundherum zog, und hinten einen abgeschirmten Balkon. Es war aus roten Ziegeln gebaut, und die Fenster waren klein, aber exakt quadratisch. Ursprünglich war es das einzige Haus an der River Road gewesen. Annas Vater hatte ein großes Grundstück am Fluß gekauft und sich dort niedergelassen. Achttausend Quadratmeter umgaben das Haus, und das Grundstück lag auf dem steilsten Teil des Flußufers. Während der siebenundsechzig Jahre von Annas Leben waren dort weitere Häuser gebaut worden, und so bestand die Northside, wie man das Viertel nannte, jetzt aus einer schmalen Reihe Häuser, von denen einige so alt wie Annas waren, die meisten allerdings neuer und kleiner; alle hatten jedoch Blick auf den Fluß. Obwohl Joes Vater für die Verhältnisse in Colony gut, eigentlich sogar sehr gut, verdient hatte, war das Haus schon ziemlich heruntergekommen gewesen, als Joe noch zur Schule ging – die beiden Trinker, Anna und ihr Mann, hatten einen konstanten Alkoholpegel einer Renovierung des Hauses vorgezogen.

Wenn man sich von der River Road her näherte, machte das Haus nicht viel her. Colony starb aus, und die Häuser hatten ihren Glanz verloren. Die Vorgärten waren verwildert. Alte Autos standen am Straßenrand. Vor fünf Häusern standen Schilder, die sie zum Verkauf anboten. Nur gelegentlich sah man einen ordentlich geschnittenen Rasen, doch dieser wurde dann wieder durch eine Reiterstatuette neben dem Gartenweg oder Plastikflamingos oder steinerne Elfen vor Azaleenhecken entstellt.

»Unten am Ufer hatten wir einen Baum, Hopfrog und ich«, sagte Joe, als er am Fluß parkte. »Wir haben einen Reifen an einem Seil drangebunden, um über den Fluß zu schaukeln. Das war noch, ehe die großen Chemiefirmen dieses ganze giftige Zeug ins Wasser geleitet haben. Damals«, sagte er an seinen Sohn gewandt, »konnte man in Flüssen noch schwimmen.«

Aaron schüttelte den Kopf und grinste. »Können kann man immer noch.«

»Aber nur auf eigene Gefahr.« Sein Vater zuckte die Schultern.

Er starrte das Haus an.

Seine Mutter hatte kein Licht angelassen.

»Vielleicht schläft sie schon«, sagte er. »Vielleicht sollten wir uns einfach in der Stadt ein Zimmer suchen und morgen wiederkommen.«

Jenny schob ihn vorwärts. »Sie ist doch halb blind. Vielleicht hat sie gar nicht gemerkt, daß es dunkel ist. Komm schon, geh weiter, los.« Spöttisch drängte sie ihn voran.

»O Gott, ich will nicht.«

»Du hörst dich an wie ein Kleinkind.«

Ich will nicht ich will nicht ich will nicht, dachte er, doch seine Füße gehorchten ihm nicht, und er ging, Hillary auf dem Arm, auf die Veranda vorm Haus. Er hatte schon dreimal an die Fliegentür geklopft, ehe er seine Mutter bemerkte. Anna Gardner saß in einem der marokkanischen Korbstühle in einer Ecke der Veranda. Nur das orangefarbene Licht einer Kerze beleuchtete sie, und in den flackernden Schatten sah Joe den Rauch einer Zigarette aufsteigen. Er roch den Whisky in ihrem Atem und hörte ihr Husten. Ein Radio brachte die Nachrichten der Region, und seine Mutter beugte sich vor und schaltete es aus.

»Joseph«, sagte sie, »es wurde ja auch Zeit. Die verdammten Mosquitos haben mich schon fast aufgefressen.« Sie lachte. »Es ist November, und die Scheißdinger sind immer noch unterwegs.« Sie erhob sich unsicher, schnippte ihre Zigarette übers Geländer und streckte Jenny die Arme entgegen. »Du mußt Jenny sein! Ich bin so glücklich, dich endlich kennenzulernen.«

Joe sah seine Mutter an, dann Jenny. Jenny trat einen Schritt vor und umarmte Anna. Dann ging Aaron zu ihr und umarmte sie.

Endlich näherte sie sich Joe.

Ihm fiel nichts ein, was er sagen könnte, außer: »So krank siehst du gar nicht aus, Mom.«

Sie lächelte. »Nun, an manchen Tagen geht es besser. Aber ich wußte, du würdest mich nicht eher besuchen, als bis der Tod an meine Tür klopft. Und habe ich nicht recht gehabt? Und jetzt gib deiner alten schrecklichen Mutter einen Kuß, und, oh, das ist bestimmt Hillary, mein Gott, sie sieht ja aus wie ich.« Aber Joe wußte, seine Mutter konnte gar nicht sagen, wem Hillary ähnelte, nicht im schwachen Licht dieser orangefarbenen Kerze.

Anna Gardner machte das Verandalicht an. »Laßt uns reingehen und ein paar Plätzchen essen«, sagte sie zu Aaron.

Sie hat mich ausgetrickst. Gott, ich hätte es ahnen müssen. Joe sah Jenny an und erkannte, daß sie von seiner Mutter vollkommen hingerissen war. *Du läßt dich doch nicht von ihr einwickeln, Jen? Von diesem bourbondurchtränkten Südstaatenakzent, von dieser vulgären Sprache voller Kitsch? Von ihrer scheinbaren Freundlichkeit? Gott, diese Frau hat meinen Vater kaputtgemacht. Und mich hätte sie auch fast auf dem Gewissen.*

Er kam sich wie ein Ausgestoßener vor.

Er sah, wie Aaron die Arme um seine Großmutter legte und wie sich seine Miene dabei aufhellte. Joe wollte seinen Sohn aus ihrem Griff zerren, doch dann traf es ihn wie ein Schlag, daß seine Mutter niemanden festhielt. Es war Aaron, der sich an sie klammerte. Jenny machte ihr die Tür auf.

Sie hat gewonnen. Sie hat schließlich doch gewonnen. Sie wird mir alles, was ich habe, wegnehmen.

Aber es war auch noch eine leise Stimme in seinem Kopf, die sagte:

Vielleicht ist sie gar nicht das Monster, das du die ganzen Jahre über aus ihr gemacht hast, Junge.

Vielleicht ist sie nur ein Mensch.

6.

Sheriff Dale Chambers nahm den Hörer ab. »Hallo?«

»Ich muß dich sehen.« Es war Lannie Barnes.

Gott, was wäre, wenn Nelda den Hörer abgenommen hätte? Lannie brachte wirklich alles durcheinander.

»Dale?«

Er legte auf.

Das Telefon klingelte von neuem, aber er hob nur kurz ab und legte wieder auf. Dann stellte er die Klingel ab. Er ging nach oben und stellte auch dort bei allen Apparaten die Klingel ab.

Nelda lag schon im Bett und machte Kreuzworträtsel. Weil sie abends nicht gern gestört wurde, hatte sie in ihrem Zimmer kein Telefon. Als er an ihrer Tür vorbeiging, fragte sie nicht, wer angerufen habe. Sie sah nicht einmal auf.

Dale ging langsam nach unten, so als wolle er einen seiner gewohnten Abendspaziergänge zum Fluß runter machen oder auf ein Bier in die Stadt fahren.

Er beschloß, nicht zurückzurufen.

An der Haustür bemerkte er einen Umschlag. Er bückte sich und stupste ihn an. Er verspürte einen kaum wahrnehmbaren Schock, und dann durchlief ihn ein Schauer. Unvermittelt hatte er eine Erektion und fragte sich, wieso ihn die Berührung eines Briefumschlags erregen sollte. Er nahm ihn und richtete sich wieder auf. Er wußte, was drin sein würde. Er war fast glücklich, daß der Brief heute abend dalag. Wer auch immer der mysteriöse Voyeur war, der ihm diese Briefe schickte, jetzt schien er fast zu ihm zu gehören.

Er öffnete den Umschlag.

ICH WEISS, WAS DU GETAN HAST, DU BÖSER, BÖSER MANN.

Unwillkürlich griff er mit der freien Hand in den Schritt und berührte seinen Penis durch den rauhen Stoff der Hose. Für einen Moment fühlte er sich wieder jung. All diese Briefe die ganzen Jahre über. Es war, als würde ihn der anonyme Schreiber kennen, als wüßte er, was er mit Lannie vorhatte.

Es war wie ein Brief von Gott.

Er faltete das Blatt ordentlich zusammen und steckte es wieder in den Umschlag. Er schob ihn in die Innentasche seiner Jacke.

Als er hinaus in den frostigen Abend trat, beschloß er zu warten, bis Lannie die Lodge verlassen würde. Sie würde auf den Parkplatz zu ihrem Wagen gehen. Sie würde schwer geladen haben – drei, vier Martinis, wenn er Glück hatte. Er würde dasein, in ihrem Wagen, auf dem Rücksitz, und auf sie warten.

Der Brief war wie ein Omen: Heute nacht mußte er es tun.

7.

Byron Cheever hat seinen Kopf in den Busen des Mädchens gedrückt, das er Beauty nannte, während ihre Freundin drüben an einem großen Grabstein saß und eine Zigarette rauchte. Sie hatten unbedingt auf den alten Friedhof gewollt. Er hielt die beiden für ein bißchen pervers, und obwohl er noch nicht ganz am Ziel war, glaubte er fest, daß er bald seinen Schwanz in ihre Möse stoßen würde, so wie sie sich an ihn drückte.

Beauty stöhnte: »O Gott, By, tu es, tu es, los, tu es.«

Nun, das war alles, was ein Junge wie Byron Cheever an Aufforderung brauchte, also holte er ihn mit der einen Hand raus und schob ihre Beine mit der anderen auseinander.

Und während er seine Finger in ihren Schritt drückte, spürte er dort einen Klumpen.

Einen Moment lang dachte er, es wäre ein Portemonnaie oder irgend etwas, was sie ins Höschen gesteckt hatte. *Vielleicht ein Kleenex, oder, Scheiße, ein Tampon …*

Doch das Ding in seiner Hand wuchs, und noch ehe ihm wirklich bewußt wurde, was los war, zog sich sein Körper bereits wieder zurück, und dann blendete ihn ein Blitz.

Ein Blitz?

Er konnte nichts sehen.

Noch ein Blitz.

»Was zur Hölle –« keuchte er.

Jemand machte Fotos – es war ihre Freundin, oder verdammt, nicht ihre Freundin, sondern *seine* Freundin, es war ein Schwanz, den er da unter Beautys Kleid in der Hand hielt.

Und während er – Schwanz draußen, Hosen runtergelassen – aufstand und über seine eigenen Füße stolperte, sah er die versammelten Mädchen vom Danville Women's College auf dem Friedhof am Watch Hill stehen, wie sie ihre Kameras vor die Augen hielten und sangen: »The Man I Love.«

Beauty stand auf, bürstete sich ab und zog sich die Perücke vom Kopf. Er sagte zu By: »Für mich war's auch ein bißchen abstoßend. Ich mag lieber Jungens, die's mir richtig besorgen.« Er holte seine falschen Brüste unter dem Kleid hervor und warf sie By zu, der sie sofort fallen ließ.

Beautys Freundin machte noch ein Foto, und wieder blitzte es.

Sie rief: »Das ist dafür, was du Marti angetan hast.«

»Marti?« Er kannte niemanden namens Marti. Oder doch? War es dieses Mädchen auf der Party gewesen, das so gekreischt hatte, nachdem sie es gemacht hatten – hatte die Marti geheißen?

Sie hatte es gewollt, diese Martha Wiley. Sie hatte es gewollt. Sie hatte nur gekreischt, weil man ihr beigebracht hatte, es nicht zu wollen. Aber er hatte sie ordentlich in die Mache genommen.

Plötzlich wurde er wütend. »Ihr verdammten Huren!« Er sprang auf den Kerl zu, Beauty, verfehlte ihn jedoch und landete mit dem Gesicht auf einem Steinengel.

Als er wieder erwachte, war er allein.

Im ersten Moment hatte er vergessen, was passiert war.

Jemand hatte einen Zettel an ihm festgepinnt und ihm eine Taschenlampe dagelassen.

Er riß den Zettel von seinem T-Shirt und beleuchtete ihn mit der Taschenlampe.

Lieber Mr. Cheever,

da uns das Gesetz nicht beschützt, tun wir selbst, was wir können. Marti wird glücklich sein, diese Fotos zu sehen. Und Dave Hotchkiss auch, der Kerl, den du letztes Jahr verprügelt hast, weil er schwul ist. So geht's eben im Leben. Wir haben einige Fotos von dir, auf denen du unseren Freund Todd befummelst, und wir haben sogar eins, auf dem du sein Ding in der Hand hast. Nette Fotos. Ich wette, deinen Kumpeln in der Studentenverbindung werden sie auch gefallen. Vielleicht auch deiner Familie. Und deiner Freundin drüben in Sweet Briar.

Herzlich,

Die Schwestern der Rache, Danville Women's College

Byron Cheever ließ den Zettel und die Taschenlampe fallen und lehnte sich an einen Grabstein. Er sah hoch zu den Sternen und wußte, daß sein Leben vorüber war.

Sein Gewissen meldete sich und machte ihm zu schaffen, aber nicht, weil er Marti Wiley gebumst hatte.

Sein Gewissen machte ihm zu schaffen, weil es so geprickelt hatte, Beautys Steifen in der Hand zu halten.

Für einen jungen Mann seines Alters, der Schwule immer nur gehaßt und sie verprügelt hatte, wann immer sie ihm über den Weg gelaufen waren, war dies eine Enthüllung, die nur einen Ausweg zuließ, und es war ein verzweifelter Gedanke, der sich ihm in den Kopf drängte.

Er würde sich umbringen müssen.

8.

Das Haus von Joes Mutter hatte sich kaum verändert, seit er vor siebzehn Jahren fortgegangen war. Obwohl es klein war, hatte sie es nicht besonders sauber gehalten. Auf dem Geländer der Treppe, die hoch zu den Schlafzimmern führte, lag dicker Staub. Die ausgeblichenen Vorhänge im Flur waren zugezogen. Der Holzfußboden war zerkratzt und fleckig. Sie hatte nichts Neues gekauft, und kein Stuhl oder Sofa war neu bezogen oder gepolstert worden – seit über dreißig Jahren. Dennoch war das Haus irgendwie gemütlich. Es sah aus, als hätte jemand hier gut gelebt.

»Also«, sagte Anna Gardner zu Jenny, »ihr müßt müde sein.«

»Sehr.«

»Nun, ich habe Joes altes Zimmer für die Kinder hergerichtet. Du und Joe, ihr könnt mein altes Schlafzimmer oben haben. Ich schlafe sowieso meistens hier unten – die Treppe ist mir auf meine alten Tage ein wenig zu steil geworden. Ich fürchte auch, daß ich mich schon bald hinlegen muß. In letzter Zeit bin ich selten länger auf als bis neun.«

Joe zögerte, dann gab er seiner Mutter einen Gute-Nacht-Kuß auf die Stirn.

»Joseph«, setzte sie an.

»Mom, wir sind echt müde«, unterbrach er sie.

»Ich weiß. Aber du sollst eins wissen: Ich habe mich wirklich verändert.«

»Oh.« Er zog sich von ihr zurück. Aaron stand neben ihm. Er strich ihm über das Haar.

»Nun, ich liebe dich, Sohn. Ich hoffe, ihr schlaft gut.« Sie wandte sich um und ging in ihr Zimmer. Vielleicht hatte sie Tränen in den Augen. Joe konnte es nicht genau sagen. Vielleicht machte sie ihm auch nur etwas vor.

Sie hat mir früher schon einiges vorgemacht. Sie hat mir Liebe vorgemacht und Fürsorge und Zuneigung. Sie ist mit diesem Arzt durch die Gegend gezogen und hat den schlimm-

sten Skandal im ganzen County verursacht. Sie hat Dad zerstört und mir vorgemacht, sie sei unschuldig.

Er legte den Arm um Jenny und hob Hillary hoch. »So, Hillary, ich glaub, für dich ist's auch Zeit fürs Bettchen.«

9.

Als sie allein im Schlafzimmer waren, sagte Joe: »Ich kann einfach nicht glauben, daß sie mich mit dieser Krankheit belogen hat. Ich kann es nicht glauben.«

»Joe«, sagte Jenny leise, »es ist doch offensichtlich.«

»Was?«

»Sie wollte uns sehen. Deine Familie. Endlich. Sie wollte ihren Sohn mal wieder sehen. Guck sie dir doch an. Sie ist eine einsame Frau, die alles außer ihrem Haus verloren hat.«

»Und was für eine Hausfrau sie ist!« fügte Joe hinzu und fühlte sich scheußlich. Er begann, sich auszuziehen, und warf sein Hemd über den Bettpfosten. Er zog seine Hose aus und ließ sie einfach liegen, bis er Jennys Blick bemerkte. Dann hob er sie auf, faltete sie und legte sie auf die Truhe am Fußende des Betts.

»Der Apfel fällt nicht weit vom Stamm«, sagte Jenny. »Du könntest auch ein bißchen Nachhilfe gebrauchen, was Ordnung angeht.«

»Ich sag dir, Jenny, irgend etwas ist hier faul. Sie ist nicht, was sie vorgibt zu sein.«

»Ach, wirklich? Dein halbes Leben lang hast du mir erzählt, sie sei eine Hexe und ein Vampir, und jetzt sehe ich lediglich eine Frau, die ihren Sohn verloren hat, weil sie sich dumm benommen hat und weil er ihr nicht vergeben will.« Jenny ging zu dem Koffer auf dem Ankleidetisch und öffnete ihn. Sie holte einige Kleidungsstücke heraus, ein Sweatshirt, ein paar Blusen, und hängte sie in den Wandschrank. Dann zog sie den Reißverschluß ihres Kleides auf, schlüpfte heraus und hängte es ebenfalls ordentlich auf. Sie stieg nur im Slip ins Bett, aber das hatte erst mal nichts zu bedeuten – bis Joe noch etwas sagte.

»Vielleicht habe ich unrecht gehabt«, flüsterte er, während er sich neben sie legte. Durch das Schlafzimmerfenster konnte er den Fluß sehen. Der war schwarz und ruhig. Das Licht des Mondes wanderte über seine Oberfläche. »Vielleicht war sie nur damals so schrecklich. Vielleicht haben sich die Dinge geändert.«

»Also«, Jenny schmiegte sich in seine Arme und legte den Kopf auf seine Brust. »Es gibt einen Unterschied zwischen dem, wie wir die Dinge als Kinder erleben, und dem, was wir darüber wissen, wenn wir erwachsen sind.« Er roch ihr Haar. Der Duft war gleichzeitig erregend und tröstlich.

»Vielleicht«, sagte Joe. »Damals war soviel los. Es war nicht nur der Skandal, den Mom in der Stadt verursacht hat, es war auch der ganze andere Mist. Der Unfall, Melissas Tod, die Art, wie sich Hopfrog mir gegenüber verhalten hat. Das alles. Die Stimmen. Vielleicht war ich verrückt. Vielleicht wollte Mom nur so gut wie möglich mit allem klarkommen. Ich habe sie immer dafür verantwortlich gemacht, daß sie Dad zerstört hat, aber er war ja auch nicht gerade unschuldig wie ein aus dem Nest gefallener Vogel. Er war ein harter Mann. Er hat wohl kaum einfach daneben gestanden und sich fertigmachen lassen. Es ist alles so verwirrend.«

»Familienangelegenheiten«, sagte Jenny, »sind immer verwirrend.«

»Und meine noch mehr als andere, schätze ich.«

»Aber sieh mal, sie hat etwas aus dir gemacht. Irgendwie hat sie in diesem ganzen Schlamassel einen guten Schriftsteller und einen guten Ehemann und einen guten Vater aus dir gemacht.«

»Bin ich wirklich ein guter Ehemann?«

Jenny seufzte. »Sieh dir doch an, was wir alles durchgemacht haben, Joe. Und ich bin immer noch da. Glaubst du, ich wäre noch da, wenn du kein guter Ehemann wärst?«

Joe sagte nichts. Er küßte sie auf die Stirn und hielt sie fest. Er legte ihr das Kinn aufs Haar und roch ihren Duft. Er betrachtete den Paramount River, auf dem sich Mond und Sterne spiegelten.

Nach einer Weile sagte Jenny: »Und um noch mal auf das Verrücktsein sprechen zu kommen: Alle Schriftsteller sind verrückt, hast du das nicht gewußt?«

Er küßte sie noch einmal. Sie reckte sich vor, und ihre Lippen trafen sich. Sie öffnete den Mund. Joe küßte sie leidenschaftlich. So leise sie konnten, schliefen sie miteinander und versuchten, die Kinder und seine Mutter für einige Zeit zu vergessen.

10.

Dale Chambers suchte nach Lannies weißem Lincoln Town Car. Sie hatte den Wagen am anderen Ende des Parkplatzes abgestellt, wo es am dunkelsten war. *Gut.* Wenn er sie töten mußte, würde er sie vielleicht mitsamt dem Wagen dort lassen müssen. Er könnte sogar, dank seiner Eigenschaft als Sheriff, unbesorgt seine Fingerabdrücke auf dem Wagen hinterlassen.

Er stellte es sich genau vor: *Jud als Zeugen mitnehmen, so tun, als hielte er die Frau im Wagen für ohnmächtig, die Tür aufmachen, das Handschuhfach berühren, ihren Hals berühren, vielleicht auch ihr Kleid und ihre Bluse und ihr Sweatshirt. So tun, als glaubte er, sie sei nicht tot, dann schockiert feststellen, daß sie keinen Puls mehr hat. Verdammte Scheiße,* dachte er, *du bist ja so clever!*

Es war gut, Sheriff zu sein.

Manchmal machte Dale sein Gewicht zu schaffen. Obwohl es nur vier Blocks bis zur Miner's Lodge waren, schnaufte er und keuchte und schwitzte, trotz der kalten Nacht. Er bekam ein wenig Angst, der Schweiß könne ihn verraten. *Jemand, der so ist wie ich, wird mich als den Gump erkennen, als denjenigen, der Lannie Barnes töten wird – wer auch immer diese Briefe geschrieben hat – wer auch immer weiß, daß ich ein böser Mann bin. Er wird wissen, was ich vorhabe.* Reglos stand er in der Dunkelheit. Adrenalin rauschte durch sein Blut wie ein Fluß durch eine enge Schlucht.

Er wartete über eine Stunde, daß Lannie aus der Hintertür der Lodge kam.

Dann dachte er: *Und wenn ich mich hinten reinschleiche, bei den Telefonen? Niemand wird mich sehen. Ich werde dort warten. Ich könnte so tun, als wollte ich sie bumsen, und dann bringe ich sie zum Wagen und erwürge sie. Niemand wird mich sehen.*

Er lauerte im Schatten, und schließlich machte er sich zur Hintertür auf.

Er zog an der Tür, aber sie ging nicht auf. Auf einem Schild, das er noch nie beachtet hatte, stand: *Dieser Eingang ist nach Mitternacht geschlossen.*

Jemand kam näher.

Er hörte zwei Männer, die sich auf der anderen Seite der Tür unterhielten.

Dale wich ein paar Schritte hinter die Mülltonnen zurück und duckte sich in den Schatten. George Fletcher und Gary Welles traten in das Licht der Lampe vor der Tür.

»Also, alles was ich dir sagen kann, is viel Glück. Kann ich auch nich mehr zu sagen«, meinte George. Er klang so, als hätte er sich wie gewöhnlich die Hucke vollgesoffen.

Gary zündete sich eine Zigarette an. »Du brauchst vielleicht Glück, George, ich krieg's auch ohne hin«, sagte er.

Gary trank, seit seine Tochter Melissa vor so vielen Jahren gestorben war. Er hatte seine Frau und sein Haus verloren und schlief jetzt meist auf dem Rücksitz seines Wagens. »Du Hurensohn, ich dachte, du wärst mein Freund«, murmelte Gary. »George, ich dachte, du wärst mein Freund. Bedeutet dir das denn gar nichts? Was muß ein Mann tun, wenn ihm alles, was er liebt, weggenommen wird?«

»Seinen Rausch ausschlafen«, meinte George und ging schwankend in die andere Richtung davon.

Gary Welles stand allein da. Die Zigarette in der einen, den Schwanz in der anderen, pinkelte er mit leuchtend gelbem Strahl eine Schlangenlinie auf den Parkplatz. Als er fertig war, vergaß er, den Reißverschluß wieder hochzuziehen. Er torkelte los, um sich irgendwo im Dunkeln hinzulegen.

Dale Chambers atmete den Gestank von vier Tage altem Müll, bis beide Männer außer Sicht waren.

Er wußte, er mußte es riskieren.

Du bist der Sheriff, du kannst es schaffen. Du kannst alles schaffen.

Er entschloß sich, den Vordereingang zu benutzen.

Er konnte schließlich nicht ewig auf Lannie warten.

Die Miner's Lodge war fast so etwas wie eine altehrwürdige Einrichtung – sie war in den Zwanzigern gebaut worden, zuerst aus Holz, und dann später, nachdem sie abgebrannt war, aus Stein. Die Lodge war das Lokal der Stadt, das am ehesten an einen Country Club erinnerte, obwohl die Eintrittsbedingungen nicht ganz so streng waren. Solange man noch über die Schwelle kriechen konnte, war man herzlich willkommen.

Es war die Bar von Dale und Lannie, und Lannie hätte da sein sollen, hätte in ihrem Kaschmirpullover (hatte vierzig Dollar gekostet, er hatte ihn ihr letztes Jahr gekauft, und es waren schon Brandlöcher von Zigaretten drin) auf einem Barhocker sitzen sollen, hätte mit ihrem klimpernden Glasschmuck auf den Tresen klopfen und die nächste Margarita oder den nächsten Martini bestellen sollen – sie mochte nur Drinks, die mit »Mar-« begannen, weil ihr zweiter Name Margaret war. Er wußte so viel über sie, so viele dumme Kleinigkeiten, das Parfüm, das sie benutzte (Anais Anais), ihre Schuhgröße (vierzig), das purpurrote Muttermal auf ihrer linken Arschbacke – er kannte sie in- und auswendig.

Dale sah an der Bar von einem Gesicht zum anderen. Er fragte eine der Angestellten, ob sie in der Damentoilette nachschauen könnte. Aber Lannie war nicht da.

»Könnte sie nicht schon gegangen sein?« meinte Harold Earle und zwinkerte ihm zu. Harold war fünfzig und seit Ewigkeiten Barkeeper; er kannte alle schäbigen Affären und unehelichen Intimitäten von Colony und behielt sie für sich. Doch für manche besonderen Leute hatte er seinen Code.

Und das Zwinkern bedeutete:

Lannie Barnes ist schon oben, und zwar mit einem anderen Kerl, Gump.

11.

Er brach Lannies Wagen auf. Er konnte geschickt mit den Haken von Kleiderbügeln umgehen, und sie würde den Schaden am Fenster nicht bemerken, zumindest nicht in diesem Leben.

Er kauerte sich auf den Rücksitz und wartete.

Und während er wartete, verstrich die Nacht, und seine Wut ließ nach, und in seinem Kopf und seinem Herzen tauchte plötzlich ein Gefühl auf, dessen er sich überhaupt nicht für fähig gehalten hatte.

12.

Oben im Haus seiner Mutter lag Joe im Bett und träumte.

Es war ein alter Traum.

Melissa, Hopfrog und er, der Volkswagen-Käfer, die Paramount Bridge, der Dreißigtonner.

Hopfrog, der den Wagen endlich startete, aber zu spät.

Und dann fallen sie alle, und er schlägt mit dem Kopf ans Dach des Wagens, und er hört Hopfrog schreien, als sich ein Stück Metall in seine Beine bohrt.

Und er wacht auf, unter Wasser, im Wagen, glaubt, er sei tot. Hopfrog sitzt nicht mehr am Steuer. Joe weiß das nicht, weil es im Wasser zu dunkel ist. Später wird er erfahren, daß Hopfrog aus dem Wagen geschleudert wurde, als er über die Kante der Brücke ging.

Später wird Joe viel über den Unfall erfahren.

Im dunklen Wasser spürt er ihre Hand; sie haben Händchen gehalten, als sie von der Brücke gestürzt sind.

Melissa sitzt bewußtlos neben ihm auf der Rückbank.

Alles ist überflutet; Wasser dringt durch die zerbrochene Windschutzscheibe ein.

Und dann, als er an ihrer Hand zerrt, ist da etwas im Wasser,

zieht zurück, doch nicht sie, nicht Melissa,

etwas auf ihrer anderen Seite, und er glaubt, jemand sei dabei, seine Geliebte zu retten, deshalb läßt er sie los.

Später wird er erfahren, wo sie sie gefunden haben, flußabwärts, zwei Tage danach, ihr Körper vom vielen Wasser aufgedunsen.

Später wird er erfahren, wie sie so viel Blut im Wasser verlieren konnte. Als sie ihre Leiche gefunden haben, lief literweise Flußwasser aus Stellen ihres Körpers, die Felsen aufgerissen hatten.

Wach auf! schreit sich Joe im Traum zu. *Wach auf! Zum Teufel, raus hier, raus hier!*

Doch der Traum geht weiter, führt ihn zu einer Stelle auf dem Watch Hill, früh an einem Sonntag morgen, zusammen mit Hopfrog in seinem Rollstuhl; eine Schaufel und ein Berg Erde neben seinen Füßen.

Und er wird etwas finden, in dem monatealten Grab, der letzten Ruhestätte von Melissa Welles.

13.

Auf der anderen Seite der Stadt träumte Dale Chambers in einem weißen Lincoln Town Car, träumte von einem Baby, das er und Lannie in den Armen hielten. Als er das Gesicht des Babys sah, ähnelte es dem seiner Frau, Nelda.

Er wachte auf.

Er schnaufte, zog Rotz hoch und schluckte, dann merkte er, daß jemand die Fahrertür aufschloß.

Es war Lannie. Und sie war nicht allein.

»O Gott, mein Wagen stinkt, er stinkt einfach«, sagte sie. Er hörte die sechs Halsketten klimpern. Er kauerte sich noch tiefer hinter den Rücksitz.

Ein Mann sagte: »Riecht nach dir, Lannie, genau wie du, wie Lavendel und Geißblatt.«

Diese Stimme, dachte Dale fieberhaft nach, *diese Stimme!*

Unverkennbar.

Jud Carey, sein eigener Deputy.

Perlmuttscheiße!

Dale merkte, daß sich sowohl auf seinem kahl werdenden Kopf wie auf seinen schrumpfenden Eiern Schweißtropfen bildeten.

Mein eigener Deputy, war er nicht immer wie ein Sohn für mich, na warte, bis ich dich allein erwische, ich werde …

Und dann hörte er das Allerschlimmste.

Das Schmatzen eines Kusses, eines Zungenkusses.

O Gott, nein. Er zuckte zusammen, als er das Geräusch des Reißverschlusses einer Jacke hörte, und wie ein Pullover über den Kopf gezogen wurde, und dann noch einen Reißverschluß. Dieses Mal bedeutete es, daß sie Juds Ding aus der Hose zog.

»Lannie, Süße, ich habe nur eine Stunde Pause, und wir haben es schon zweimal gemacht. Du kannst doch keine Toten auferwecken«, stöhnte Jud.

»Komm, die Ausrede zählt nicht«, meinte Lannie; ihr Südstaatenakzent hörte sich verdammt sexy an. Sie sagte noch etwas, aber Dale konnte es nicht verstehen, weil es so klang, als hätte sie etwas im Mund.

Dale hielt es nicht länger aus.

Er steckte sich die Finger in die Ohren.

Er wollte sterben.

Er wollte nicht glauben, daß Lannie zu so etwas fähig war, daß sie ihn so schmählich hintergehen konnte.

Und dann brodelte dieses Gefühl in ihm, zog ihm das Rückenmark hinauf.

Liebe.

Er liebte sie.

Er liebte sie tief und innig, aus ganzem Herzen.

Er schloß die Augen und wartete, bis sie fertig waren.

Endlich hörte er das schreckliche, triumphierende Stöhnen, Reißverschlüsse wurden zugezogen, Haare gekämmt, klimpernde Ketten wieder umgelegt.

Dale Chambers fuhr mit Lannie nach Hause, lag unbequem und unbemerkt hinter ihrem Sitz und weinte vor sich hin.

14.

Zwei alte Männer saßen im Halbdunkel hinter einem Ladenfenster.

»Ist Glaube das Problem?«

»Ich schätze, ich glaube an gar nichts.«

»Nicht mal an Gott? Virgil, wirklich!«

»Ganz besonders nicht an Ihn. Nicht mehr.«

»Jeder glaubt an irgendwas.«

»Genug Psychoanalyse. Wo zum Teufel ist die Zigarre, die du mir versprochen hast?«

Es war dunkel im Zimmer, von der Lampe auf dem Tisch abgesehen, die die beiden Männer, die einander gegenüber saßen, nur schwach beleuchtete.

»Hier, Virg, versuch mal die da.«

Man hörte einen Mann schnüffeln.

»Havanna. Handgewickelt.«

»Sehr gut. Du mußt in deinem früheren Leben ein Jagdhund gewesen sein.«

»Winston Alden, wie im Himmel bist du an eine handgewickelte Havanna gekommen?«

»Ich habe sie seit 1955 aufbewahrt. Hat nichts von ihrem Aroma verloren, was?«

»Ich habe so ein Ding nicht mehr gesehen seit ...«

»Seit dem Anfang der Zeit nicht mehr, wie?«

»So ungefähr.«

Rauch kringelte sich langsam um die Lampe.

Man hörte, wie etwas eingegossen wurde.

»Medoc. 1947.«

»Muß sich um einen besonderen Anlaß handeln, Win.«

Langes Schweigen. Der Mann namens Winston stieß einen tiefen Seufzer aus, der zusammen mit dem Rauch in der Luft hängenzubleiben schien. Er sagte: »Es kommt, weißt du.«

»Winston?«

»Sie kommen, Virg. Ich kann sie riechen. Sie kommen.«

»Kein Wort mehr über diese Sache, bitte. Die Alpträume, die du mir letztesmal bereitet hast, reichen.«

»Ich? Wer hat es denn rausgefunden? Sieh mal nach draußen. Die Straßen. Wie viele Städte sind so wie diese, was glaubst du?«

»Wie was?«

»Ohne irgendeine Bedeutung. Colony könnte auf der Stelle tot umfallen, und niemand würde kommen und ihm den Puls fühlen. In Stone Valley würde alles so weiterlaufen wie gewohnt, und niemand würde sich für Colony interessieren. Die

Möbelfabrik hat gerade wieder fünfzig Leute entlassen. Sie wird bald verschwunden sein. Wir könnten auch verschwinden« – Finger schnippten – »und es würde ein, zwei Tage dauern, bis jemand vorbeikäme, um nach uns zu gucken. Wenn Schnee liegt, vielleicht länger. Vielleicht zwei Wochen.«

Sie saßen eine Weile lang schweigend da. Rauch kringelte sich im Licht der Lampe. Die Stille wurde durch das Klingen von Glas unterbrochen, als jemand Medoc nachschenkte.

»Ich habe den Schriftsteller gesehen, Virgil.«

»Du bist heute abend ein Buch mit sieben Siegeln. Welchen Schriftsteller?«

»Für einen Arzt bist du nicht gerade sehr helle, Virgil. Der, der draußen an der River Road gewohnt hat. Den mit den Stimmen. Kannst du dich nicht erinnern?«

»Der Junge von Anna Gardner? Der ist zurück? Bist du sicher?«

»Ein paar Tassen hab ich schließlich noch im Schrank. Er hat vor ein paar Stunden drüben angehalten und sich eine Zeitung gekauft. Im Wagen waren auch eine Frau und Kinder. Sieht größer aus als früher, aber den Bauch hat er immer noch. Hat sich kaum verändert. Er wird bald zurückkommen. Ich muß sicherstellen, daß keiner von ihnen in mein Haus kommt, nicht so, wie sie es letztesmal gemacht haben. Und setz mich bloß nicht dem Gespött der Leute aus, du Heuchler – du sitzt hier, trinkst meinen Wein und rauchst meine Havannas und bist zu Tode erschrocken, weil du weißt, daß es wahr ist.«

Aus der Dunkelheit auf der anderen Seite des Tisches seufzte der andere Mann. »Ich fürchte ja.«

»Wurde auch Zeit, daß du es zugibst. Aber da gibt es noch ein Problem, Virg. Wir sind einfach zu alt, um etwas dagegen zu tun. Ich bin nicht mehr so stark wie damals. Und ich weiß, dein Glaube ist nicht mehr so stark.«

Fünf Minuten Schweigen.

»Wo du recht hast, hast du recht. Also, was sollen wir tun?«

Der andere Mann sagte: »Was – glaubst du, ich hätte für jedes Problem die richtige Lösung parat? Ich werd tun, was alle Dummköpfe in dieser Stadt machen, wenn es eine Krise gibt, ich werde auf meinem fetten Arsch sitzen und bis zum Tag des Jüngsten Gerichts abwarten.«

»Ich nehme an, wir könnten mit John reden und herausbekommen, ob er noch alles unter Kontrolle hat.«

»Habe es versucht. Er ist nicht einmal ans Telefon gegangen. Macht mir Sorgen. Er glaubt zu fest, wenn du mich fragst. Wenn er stirbt … na ja.«

»O Gott«, sagte der andere Mann in dem dunklen Raum. »Ich bin Arzt, und du warst mal Prediger, Winston, und wir beide werden es nicht zum Verschwinden bringen.«

»Das kann niemand. Sieh dir die Stadt an. Sieh dir die Straßen an. Ich kann es dort draußen spüren. Es ist gefangen, aber das bedeutet nicht, daß es für immer weg ist.«

KAPITEL 9
Die letzte Nacht des Byron Cheever

1.

Die Woche über war Watch Hill nachts ein verlassener Ort. Am Wochenende trieben sich oft Teenager zwischen den Grabsteinen herum, brachen mit Brechstangen die Türen der Grüfte auf, zelteten oder lagen nur auf dem Rücken da und betrachteten die Sterne.

Doch Byron Cheever war an einem Donnerstag abend hier herausgekommen, und auf dem Friedhof war nichts los.

Im Norden konnte er den Obstgarten des alten Feely und dahinter den Fluß sehen. Im Osten lag die Stadt mit ihren flimmernden gelben Lichtern. Der Rest war Wildnis. Der Lichtschein von Stone Valley schimmerte über die Malabars. Byron war in Stone Valley geboren, doch seine ersten Erinnerungen stammten aus Colony: der Paramount River, die Altstadt mit ihren Gebäuden im Kolonialstil, die Kanonen aus dem Bürgerkrieg vor dem Postamt, der Geschmack von Schinken und Eiern in Wanda Mirkles Coffeeshop, der Geruch des Flusses im Frühjahr, wenn die Fische wanderten und die Mädchen an seinem Ufer nur darauf warteten, erobert zu werden.

Er wurde sentimental, während er auf dem Grabstein einer Seele saß, die schon vor Jahrzehnten dahingegangen war. Er würde eben sterben müssen, das war alles. Er hatte etwas über sich selbst gelernt, etwas über sein innerstes Wesen, und das hatte ihn schockiert. Er wollte nichts anderes sein als das, was er immer dargestellt hatte: ein Typ, der auf Mösen stand. Das war der einzige Byron Cheever, den er je gekannt hatte. Dieser andere, dieser Mann unter seiner Haut, der sich aus dem anderen Mann entpuppt hatte, mußte sterben. Und By wußte, das ging nur, wenn er beide, den Mann außen und den Mann innen, tötete.

Er glaubte das Summen des Universums zu hören, als er da so saß. Die Ätherwellen Gottes vielleicht, die diese ganze verrückte Welt irgendwie in ihrer Bahn hielten. Und nur er, ER, war auf Empfang eingestellt. Seine Eltern würden sie nicht hören – sie waren weit vom Wirken des Kosmos entfernt, ihnen ging es nur um Geld und Äußerlichkeiten. Byron, der Mann innen, war eine Seele voller Poesie; er wußte, was Leiden, was wahrer Schmerz bedeutete. Er wußte es, seit er die weibischen Jungs schon als Kind von den Spielplätzen vertrieben hatte, er WUSSTE, daß ER derjenige war, der am meisten darunter gelitten hatte – weil die anderen Kinder ihn dazu GETRIEBEN hatten. Wie alles außer Kontrolle geraten war, wie ihn die Kinder ausgelacht hatten, den Byron INNEN, wie sie ihn gezwungen hatten, sie zu verprügeln und zu schlagen und zu treten, bis sie blutig und zerschunden waren. Immer waren sie es gewesen. Und als er über seinem kleinen Bruder Hugh abgespritzt hatte, als Hugh neun und er dreizehn gewesen war, hatte er GEWUSST, daß es Hugh war, der ihn dazu gebracht hatte, auch wenn Hugh flehte, er möge ihn gehen lassen, und hatte er nicht recht behalten? Hugh war schon als Kind schwul gewesen – es war Hugh, der Byron Cheever dazu gebracht hatte, es zu tun. Wie anders wäre sein Leben wohl verlaufen, wenn Hugh ihn nicht dazu gebracht hätte, ihn auf den Boden zu drücken, ihn anzuspucken und ihm auf den Schenkel zu spritzen! Vielleicht wäre der innere Byron jetzt ein anderer, würde ihm nicht erzählen, wie gern er Jungen weh tat und wie sehr ihn das erregte.

Gott, wenn es nur all diese anderen Jungen nie gegeben hätte! Sie waren wie Dämonen, zur Erde geschickt, um ihn und die anderen Jungs zu foltern, NORMALE Jungs, Jungs, die auf Mösen standen, die clever waren und vorankamen und es eines Tages allen zeigen würden, all den Leuten, die ihn je verletzt oder gequält hatten (er konnte sie einen nach dem anderen aufzählen: Hugh, Mark, Bart, Gus, Clay, Jimmy, Joe, Bob) ... er würde ihnen zeigen, welchen SCHADEN sie ihm zugefügt hatten.

Byron hatte schon einige Male an Selbstmord gedacht, doch nie ernsthaft vorgehabt, es zu tun. Er hatte sich für zu wertvoll gehalten. Er wollte durchhalten und etwas aus sich machen und alle zerstören, die ihn hatten leiden lassen.

Doch mit diesen Fotos ... *Diese Huren!* Byron Cheever wußte, für ihn war es aus. Er war so gut wie tot. Seine Kumpels aus der Verbindung – vor allem Beau, *o Mann, wie soll ich Beau bloß jemals wieder in die Augen sehen? Er ist mein bester Freund, er wird es nie verstehen, er ist so ein toller Kerl und so ein Macho, er wird mich für eine Schwuchtel halten und nicht mehr mein Freund sein wollen. Rausgeschmissen wegen Mogeln, und jetzt das noch. Scheiße, was zum Teufel ist mit dieser Welt los? Warum passiert so was immer mir? Wer hat das alles versaut?*

So gut wie tot.

So gut wie tot.

Es war wie eine Melodie, er bekam es nicht mehr aus dem Kopf.

Könnte genausogut sterben
Sag dem guten By Bye-bye
Er ist so gut wie tot.

Worum ging es denn eigentlich? Wozu noch leben? Welchen Grund hatte er noch, am nächsten Morgen aufzustehen, wenn er dann der grausamsten aller Welten gegenübertreten mußte?

Wer scherte sich schon um das Leben von Byron Cheever?

2.

Er durchsuchte den Kofferraum des Cadillac und fand ein paar alte *Penthouse*-Hefte, eine große Taschenlampe, einen Werkzeugkasten (aber er wollte sich ja nicht mit einem Schraubenzieher umbringen, auch wenn das möglich wäre) und unter dem Reserverad ein dickes Abschleppseil. Ausreichend lang. Das würde genügen. Ein starkes Seil um den Hals – er würde abspritzen, ehe er starb, und sich dabei ein Seidentuch seiner Mutter um den Hals binden. Es würde nicht gerade sanft sein, aber das Leben war eine Hure ohne Titten, was machte es also schon, wenn es am Ende noch ein bißchen weh tat? Alles war Schmerz, Leiden, Folter. *Warum nicht noch einen guten Fick? sagte die eine Nutte zur anderen.*

Als er den Kofferraumdeckel zuschlug, glaubte er in der Nähe etwas gehört zu haben.

Er sah in Richtung der Krypta der Connors und knipste die Taschenlampe an. An dem kleinen Bauwerk schien alles in Ordnung, die Tür war geschlossen. Manchmal trieben sich hier Kinder herum. Vielleicht kicherten sie über ihn. Vielleicht waren sie schon die ganze Zeit hier und würden jetzt nach Hause gehen und ihren Mommys und Daddys erzählen, was sie gesehen und gehört hatten, was für ein Perverser Byron Cheever war, nicht nur ein Homo, sondern einer von der Art, die nur kamen, wenn sie jemanden schlagen und zum Heulen bringen konnten.

Sie würden ihren Familien erzählen, daß er NICHT NORMAL war.

O Gott, beeil dich und bring dich endlich um.

Er ließ den Strahl der Taschenlampe über den Friedhof zittern, über die beiden flachen Hügel. Nichts, nur schmiedeeiserne Tore, Steine, karges Novembergras und silbriger Tau, wie von einem frühen Frost. Nichts, nur die Toten und ein Fast-Toter.

Er fragte nicht: »Wer ist da?«, weil er Angst hatte, es könnte jemand antworten.

Er stellte sich seine Familie vor, wie sie hier in einer Woche stehen und auf den Sarg starren würde, der gerade ins Grab hinuntergelassen wurde. Der Geistliche würde Bibelsprüche ablassen, seine Mutter Tränen vergießen, aus Trauer, und sein Vater würde das gleiche tun, aus Reue. Sie würden sich zitternd umarmen. Ihr Sohn würde ihnen fehlen. Sie liebten ihren Sohn. (Sie konnten Hugh nicht ausstehen, weil er alle Anzeichen eines Schwulen zeigte, er war nicht gut im Sport, und er konnte nichts vernünftig, was Jungen können sollten, und er ging so seltsam – *Jesus, sie werden nur noch Hugh haben, und dann ist es so, als hätten sie nur noch einen halben Sohn. Gut, sollen sie doch auch mal ein bißchen leiden.)*

Er machte die Taschenlampe aus. Er prüfte das Seil auf seine Stärke, indem er kräftig daran zog. Er ließ es durch die Luft sausen, dann auf einen der Grabsteine klatschen. Er ging zwischen den Steinen hin und her und schlug auf sie ein. Als er zu einem steinernen Engel kam, schlug er heftig darauf ein, bis sich Splitter vom Gesicht der Figur lösten.

Er wünschte, es wäre diese verfickte Marti Wiley, die ihn dazu gebracht hatte, sie zu stoßen und ihren nuttigen Freundinnen hinterher gesagt hatte, er habe sie vergewaltigt, *Gott, sie hatte* ihn *doch praktisch vergewaltigt, so sehr hatte sie es gewollt.* Die Welt war einfach ungerecht. Er hätte sie am liebsten geschlagen, wie das Gesicht dieses steinernen Engels, und immer wieder geschlagen. Das wäre der einzige Grund weiterzuleben.

Aber er stieg trotzdem den Watch Hill hoch, bis zur Spitze.

Er wickelte ein Ende des Seils um eine Laterne, die an der Gruft der Feelys angebracht war. Sie war aus Eisen und in den Stein eingelassen. Das war das älteste Bauwerk auf dem Watch Hill. Die Gruft war gebaut worden, als die Cholera mehrere Kinder der Feelys hingerafft hatte. Engelsgesichter waren in den Stein gemeißelt. Oberhalb der Laterne standen die Worte: »Bring unser Licht bis an die dunkelsten Orte.« Byron Cheever hatte, wie alle anderen Jugendlichen in Colony, diese Worte schon früh kennengelernt. Er war mit seinen Freunden in die Gruft eingebrochen und hatte die Innenwände mit Farbe besprüht. An der Tür hatte er es in einer heißen Sommernacht zum erstenmal gemacht, mit vierzehn.

In den letzten sechzehn Jahren hatte es, soweit er wußte, zwei Selbstmorde an dieser Stelle gegeben. Es war somit ein historischer Schauplatz. Ein zwölf Jahre altes Mädchen hatte hier in den Achtzigern Gift getrunken und einen Brief über Prügel und Schlimmeres hinterlassen. Und vor ein paar Jahren hatte sich Angus Zane, einer der Dorftrottel, die mit By in die Schule gegangen waren, die Pulsadern aufgeschlitzt. Niemand wußte, weshalb.

Es war ein einsamer und wunderschöner Ort.

Byron machte das Abschleppseil an der Laterne fest und zog sich an ihm hoch.

Es würde halten.

So würde es gehen.

Er ließ das Seil los und ging zur Gruft. Es lagen etliche lose Ziegel herum, Spuren der Brechstangen, mit denen die Tür immer wieder aufgebrochen worden war. Er hob einen großen Stein auf und setzte ihn unter dem Seil ab. Dann richtete er die Taschenlampe so aus, daß sie, wie er hoffte, seinen baumelnden Körper beleuchten würde. So wäre es ein wenig dramatischer, wenn sie ihn des Nachts fanden. Wenn sie ihn tagsüber fanden, war es auch egal. Er hoffte, sie würden ihn nachts finden.

Er sog die frostige Luft in die Lungen.

Hustete.

Ich seh auf Euch runter, Colony, Paramount River, Farm und Stadt und Berge, und ich sage: Scheiß auf Euch.

Byron Cheever stieg auf den Ziegelstein. Er legte sich die Schlinge um den Hals.

3.

Es war schwierig, auf dem Stein zu balancieren, denn er stand auf der Kante, und By war nicht gerade zierlich. Er war ein bärenstarker junger Mann, der noch nie zuvor hatte balancieren müssen. Er hoffte, daß er noch alle seine Flüche auf die Welt ablassen könnte, ehe der Ziegel umkippte, aber das sollte nicht sein.

Der Ziegel fiel um.

Byron baumelte.

Er starb nicht.

Er hing da, strangulierte sich, konnte kaum noch atmen.

Er erinnerte sich daran, daß er gelesen oder gehört hatte, daß man, wenn das Genick nicht gleich brach, nur dahing und langsam erdrosselt würde. Beim Sterben würde sein Arsch noch einmal ordentlich schwitzen.

Wieder wurde er von Panik erfaßt, fürchtete, das Leiden in seinem Leben könne nun wieder von neuem begonnen haben. Und dann sah er etwas, eine dunkle Gestalt, die außerhalb des Lichtstrahls der Taschenlampe stand.

Jemand beobachtete ihn. Er glaubte, das Kichern eines Kindes zu hören.

Und dann noch ein Geräusch, ein Dröhnen, als zerrissen und zerbarsten Knochen und Erde und Holz und Stein, als täte sich jedes Grab auf dem Watch Hill auf wie am Tag des Jüngsten Gerichts, während die Gemeinde unten in Colony schlief.

Er wußte, diese Vision galt nur ihm.

An der Kreuzung von Leben und Tod trat ein Kind ins Licht und sagte ihm, was er zu tun hatte.

Was heute nacht erledigt werden mußte.

Und dann wurde aus dem Kind etwas anderes, etwas, was man nicht als Fleisch bezeichnen konnte.

4.

Die meisten Leute in der Stadt schliefen, doch Sheriff Dale Chambers sollte offenbar keine Gelegenheit dazu bekommen. Seit er vor einer Stunde unbemerkt aus Lannies Wagen abgehauen und den ganzen Weg bis zum Büro gelaufen war, war er gleichzeitig erschöpft und völlig aufgedreht. Er verfluchte sich, weil er so schwach war und sich in Lannie Barnes verliebt hatte, sich so von seinem Schwanz in die Irre führen ließ. Er saß in seinem Büro und las den Bericht über den verschwundenen Hoskins-Jungen; sein Deputy war draußen auf Patrouille und überprüfte, ob der Junge bei einem Freund übernachtete. Sie würden den kleinen Hoskins finden. Das machte ihm keine Sorgen.

In Wahrheit war Dale ein verdammt schlechter Sheriff, und er wäre der erste, der das zugegeben hätte, wenn sich jemand getraut und es ihm ins Gesicht gesagt hätte. Er verachtete die meisten Leute in der Stadt, hielt sie für Idioten und Clowns. Sie waren wie ein schlechter Traum oder wie der fleischgewordene Gestank eines Abwasserkanals. Er hatte immer hier rausgewollt, doch es gab Ketten, die ihn hier gehalten hatten, die unsichtbaren Ketten seiner Ehe und seiner Pflichten. Und natürlich Angst, die schlimmste aller Ketten, die Angst, jenseits von Colony gäbe es keine Welt mehr, zumindest keine, die ihm weiterhelfen und zu ihm aufblicken würde.

Hier war er immerhin der Sheriff.

Die Leute sahen zu ihm auf.

(Außer einer Person, dieser allessehenden Person, die die Briefe schrieb.

BÖSER, BÖSER MANN.)

Es war fast zwei. Er wußte, er würde die ganze Nacht aufbleiben und sich fragen, was er jetzt mit Lannie und Nelda machen sollte. Eine war so mies wie die andere. Lannie, die Schlampe, liebte er, und mit Nelda, dem Kühlschrank, war er verheiratet. Er wußte, es war alles das gleiche, Frauen gehörten entweder zur einen oder zur anderen Sorte.

Er tippte ein paar Berichte für morgen früh, hauptsächlich über die Leistungen seines Büros.

Und dann schrieb er über den Hoskins-Jungen:

Möglicherweise Ausreißer. Möglicherweise Entführung. Möglicherweise Mord.

Er betrachtete die verschiedenen Möglichkeiten. Rieb sich die Augen.

»Gottverdammt«, sagte er und schlug mit der Faust auf den Schreibtisch.

Aus dem Vorzimmer kam Cathy Zane, die in der Nachtschicht am Funkgerät saß, mit einem Becher Kaffee herein. »Auf wen biste denn jetzt schon wieder sauer, Gump?«

»Wenn du mich noch *einmal* so nennst«, sagte er, »wird auf deinem Arsch Gras wachsen.«

»Mein Arsch ist diese Woche schon gemäht worden«, sagte sie und grinste. »Weiß doch, wie du ihn magst. Also, weswegen fluchst du so?«

»Ach« – Dale winkte ab – »dieser Hoskins-Junge.«

»Billy? Dem geht's bestimmt prächtig. In dem Alter rennen sie doch alle mal weg und kommen wieder nach Hause zurück. Teufel, vielleicht ist er bloß mit 'nem Mädchen unterwegs.« Sie setzte sich auf die Kante seines Schreibtisches und blätterte das Dutzend Papiere in der Ablage durch. Träge sagte sie: »Zwei Unfälle auf der 28. Sattelschlepper mit Anhänger. Sieht übel aus. Stone Valley hat das übernommen. Und dann hat noch irgendein Dummkopf seinen Wagen in den Fluß gefahren. Wissen noch nicht, wer es ist.«

»Zehn Dollar auf Pearl Watson.«

»Ich setz doch nicht auf was, wo ich klar verliere. Jud ist dorthin unterwegs. Abgesehen davon eine ruhige Nacht.«

Dale mußte erneut fluchen, als er daran dachte, wie Lannie Juds Ding in den Mund genommen hatte. Er fing wieder an zu kochen. »Gottverdammt«, sagte er.

»Kreuz die Finger, wenn du so was sagst.«

»Ich bin nicht katholisch.«

»Mach's trotzdem. Man sollte den Namen des Herrn nicht so in den Mund nehmen.«

»Ach, ich hab gerade wieder an Billy Hoskins gedacht. Ich meine, Cathy, wenn er weggelaufen ist, werden wir ihn finden, oder er kommt von allein nach Haus. Nicht?«

»Genau.«

»Aber wenn er tot ist ...«

»Billy Hoskins? Der ist nicht tot. Ist er nicht. Sag so was nicht. Er ist nur ausgerissen.«

»Aber wenn er doch tot ist, dann kommen die Jungs von der Staatspolizei so schnell zu uns rüber, daß wir nicht wissen, wie uns geschieht. Ich hasse diese Typen. Sie wühlen immer meinen ganzen Papierkram durch und versuchen mich anzupissen.«

Cathy schnalzte mit der Zunge. »Mann, jetzt machst du dir aber unnötige Sorgen. Hör mal, der Junge liegt vielleicht längst wieder in seinem eigenen Bett. Du weißt doch, wie die Kinder heutzutage sind. Lügen, betrügen, stehlen, rennen weg, verstecken sich. Keine Moral, keine Sorgen. Der wird noch vor Anbruch der Dämmerung wieder in seinem Bettchen liegen, und wenn seine Eltern nicht blöd sind, kriegt er eine Tracht Prügel, die er sein Lebtag nicht vergißt.« Sie rutschte vom Schreibtisch und ging.

Dale hörte die Geräusche des Funkgeräts, als Cathy über eine weitere Störung der Nachtruhe informiert wurde.

Er lehnte sich in seinem Stuhl zurück und sah an die Zimmerdecke.

Verdammte Kinder, dachte er, *verdammte Frauen und verdammte Früchte ihres Leibes.*

5.

Byron Cheever griff über seinen Kopf und packte das Abschleppseil, das von der Laterne hing. Es gab nicht nach, es hielt zu fest. Das Ding, das zu ihm gesprochen hatte, das Ding, das wie ein Kind aussah, hatte ihm einen Schubs gegeben, einen kurzen Energieschub, und so hatte er das Seil fassen können. Jetzt lag alles an ihm. Nur er selbst konnte sich aus der Verzweiflung und dem Irrsinn retten, in den ihn die Stadt getrieben hatte. Nur er konnte der Held seiner Seele werden.

Seine Finger zerrten an dem Seil. Es war so verdammt dick. Er würde es nie durchbekommen. Was hatten sie ihm alle angetan? Sie hatten ihn dazu gebracht, daß er sterben wollte, daß er sich aufgehängt hatte, um Gottes willen.

Und dann gab es nach. Er war stark; es war, als wären seine Fingernägel scharf wie Messer, sie schnitten durch den Mantel des Seils und kappten die feinen Drähte im Inneren. Er riß sich einen Finger dabei auf, aber gleich würde er frei sein.

Frei, um zu leben und zu ihnen zurückzukehren, zu all denen, die ihm jemals weh getan hatten.

Ein Grund zum Leben. Ein Sinn. Ein Zweck.

Befreiung.

Byron Cheever fiel zu Boden und duckte sich wie ein Tier. Er sog die klare, süße Luft in seine Lungen. Oh, und er hatte geglaubt, diesen Geschmack nie wieder genießen zu können.

Das Kind war verschwunden.

Es war, das wußte er, eine Vision gewesen, so wie die anderen, die er in der kurzen Zeit am Seil gesehen hatte.

Sie hatten sich aus den Gräbern erhoben, nicht wie Zombies oder Geister, sondern wie Menschen, wie richtige Menschen, die von Colony und seinen Lakaien lebendig begraben worden waren.

Er wußte es, weil er beinahe bei ihnen gelandet wäre, weil er sich beinahe dem Willen der Arschlöcher dieser Stadt ergeben hätte, die die Sensiblen und Liebenden und Intelligenten zugunsten von Abschaum und Dreck ermordeten.

Er erhob sich halb, duckte sich jedoch sofort wieder, weil sein Rücken jetzt schrecklich schmerzte.

Seine Sinne schienen schärfer geworden zu sein.

Ich bin berührt worden. Von einem großartigen Wesen berührt worden. Ein Geschenk der heiligsten der Heiligen. Er schnupperte an der Luft und roch: O GOTT, DIE LUFT, DIE NASSEN BÄUME, DIE KÄFER, DAS TOTE OPOSSUM AM STRASSENRAND, DER GESTANK VON TIEREN IN HITZE, DIE IN DER NÄHE IHREN BAU HABEN, MEIN EIGENES FLEISCH.

Und dann roch er noch etwas Schärferes, das alles andere in den Hintergrund drängte.

Es kam von unter dem Watch Hill.

VERFAULENDE ÄPFEL AUF DEM BODEN, SÜSSES GRAS, STAUB VON STEINEN UND HOLZ, EIN HAUS, EIN GROSSES HAUS UND SÜSSES SÜSSES FLEISCH.

Er sprang in Richtung des stärksten, des lebendigsten Geruchs davon.

Byron Cheever fühlte, wie ihn Größe überkam, und er wußte, jetzt war er zu den schönsten und zu den schrecklichsten Dingen fähig.

6.

Die geographischen Gegebenheiten von Colony sind einfach: Es gibt eine Stadt und drumherum einen Fluß. Dabei ist die Stadt, genau betrachtet, keine Insel, denn an manchen Stellen, vor allem im Südwesten, ist der Fluß so schmal, daß dort nur ein dünner Streifen Wasser durch die Felsen fließt, und im Südosten verläuft der Fluß vollständig unter der Erde und tropft durch von Menschen angelegte Kavernen, die sich seit den Tagen der alten Minen noch verbreitert haben.

Die Nachteulen, die sich dort im Schutze der Dunkelheit herumtreiben, sind nicht gerade leise, genausowenig wie die LKWs auf der Route 28. Wenn man sein Gehör darauf einstellt, kann man hinter diesem Lärm noch etwas anderes wahrnehmen, hinter den Geräuschen von Trieb und Leidenschaft und Schnaufen und Keuchen.

Wenn du von diesem Geist bist, von diesem verborgensten und wertvollsten Geist, dann kannst du dahinter Gedanken und Wünsche und Gebete hören.

7.

Der alte Feely war auf der Toilette, weil er von Geräuschen wach geworden war. Er schlief kaum noch eine Nacht durch; je älter er wurde, desto weniger Zeit verbrachte er im Bett. Er litt nicht unbedingt an Schlaflosigkeit, denn er machte auch tagsüber, nach Mittag und vor dem Abendessen, kleine Nickerchen. Doch die Nacht war seine Zeit. Er konnte in der Bibel lesen oder seine verschiedenen Sammlungen in Schuß halten –

die Waffen und die ausgestopften Kadaver. Sein liebstes Hobby war die Taxidermie. In diesem großen Haus, welches sein Urgroßvater mit eigenen Händen gebaut hatte, konnte er von Zimmer zu Zimmer gehen und von Flur zu Flur. Jedes Zimmer war mit einer dicken Schicht Staub und Spinnweben bedeckt, und in jedem stand eine Gaslampe im Fenster, und überall gab es Andenken an seine Familie und an die Vergangenheit. Gott verlangte so viel von ihn. Gott vergab Nachlässigkeiten nie. Der alte Feely versuchte, das Farmhaus in Ordnung zu halten, doch er hatte sämtliche Ersparnisse für Lebensmittel aufgebraucht. Er hatte nur noch Geld für die wichtigsten Dinge: für einfache Mahlzeiten, gerade genug, um zu leben, und für die nötigsten Kleider. Wenn Sauberkeit zur Göttlichkeit gehörte, stünde er sicherlich in der letzten Reihe.

Er saß auf dem Klo und las im Buch Abaddon, Der Engel des Schattens. Es war ein Teil der Bibel, den sein Vater in einem Traum gehört und am nächsten Morgen niedergeschrieben hatte. Es war die Geschichte des Falls von Gottes geliebtem Lichtbringer, die Geschichte, wie er aus dem Himmel vertrieben wurde:

Und also sprach der Lichtbringer zu seinem Gott Jehova: »Nicht um der Menschen, sondern um deiner selbst willen liebe ich dich, Schöpfer des Lichts.«

Doch Gott gefiel das nicht, denn er hatte Mann und Frau geschaffen wie sich selbst.

Der Lichtbringer war so stark wie das Meer, und so war seine Angst so tief wie der Abgrund. Er scheute vor Gottes Licht zurück und verbarg sich unter den Gesegneten des Firmaments, bis Jehova zu ihm sprach: »Ich habe dich erkannt, Geliebter, denn dein Licht ist nicht das Licht deines Gottes.«

Den Himmlischen Heerscharen enthüllt, sprach der Lichtbringer die Worte: »Ich will nichts lieben, das unter dir steht. Ich will nichts lieben, was es nicht verdient. Ich will die Sünde, die da heißt Mann, nicht lieben, und nicht die Wollust, die da heißt Frau, so wie ich den Aal oder die Schnecke nicht verehre oder den Fuß der Ziege küsse.«

Und siehe, da verbannte der Herr Jehova den Lichtbringer hinab zu dem Lehm, den er verschmäht hatte. »Mögen du und deine Kinder unter den Steinen der Erde leben, gefangen von den Wassern der Schöpfung. Mögen der Aal und die Schnecke dein Mahl sein, und möge die Ziege auf diesem dunklen Königreich herumtrampeln. So vermache ich dir denn hundert Morgen, die dir und deinesgleichen der Himmel sein sollen. Menschen sollen deine Diener nicht sein, du sollst ihrem niedersten Verlangen dienen. Doch sollst du der Herr der Mörder und der Bluttrinker sein, den Kindern den Atem aussaugen und der Amme das Milchblut aus dem Busen, du sollst als Herr der Fliegen und der Pest geehrt werden und als König der Krankheiten gekrönt, und der Rachen der Unterwelt soll dich und deinesgleichen in seinen Schlunden vor meinem Anblick verbergen. Du bist nicht länger der von mir Geliebte.«

Also sprach der Herr, und der Lichtbringer wurde in das Land Calyx verbannt, zweitausend Millionen Meilen westlich von Eden, in die Höhlen der Menschen, und so herrscht er in Colony, benannt nach den hundert Morgen, die Jehova ihm vermachte, als er ihn aus dem Himmel vertrieb.

Und der Herr sprach: »Es soll kein Mensch die Hand des Lichtbringers, der jetzt Abaddon heißt, füttern, denn du, Engel des Abgrunds, hast vom Licht und vom Brunnen der Schatten und der Sünde und der Verdammnis getrunken.

Und der Mann oder die Frau, die sich dieser Verwüstung hingeben, sollen so werden wie er und mein Antlitz nicht sehen.«

Der alte Feely konnte diese Passage aus den dreißig Seiten des Buches Abaddon fast auswendig. Es war sogar seine Lieblingsstelle, weil sie ihn an seine heilige Pflicht erinnerte. Auch wenn er nur langsam lesen konnte, so las er das ganze Buch doch jede Nacht, vor allem, wenn das Pochen zu laut wurde oder wenn er hörte, wie unter dem Haus Wesen versuchten, aus dem Abgrund heraufzuklettern.

Er legte die Bibel hin. Es war ein riesiges Buch, das sein Großvater gedruckt und seine Urgroßmutter genäht und gebunden hatte. Schon als Kind hatte man ihm erzählt, daß der Einband aus der gegerbten Haut eines der entflohenen Teufel gemacht war.

Er war fertig und griff nach dem Klopapier (das zu dem wenigen Luxus gehörte, den er sich gönnte, denn Unreinheit an jener Stelle konnte er nicht leiden).

Die Rolle war leer; die letzte Rolle. Nirgends war ein Lumpen oder eine Zeitung zu sehen.

»Vergib mir, Vater«, betete er, riß eine Seite aus dem Buch Abaddon heraus und führte sie einer neuen und weniger würdigen Verwendung zu.

8.

Als er aus dem Klo kam, machte er sich daran, die Kreuze zu überprüfen.

Es gab insgesamt dreizehn, die den Platz des Engels des Abgrunds, des uneingeladenen Gastes beim Heiligen Abendmahl in der Verkleidung des Judas, verkörperten. Manche waren noch Holzkreuze aus der Generation seine Großeltern. Andere waren neuer, aus verschiedenen Kirchen gestohlen, doch alle waren von Priestern und Predigern geweiht worden. Er selbst hatte den Engel nie mit eigenen Augen gesehen, doch sein Vater hatte ihm die Geschichte seines Onkels erzählt, der nicht geglaubt und einmal das letzte Kreuz entfernt hatte, wodurch der Engel herausgekommen war, bis der Vater des alten Feely das Kreuz wieder an seinen Platz der Qual gestellt hatte.

Die Gaslampen waren bereits angezündet. Die Blumengirlanden und das Blut des unschuldigen Lamms schmückten den marmornen Altar jenseits der Schwelle. Der getrocknete Ziegenfuß hing über dem Altar in der Luft, und das Wasser in der Schüssel bewegte sich sacht, denn die Kreatur in einer ihrer Gestalten erschütterte den Boden.

Der alte Feely hörte nicht, wie in einem Zimmer an der Vorderfront des Hauses die Fensterscheibe eingeschlagen wurde.

9.

Byron Cheever schlitzte sich übel den Arm auf, als er durch das Fenster einstieg, doch er horchte nur nach dem alten Mann. Er wischte sich den Arm am T-Shirt ab und zog zwei kleine Splitter aus der Wunde am Handgelenk. Sonst kümmerte er sich nicht weiter darum; er würde zwar schlimm bluten, aber er hatte Wichtiges zu erledigen.

Das Haus war schummerig beleuchtet, doch seine Augen

brauchten kein Licht mehr. Er sah eine Spinne, die im Schatten lauerte. Selbst das Dunkel war für ihn hell.

Er folgte dem Geruch des alten Mannes, bis er zu dem Zimmer unten an der Treppe kam.

Er machte die Tür auf und sah den alten Mann, der in einer Hand eine Bibel und in der anderen eine Schrotflinte hielt.

»Sünder«, sagte der alte Feely, »du bist nicht in Angelegenheiten des Herrn hier, das kann ich dir ansehen.«

»Oh.« Byron schauderte vor dem überwältigenden Gestank des alten Mannes, dem aus allen Poren dringenden Schweißgeruch, dem Miasma von Blut und Fleisch. Er erlebte so etwas wie einen Orgasmus, doch nicht mit dem Schwanz, nur dieses Gefühl, das unten in seinem Rückenmark begann und dann in den Kopf hochschoß. Das reinste Vergnügen. »Oh, ich bin wegen dir hier.«

Der alte Feely legte die Flinte an. »Ich kann dafür sorgen, daß du nicht mehr ganz so hübsch aussiehst. Du hast dich mit dem Falschen angelegt. Also mal ganz langsam rückwärts hier raus, und dann gehst du die Treppe hoch. Oder ich werde dich zu deinem Schöpfer schicken.«

»Kannst du sie nicht hören?« fragte Byron, »kannst du sie nicht hören? Ihre süßen Lieder? All die Kinder, sie sind alle da«, er zeigte auf die Bodendielen, »zu früh begraben, zu früh. Aber du kannst sie nicht hören, nicht? Du hast dich befleckt, alter Mann.« Byron Cheever grinste. »Wieviel wettest du, alter Mann, daß ich dich kriege, ehe du mich kriegst? Du bist uralt, du bist nicht mehr fit. Vor zehn Jahren hättest du vielleicht noch genug Kraft gehabt. Aber heute? Deine Knochen schmerzen, und dein Herz ist müde. Wer wird wohl diesen Kampf gewinnen, alter Mann? Du?«

Der alte Feely schüttelte den Kopf. »Bereite dich auf die Begegnung mit deinem Schöpfer vor, Junge.«

Und er besorgte es Byron Cheever aus beiden Läufen.

10.

Aber Byron war schneller. Seine neue Kraft hatte ihm auch Schnelligkeit verliehen, und er warf sich rasch aus der Schußlinie. Als wäre die Kraft der Toten in sein Blut eingeflossen. Er ließ sich zu Boden fallen und kroch vorwärts, während der Schuß über seinen Kopf hinwegzischte.

11.

Der alte Feely, den manche auch John nannten – seine Mutter hatte ihn Johannes gerufen –, dachte eine Sekunde lang, er hätte den Jungen getroffen. Dann glaubte er, der Junge müsse der Leibhaftige sein, der sich zu seinen Füßen in eine Schlange verwandelt habe und schneller, als es einem menschlichen Wesen möglich war, auf ihn zukroch.

Und dann fiel der Junge mit dem blutigen Arm über ihn her.

12.

Byron fühlte sich wie ein Jaguar. Er zerriß den alten Mann, bis kein Leben mehr in ihm war. Er ließ die Leiche liegen und wandte sich der Tür des Wandschranks zu. Er stieß die Kruzifixe fort und wischte die Kreuze ab, die mit groben Kreidestrichen auf die Wand gemalt waren. Er warf die Kerzen um. Er bemerkte kaum, daß die schweren Vorhänge Feuer fingen. Er bemerkte fast nicht nichts mehr außer der Ekstase, die er empfand.

Er riß die Tür auf und ließ das dunkle Licht, das aus der Steinhöhle unter dem Haus drang, über seine Hand streichen. Er folgte dem Licht nach unten, den Tunnel entlang; der Rest stieg wie Rauch nach oben.

Das dunkle Licht bedeckte das auflodernde Feuer, und kurz darauf waren die Flammen erstickt.

Es war frei, fast, fast frei.

Er fühlte die anderen dort unten, während er sich an die feuchten Wände drückte, die Kreuze dort umstieß, die Kerzen mit den Fingern ausmachte.

Endlich erreichte er den runden und nassen Grund der von Menschen geschaffenen Höhle.

Die anderen bewegten sich, betasteten ihn, lasen sein Fleisch mit den Fingern, verstanden ihn, während ihm trockene Zungen über Hals und Ohren leckten.

Byron, flüsterten sie.

Ihre Berührung war überwältigend. Es fühlte sich an, als flösse ein elektrischer Strom sein Rückenmark hinunter, durch seine Hoden, seine Brust hinauf, über seine Lippen.

Und dann sah er den Engel.

Zuerst dachte er, er habe so etwas wie ein großes Insekt vor sich, mit einem moskitorüsselähnlichen Rohr unter den Facettenaugen. Dann erinnerte es mehr an eine Eidechse mit weißer Haut und leeren Augenhöhlen. Dann war es ein Kind. *Sehen ist ein trügerischer Sinn, Byron,* sagte die Stimme in seinem Kopf, *es läßt uns glauben, daß das, was man nicht sehen kann, nicht existiert. Du kannst nur das sehen, womit dein Verstand zurechtkommt. Was du jetzt siehst, ist das schönste Wesen der gesamten Schöpfung.*

Er sah die Kreatur deutlicher: ein Kind mit scharfen Augen, die strahlend blitzten. Es war mit Ketten und Kreuzen an zwei große Steine gebunden. Das dunkle Licht strich über sein Gesicht.

Das Kind war Byron selbst, mit zwölf, als er seinen Bruder mißbraucht hatte.

Das dunkle Licht gab seinem Gesicht einen schwachen Glanz.

Die scharfen Augen glitzerten.

Byron fiel auf die Knie. »O Höchstgeliebter, ich verehre dich.«

Das Kind streckte die Hand aus, und die Fesseln zerrten am Stein. Als seine Haut die von Byron berührte, hatte dieser das Gefühl, etwas in ihm kämpfe darum, geboren zu werden, kämpfe darum, durch seine Haut zu platzen, seine Knochen und sein Fleisch und sein Blut in einem roten Sprühnebel zu verteilen.

Er hörte ein Knacken, und dort, wo ihn das Kind berührt hatte, brach ein Knochen durchs Fleisch.

Der Mund des Kindes bewegte sich zu dem Knochen, und Byron sah zitternd und frierend zu, wie das Kind am Knochen seines Unterarms wie an einer Zuckerstange lutschte.

Aber es tat nicht weh, jetzt noch nicht, o nein, es fühlte sich anders an, aber es tat nicht weh.

Er schauderte.

Und schauderte.

Die Schauder wurden unerträglich.

Die anderen im dunklen Licht drückten ihre Gesichter an seine Haut.

13.

Im Büro des Sheriffs war es wie gewohnt still gewesen, bis Cathy schrill wie eine Fledermaus quiekte und damit Dale weckte – er hatte nicht schlafen wollen, war dann aber kurz vor drei doch noch eingenickt und hatte ein paar Minuten gedöst.

»Cathy?« fragte er. Er stand auf und schob seinen Stuhl zurück. Er ging zur Tür und spähte durch die Jalousien, die ihm ein wenig Privatsphäre bei der Arbeit gewährten. Auf den ersten Blick sah Cathy aus wie immer: gelangweilt.

Sie saß vor dem Funkgerät und starrte es an.

Er machte die Tür auf. »Alles soweit in Ordnung?«

Sie schaute zuerst nicht auf, doch als sie ihn anblickte, glaubte er Tränen in ihren Augen zu sehen.

»Sie haben ein Mädchen gefunden.«

»Du meinst den Hoskins-Jungen?«

»Ein kleines Mädchen.«

»Cathy? Was ist los?«

»Dale, kannst du dich noch an das Mädchen erinnern, das in den Brunnen vom alten Feely gefallen ist, als wir noch zur Schule gegangen sind?«

»Ich glaub schon. War das nicht die kleine Schwester von Ginger Glass?«

Cathy sagte mit krächzender Stimme: »Jud ... er hat sie gefunden. Als wäre sie erst gestern in diesen Brunnen gefallen. Nur ...«

»Was zum Teufel – das ist doch völlig verrückt ...«

Cathy Zane sagte: »Jud hat sie gefunden, mit blauen Flecken und überall aufgeschlitzt, als hätte ihr ein wildes Tier die Haut vom Rücken gerissen. Er hat gesagt, sie blute am ganzen Körper.«

»Das glaube ich nicht. Das muß ein anderes Mädchen sein.«

»Sie war auf der Veranda ihrer Eltern. Hat an die Tür geklopft, wollte rein.«

Dale schüttelte den Kopf. Das würde er ihr nicht abkaufen. Vielleicht träumte er noch, saß immer noch an seinem Schreibtisch. Er ging zu Cathy und legte ihr sanft die Hand auf die Schulter.

Ihr Gesicht war vollkommen blaß geworden. »Sie haben sie zu Dr. Cobb gebracht. Ich schätze, anschließend werden sie sie ins Stone Valley Medical fahren. Sie wird vermutlich sterben.« Dann blickte sie ihm geradewegs in die Augen. »Wie kann so etwas sein? Wie kann ein kleines Mädchen nach zwanzig Jahren immer noch das gleiche kleine Mädchen sein? Das geht doch nicht, Dale, das ist doch nicht natürlich.«

KAPITEL 10
Joe schlafwandelt & Patty Glass blutet

1.

Joe stand in der Waschküche, als er aufwachte.

Er war ziemlich durcheinander, wie er da über der Waschmaschine stand und in ihre Tiefe starrte. Das Licht war an. Die Wäsche seiner Mutter lag überall, auf Regalen und auf dem Boden, wie nach einer Explosion verstreut. Sie war keine gute Hausfrau, und irgendwie bewunderte er sie dafür.

Joe wußte nicht, wieso er in der Waschküche war. Er dachte einen Augenblick nach, ob er beim Waschen oder so einen plötzlichen Blackout gehabt hatte. Dann bemerkte er, daß es drei Uhr morgens war und er schlafgewandelt haben mußte.

Eine Stimme hinter ihm ließ ihn zusammenzucken.

Er drehte sich um und lehnte sich an die Waschmaschine. »Aaron? Warum bist du so spät noch auf, du Schlingel?«

Aaron stand in der Unterhose da. Seine Beine und sein Körper waren dürr und vogelähnlich, sein dunkles Haar war strubbelig, der Schlafdreck saß in den Augenwinkeln. »Daddy? Ich habe ein Geräusch gehört?«

»Was für ein Geräusch?«

»Hörte sich an, als wärst du irgendwo gegengestoßen. Ich bin aus meinem Zimmer gekommen und habe dich die Treppe runtergehen sehen. Da habe ich Angst bekommen. Ich hab dich gerufen, aber du hast mich nicht gehört. Ich habe Angst gehabt. Du hast geredet und gestikuliert. Du bist die Treppe so schnell runtergegangen. Du warst wie verrückt. Du hast wirklich schlimme Sachen gesagt.«

»Wie schlimm?«

Aaron verdrehte die Augen. »Wirklich schlimm, Dad, glaub mir. Alles in Ordnung?«

Joe zuckte die Schultern, nickte. »Ich glaube schon. Nichts, weswegen man Angst bekommen muß. Manche Leute wandeln gelegentlich im Schlaf herum.«

»Hast du das schon mal gemacht?«

»Weiß nicht. Vielleicht. Vielleicht bin ich jetzt nur zum erstenmal erwischt worden. He«, sagte er und senkte seine Stimme zu einem Flüstern, »wollen wir nicht mal nachsehen, was Grandma im Kühlschrank hat? Ich wette, sie hat Eis.«

Er legte seinem Sohn den Arm um die Schulter, während sie nach oben in die Küche gingen.

Sie aßen beide eine Portion Tin-Roof-Sunday-Eiscreme, und auf dem Weg ins Schlafzimmer flüsterte Aaron Joe zu: »Versprich mir, das nicht noch einmal zu machen, Dad. Ich glaub, das macht meine Pumpe nicht mit.«

2.

Nachdem er seinen Sohn ins Bett gebracht und nach Hillary gesehen hatte – sie lag in der alten Wiege, Joes alter Wiege, und sie schien fest zu schlafen – ging Joe wieder hinunter in die Küche.

Er machte die Kühlschranktür auf. Dort lag die verhängnisvolle Flasche Stolichnaya-Wodka, wie es mindestens seit 1966 immer gewesen war. Er hatte die Alkoholausschweifungen seiner Mutter nicht gutgeheißen, aber in diesem Augenblick war er glücklich, daß sie für die kleinen Notfälle des Lebens stets ein Tröpfchen bereithielt. Er nahm die Flasche mit an die Küchentheke und holte sich ein Glas. Er füllte es zu zwei Dritteln. Tat etwas Eis dazu. Stöberte eine Flasche Wermut auf und goß ein wenig davon ins Glas. Er stand da, sah hinaus in die Dunkelheit und trank einen kräftigen Schluck.

Ich brauche keine Olive.

Er seufzte, während ihm der Alkohol die Kehle hinunterrann. *»Gut runtergegangen«, wie Daddy sagen würde. »Weich wie Cherry-Brandy.«* Er hatte seit Jahren keinen Wodka-Martini mehr getrunken. Er schien seinen Kopf von den pochenden Schmerzen zu befreien. Irgend etwas am Haus seiner Mutter hatte in ihm immer den Wunsch zu trinken geweckt, so wie bei ihr auch. Er leerte das Glas und fühlte sich mehr als leicht angeschlagen. Er mußte die Treppe vorsichtig hochgehen und war froh, daß er in nächster Zeit nirgendwo mit dem Wagen hinfahren mußte. Und er war auch froh, daß keins der Kinder (oder Jenny) mitbekam, wie ihr Daddy gegen die hämmernden Schmerzen in seinem Kopf vorging.

Er kroch auf seiner Seite ins Bett, und während er seine schlafende Frau betrachtete, sah sie plötzlich wie etwas anderes aus. Das Mondlicht, das durchs Fenster hereinfiel, machte etwas mit ihrem Gesicht. Für einen Moment erschreckte es ihn, weil es ihn an die Ängste seiner Kindheit erinnerte. Wie das Mondlicht doch vertraute und geliebte Dinge veränderte …

Und trotzdem war es nur Licht und Schatten.

Er schlüpfte unter die Bettdecke und drückte den Kopf ins Kissen.

Joe schlief wieder ein. Er träumte weiter von Melissa Welles, seiner ersten und größten Liebe, und was sie zu ihm sagte, was sie ihm ins Ohr flüsterte, wenn sie sich zu ihm vorbeugte, der Geruch des Grabes auf ihrem weißen und glänzenden Körper, war obszöner als alle Worte.

3.

Im Untersuchungszimmer lag Patty Glass auf dem Tisch, derweil Dr. Virgil Cobb ihren Puls kontrollierte. Er war von Winstons Büro aus nach Hause gefahren und hatte sich gerade ins Bett gelegt, als ihn der Notruf wieder weckte. Pattys Vater und Mutter, George und Aileen Glass, saßen auf Stühlen in der Ecke und sahen aus, als hätten sie einen heftigen Schock erlitten. Der Deputy des Sheriffs stand bei ihnen, ein Mann, der mit Sicherheit nicht glaubte, daß dieses Mädchen tatsächlich Patty Glass sein könnte. Das arme mißhandelte Ding mußte dem seit so vielen Jahren vermißten Mädchen so sehr ähneln, daß die Eltern sie verwechselten.

Virgil war es gewohnt, von Notrufen geweckt zu werden; er war für alles zuständig, was zwischen Geburten und Todesfällen in einer kleinen Gemeinde vorkommen konnte. Doch er hatte nicht erwartet, Patty Glass als elfjähriges Mädchen wiederzusehen, das immer noch atmete.

Er versuchte, den Blutstrom aus den Schnittwunden zu stoppen, doch er hatte damit Schwierigkeiten. Patty Glass schien mehr Blut in ihrem Körper zu haben, als für ein Mädchen ihres Alters und ihrer Größe normal war.

Und er fürchtete zu wissen, warum das so war.

Er wollte seinen Augen nicht trauen. Das Mädchen auf dem Tisch vor ihm hatte wenigstens vier Liter Blut mehr, als sie haben durfte.

Als wäre ihr Fleisch eine Art Vorratstank für Blut.

KAPITEL 11
Unterwelt

Byron Cheever lag mit dem Gesicht nach unten auf den kalten, nassen Steinen.

Er konnte spüren, wie sie über seinen Rücken krochen, die tausend staubtrockenen Zungen, die an seiner Haut leckten. Sie hatten ihm die Kleider vom Leib gerissen. Jetzt wußte er, was Ekstase war.

Er war es gewesen.

Er hatte ihnen die Tür geöffnet, dem Strahlenden, dem Lichtbringer, dem Engel.

Er schmeckte Salz in der Kehle und hustete.

Sie hatten ihm mit den Zungen die Haut vom Rücken gezogen. Sie leckten wie Kätzchen, wie Millionen winziger Kätzchen, an ihm, an seinem Blut und Fleisch, das er ihnen willig dargeboten hatte.

Es war jenseits jeder Freude.

Der Schmerz begann erst, als ihre Zungen aufhörten und seine Nerven darauf reagierten, als seine Muskeln als Antwort auf ihre Fürsorge zuckten.

Erst da bereute Byron, was er getan hatte.

Erst da wünschte Byron Cheever, er hätte sich aufgehängt, als er noch die Gelegenheit dazu hatte.

KAPITEL 12
Hopfrog kehrt zurück

1.

Homer Petersen wußte nicht, wie spät es war, aber es war spät. Er war wach, las und trank gelegentlich einen Schluck aus der Jack-Daniels-Flasche neben sich, während er etwas in sein Notizbuch schrieb. Er schrieb nicht gerade besonders leserlich und konnte seine Notizen selbst kaum entziffern. Eigentlich konnte er überhaupt nichts Vernünftiges schreiben, da machte er sich nichts vor. Nach einem mißlungenen Versuch am College hatte er eine Lehre als Tischler bei seinem Vater gemacht, den die Behauptungen seines Sohns, er wolle sich auf eigenen Beinen durchschlagen, verstört hatten. Homer hatte diese Kritzeleien in der optimistischen Hoffnung angefangen, daß sich eines Tages sein ganzes Lesen und Denken zu einem Ganzen zusammenfinden würde, einem Schlüssel für sein Leben, einem Weg, diese kleine Ecke des Universums zu begreifen.

Er saß am Schreibtisch in seinem Arbeitszimmer. Als er sich im Rollstuhl zurücklehnte, erhaschte er sein Spiegelbild in dem Fenster, das nach vorn rausging. Runde Brille, gelbblondes zerzaustes Haar, das dringend einen Schnitt nötig hatte, schmale feste Lippen, das Kinn vorgereckt. Er brauchte noch einen Drink. Nachdem er seinen Sohn ins Bett gesteckt hatte, war er zu dem Entschluß gekommen, daß ein Drink nicht schaden könnte. Becky setzte ihm wegen des Trinkens immer zu, jetzt, wo sie sich bei den Anonymen Alkoholikern engagierte. Tad meckerte auch manchmal darüber, aber Homer konnte die Anspannung anders nicht loswerden. Er hatte schon fast die halbe Flasche getrunken.

Er betrachtete das mit brauner Flüssigkeit gefüllte Glas. *»Männer können schon einen gewaltigen Durst haben«* hatte *sein Vater immer gesagt. »Frauen verstehen nicht, was wir durchmachen, Junge, wieviel wir leiden und kämpfen müssen, weil wir Männer sind.«* Homer sah auch seinen Vater in dem Spiegelbild und stellte fest, daß er ihn genau so in Erinnerung behalten hatte: in den Dreißigern, wie er Schnaps trank und sein Schicksal beklagte.

Er schob das Glas von sich. »Ich bin betrunken genug«, sagte er und dachte, er könne für jemanden, der soviel Whisky getrunken hatte, noch recht zusammenhängend denken.

Er rieb sich die Augen und sah wieder ins Buch.

Außerirdische unter uns, von P. Courtney Seagrove. Das Buch war Scheiße, wie die meisten Bücher über dieses Thema. Homer blätterte die verbliebenen Seiten durch, fand jedoch nichts von Interesse.

Und dann hörte er, wie hinter ihm in der Nähe der Tür die Bodendielen knarrten.

Im Fenster sah er das Spiegelbild des Jungen, der er einmal gewesen war, in der Tür zu seinem Arbeitszimmer stehen. Nach einer Sekunde wurde ihm klar, daß es Tad war.

Er drehte sich mit dem Rollstuhl um. »Tad, warum bist du denn noch auf, Birne?«

»Ich hab schlecht geträumt«, sagte Tad. Er rieb sich die Augen und tappte leise näher. Er ging um seinen Vater herum und betrachtete dessen Schreibtisch. »Du liest zuviel, Dad.«

»Ich fürchte ja.«

»Und du trinkst auch zuviel.«

Homer lachte. Er versuchte, seine Trunkenheit zu verbergen. »Du hast recht«, sagte er. Das war etwas, was sein Vater nicht gesagt hätte. (Etwas in ihm wollte, daß er Tad belog und erklärte, es sei okay zu trinken, weil es den Schmerz lindere, den man ertragen müsse, weil man ein Mann war, aber Homer wußte, für so etwas war sein Sohn zu clever und würde es ihm nicht durchgehen lassen.)

»Warum trinken die Leute so 'n Zeug?« fragte Tad. Er war so verdammt unschuldig. Homer wünschte, er könnte Tad so bewahren, ihn wie einen Bonsai beschneiden, damit er nicht erwachsen würde und niemals schreckliche Dinge erleben müßte – auch wenn die Scheidung schon schlimm genug gewesen war, auch wenn Tad manchmal versuchte, das Verhältnis zwischen Homer und Becky so zu beeinflussen, wie er wollte.

»Ich schätze, weil jeder manchmal ein bißchen schwach ist.«

»Bist du auch schwach?«

»Manchmal.«

Tad schien dies ohne weitere Fragen zu akzeptieren. »Ich bin auch manchmal schwach«, sagte er.

»Und wann?«

»Also ...« Tad ließ den Kopf hängen, als würde er sich schämen. »Es wird dir nicht gefallen.«

»Was ist denn passiert?«

»Ich glaube, es ist passiert, weil ich einen Alptraum hatte.«

»Und?«

Tad sah seinen Vater an; in seinen glänzenden Augen standen Tränen. »Ich hatte einen kleinen Unfall.«

»Oh.« Homer wischte es mit einer Handbewegung beiseite. »Das kann jedem passieren.«

»Es ist passiert, als sie mich angesehen hat«, sagte Tad, »das Mädchen in meinem Alptraum.«

2.

Homer hatte sich über Jahre an den Rollstuhl gewöhnt. Er nannte ihn nur noch »den Stuhl«. Der Rollstuhl hatte keinen Motor. Nicht nur deswegen, weil er es sich nicht leisten konnte, sondern weil er es einfach nicht wollte, denn es war ihm lieber, sich auf sich selbst zu verlassen. Er hatte seinen Oberkörper über Jahre hinweg gut durchtrainiert, und so konnte er sich im Zimmer seines Sohnes in den Stuhl neben dem Bett hieven und das Bettlaken abziehen, er knäulte es zusammen und warf es in den Wäschekorb; er half Tad, den Fleck von der Matratze abzuwischen.

»Irgendwann«, sagte Homer, »wirst du nicht mehr ins Bett machen, Tad. Ich habe auch ins Bett gemacht, als ich so alt war wie du, und Grandpa auch, und sein Vater ebenfalls. Du stammst von einer langen Linie von Bettnässern ab.«

»Gut zu wissen«, meinte Tad; er hörte sich fast an wie seine Mutter. »Ich wünschte nur, es würde bald aufhören.«

»Wie oft passiert es denn?«

Tad zuckte mit den Schultern. »Einmal die Woche vielleicht. Ich versuche schon, nichts mehr zu trinken, bevor ich ins Bett gehe, aber es ist, als würde ich das Wasser in mir speichern oder so. Gibt es so was?«

Homer meinte: »Möglich.«

»Es passiert immer, wenn mir ein Traum angst macht.«

»Aber es sind doch nur Träume.«

»Ja, weiß ich auch. Aber manchmal wirkt es einfach so echt. Manchmal denke ich, wenn ich die Augen aufmache, wird die Frau vor mir stehen.«

»Es gibt ein lustiges Wort dafür: Hypnagogie. Versuch gar nicht, es richtig auszusprechen. Ich hab Jahre dafür gebraucht. Aber so heißt es, wenn du halb schläfst und halb wach bist, und manchmal nimmst du die Träume mit hinüber.« Hopfrog warf seinem Sohn das frische Laken zu, und der begann, es aufzuziehen. »Du hast also diese Frau in deinem Traum gesehen, und von ihr blieb ein Bild in deinem Kopf, als du aufgewacht bist. So, als hätte dir jemand ins Gesicht geblitzt. Man sieht es hinterher immer noch, obwohl es nicht mehr da ist.«

Tad plusterte sich auf. »Du behandelst mich wie ein kleines Kind. Natürlich weiß ich das auch alles. Du bist nicht der einzige in der Familie, der lesen kann.« Er stopfte das Laken unordentlich in die Ecken und zog die Bettdecke dann darüber. »He, Dad.«

»He, was?«

»Wenn die Frau nur in meinem Traum war, wie kann denn verdammt noch mal das da passiert sein?« Tad zeigte auf das Fenster.

Im orangegelben Licht der Lampe konnte man Fingerabdrücke auf dem Glas sehen. Und zwar nicht die eines Kindes. Homer hievte sich zurück in den Rollstuhl und fuhr hinüber zum Fenster. Er wischte mit einem Kleenex an den Fingerabdrücken herum, aber sie gingen nicht weg. »Ist das vielleicht ein blöder Trick, mit dem du einen alten Mann verarschen willst?«

»Nee, nee. Ich war das nicht.«

Und dann bemerkte Homer den Staub und die dunkelbraunen Blutflecke in den Abdrücken.

Jemand hatte mit schmierigen Fingern aufs Glas geschrieben.

HOPFROG

Und darunter:

WARUM

Homer sah sich das Gekritzel an. Die Schrift kam ihm bekannt vor, doch sein Gehirn brauchte eine Extrarunde, bis er darauf kam. Als schließlich der Groschen fiel, erschien ihm diese Lösung weniger unnatürlich, als er zunächst geglaubt hatte.

Tad fragte: »Na, hab ich das geträumt?«

Sein Vater sagte: »Nicht, solange ich es nicht selber war. Bist du sicher, daß du deinem Dad nicht einfach nur einen Streich spielst?«

Tad seufzte.

»Ich weiß, du würdest so etwas nie tun. Ich frag mich, wie das hier hingekommen ist.«

»Also«, meinte Tad, »wenn die Frau aus meinen Träumen das gemacht hat, dann war sie jedenfalls nicht schrecklich oder so. Sie schien richtig nett zu sein. Es war eine andere Sache, die mir im Traum angst gemacht hat. Diese Sache mit dir.«

Homer wandte sich seinem Sohn zu, fühlte einen kalten Schauder, und seine Nackenhaare sträubten sich. Sein Gesicht wurde heiß, obwohl ihm am Rest des Körpers eher kalt war. »Was für eine Sache?«

»Also, das, was mir richtig angst gemacht hat«, sagte Tad. »Aber du wirst bestimmt wütend, wenn ich es dir erzähle.«

Als benutzte jemand anders seinen Mund, sagte Homer Petersen: »Ich verspreche dir, ich werde nicht wütend.«

»Okay«, meinte Tad, aber er konnte seinem Vater nicht in die Augen blicken. Er betrachtete statt dessen seine Decke. »Du und ein anderer Mann, ihr seid hinter mir hergelaufen, und ich konnte nirgendswohin mehr fliehen. Und du hast zu dem anderen Kerl gesagt: ›Er ist einer von ihnen, er ist einer von ihnen‹, und ich habe dir immer zugerufen, daß ich es wäre, damit du Bescheid wußtest, weil du dich so seltsam benommen hast. Du hattest irgend etwas in der Hand, vielleicht ein Messer, und du hast es so gehalten« – Tad hielt seine Arme so, als würde er einer unsichtbaren Person vor sich die Kehle durchschneiden – »und gerade, als ich dachte, du würdest es tun, ist sie aufgetaucht. Die Frau. Sie war jung – im High-School-Alter oder so – und richtig schön. Und dann bin ich aufgewacht und sah sie für einen Moment am Fenster. Wer auch immer das da hingeschrieben hat, der hat bestimmt nach dir gesucht. Sie haben dich doch immer Hopfrog genannt, nicht wahr, Dad?«

Sein Vater schob den Stuhl zu Tad heran. Als er neben ihm war, legte er seinem Sohn die Hände auf die Schulter. »Tad, ich bin nicht wütend. Ich weiß, du hast diese Wörter an die Scheibe geschrieben.«

Tad fuhr zurück. »Hab ich nicht. Ich hab dir gesagt, das war die Frau aus dem Traum.« Tad schien jetzt vollkommen ruhig. »Sie hat mir keine angst gemacht oder so. Sie könnte sogar mein Schutzengel sein.«

Homer zitterte. Er konnte seine Angst nicht verhehlen. *Ich bin betrunken,* dachte er, *ich bin betrunken, und mein*

Sohn erzählt mir etwas, das jeden anderen Mann sofort wieder nüchtern machen würde, nur den alten Hopfrog nicht. Nur nicht mich. Er zitterte weiter, selbst nachdem er Tad eine gute Nacht gewünscht hatte. (Aber wie konnte der Junge eine gute Nacht haben, solange diese blutbefleckte Zeichnung am Fenster war? Wie konnte ein Junge, der noch nicht einmal in der Pubertät war, stärkere Nerven haben als ein Mann von Mitte Dreißig?); nur ein weiterer Schluck Whisky beruhigte das Zittern, und er trank unten in seinem Arbeitszimmer noch fast den ganzen Rest der Flasche Jack Daniels. Dabei blätterte er wild in seinem Notizbuch. *Wo waren sie? Wo waren diese verdammten Fotos?* Er fand sie in einem Briefumschlag, der in einem der zerleseneren Notizbücher steckte, das mit zwei Gummibändern zusammengehalten wurde. Seine Hände zitterten, als er den Umschlag öffnete.

Die Fotos von ihr.

Melissa Welles.

Ein Mädchen, so klug und lieblich wie kein anderes. Schulterlanges rötlichbraunes Haar, sonnengebräunter Teint, funkelnde Augen. Er konnte sie praktisch hören: »Nein, Hopfrog«, als er damals versucht hatte, sie zu küssen, hinter den Tribünen beim Footballspiel, und er hatte das »nein« nicht wahrhaben wollen, und sie hatte es wiederholt und sich ihm entzogen. Ärgerlich hatte sie zu ihm gesagt: »Du bist sein bester Freund. Ich liebe ihn, Hop, und daran wird sich nie etwas ändern.«

Und er, mit achtzehn, die ganzen Hormone, das Selbstvertrauen, das Aussehen und die ganze Coolheit (*und Beine – das sollte man nicht vergessen. Wie sie sich unter dir bewegten, wie sie dich trugen, überallhin, wo du hinmußtest*), er hatte geantwortet: »Ich habe dich schon immer geliebt, Melissa. Seit der zweiten Klasse.«

Es war alles aus ihm herausgesprudelt, ein ganzer Schwall unerwiderter Liebe, und dann hatte sich alles in der frostigen Winterluft aufgelöst.

»Vergiß es«, hatte sie gesagt.« Ich liebe Joe, und damit basta. Hopfrog, ich werd dir jetzt mal was über dich erzählen, was dir offenbar nicht ganz klar ist. Du glaubst, nur weil du gut aussiehst und cool bist und hip, kannst du alles haben. Also, ich will dir nur sagen, da gibt es etwas, was dir fehlt, und du wirst vermutlich den Rest deines Lebens versuchen, das zu kriegen. Und das sind tiefgehende Gefühle.«

Damals (*Was wußte er schon? Er war achtzehn und scharf*) hatte er darüber gelacht.

Sie sagte: »Du kannst ruhig drüber lachen. Aber Joe hat welche, und wenn es dir mal scheiße geht, dann wird Joe immer noch seine Gefühle haben, und noch mehr dazu. Ich gebe mich sowieso nur aus dem einzigen Grund mit dir ab, daß du der beste Freund des Mannes bist, den ich heiraten werde. Du hast es jetzt schon drei Jahre lang versucht, nur damit du eine Kerbe in deinen Bettpfosten machen kannst. Aber es wird nie dazu kommen, Hop. Nie. Vielleicht kannst du ein paar von deinen Freunden behalten, wenn du aufhörst, sie zu hintergehen. Laß uns lieber um Joes willen so tun, als wäre nichts passiert.«

In diesem Moment war sie ihm wie das reinste Gift vorgekommen. Im Rückblick wußte er, daß er selbst die Schlange gewesen war. Das schlimmste daran war jedoch, daß er sie wirklich geliebt hatte. Er hatte sie über alles geliebt; er hatte nur nicht gewußt, was das bedeutete. Er dachte, er könnte einem Mädchen einfach sagen, er liebe sie, und dann würde er sie bekommen, nur weil er Hopfrog Petersen hieß. Joe Gardner, der hatte es immer schwer bei Mädchen gehabt. Er war kein Prinz, nur einfach Joe, für Hopfrog der typische Verlierer, einer, den man hin und wieder mitschleppte. (Er erinnerte sich daran, wie er damals geglaubt hatte, das Leben liefe wirklich so ab wie bei Darwin, daß der Stärkste überlebte, daß also Typen wie er selbst alles bekamen und Typen wie Joe das, was übrigblieb.) Er wünschte, er könnte die Zeit zurückdrehen und den alten Hopfrog kräftig in den Arsch treten, ehe es zu dieser unausweichlichen Tragödie kam, aber *wenn man nicht gerade eine Zeitmaschine besitzt, ist man im Hier und Jetzt gefangen, darauf angewiesen, rückwirkend die Sinnlosigkeit zu überdenken, den engstirnigen Weg des geringsten Widerstandes, den Weg der dummen Teenager, die glaubten, sie wüßten über alles Bescheid.*

Wie gewöhnlich kamen ihm beim Anblick der Fotos die Tränen. Sein Kopf fühlte sich an, als würde er schmelzen. Er schlug die Hände vors Gesicht. Er holte tief Luft. Es war der Whisky, was sonst? Er wischte sich die Augen. Er sah die Bilder eins nach dem anderen durch. Er hatte die alte Polaroid seines Onkel benutzt, um sie zu machen. Melissa mit fünfzehn mit ihrer Cheerleadergruppe; Melissa, die den House-Mountain-Wanderweg entlangreitet; Melissa, die ihn böse anguckt, weil sie hinter der Cafeteria heimlich eine Zigarette raucht. Und dann Melissa, wie sie mit Joe neben dem Volkswagen steht und beide so verliebt aussehen, als könnte man nicht verliebter sein. Ein goldener Augenblick, aus der Zeit herausgerissen.

»Vergib mir«, sagte er zu dem Bild.

3.

Er wußte, was das »Warum« auf dem Fenster bedeutete. Zumindest glaubte er es zu wissen.

Es war eine Frage, die die Toten stellten.

Eigentlich hätte es heißen müssen: »Warum hast du es getan?«

Oder noch deutlicher:

»Warum hast du mich umgebracht?«

4.

Die Bücher auf seinem Schreibtisch: *Die Geschichte von Paramount County, Sichtungen, Außerirdische unter uns, Vampire in unserer Mitte, Das Paranormale, Volksglauben im zwanzigsten Jahrhundert, Depressionen und ihre Auswirkungen auf die Familie, Folklore des Südens.*

Diese und andere Bücher mit ähnlichen Titeln waren während des vergangenen Jahrzehnts sein Lesestoff gewesen. An den Wänden seines Arbeitszimmers hingen Fotografien aus der Kindheit, seiner, Tads, und auch der seines Vaters, als wäre die Kindheit als einziges wert, sich daran zu erinnern.

In dem Buch *Folklore des Südens* hatte er sich auf Seite 173 etwas angestrichen:

Eine andere Geschichte über die Nacht der Fallenden Sterne kommt aus den Bergen von West Virginia. Aus der Mitte des siebzehnten Jahrhunderts, als es in der Wildnis der Virginia Colony nur einige wenige Siedlungen der Mennoniten gab, wird berichtet, daß Gott in seinem Zorn den Himmel aufriß und »die Fackeln des Firmamentes auf die Erde warf«. Zu jener Zeit war der Glaube populär, im Himmel herrsche ein Krieg. Ein gewisser William Eaton schrieb, daß eine ausgestoßene Gruppe von Engeln später auf einem der Berge gesichtet wurde und daß die gottlosen Schotten und Iren der Gegend den letzten dieser Engel wie Wild gejagt haben. »Die Mutter, die ihr Kind an der Brust nährte, hatte viel zu klagen, denn wenn die Schotten schon Gottes Engel gefangensetzten, was sollte dann aus den Menschen werden?«

Auf Seite 42 des Buches *Depressionen und ihre Auswirkungen auf die Familie* hieß es:

Es ist nicht ungewöhnlich, daß die Person, die einen Selbstmord plant, entweder denjenigen, auf den sie den größten Zorn verspürt, oder denjenigen, den sie am meisten liebt, mit in den Tod nehmen will, da Liebe und Haß keinesfalls gegensätzliche Gefühle sind, sondern im Prinzip dieselben Emotionen. Es gibt viele Fälle von Männern, die ihre Ehefrauen oder Kinder, manchmal sogar Haustiere, getötet haben, ehe sie die Waffe gegen sich selbst richteten; vielleicht versuchten sie auf diese Weise, sich gegen die Einsamkeit, die sie im Leben nach dem Tod erwarteten, zur Wehr zu setzen. Noch wahrscheinlicher ist, wenn man einen depressiven oder irrationalen Zustand der Psyche voraussetzt, daß die Männer glaubten, ihre Opfer seien ihr Eigentum, sie könnten, indem sie sie töteten, garantieren, daß niemand anders sie besitzen kann.

Auf Seite 133 des Buches *Außerirdische unter uns* stand:

Ein Mann namens Fredericks, der behauptet, im Jahre 1982 entführt worden zu sein, hat folgendes über seine Entführer ausgesagt: »Zuerst erschienen sie nicht in ihrer wirklichen Form vor mir, sondern als vertraute Gesichter, um mich nicht zu erschrecken, glaube ich, obwohl diese Taktik nach hinten losging, da es mich viel mehr ängstigte, meinen lange verstorbenen Vater zu sehen, als es ein Außerirdischer jemals gekonnt hätte. Sie zeigten mir viele Dinge, von denen ich die meisten durch eine von ihnen herbeigeführte Amnesie vergessen habe, doch eine Sache blieb mir im Gedächtnis, und das war, daß diese Wesen unseren Planeten nicht für eine Bedrohung ihres Lebens hielten, sondern für einen Mülleimer des Kosmos, einen Ort, der sowohl als Strafkolonie als auch als Mülldeponie benutzt wurde, und zwar schon seit vormenschlichen Zeiten.«

Hopfrog schlief in dieser Nacht wieder einmal unten in seinem Arbeitszimmer ein, die Fotos seiner Jugend auf dem Schoß und seine schlauen Bücher als Kissen.

In seiner Hand, die auf dem Schreibtisch lag, hielt er einen kleinen Stein, vielleicht einen Brocken alter Lava, der rauh glänzte.

5.

Gewöhnlich verschleierte der Alkohol seine Träume, aber manchmal ließ er sie auch intensiver werden. Es war nicht eigentlich ein Traum, jedenfalls nicht im strengen Sinne, denn er veränderte sich nie. Es überkam ihn zunächst wie ein langvergessener Geruch, ein Geruch der Jugend, Schweiß, Sekt, der erstickte Ruß eines alten Automotors. Er fuhr den Volkswagen über die Paramount Bridge. Er konnte sich von oben betrachten, als wäre er Gott. Er konnte durch das Dach des VWs gucken und sah sie alle, Hopfrog, Melissa und Joe, wie sie gedrängt in dem kleinen Wagen saßen; der Regen tropfte auf die Windschutzscheibe; der LKW, ein riesiger Kenmore, der die gesamte Brücke einnahm, kam auf sie zu.

Und er sah das Licht im Himmel, als hätte sich die Explosion schon ereignet, bevor der LKW mit ihnen zusammenstieß.

Und Hopfrogs Hand lag auf dem Schalthebel wie eine Faust der Macht.

Er wußte, er könnte den VW zurücksetzen.

Er wußte, er könnte sie von der Brücke bringen und dann an den Straßenrand, in Sicherheit, in einer einzigen Sekunde.

Und in seinem Kopf bohrte der Gedanke wie ein Wurm in einem angefaulten Apfel (er hörte ihn in diesem Traum laut, denn in diesem Traum war Hopfrog Gott):

»Ich will sterben. Ich will, daß sie auch sterben. Mit mir. Das Leben ist Scheiße. Das Leben hat keinen Sinn. Nichts wird jemals wieder so sein wie vorher. Ich werde sie nicht kriegen, aber Joe auch nicht. Warum sollen sie glücklich sein, wenn das Leben so beschissen ist?«

Er wußte nicht, wie ihm diese Worte so schnell und deutlich in den Sinn gekommen waren, aber er wußte, das waren seine Gedanken gewesen.

Der Unfall hatte ewig gedauert, doch wenn man Gott war und sich ansah, wie ein LKW in einen Volkswagen donnerte, mußte man bei dem Anblick nicht weinen, sondern über die Kurzsichtigkeit der Kinder lachen, die glaubten, der Tod sei eine Antwort auf die Probleme des Seins. Man beobachtete unbeteiligt, wie der kleinere Wagen durch das Geländer der Brücke brach, über die Kante ging und für einen Moment in der Luft hing, ehe er ins Wasser fiel.

Und wenn man Gott war, ein rachedurstiger Gott, entschied man, daß der Teenager, der diese Entscheidung getroffen hatte, bis ans Ende seiner Tage für seine Dummheit leiden sollte. Er sollte seine Beine und das Mädchen, das er liebte, verlieren, und dann würde man vielleicht noch einen Weg finden, wie er auch seinen besten Freund verlieren konnte.

Aber das war noch nicht einmal das schlimmste an Gottes Plan gewesen ... *Zum Teufel, Hop, du glaubst doch gar nicht mehr an Gott! Außer vielleicht an einen kosmischen Hofnarren, der mit seinen Glöckchen bimmelt und manisch über die Schöpfung lacht. Du glaubst an ein Universum der Idiotie, nicht? Du glaubst, daß wir alle im Dunkeln leben und daß nichts einen Sinn hat – und es gibt nur eine Sache, die diesen tiefverankerten Glauben stört und in Unglauben verwandelt.*

Und das ist, was danach geschieht.

Das Allerschlimmste.

Das, was einen nachts zum Trinker macht und tagsüber zu einem Bild des Jammers. Das, was dich diese Bücher von Pfuschern lesen läßt, über Teufel und Engel und Außerirdische und Vampire und Werwölfe; das, was dich zittern läßt, wenn du siehst, daß jemand deinen alten Spitznamen mit schmutzigem Finger auf die Fensterscheibe im Zimmer deines Sohnes geschrieben hat.

Die Erinnerung an einen anderen Augenblick.

Als du Melissa Welles lebend gesehen hast, in einer mondhellen Nacht, drei Monate nach ihrer Beerdigung, wie sie mit verzerrtem Gesicht ihre zerfetzten Lippen in den Nacken von Fulchers sechs Wochen altem Baby drückt und das Blut trinkt, als wäre es der süßeste Saft, und dabei wie ein Schwein grunzt, so wie nur die Durstigsten beim Trinken grunzen – *nach einem Autounfall bekommt man schon einen riesigen Durst, he, he.*

Der säuerliche Atem des Babys hängt in der Luft; und der üble Gestank, als Melissa grinst und ihre braungefleckten glänzenden Zähne bleckt.

KAPITEL 13
Ein Tag wie kein anderer

1.

Im Herbst wird es in Colony nur langsam Morgen; langsam und trüb und dann eigentlich nicht mehr trüb – eine schwere Geburt. Die Sonne scheint nicht weniger als in anderen Teilen des Landes, aber der House Mountain und die Malabar Hills werfen ihren Schatten bis fast acht Uhr über die Stadt. Auf der River Road waren ein paar Jogger unterwegs, in diesem Jahr weniger als in den Jahren zuvor, und einige Spaziergänger, die am Paramount River ein bißchen klare, kalte Luft schnappten, ehe sie nach Hause gingen, eine Dusche nahmen und sich zur Arbeit anzogen. In der Colony-Möbelfabrik, die seit den Entlassungen 1991 nur noch halb so viele Beschäftigte hatte wie vorher, wurde ab sechs Uhr fünfzehn gearbeitet. Aus dem Wald hallte ein Gewehrschuß; da sorgte wohl ein Jäger für das Abendessen seiner Familie. Geräusche erwachten: Man hörte das Knarren und Ächzen von Holz und Stahl und Stein und Fleisch, all diesen verschiedenen Bestandteilen des Alltags, die nach einer langen Nacht wieder anfingen zusammenzuarbeiten. Die Müllwagen kamen als erstes, rumpelten durch die engen Straßen, dann folgten die Schulbusse, gelb und unerwünscht, zogen schwarze Rußwolken hinter sich her, während sie sich ein Kopf-an-Kopf-Rennen mit dem robusten Kleinlaster des Eiermanns und dem bleichen Milchwagen lieferten. Die ersten Pendler fuhren in ihren alten VWs und Chevys nach Stone Valley oder über die Staatsgrenze nach Westfield. Sie würden ihre Stunden mit Arbeit und Denken verbringen, und wenn sie zurückkamen, würde es bereits wieder dunkel sein.

Vierzehn Männer erschienen nicht zur Arbeit in der Möbelfabrik. Ihr Ehefrauen riefen auch nicht an, um sie krank zu melden. Aber seit den Entlassungen fehlten häufig Leute; viele Angestellte feierten krank, um sich jenseits der Berge einen sichereren Arbeitsplatz zu suchen. Andrew Cross, der Vormann, setzte die Namen der abwesenden Arbeiter auf eine Liste und beschloß, an ihnen ein Exempel zu statuieren, damit die Arbeitsmoral nicht noch weiter sank.

Aber in der Dunkelheit war, noch ehe die Sonne die Schatten bezwungen hatte, etwas geschehen.

Das Land hatte sich unauffällig verändert.

Romeo Dancer kehrte nicht zu seinem Wohnwagen zurück. Seine Frau wußte, er war bei dieser Wilmot aus Westfield gewesen und hatte mit ihr getrunken. Dennoch war es das erstemal, daß Romeo nach einer solchen Nacht nicht nach Hause kam. Seine Frau machte sich Sorgen. Vielleicht war ihm etwas zugestoßen.

Tenley McWhorter, die sich um zwei Uhr nachts durchs Fenster in ihr Zimmer geschlichen hatte, nachdem sie mit ihrem Freund, Noah Cristman, ausgewesen war, schlief lange. Wenn sie gelegentlich aufwachte, war sie überrascht, daß ihre Eltern, die strikte Vorstellungen vom Leben hatten, sie noch nicht für die Schule geweckt hatten. Sie stand schließlich auf und rief nach ihnen, aber sie waren nicht da. Sie folgte einem seltsam fauligen Geruch in den Obstkeller, doch als sie die letzte Stufe der Treppe erreicht hatte, glaubte sie, jemanden dort in der Dunkelheit zu hören.

Vor Angst traute sie sich weder einen Schritt vor noch zurück.

Tenley McWhorter, die erst kürzlich sechzehn geworden war, stand fast zwanzig Minuten dort, verängstigt wie eine Sechsjährige. Schließlich nahm sie ihren ganzen Mut zusammen, drehte sich um und rannte die Kellertreppe hinauf. Nachdem sie die Tür hinter sich zugeworfen hatte, schloß sie sie ab. Sie hatte nichts gesehen, doch der Gestank war immer schlimmer geworden, und weil sie gestern abend im Kino *Schatten der Vergangenheit* gesehen hatte, hatte sie nun Angst, im Keller könnte sich etwas wie diese bösen Schatten verbergen.

Athena Cobb erwachte mit leichtem Kopfschmerz, drehte sich im Bett um und streichelte die Schulter ihrer Freundin Melanie Dahlgren. Melanies Haut hatte vom Alter Falten, fühlte sich aber angenehm an. »Ich muß den Laden aufmachen«, sagte Athena.

Melanie lächelte und antwortete: »Nicht, wenn wir noch fünfzehn Minuten haben.« Sie beugte sich zu Athena und küßte sie.

Gary Welles schlief nie, deshalb war das Aufwachen kein Thema für ihn. Über Nacht war er ausgetrocknet. Er hatte sich bei den Azaleen am Parkplatz der Miner's Lodge hingelegt. Die ganze Nacht über hatte er die Sterne angestarrt und die Leute beobachtet, die gelegentlich vorbeigingen. Als er diesen Jungen auf der Main Street gesehen hatte, hatte er gewußt, es war nur eine Frage der Zeit, bis es wieder passieren würde, bis wieder jemand wie seine Tochter von diesem Jungen verstümmelt werden würde. Andere Leute hatten den Gardner-Bastard nicht erkannt, aber Gary wußte, wer er war, wegen seiner Wieselaugen. Gary Welles wußte, er war zurückgekommen, um wieder zu töten, und er mußte aufgehalten werden. Unbedingt.

Gary hatte quasi den letzten Penner der Stadt, Ernie Craven, ersetzt, als der ein neues Leben angefangen und drüben in Bluefield eine Kuh von einer Frau geheiratet hatte. Gary bettelte sich meistens durch, und dann gaben ihm seine alten Freunde, die sich an ihn erinnerten, Sandwiches und Bier aus; aber er wußte, eigentlich war es der Allmächtige, der ihm über die Runden half. Und das nicht ohne guten Grund: Er mußte überleben, um zu rächen, was dieser Junge seiner Tochter angetan hatte.

Es hatte Joe Gardner nicht gereicht, mit ihr wegzulaufen und sie zu töten (mochten es andere Leute ruhig einen Unfall nennen).

Er hatte ihr auch nach ihrem Tod noch etwas antun müssen.

Gary hatte ein Gewehr, und er würde es benutzen. Und zwar gegen Joe Gardner, der jetzt wieder in der Stadt war.

Gary wischte sich den Dreck von seinem schweren Mantel, als er aus dem Gebüsch kroch. Er freute sich über die kalte Morgenluft, in der sein Atem kleine Wölkchen bildete wie der Feuerstoß eines Drachen.

Gary blieb nur selten allein, und als ihn Dale Hoover im Vorbeigehen fragte, was er heute vorhabe, antwortete er: »Ich hol mir diesen Jungen, der mein kleines Mädchen ins Verderben gestürzt hat.«

Virgil Cobb wachte in seinem Bett auf. Nachdem er sich fast die ganze Nacht um Patty Glass gekümmert hatte, wollte er eigentlich ausschlafen, doch seine Angewohnheit, vor neun Uhr aufzustehen, machte ihm das schwer. Er setzte sich unvermittelt auf und verspürte einen drückenden Schmerz in der Brust. Es war nicht sein Herz: das wußte er. Es war die Angst, die aus seinem Alptraum zurückgeblieben war. Er hatte von seinem Bruder Eugene geträumt, der für immer ein Junge geblieben war, vor dem Bett stand und ihn im Schlaf betrachtete.

Er ging sich waschen, dann eilte er hinüber in seine Praxis, die die Hälfte seines Hauses einnahm. Dort fand er sie immer noch vor (er hatte ihren Eltern gesagt, sie müsse über Nacht bleiben, damit sie keinen Schock bekäme), und er nahm ein Skalpell und trieb es dem kleinen Mädchen ins Herz. Es war nur noch wenig Blut in ihr; die Stunde zwischen vier und fünf Uhr morgens hatte er damit verbracht, das meiste ihres Bluts in Fünf-Liter-Flaschen abzufüllen. Jetzt trat aus der Wunde nur noch ein kleiner Blutstrahl hervor.

In diesem Augenblick begann sie zu heulen.

Dr. Cobb schnitt ihr rasch die Kehle durch. Dann griff er zu einem effektiveren Werkzeug, dessen Klinge sich schnell drehte, und trennte dem Mädchen den Kopf ab.

Er hatte keine Ahnung, was er ihren Eltern erzählen sollte.

Den Rest des Morgens verbrachte er damit, sein Untersuchungszimmer sauberzumachen.

Dann weckte er Winston Alden, der in seinem Gästezimmer geschlafen hatte, weil er zuviel Angst hatte, allein nach Hause zu gehen. Winston, der trotz Trinkens, Rauchens und unglaublicher Gefräßigkeit hager geblieben war, hatte in seinen Kleidern geschlafen und war dennoch kaum zerknittert.

Er war so ziemlich das Gegenteil von Virgil: fürchtete sich manchmal vor seinem eigenen Schatten, war süchtig nach Horrormagazinen, und in seinem alten Körper steckte ein kleines Kind. Winston meinte verschlafen: »Ich sollte heute mal nach John sehen.« Er bemerkte das Blut auf Virgils Hemd. »Du hast dich also um sie gekümmert.«

Virgil nickte. »So gut wie möglich.«

»Manchmal«, sagte Winston, und seine Stimme klang fast wie die eines kleinen Jungen, »manchmal wünschte ich, es wäre nicht passiert. Daß wir es nie erfahren hätten. Was Eugene passiert ist. John Feely. Ihnen allen. Manchmal wünschte ich, ich würde einfach im Schlaf sterben – so wollte ich schon immer von dieser Welt abtreten, Virg. Friedlich und im Schlaf. Verstreu meine Asche in alle vier Himmelsrichtungen. Aber das wird wohl nicht passieren, was? Mit keinem von uns beiden. Seit jenem Tag haben wir nur noch die Zeit totgeschlagen, wie Hühner im Käfig, bis der Kerl mit der Axt auf der Suche nach einem Sonntagsbraten vorbeikommt.«

Virgil klopfte ihm auf die Schulter. »Ich werde mit dir zu John gehen.«

»Nein, es ist doch hellichter Tag. Solange die Sonne scheint, wird nichts geschehen. Du weißt, nach welchen Regeln es spielt«, sagte Winston und machte dann etwas für ihn Untypisches. Er erhob sich und umarmte Virgil. »Du bist mein bester Freund, das weißt du, Virgil.« Er trat zurück und schüttelte den Kopf. »Es hat dich ganz schön mitgenommen, was?«

Virgil versuchte zu lächeln.

»Aber heute nacht«, fuhr Winston fort, ebenfalls mit einem traurigen Lächeln, »heute nacht und morgen nacht und dann

– wer weiß? Vielleicht werden wir es noch einmal aufhalten können. Ha! Zwei alte Scheißer, die mit einem Bein im Grab stehen, wenn das nicht zum Schießen ist!«

Virgil schnappte nach Luft; zum erstenmal sah er Winston als den alten Mann, der er geworden war. Nicht nur ein alter Mann, sondern auch ein Mann, der mit dem Laufen Schwierigkeiten hatte, dessen Hose um die Beine schlackerte, dessen Kopf ein bißchen wackelte, als wäre er müde, weil er so lange aufrecht gegangen war.

Winston verabschiedete sich, nachdem er eine Tasse Kaffee getrunken hatte. Er fragte nicht nach, was sich im Untersuchungszimmer befand. Als er in den frischen Tag hinaustrat, sagte er zu seinem Freund: »Ich wünschte fast, es hätte uns damals erwischt, Virg. Ich wünschte, wir hätten all diese Jahre nicht durchmachen müssen. Ich glaube, Eugene hat mehr Glück gehabt.«

Virgil Cobb verschloß die Tür hinter seinem Freund.

Auf dem Watch Hill saß eine einsame Gestalt, wie ein Wächter. Ihr Gesicht war kreideweiß, ihr Haar ebenso; sie trug zerrissene kurze Hosen und Segeltuchschuhe, hatte jedoch trotz der beißenden Kälte kein Hemd an.

Die Augen konnte man selbst aus der Distanz noch sehen. Im starken Kontrast zu der weißen Haut zogen sich dunkle Ringe darum, und die Augen selbst hatten einen rosafarbenen Schimmer, als wären alle Blutgefäße in ihnen geplatzt.

Die Haut auf dem Rücken war nicht bleich wie die vorn. Sie war mit roten Tätowierungen übersät, Drachen und Blitze in unerträglicher Detailtreue.

Die Gestalt hockte da und betrachtete die Stadt aus der

Ferne. Als sich die Sonne über die Berge erhob, schlenderte sie hinüber zu einem Mausoleum und legte sich in dessen Schatten auf den eisigen Stein.

Als er die Augen – matt vor Hunger und Blutleere – schloß, flüsterte Byron Cheever: »Er hat mich auserwählt. Er hat mich auserwählt. Er hat mich auserwählt.«

Er fing an, mit den bloßen Händen das mächtige Steinkreuz auszubuddeln, das in der Mitte des Watch Hill verborgen lag.

Und trotz dieser ganzen Entwicklungen gab es immer noch Leute wie Nelda Chambers, die morgens aufwachten und es für die heißeste Neuigkeit hielten, daß Joe Gardner wieder in der Stadt war. Nelda rief, nachdem sie sich erst mal eine anständige Portion Kaffee gegönnt hatte, Cally Harper an. »Kannst du dich noch an seine Mutter erinnern, Cally? Genau, ja, ja, die lebt noch, draußen am Fluß, sie kommt nie in die Stadt, nein danke, soll sie auch lieber nicht. Einen guten Mann wie Dr. Cobb verführen und ihm das Herz brechen! Also, ihr Sohn, weißt du noch, was mit ihm und dem Mädchen der Welles passiert ist? Weißt du noch, wie er überall in der Stadt rumgelaufen ist und allen gesagt hat, was sie tun sollten? Und was er letzten Endes selbst getan hat? Ja, genau. Was er der Leiche dieses Mädchens angetan hat. O Gott, wußtest du nicht, daß er wieder in der Stadt ist? Na, dem werden sie es aber heimzahlen.«

Nachdem sie aufgelegt hatte, tippte Nelda auf der alten Royal-Schreibmaschine einen Brief:

DU WIRST ALLES VERLIEREN, WAS DU LIEBST, WENN DU SO WEITERMACHST, DU BÖSER MANN.

Sie faltete den Brief und steckte ihn in einen Umschlag.

Sie schrieb die Adresse darauf, klebte ihn zu und legte ihn

in den Briefkasten, wo ihr Mann ihn finden würde, wenn er endlich nach Hause käme. Weiß der Teufel, wo er wieder geschlafen hatte.

2.

Homer »Hopfrog« Petersen war um sieben auf. Er hatte schlecht geschlafen und höchstens drei oder vier Stunden. Er konnte sich nicht mehr besonders deutlich an die Alpträume erinnern, hatte jedoch einen Kater, was ihn allerdings nicht daran hinderte, noch vor acht seine Gewichte zu stemmen. Es war ihm wichtig, seinen Oberkörper in Form zu halten, denn dadurch war er von der Außenwelt weniger abhängig. Sein Sohn Tad würde die ganze Woche über bei ihm wohnen, ein Ausgleich für das Thanksgiving-Wochenende, das in einigen Wochen vor der Tür stand; dann würde Becky mit ihm nach Richmond zu ihrer Mutter fahren. Über das Sorgerecht gab es keinen Streit, weil Homer Becky so gut wie freie Hand bei der Zeiteinteilung ließ und weil er ihr immer noch zutraute, in fast allen Belangen fair zu sein.

Während er also noch seine morgendliche Ruhe hatte, versuchte Homer, seine Beinübungen zu machen. Er starrte auf die Knie und konzentrierte sich. Schloß die Augen.

Gib mir Kraft, dachte er. *Gib mir meine Beine zurück. Ich verlange, daß sich meine Beine bewegen.*

Er dachte diesen Satz einige Minuten lang immer wieder, bis er schließlich Kopfschmerzen bekam.

»Es wird nie passieren«, flüsterte er schließlich.

Er machte sich für den Unterricht fertig. Er hatte das College nicht beendet, aber weil er Schreiner war, hatte er an der Junior High vor sechs Jahren, als sich mit Schreinerarbeit nichts mehr verdienen ließ, einen Job als Werklehrer herausgeschunden. So hatte er wenigstens etwas zu tun. Er konnte Rechnungen bezahlen (gerade so), und er kam aus dem Haus, wenn ihm an Novembermorgen der Kater zu schaffen machte.

Er fuhr über die gepflasterte Einfahrt zu seinem Wagen.

In der lockeren Erde neben dem Weg sah er Fußabdrücke.

Er sah etwas, das an dem nackten Zweig einer der Azaleen hing, als wäre sie in der Eile daran hängengeblieben und hätte sich ein Stück aus ihrem Kleid gerissen.

3.

Hopfrogs Sohn Tad saß noch vor acht Uhr in dem Bus, der zur Grundschule von Colony fuhr. Er hatte seine Butterbrotdose in der einen Hand und zwei Bücher in der anderen. Er war für sein Alter ziemlich selbständig und machte sich gewöhnlich sein Frühstück selbst, welches aus Broten mit Erdnußbutter, einer Banane und Twinkies bestand. Um acht Uhr saß er im Klassenzimmer, und die Lehrerin, Mrs. Wilkes, ging die Anwesenheitsliste durch. Um neun Uhr hatte er schon die Inhaltsangabe eines Buchs gemacht, das er aus der Bibliothek seines Vaters hatte und das er sehr gern mochte. *Nimmerland.* »Das ist keine Geschichte über Peter Pan oder so. Es handelt von einem bösen Jungen namens Sumter, der diese Hütte hat, in der er mit seinem Cousin spielt. Und dann läßt er richtig böse Dinge passieren, bis die ganze Insel ein fürchterlicher Ort wird. Und es ist richtig toll, weil am Ende sein Teddybär seinen Vater zerfleischt.«

Mrs. Wilkes sagte: »Mein Gott, Tad, was sind das denn für Bücher, die du da liest?«

»Solche, die ich eben mag«, sagte Tad nüchtern und setzte sich wieder hin.

Mrs. Wilkes sah ihn an, und er wußte, sie würde bestimmt seine Mutter anrufen, um zu überprüfen, ob er denn auch die richtigen Bücher las. Aus solchen Sachen machte Mrs. Wilkes ein großes Trara. Als die Klasse als Hausaufgabe eine Kurzgeschichte schreiben sollte, die an Halloween, gerade vor zwei Tagen, vorgelesen wurde, hatte er eine geschrieben, in der Blut durch die Straßen floß und Drachen vom Fluß her angriffen.

Dafür hatte sie ihm einen Brief an die Eltern mit nach Hause gegeben.

Er saß den Schultag ab wie eine Gefängnisstrafe. Elvis und Hank Bonchance warfen ihm einen Zettel zu, auf dem stand:

Wir kriegen dich, du Schlappschwanz.

Er konnte es nicht abwarten, wieder nach Hause zu seinem Vater zu kommen.

4.

Tads Mutter, Becky O'Keefe, schlief immer noch. Sie war von ihrer Nachtschicht um zwei nach Haus gekommen und noch vor drei eingeschlafen, doch irgend etwas hatte sie gegen vier in der Nacht geweckt.

Sie hatte aus dem Fenster geguckt, wo allerdings nur die Ahornbäume zu sehen waren, deren nackte Zweige sich im Wind wiegten. Sie hatte gerade wieder einschlafen wollen, als sie etwas im Zimmer selbst gehört hatte. Sie hatte die Nachttischlampe angeknipst. Das Zimmer war in warmes goldenes Licht getaucht worden. Die Fotos von Tad an der Wand hatten schief gehangen, als hätte es ein Erdbeben gegeben (und überraschenderweise hatte es vor einigen Jahren tatsächlich ein leichtes Erdbeben in West Virginia gegeben, also dachte sie, es wäre wieder eins gewesen). Sie hatte nach Whitney, ihrem Cockerspaniel, gerufen, der unten in Tads Zimmer schlief, auch wenn Tad über Nacht nicht zu Hause war. Der Hund war nicht wie gewöhnlich angerannt gekommen.

Beunruhigt und ein wenig verängstigt, hatte sie die Pistole aus der Schublade des Nachttisches geholt. Mit der Waffe in der Hand hatte sie sich ihren Morgenmantel vom Ende des Betts genommen, ihn angezogen und war dann in den Flur gegangen.

Nur eine Sekunde lang hatte sie geglaubt, einen Geist zu sehen, der unten an der Treppe stand.

Aber es war dunkel im Flur gewesen, wie sollte sie ihn also gesehen haben können?

Sie hatte das Licht angemacht.

Als sie den toten Cockerspaniel und das, was man ihm angetan hatte, entdeckte, schrie sie auf und rannte die Treppe hinunter.

Er war eiskalt. Die Haustür stand offen, und auf dem Boden führten blutige Fußspuren von dem Hund zur Tür. Die Abdrücke nackter Kinderfüße.

5.

Joe Gardner stand erst kurz vor elf auf. Das Telefon klingelte, und er drückte sich zunächst das Kissen auf die Ohren und versuchte weiterzuschlafen. Aber das gelang ihm nicht. Das Telefon hatte eine altmodische Klingel, und die ertönte achtmal, ehe jemand abhob. Joe schlug die Augen auf. Unter dem Fenster zog es kalt herein, und er wäre am liebsten noch eine Weile unter der Bettdecke geblieben.

Aber seine volle Blase trieb ihn aus den Federn. Er stieg aus dem Bett und wischte sich den Schlaf aus den Augen.

Sein Kopf pochte, was er gut verstand, als er sich an den riesigen Wodka-Martini erinnerte, den er sich um drei Uhr gegönnt hatte. Er massierte sich die Schläfen. Die Sonne, die so flach und grell war, wie nur Wintersonne sein kann, blitzte durch das Fenster. Jenny war schon auf; er hörte, wie sie sich unten mit seiner Mutter unterhielt (was für ein grauenhafter Gedanke), und wie Geschirr klapperte.

Er ging ins Badezimmer, nahm eine Dusche, rasierte sich. Danach zog er sich eine Jeans und ein blaues Cambray-Arbeitshemd an und darüber einen grauen Wollpullover; nach der Dusche fühlte er sich wesentlich besser. Seine Kopfschmerzen waren fast verschwunden.

Jenny sagte zur Begrüßung: »Du stinkst nach Wodka.«

Er gestand es ein und küßte sie auf den Mund: »Jetzt ist es weg. Habe das Odol in deiner Kulturtasche gefunden.« Jenny roch frisch; Babypuder und die Gewürzseife seiner Mutter. Ihr blondes und erst kürzlich geschnittenes Haar roch ebenfalls nach seiner Mutter. Er war nicht sicher, ob ihm das gefiel, aber es kam ihm nicht so schrecklich vor, wie er befürchtet hatte.

Seine Frau rümpfte die Nase. »Ich rieche immer noch Schnaps.« Sie mochte es nicht, wenn er trank. Er kannte ihre Ängste über Schriftsteller und Alkohol; es war eine schöne und zerstörerische Tradition, die weder die besten noch die mittelmäßigen literarischen Talente verschonte.

»Ich hab's aus rein medizinischen Gründen getan«, riskierte er einen wirklich schwachen Scherz.

Sie wechselte das Thema: »Das war eben Homer am Telefon.«

»Homer?« Joe mußte einen Moment lang nachdenken; der Name klang bekannt, doch er konnte ihn nicht richtig einordnen. Plötzlich tauchte in seiner Erinnerung ein Gesicht auf: ein gutaussehender Junge mit rotblonden Haaren und einem absurd gewinnenden Lächeln. »Ach, Hopfrog!« Und dann gesellte sich noch eine Erinnerung hinzu: Beim letzten Mal hatten er und Hopfrog zusammen das Brot gebrochen.

Und Hopfrog hatte ihm etwas erzählt.

6.

»Du bist immer mehr als ein Bruder für mich gewesen«, hatte Hopfrog mit neunzehn gesagt. »Aber das hier macht mich verrückt. Ich kann nicht mehr schlafen. Ich kann kaum noch essen. Ich möchte in diesem Leben glücklich sein, Joe, nur, wenn ich über diesen, diesen … Wahnsinn nachdenke, den du mir da erzählst …«

»Aber«, unterbrach ihn Joe, »du hast es doch gesehen. Du warst dabei. Kannst du dich nicht mehr erinnern? Du hast es doch gesehen, um Gottes willen.«

Hopfrog hatte dann die Augen geschlossen. »Joe. Ich weiß nicht, ob ich überhaupt irgendwas gesehen habe. Vielleicht ja, vielleicht nein. Hast du noch nie etwas von Massenhysterie gehört?«

»Ja«, meinte Joe verdrießlich, »das ist, wenn man in der

Kirche kichert. Du hast genau das gleiche gesehen, was ich gesehen habe. Du hast mir geholfen, ihr das anzutun. Jesus, Hop! Und aus irgendeinem Grund ist etwas von ihm in mich eingedrungen. Wie eine Krankheit. Aber du weißt es auch, und lüg mich nicht an. Du weißt es.«

Hopfrog schlug die Augen auf und sah Joe an, als wäre er ein entlaufener Irrer. »Ich glaube, du brauchst Hilfe, Joe. Das ist alles, was ich dazu sagen kann. Wenn du an diesen ganzen Scheiß glaubst, brauchst du einen guten Arzt und viel Ruhe. Ich glaube, du hast einen Nervenzusammenbruch gehabt.«

7.

»Hopfrog«, sagte Joe zu Jenny, »Jesus, jetzt kommen alle aus ihren Rattenlöchern gekrochen.«

»Was?« flüsterte sie, damit Anna es in der Küche nicht hören konnte. »Ist es dir denn gelungen, dich in neunzehn Jahren von jedem in deiner Heimatstadt zu entfremden?« Sie drückte seine Hand.

»Offensichtlich.« Er schüttelte den Kopf und lachte. »Ach, zum Teufel. Ich bleibe nur eine Woche hier. Da brauch ich nicht gleich zum Sturm gegen das Rathaus zu blasen.« Er beschloß, alles möglichst auf die leichte Schulter zu nehmen. So schrecklich war die Stadt auch nicht, und sie war auch nicht von Monstern bewohnt.

Jenny kämmte sein Haar mit den Fingern durch; untereinander nannten sie das »den Gorilla striegeln«. Sie nahm ihn bei der Hand, und beide gingen in die Küche. »Er hat gesagt, er habe gemerkt, daß du in der Stadt bist, weil alle Leute so aussähen, als wäre eine Bombe runtergekommen. Er war richtig witzig am Telefon. Er hat mir erzählt, sie hätten dich immer Knatschkopf genannt.«

»O nein« – Joe mußte lachen – »nicht das noch. Das haben sie sich in der achten Klasse ausgedacht, als meine Hormone zugeschlagen haben, da wurde mein Haar total fettig. Ich mußte es dreimal am Tag waschen. Na ja, immer noch besser Knatschkopf als Hopfrog.«

»Jedenfalls werden wir heute abend zusammen essen. In der Miner's Loge, um Viertel nach sechs.« Sie führte ihn praktisch in die Küche. Das Sonnenlicht, das durch das große Fenster hereinschien, war stärker als jedes Gefühl, das er haben mochte, als er in die Küche seiner Mutter trat, dieselbe Küche, in der er sie morgens so oft, über dem Spülstein zusammengesunken, hatte kotzen sehen.

Joes Mutter unterhielt sich mit Hillary über Puppen und deren persönliche Angewohnheiten. Joe betrachtete sie aus dem Augenwinkel, während er sich eine Tasse Kaffee holte. Seine Mutter hatte früher nicht sehr gut mit Kindern gekonnt; und dennoch hatte sie sich über Nacht in eine Bilderbuchoma verwandelt.

»Warum nehmt ihr beide euch nicht heute den Tag von den Kindern frei und geht ein bißchen aus, während ich auf Aaron und Hillary aufpasse?« fragte Anna Gardner, und ihre Stimme klang viel zu nett und viel zu großmütterlich.

Joe sah Jenny an. Diese Frauen steckten alle unter einer Decke. Er schenkte Jenny einen *Ich-kann-nicht-glauben-daß-du-ihr-unsere-Kinder-anvertraust-Blick,* war jedoch ziemlich sicher, daß sie ihn ignorieren würde.

»Ich hab schon gesagt, es wäre okay«, meinte Jenny, eine Spur zu bestimmt. »Willst du mir nicht die Stadt zeigen?«

Joe sah von einer zur anderen. Etwas hatte er in seiner Ehe gelernt, auch wenn ihn das auf das Niveau eines Höhlenmenschen zurückversetzte: Egal worum es geht, die Frau hat immer recht. Nur so konnte man zu Hause den Frieden bewahren. Jennys Augen strahlten liebevoll: Sie hatte es nicht aus Bosheit oder Naivität gemacht, sie hatte diese Entscheidung aus dem Herzen getroffen.

»Gut«, sagte Joe, »das ist großartig. Und wenn wir zurückkommen, gehen wir essen. Gegen sechs, hast du gesagt? Du kannst dich doch noch an Hopfrog erinnern, Mom? Er kommt auch.«

Anna Gardners Miene hellte sich auf. »Danke, Joseph. Danke.« Sie kam zu ihm und drückte ihm einen dicken Kuß auf die Wange. »Damit machst du eine alte Hexe sehr glücklich.«

»Geh nur bitte nicht mit ihnen an den Fluß. Wenn etwas passieren würde ...«

»Ich weiß, ich weiß. Eine schwache alte Frau wie ich könnte ihnen dann nicht helfen. Wir bleiben im Garten« – und an Aaron gewandt, fuhr sie fort – »und weißt du, was ich im Garten habe?«

Aaron schüttelte den Kopf.

»Den Truck von deinem Vater«, sagte Anna, »aus seiner Jugendzeit.«

Joe sah seine Mutter an. Nippte an seinem Kaffee. »Du hast immer noch diese alte Klapperkiste?«

»Ich wollte sie einfach nicht weggeben«, sagte Anna Gardner. Sie klang ein wenig verletzt. »Ich weiß, wieviel dir der Truck bedeutet hat.« Sie legte ihre Hand auf Aarons. »Es war ein Geschenk von deinem Vater. Oh! Aaron, du ähnelst deinem Großvater wirklich sehr, und er war der bestaussehende

Mann im ganzen Staat. Er war so klug, und er hat hart gearbeitet und seine Familie geliebt. Er war sehr diszipliniert und hatte immer klar Schiff gemacht.«

»Komisch«, sagte Aaron, »Dad hat doch gesagt, er hätte eine Autowerkstatt gehabt.«

8.

Joe und Jenny nahmen die River Road, den etwas längeren Weg in die Stadt. Der Fluß glänzte im Mittagslicht, das Wasser schimmerte braun und gelb in der Sonne. Es war ein bißchen wärmer geworden, deshalb hatten sie die Fenster runtergekurbelt. Auch wenn die meisten Bäume schon ihr Laub verloren hatten, boten noch genug ein braun-rotes Farbenspiel; dann waren da die Steinhäuser, die in einer Reihe am Fluß standen und dahinter die Bootsanleger; Jogger in Sweatshirts machten einen Mittagslauf; die Brücke im Osten, deren Stahlträger sich in Joes Erinnerung eingefräst hatten – er zeigte auf die Stelle, wo er und Hopfrog sich immer getroffen hatten, um von dort in den Fluß zu springen. »Damals kam mir das überhaupt nicht gefährlich vor«, meinte Joe, »aber wir hätten dabei draufgehen können. Sieh dir nur an, wie tief das ist. Puh.«

Er fuhr mit ihr an der alten High-School, der Dabney Courtland High, vorbei. »Ist nach dem einzigen Bürgerkriegshelden des County benannt. Dabney ist von den Konförderierten desertiert, zu der Zeit, als sich West Virginia von Virginia abgespalten hat. Dann führte er den Angriff auf Fort Harris und ist in Alamo gefallen. Ich weiß alles über ihn. Er kam jedes Jahr mindestens einmal im Unterricht vor, von der ersten Klasse an. Und dort« – er zeigte auf eine große Satellitenschüssel, die am Rande des Schulhofes neben einem Ziegelsteinhaus stand; die Schüssel schien größer zu sein als das Gebäude – »haben wir die Staatsblume von West Virginia.« Die High-School war geschlossen. Sie war ein funktionaler und nichtssagender Bau aus den späten Fünfzigern, rote Ziegel, wie ein riesiger Kamin. Drei Fensterscheiben waren zerbrochen. »Ich schätze, die Kinder gehen heute in die High-School nach Stone Valley.«

Jenny stieg aus. »Laß uns ein bißchen spazierengehen.«

Die Einkaufszone der Stadt war nur ein paar Blocks entfernt. Joe parkte den Wagen ordentlich, stieg ebenfalls aus und reckte sich. Jenny steckte einen Vierteldollar in einen Automaten und nahm sich die Lokalzeitung heraus (vier Seiten, hauptsächlich Kleinanzeigen, dazwischen Häppchen lokaler Weisheiten und Restaurantkritiken, ein wenig überflüssig, da es in der Stadt nur vier Restaurants gab). Während sie weitergingen, schmökerte Jenny in den Kleinanzeigen.

Joe fragte: »Was, willst du hier ein Haus kaufen?«

Sie schien einen Augenblick lang in eine Anzeige vertieft, dann sah sie ihn an. »Was? Ach so. Man kann eine Menge über einen Ort erfahren, indem man die Anzeigen liest. Hör dir das an, Vermietungen, ein Haus mit vier Schlafzimmern für vierhundert im Monat. Vierhundert!«

»Ja«, sagte er, »aber von hier ist es ziemlich weit bis nach Baltimore.«

»Ich will doch nicht hierherziehen, Joe, ich bin nur erstaunt, daß es in diesem Land noch so niedrige Mieten gibt.« Eine blonde Frau mittleren Alters führte ihren Hund spazieren. Jenny faltete die Zeitung zusammen und reichte sie ihrem Mann. Sie streichelte den Hund, einen Rottweiler. Dann sah sie Joe an, und sie gingen weiter, als hätten sie ein Ziel. Sie kamen an zwei Antiquitätenläden und einer Bäckerei vorbei. »Laß uns in einen dieser Läden gehen«, sagte sie. Ihr Gesicht verzog sich sorgenvoll. »Du bist ja ganz blaß, Joe. Ist es so schlimm? Freust du dich nicht, daß wir hergekommen sind?«

»Ich glaube doch. Ich hatte nicht erwartet, daß es so wäre.«

»Ich auch nicht. Aber ich wußte, es würde nicht so schrecklich sein, wie du gedacht hast. Weißt du was, Joe?«

Er sah sie an. Sie drückte seine Hand. »Ich wußte nicht, ob wir es schaffen würden. Ich wußte nicht, ob ich ... aber jetzt ist es, als hätte meine Liebe zu dir wieder neu begonnen.«

Das Wort war wie Magie: Liebe. Er fing an, Colony mit anderen Augen zu sehen. Die Ziegel der Gebäude, so alt und doch so frisch, als wäre die Zeit stehengeblieben, nachdem man die Stadt nach dem Bürgerkrieg wieder aufgebaut hatte, kein Verfall, keine Armut, kein Dreck. Die Straßen waren tagsüber keine Brutstätten des Kommerz, und die Menschen, die er sah, die Leute, die hier in der Bank, beim Makler oder in den Läden arbeiteten, schienen alle das Geheimnis des guten Lebens zu kennen. Rosige Wangen, undurchschaubares Lächeln, glänzende Augen, in den Mienen spiegelte sich gedämpfte Lebenslust – er hatte das alles in den Jahren, in denen er nicht hier gewesen war, vergessen.

Tatsächlich zog er sogar für einen Augenblick den Gedanken in Erwägung, wieder zurückzukommen, für immer. Sie könnten sich ein nettes altes Stadthaus kaufen und den Kindern das ruhige Leben in einer ruhigen Stadt, die sich in ruhige Berge schmiegte, nahebringen. Jenny sah ihn jedesmal leicht überrascht an, wenn jemand ihnen grüßend zuwinkte, wie alten Bekannten; sie war in Washington, D. C., geboren und großgeworden, und eine Stadt wie diese hatte sie nie kennengelernt.

Joe bemerkte die Vögel: blaue Eichelhäher, Kardinäle, Spottdrosseln, die aus den Wipfeln der Ginkgos, die entlang der Main Street gepflanzt worden waren, herabstießen. Er erinnerte sich daran, wie sehr er sich als Siebenjähriger für Vögel interessiert hatte, wie er und seine Mutter eine Spottdrossel großgezogen hatten, die von ihren Eltern verlassen worden war. Wie seine Mutter ihn gelehrt hatte, das Tier mit einer Pipette zu füttern und ihm das Fliegen beizubringen, indem man es auf den Finger nahm und dann die Hand langsam auf und ab bewegte. Joe hatte trotz allem auch gute Erinnerungen an seine Mutter. Er dachte daran, wie sie ihn immer mit in Horrorfilme genommen hatte, weil sie die so gern mochte. Er dachte daran, wie sie mit ihm, wenn er krank gespielt hatte, weil er nicht für eine Klassenarbeit gelernt hatte, hinaus zu den Steilhängen auf der anderen Seite der Berge gefahren war und dort mit ihm nach Fossilien gesucht hatte. Er dachte daran, wie sie ihm gezeigt hatte, wie er seine Pflanzen richtig pflegen mußte, damit sie wuchsen und blühten.

Und dann die intensivste Erinnerung von allen:

Er dachte daran, wie traurig er gewesen war, als die Nachbarskatze seine Lieblingsspottdrossel gefressen hatte.

Und wie ihm seine Mutter eine kleine Schreibmaschine geschenkt hatte, als er in der vierten Klasse war.

Und sie hatte gesagt: »Ich möchte, daß du mir eine Geschichte über deine Spottdrossel erzählst.«

Und wie er getippt und getippt hatte, gelernt hatte, wie man die Maschine bedient, suchen und tippen, bis er eine ganze Seite geschrieben hatte.

Wie seine Mutter die Geschichte gelesen und dann geweint hatte.

Er hatte gesagt: »Mommy, tut mir leid, ich wollte dich nicht traurig machen.«

Und sie hatte gesagt: »Das war die schönste Geschichte, die ich je gelesen habe. Du wirst mal ein Schriftsteller werden. Ich bin wirklich stolz auf dich.«

Joe blieb mitten auf der Straße stehen.

»Joe?« Jenny zog ihn am Arm. »Joe?«

»Es war nicht immer nur schlecht«, sagte Joe. »Meine Mutter war nicht immer schlecht. Sie hat mir das Schreiben geschenkt.«

Sie erreichten den gegenüberliegenden Bürgersteig, und Joe erzählte Jenny die Geschichte. Sie setzten sich an einen Tisch in einer kleinen Teestube und tranken Kräutertee.

Er sagte: »Irgendwas muß später mit ihr passiert sein. Ich weiß nicht was. Vielleicht war es der Alkohol. Wer weiß. Vielleicht war es Dad. Vielleicht steckte einfach irgend etwas in ihr drin, das sie dazu brachte, diese Dinge zu tun.«

»Aber du liebst sie, Joe. Verstehst du das nicht? Du liebst sie.«

Er nippte an dem Tonschälchen und nickte, aber eine Zeitlang sprachen sie kein Wort mehr.

Später, als sie draußen weiterschlenderten, winkte ihm ein Polizist zu. »Joe? Joe Gardner? Baby Joe?« Er kam über die Straße zu ihnen. Er trug die braune Uniform eines Sheriffs, hatte die gelben Zähne eines Kettenrauchers und sah aus wie jemand, der am Tag zwei Sixpacks verdrückt. Seine Augen leuchteten, und irgend etwas an dem Walroßschnauzbart und den letzten Haarbüscheln auf dem glänzenden Haupt kam

Joe bekannt vor. Der Sheriff redete sofort auf sie ein, daß er gehört habe, Joe sei in der Stadt, sogar zusammen mit seiner Familie, und daß er immer noch so wie früher aussehe. »Derselbe alte Baby Joe«, sagte der Sheriff.

Joe erkannte ihn zuerst nicht, doch nachdem er der schleppenden Sprechweise einen Moment lang zugehört hatte, wußte er, es war Dale Chambers, der Gump. »Du bist jetzt Sheriff, eh?« fragte Joe, als sie sich die Hände schüttelten.

»Seit sechs Jahren, Cousin«, meinte Dale und sagte, an Jenny gewandt: »Wir sind eigentlich nur Cousins zweiten Grades, wenn man es genau nimmt, aber so kann ich dich als Verwandte auch küssen.« Er umarmte sie und drückte ihr einen Kuß auf die Lippen, ehe Jenny etwas einwenden konnte. »Hey, Baby Joe, du hast wirklich Glück gehabt, was?« Er sah Jenny anzüglich an. »Groß und langbeinig, da steh ich drauf. Hmmm.« Er gab Joe einen Schubs und flüsterte ernst: »Du bist doch nicht zurückgekommen, um wieder Ärger zu machen, was, Baby Joe? Aber sag jetzt nicht, du hättest deine wilde Zeit hinter dir.«

Nachdem sie ihn losgeworden waren, grinste Jenny. »Das ist dein Cousin? Kein Wunder, daß du mich noch niemandem vorgestellt hast. Den Whisky konnte man ja Meilen gegen den Wind riechen.«

»Ja, das war Gump. Muß eine traurige Stadt sein, in der so einer Sheriff wird. Als ich dreizehn war, hat er mir beigebracht, wie man Tabaksaft sechs Schritt weit spuckt. Darin ist er einsame Spitze.« Joe mußte lachen. Er nahm Jennys Hand, und sie gingen weiter wie verliebte Teenager.

»Was hatte das mit deinen ›wilden Zeiten‹ auf sich? Er hörte sich ja richtig besorgt an.« Jenny schüttelte den Kopf und blieb vor einem Schaufenster stehen.

»Ach, das ist wegen all der Sachen, die damals passiert sind. Ich habe Stimmen gehört, ich habe Dinge gesehen. Und alles ohne Drogen. Zum Teufel, sie haben mich alle für verrückt gehalten. Und ich habe etwas getan, auf das ich nicht gerade stolz bin.«

»Ach?« Jenny klang nicht gerade interessiert. Er wußte, sie wollte das Thema nicht weiterverfolgen, weil sie sich einen netten Aufenthalt hier wünschte und die schlimmen Dinge nicht an die Oberfläche zerren wollte.

Er liebte sie dafür.

Sie durchstöberten einen Kramladen nach dem anderen und kauften die häßlichste Gartenskulptur, die man sich denken konnte, einen dicken kleinen Steinfaun, der in ihrem kleinen Garten in Baltimore unter das Efeu sollte. Er war zu schwer, um ihn mit sich rumzuschleppen, deshalb sagte Joe der Ladenbesitzerin, Athena Cobb, er werde ihn noch vor Ladenschluß abholen.

»Es war zu teuer«, meinte Jenny, als sie aus dem Laden traten, und schüttelte den Kopf. »Wir hätten sie runterhandeln sollen.«

Joe zuckte mit den Schultern. »Ich fühl mich ziemlich gut. Wie Bambis Mutter sagte: Warum soll man nicht ein paar Dollar mehr ausgeben, wenn einem danach ist?«

Er kaufte Andenken für die Kinder: Ein Sweatshirt für Aaron und eine Strohpuppe mit einem getrockneten Apfel als Kopf für Hillary. Sie aßen im Angel Wing zu Mittag, und Joe hatte das Gefühl, er wäre in den zweiten Flitterwochen, dreizehn Jahre nach der Hochzeit. Jemand am Nebentisch ärgerte ihn, weil er dauernd die Geschichte eines vermißten Mädchens erzählte, das angeblich wieder in der Stadt aufgetaucht war. Joe hätte sich am liebsten umgedreht, um dieses Großmaul zum Schweigen zu bringen. Er verbrachte vielleicht gerade einen der schönsten Tage seines Lebens mit Jenny. Konnte dieser Kerl seinen Klatsch nicht für sich behalten? Aber trotz dieses Großmauls entdeckte Joe seine Liebe zu den Menschen und zum Leben und zu kleinen Städten. Er hätte nicht geglaubt, daß diese Liebe in ihm geschlummert hatte.

9.

Winston Alden stieg vorsichtig aus seinem uralten Corvair, den er in Stone Valley 1979 auf einer Auktion für hundert Dollar ersteigert hatte und der immer noch lief, wenn auch wie ein asthmatischer Schrotthaufen. Er hatte den Wagen am Straßenrand geparkt. Es würde erst in ein paar Stunden dunkel werden. Er hatte noch Zeit. Er hatte es den ganzen Tag aufgeschoben, zu dem Haus zu fahren. Erst hatte er die Schinkenbrote und den Kaffee beim Frühstück ausgiebig genossen, dann war er hinüber zur Leihbücherei geschlendert, wo er die Zeitungen gelesen hatte, und zwischen Mittag und vier Uhr hatte er sich in der Hängematte im Hinterzimmer seines Büros ein Nickerchen gegönnt.

Aber jetzt.

Die Stunde des Schicksals, dachte er.

Er sah zum Anwesen der Feelys hinüber: drinnen war alles dunkel. So hatte es, solange er sich erinnern konnte, immer ausgesehen. Die Feelys waren harte, kalte Menschen, die unter sich blieben und ihre Geheimnisse für sich behielten.

Geh nicht rein, warnte ihn eine Stimme in seinem Kopf.

Sei kein Narr und riskier nicht dein Leben wegen etwas, von dem du weißt, daß es dich zerstören wird.

Er legte die Hand auf die Motorhaube seines Wagens. Sie war warm. Ihm war kalt, kälter, als es der nachmittägliche Frost rechtfertigte. »Du brauchst nicht reinzugehen«, sagte er laut. »Wenn der alte John Feely noch lebt, dann wirst du ihn sehen. Und wenn er tot ist: nun, was willst du alter Mann dann in Gottes Namen unternehmen?«

Der Gestank verfaulten Obstes wehte von den Apfelbäumen an der Scheune herüber.

Winston tastete nach der alten Smith & Wesson, Modell 10, in seiner Tasche. Er besaß sie seit fünfzehn Jahren; davor hatte er immer eine Schrotflinte unter dem Bett liegen gehabt.

Die Kugeln waren aus Silber, denn nachdem er sich jahrzehntelang die Sache mit Eugene Cobb durch den Kopf hatte gehen lassen, war er zu dem Schluß gelangt, es müsse etwas Übernatürliches geben. Etwas wie Vampire oder Werwölfe oder Geister oder Leichenfresser. Er verbarg diesen Glauben in einem Kämmerchen seines Kopfes, das er als seinen kranken Zwilling ansah, denjenigen, der immer noch glaubte, ein Mann könne Engel sehen, und Hunde kämen in den Himmel.

Dieser Glauben hatte sich dann und wann in seinem Leben in den Vordergrund gedrängt: als seine Frau gestorben war, als seine Schwester ihr Baby verloren hatte, als diese Sache mit Eugene passiert war.

Er hatte eine Vision von Eugene:

Verbranntes Fleisch, dort wo das Kruzifix ihn berührt hatte.

Das brandige, vernarbte Fleisch, das von den Knochen fiel, der Schimmel, der eine neue Haut über Eugenes Gesicht bildete.

Winston schüttelte sich, um das Bild loszuwerden.

Er ging zur Haustür. Stieg die Stufen zur Veranda hoch.

Klopfte an der Tür.

Er wartete nicht. Es wäre feige zu warten, würde seine Angst verraten. Er mußte stark sein. Er öffnete die Tür.

Und rief nach John. Seine Stimme hallte durch die muffige Eingangshalle. Er ging hinein.

Die Wände von John Feelys Haus waren mit Seiten der Bibel tapeziert.

Einige von ihnen waren abgerissen worden, darunter zeigten sich in der vergilbten Wand Löcher und Risse. Es hatte offensichtlich gebrannt, denn etliche Seiten waren angekokelt.

Winston ging durch den schmalen Flur, der zu Johns Schlafzimmer führte. Das Hauptschlafzimmer führte zu einem weiteren Raum. Hier war er als Teenager einmal gewesen. Dieses Zimmer hatte er sein ganzes Leben lang zu vergessen versucht.

Er machte die Tür auf.

Das Zimmer war in dem gleichen Zustand wie damals, als Winston noch ein Junge gewesen und von John hier hereingeführt worden war.

John Feely sagte: »Es hat schon gelebt, bevor Gott die Menschen schuf. Es ist von Gott aus dem Himmel vertrieben worden und hat schon dort unten gelauert, als Adam aus dem Garten Eden geworfen wurde. Es heißt Abaddon. Es ist der Engel des Abgrunds.«

Winston, sechzehn, stand neben dem gleichaltrigen Virgil Cobb und flüsterte: »Wenn es jemals eine Hölle gab, dann hier.«

Das Fenster war schon vor langer Zeit mit Brettern vernagelt worden, doch in dem Zimmer brannte eine Kerze, ein ermutigendes Zeichen. Winston zog nervös seinen Revolver und hielt ihn so, als wollte er auf alles schießen, was sich bewegte. Der Ankleidetisch war leer, als sei das Zimmer unbewohnt. Die Vorhänge des Himmelbetts waren zugezogen; John Feely hatte einmal damit angegeben, daß sein Urgroßvater es in Einzelteilen aus Bayern herübergeholt und dann vier Jahre damit verbracht hatte, es wieder zusammenzusetzen. Die dunklen Holzpfosten waren matt geworden; die schweren rot-goldenen Vorhänge waren dick mit Staub bedeckt.

Winstons Hände zitterten vom Gewicht der Waffe.

Er wollte sich umdrehen und in das andere Zimmer gehen, das innere Heiligtum, als ihn jemand von hinter den Vorhängen rief.

»Junge«, sagte der Mann, »Junge, bist du endlich gekommen!« Es war die wiehernde Stimme von John Feely.

Winston seufzte. »Oh, John, es ist vorbei, nicht?«

»O ja«, sagte John Feely. Eine Hand zog die Vorhänge auseinander, und aus der Dunkelheit des Betts beugte sich Eugene Cobb, vierzehn Jahre alt, in das schwache Licht der Kerze auf dem Nachttisch.

Als er grinste, entblößte er rotverschmierte Zähne. »Licht aus«, sagte er und zerdrückte die Kerzenflamme mit Daumen und Zeigefinger.

Die Kerze zischte noch einmal leise, ehe es dunkel wurde.

Hinter Winston schlug die Tür zu. Er hatte keine Lust, sich umzudrehen und dem zu stellen, was sich jetzt hinter ihm befand – was immer es sein mochte.

Winston begann unkontrolliert zu zittern. »Es ist noch nicht einmal Nacht«, flüsterte er. »Ich dachte, du lebst nur bei Nacht.« Er richtete den Revolver auf die dunkle Fläche des Betts.

Es antwortete ihm jetzt mit Eugenes Stimme: »Wo ich bin, ist immer Nacht.«

Als ihn etwas am Hals berührte, drehte Winston durch und drückte sechsmal ab, womit er alle Kugeln verschossen hatte. Nach dem ersten Schuß glaubte er schon taub zu werden, so laut hallte der Knall in seinen Ohren wider.

Er fühlte Lippen an seinem Handgelenk, den federleichten Schnitt einer kalten Klinge, genau am Puls.

Er ließ die Waffe fallen.

Er wußte, sein Leben war zu Ende. Er wußte, er war machtlos.

Winston stand in der Dunkelheit und wartete auf das, was jetzt passieren würde.

Und es dauerte ewig.

10.

Als Tad Petersen aus dem Schulbus stieg, wußte er, ihm blieben noch etwa fünfzig Sekunden, um die Straßen runterzurennen, dann einmal nach rechts und einmal nach links, bis er das Haus seines Vaters erreicht hätte. Zu seiner Mutter war es näher, aber diese Woche wohnte er nicht bei ihr.

Wenn er diese fünfzig Sekunden nicht gut ausnutzte, wäre er erledigt, denn dann würden sich Elvis und Hank wie tollwütige Hunde an seine Fersen heften. Er rannte so schnell er konnte (nur aus diesem Grund zog er die alten Sneakers an, wenn er zur Schule ging), doch Elvis erwischte ihn auf dem Rasen der Withrows und stieß ihn in einen Laubhaufen.

Als Elvis sicher war, daß er Tad mit seinen hundertsechzig Pfund (und das mit elf Jahren) zerquetscht hatte, stopfte er ihm nasse Blätter in den Mund. Tad wollte den Mund zumachen, aber Hank beugte sich über ihn und drückte ihm das Kinn runter.

»Friß, Schwächling«, sang Elvis.

Tad glaubte, er werde an Ort und Stelle ersticken. Sein Leben war vorbei, er sah nur noch eine Möglichkeit, aber es war jene Art Alternative, die keine Rückkehr bot.

Er langte nach oben und kitzelte Elvis unterhalb der Rippen. Der Junge bebte wie Pudding, und sein Gesicht wurde rot, als würde es gleich explodieren.

Und dann fing er an zu lachen.

Elvis Bonchance lachte zum erstenmal im Leben aus einem anderen Grund als Sadismus. Es war ein Tag, den man sich im Kalender rot anstreichen mußte.

Elvis wälzte sich von Tad und kicherte immer noch. Er lachte so sehr, daß er furzen mußte, und darüber mußte er wieder lachen.

Hank war verwirrt. Tad spuckte das Laub aus, ging in die Offensive und griff Hank an, kitzelte auch ihn, bis er um Gnade winselte.

Als Hank erschöpft war, hörte Tad auf und sagte: »In der Ming-Dynastie hat der Kaiser immer einen Mann zum Chef-Kitzler ernannt. Der Mann hat Verbrecher gefoltert, indem er sie zu Tode kitzelte.«

»Ohne Scheiß?« fragte Elvis mit weit aufgerissenen Augen.

Obwohl er übertrieben hatte, nickte Tad. »Ist wahr. Hab ich im *National Geographic* gelesen. Er hat Mörder und Gotteslästerer mit Pfauenfedern und manchmal mit Rasierklingen gekitzelt.«

Hank wich zurück. »Jesus, mit Rasierklingen?«

Tad nickte. »Sie haben sich selbst ins Koma gelacht.«

Mrs. Withrow kam auf die Veranda und rief: »Was habt ihr Jungs da in meinem Laubhaufen zu suchen?«

Tad rief zurück: »Wir benehmen uns nur wie richtige Jungen, Miz Withrow!«

Hank ließ sich zurückfallen und schnappte nach Luft. »Wir wollten dir eigentlich die Scheiße aussem Leib prügeln. Wollten wir wirklich.« Er platzte abermals heraus, als hätte er in seinem miserablen Leben noch nie richtig gelacht. Und wenn man die Bonchance-Familie kannte, war das bei all den Prügeln und der Inzucht und so weiter auch durchaus möglich.

Elvis grinste und klatschte sich auf den fleischigen Oberschenkel. »Du bist echt ein lustiger Kerl.«

Tad lächelte, stolz, weil er den Überfall um Haaresbreite überlebt hatte.

Danach ging er mit einem verdammt guten Gefühl nach Hause.

Stundenlang konnte er nicht aufhören zu grinsen.

11.

Als Joe seine Mutter und die Kinder zum Essen abholte, sagte Aaron: »Ich hab deinen Truck gesehen, Dad. Grandma sagte, ich kann ihn haben, wenn ich sechzehn werde. Sie ist echt cool. Und guck mal!« Er hielt einen blauen Spiralblock hoch.

Joe merkte, wie er einen roten Kopf bekam, als er das Notizbuch sah. »Du hast das aufbewahrt?«

Anna Gardner strahlte. »Natürlich. Glaubst du, ich würde auch nur irgend etwas wegwerfen, was Joseph R. Gardner geschrieben hat?«

Aaron klappte den Notizblock auf und las die erste vergilbte, maschinenbeschriebene Seite vor, die auf das Papier des Blocks geklebt war. »Heute habe ich einen Freund verloren. Er war ein Vogel. Sein Name war Fred. Er war eine Spottdrossel. Meine Mutter und ich haben ihn draußen auf der Erde gefunden. Er war zu klein, um selbst auf sich aufzupassen. Und er war ganz nackt. Er hatte noch keine Federn, und deshalb haben wir ihn ins Haus mitgenommen. Seine Mutter, eine große Spottdrossel, die immer unser Fallobst ißt, hat uns angegriffen, als wir ihn aufgehoben haben. Sie war ein gemeiner Vogel, weil sie ihn zu früh aus dem Nest gestoßen hat. Aber später habe ich erfahren, daß sie es nicht besser wußte, weil sie ihr Baby beschützen wollte, aber sie konnte das natürlich nicht, weil sie nur das konnte, was Vögel können ...« Aaron machte eine Pause, sah seinen Vater an und seufzte: »Jesus, Dad, damals warst du aber ein schrecklicher Schriftsteller. Du warst ja beim Schreiben noch schlechter als ich beim Lesen.«

»Laßt uns zum Essen fahren«, meinte Jenny und nahm ihm den Notizblock ab. Sie setzte sich auf den Tisch an der Haustür und flüsterte Joe zu: »Wenn wir heute abend nach Hause kommen, kannst du mir das die ganze Nacht vorlesen.«

»Ich finde diese ersten Sachen, die er geschrieben hat, so schön«, sagte Anna.

Joe schüttelte ratlos den Kopf. »Mom, ich dachte, du würdest mein Geschreibsel nicht mögen.«

»Ach, du meinst, was du heute schreibst. Mag ich auch nicht. Vielleicht, wenn du etwas schreiben würdest, was ich genießen könnte, und vielleicht, wenn deine Bücher nicht diese abartigen Themen hätten ... Du schreibst, als würdest du Brücken und Dämme bauen, Joseph, und ich möchte lieber Bücher über Menschen lesen, über ein Leben, an das ich noch nie zuvor gedacht habe. Vielleicht bin ich aber auch einfach nur altmodisch.« Sie klopfte ihm auf die Schulter. »Du kannst doch nicht erwarten, einen Roman zu schreiben, der deiner Mutter gefällt.«

Auf dem Weg zur Einfahrt ging Joe hinter ihnen. Er wußte nicht mehr, was zum Teufel eigentlich los war. Jenny stand neben der Wagentür. Ihr Blick war unmißverständlich: Liebe, Lust, Zuneigung, Wärme, das alles konnte man in ihren Augen, ihrem Lächeln, im Glühen ihrer Wangen lesen.

Das Leben ist schön.

Aaron ließ die Hand seiner Großmutter praktisch nicht mehr los. Im Buick wurde er von Hillary und Anna Gardner eingezwängt, doch er sah absolut glücklich aus. Und auch Hillary begann alle paar Sekunden, unsinnige Wörter zu plappern, an ihre Großmutter gerichtet. Anna Gardner fand auf alle Fragen eine Antwort, egal wie schwer verständlich sie auch sein mochten, und kämmte Hillarys wildes blondes Haar mit den Fingern durch.

Sie fuhren durch die Stadt. Joe und Jenny erzählten eifrig, was sie am Nachmittag gemacht hatten. Aaron berichtete, wie Grandma ihm Bilder von Dad gezeigt hatte, als er in Aarons Alter gewesen war. Die Straßen waren wegen des Regens glatt; zwei Collies rannten im Kreis um einen Baum und jagten ein Eichhörnchen; Joe bemerkte, wie hinreißend die Häuser waren, von denen einige aus dem frühen neunzehnten Jahrhundert stammten. Kleine Miniaturherrenhäuser aus der Zeit vor dem Bürgerkrieg. Er fühlte sich so verdammt gut, und er war überrascht.

Was möchtest du am liebsten, Joe? Eine Stimme aus der Vergangenheit schien sich direkt in sein Hirn zu bohren.

Um was betest du?

Und als sie sich dem Angel Wing näherten, keuchte Anna Gardner: »Joseph. Joe.«

Aaron sagte: »Daddy, Grandma hat was.«

Joe sah in den Rückspiegel. Seine Mutter sah ihn so schmerzverzerrt an, daß er fast von der Straße abgekommen war.

Aaron warf seiner Großmutter die Arme um den Hals und flüsterte: »Grandma, ich habe dich lieb.«

KAPITEL 14
Stadt und Land

1.

Dale Gump lachte und klatschte Lannie Barnes auf den Hintern. »Ich liebe dich, Süße, du bist das Beste, was mir je begegnet ist.«

Sie hatten sich gerade in Zimmer Nr. 9 der Miner's Lodge verzogen, und Lannie hatte sofort die Blumen entdeckt.

»Dale, was hat das zu bedeuten?«

Er grinste und schüttelte den Kopf wie ein Junge. »Ich liebe dich, Mädchen, das ist alles. Ich weiß, daß du dich mit Jud getroffen hast, und ich weiß, daß du mich bescheißen willst und aus dem ganzen Mist hier rauswillst, und deshalb möchte ich, daß das heute ein ganz besonderer Abend wird. Ich habe sie verlassen.«

»Du hast sie verlassen?«

»Genau.«

Lannie setzte sich auf die Bettkante. Sie betrachtete ihre Pumps. »Du meinst, du hast deine Frau verlassen?«

»Na endlich hast du es kapiert.«

»Nach fünfundzwanzig Jahren Ehe und drei Kindern hast du deine Frau verlassen?«

Wieder nickte er.

Sie sah ihn an und sagte: »Du unfähiger Trottel. Deine Frau war das Beste, was dir im Leben je begegnet ist.«

Es dauerte einen Moment lang, bis diese Bemerkung in Dale Chambers Hinterkopf angekommen war. Das Wesen namens Gump, das dort wohnte, pochte an einige verschlossene Türen im Hinterstübchen. Dann flüsterte es: *Siehst du? Sie sind alle Verräter. Sie sind alle kalte, herzlose Monster, und sie tun nur ein Weilchen so, als könnten sie Wärme ausstrahlen. Sie nehmen nehmen nehmen. Sie sind nicht einmal echt, sie sind nicht einmal menschlich.*

»Was hast du grad gesagt?« fragte er.

»Also, Schätzchen«, sagte Lannie, schlug die Beine übereinander und holte sich eine Zigarette aus ihrer Handtasche. »Nicht, daß ich nicht scharf auf dich wär oder dich nicht lieben würde oder so. Ich liebe dich mehr als alles andere. Und wenn es nicht wegen dem Baby wäre ...«

Er unterbrach sie, knurrte leise, jetzt, wo der Gump in seine Gedanken eindrang. »Woher soll ich eigentlich wissen, ob das Kind wirklich von mir ist?«

Lannie zündete ihre Zigarette an und zog daran. Sie sah ihn nicht einmal an. Sie sah sich im Zimmer um, als verdienten seine Worte ihre Aufmerksamkeit nicht. »Oh, es ist dein Kind, Dale, ich habe erst mit Jud geschlafen, nachdem ich schwanger war.«

»Und woher soll ich wissen, ob du nicht mit dem halben County im Bett warst? Zum Teufel, du könntest es mit allen Kerlen in Stone Valley getrieben haben, so wie ich dich kenne.«

Lannie seufzte und schüttelte den Kopf. »Damit kannst du in eine Talk-Show gehen, aber glaub mir, ich habe zu der Zeit, als ich schwanger geworden bin, mit keinem anderen geschlafen. Okay?« Sie fuchtelte mit der Zigarette, um den letzten Satz zu betonen.

Sie war grausam. Sie war so grausam. Er hätte es verwunden, daß sie ihn mit Jud betrogen hatte. Er wußte, sie liebte Sex so sehr wie Nerze. Er hätte es auch verwunden, daß sie so kalt zu ihm war. Aber das Kind. Es war ihr Kind! Was für eine Mutter würde sie abgeben? Was für ein Monster würde sie in die Welt setzen?

Etwas in ihm regte sich wieder ab. Er flüsterte: »Wir werden ein Baby bekommen, Lannie. Wir müssen die Sache zwischen uns regeln.«

Sie lächelte, beinahe liebevoll. »Das stimmt, Dale, ein Baby.« Sie kicherte, dann platzte sie fast vor Lachen.

»Was ist daran so lustig?« fragte er demütig.

»Ich gehe morgen in die Klinik in Valley. Ich habe einen Termin.«

»Das ist wirklich ein Abend voller Überraschungen«, sagte er und fühlte sich sofort kälter und mehr wie der Gump. »Du willst sagen ...«

»Ja, ich laß es wegmachen. Ich hab mir letztens schon gedacht, daß du es nicht willst, und ehrlich gesagt, bin ich mir auch nicht so sicher.«

»Du bist doch Baptistin, Liebling. Du hast dir doch immer Kinder gewünscht.«

»Also« – sie nahm einen langen Zug von ihrer Zigarette, und als sie weitersprach, sah sie aus wie ein feuerspuckender Drache. »You can't always get what you want, wie es so schön in dem Lied heißt.«

»Du wirst unser Baby nicht umbringen.« Dale verschränkte die Arme vor der Brust und stand wie versteinert da. »Du wirst unser Baby nicht umbringen.«

»Doch«, sagte sie. »Werde ich.« Dann sah sie ein wenig verängstigt aus, als fürchte sie, er könnte sie schlagen. Er hatte noch nie eine Frau geschlagen, zumindest nicht, solange er sich erinnern konnte, also konnte sie das nicht meinen. Sie rutschte noch weiter aufs Bett, hielt jedoch die Beine sorgsam zusammen. »Also, Dale, Liebling«, begann sie und kam ihm wie ein blökendes Schaf vor – von ihrem dauergewellten Haar bis zu ihrem blöden Blick; der Gump sah es: Sie war bloß ein Schaf.

Das blökte, weil es wußte, es würde geschlachtet werden.

(Er würde sie töten müssen, daran führte kein Weg vorbei. Er konnte sie nicht gehen und so etwas Unmoralisches tun lassen, wie seinen ungeborenen Sohn zu töten. Welche andere Wahl hatte er denn?)

»Komm schon, Bay-ay-by«, blökte das Schaf. Sie mußte seinen Blick bemerkt haben.

Er war nicht wütend.

O nein.

Der Gump wurde wegen der kleinen Probleme des Lebens nicht wütend.

Er war ruhig.

Und das hatte das Schaf bemerkt: diese Ruhe.

Seine Augen waren stille Teiche mit trübem Wasser, seine Lippen kräuselten sich sanft.

»Nicht unser Baby«, sagte er und hatte das Gefühl, er müsse nicht einmal näher zu ihr hingehen, er brauchte nur ungefähr in ihre Richtung zu blicken, wie Sonnenlicht, das durch eine eben geöffnete Gardine fällt.

(*Schlachte das Lamm*, befahl ihm der Gump.)

»Nun, ich hab nur dran gedacht, es wegmachen zu lassen«, sagte sie. »Ich bin zu Mamas Grab oben auf dem Watch Hill gegangen und hab dort eine Weile mit ihr geredet. Sie sagt, du willst das Baby nicht wirklich. Sie meint, du wärst überhaupt kein guter Mann.«

Er setzte sich auf das Bett und wandte sich Lannie zu. »Deine Mama ist schon lange tot. Das hast du dir doch nur ausgedacht, oder?«

»Weißt du, wie ich mich mit Mama unterhalte? Die Geisterwelt ist einfach nur in einem anderen Raum, und wir können mit jedem Geist sprechen, wenn wir nur daran glauben. Also, sie hat gesagt, ich wäre zu alt für ein Kind, und du würdest nur dich selbst lieben. Sie hat mir noch etwas über dich erzählt.« Lannie lehnte sich in die Seidenkissen und zog die Knie höher. Er konnte ihr praktisch unter den Rock sehen.

Der Geruch erreichte ihn, von zwischen ihren Beinen her. Sie schob langsam die Knie auseinander.

Kein Schaf mehr. Alles, was er sah, wenn er sie anguckte, war Muschi. Das mochten beide, der Gump innen und der Dale außen. Gedankenlos fragte er: »Und was hat dir deine Mama noch über mich erzählt?«

»Etwas von einem kleinen Jungen, den du unten in die Minen gebracht hast, vor langer Zeit. Einen kleinen Jungen. Und wie du ihn getötet und dagelassen und dich kein bißchen darum geschert hast.« Während sie dies sagte, schob sich etwas Kleines und Rosafarbenes zwischen ihren Beinen hervor, und er wurde abgelenkt –

Das Baby wird geboren, guter Gott, es wird jetzt geboren was, zum Teufel, geht da vor

Und während sich Lannie zu ihm vorbeugte, Dales Kopf in die Hände nahm und ihre Lippen auf seine drückte –

kroch dieses blutige Ding zwischen ihren Beinen hervor –

Er wich von Lannie zurück, deren Lippen hellrot und feucht waren –

Das Ding zwischen ihren Beinen war kein gestaltloser Fötus, sondern der blutverschmierte Körper eines neun Jahre alten Jungen namens Davy Hammond, eines Jungen, den Gump in einen Minenstollen geführt hatte, als er, er selbst, auch erst neun gewesen war. Und als sich Davy aus Lannie herausschob, schien ihr Fleisch aufzubrechen, und Davys Augen blickten furchterregend, und noch ehe Dale etwas sagen oder sich bewegen oder wie verrückt lachen konnte, weil er den Verstand verlor,

hatte Davy ihn schon gepackt.

2.

Unten saß Gary Welles an der Bar, und als er den schrillen Schrei aus einem der Zimmer hörte, schüttelte er den Kopf. »So ist es heutzutage eben. Die Leute können sich nicht mehr anständig benehmen«, sagte er. »Niemand, nicht einmal Gott. Wenn Gott anständig wäre, warum hat er dann zugelassen, daß dieser Irre meine Tochter umbringt? Nichts ist mehr anständig.«

Der Barkeeper brachte ihm sein fünftes Bier. »Das war's für heute abend. Wir machen früher zu.«

Die Bar war nicht besonders voll, schon den ganzen Nachmittag und den ganzen Abend. Das freute Gary, denn er mochte es nicht, wenn er keinen Platz mehr an der Theke fand und sich in eine Ecke schleichen mußte, wo er sich dann bis zum Umfallen betrank.

»Das Leben macht auch früh zu.« Gary zeigte auf den Barkeeper. »Du, du glaubst, das Leben wäre großartig, aber warte nur, bis irgendein Arsch deine kleine Tochter umbringt und verrückte Geschichten erzählt, sie würde noch rumlaufen!« Über seine Wangen liefen Tränen, während er redete, und er spürte, wie seine alte Wut wieder hochkam. »Denk doch nur mal, wie dein kleines Mädchen da im Grab liegt, und irgendso'n Junge buddelt sie aus und treibt ihr einen großen Nagel ins Herz und schneidet ihr den Kopf ab. Denk nur mal dran, wie du dich dann fühlen würdest, hä? Und dann, bei Gott, redet er noch über sie, immer und immer wieder, sie würde das sagen und jenes, und daß sie nicht tot wäre, obwohl du weißt, daß er sie auf dem Gewissen hat!«

Dann, leise: »Ich möchte noch ein Budweiser.«

Der Barkeeper hob abwehrend die Hände. »Kann ich nicht machen. Mehr als fünf gibt's heute nicht.«

»Bitte«, wimmerte Gary. Er merkte, wie er noch mehr als sonst im Nacken schwitzte; seine Zunge und seine Lippen waren trocken. Er wußte, wenn er nicht noch ein Bier trinken würde, würde er anfangen zu zittern. So kam es immer. Er konnte sich nicht mehr daran erinnern, wann es angefangen hatte. Vielleicht, als seine Tochter gestorben war, damals, oder vielleicht, als ihn seine Frau verlassen hatte, und dann auch sein Sohn, der sich mitten in der Nacht wie ein Dieb davongestohlen hatte, weil er den Anblick seines Vaters nicht mehr ertragen konnte. *(Das war natürlich auch alles Joe Gardners Schuld.)* Vielleicht hatte es auch schon vorher angefangen, aber das glaubte Gary nicht. Er konnte sich noch sehr gut an alles erinnern, an die Uhrzeit und den Tag, bis hin zu dem Autowrack im Paramount River. Der Anruf. Dale am Telefon: »Gary, ich muß dir etwas über deine Tochter sagen.« Der Rest von dem, was Dale sagte, hätte irgendwelches Kauderwelsch sein können, weil das alles war, was Gary mitbekam. Und dann hatte dieser Junge die Frechheit, bei der Beerdigung aufzutauchen und zu Garys Frau zu gehen und sie zu umarmen, als ob ihm das irgendwas ausmachte.

Später, als er sie ausbuddelte, hatte er nicht mehr geweint.

Als er ihr diesen Riesennagel ins Herz stieß, hatte er nicht geweint.

Vor einigen Leuten müssen selbst die Toten bewahrt werden.

Gary strich sich mit der Hand durch die schmierigen Haare. »Er hätte niemals zurückkommen dürfen.«

Der Barkeeper sagte nichts.

»Komm, willste mir nicht noch ein Bier geben, hä?« Gary schob sich von der Theke zurück, fiel fast hin, schaffte es dann jedoch, sich aufzurichten und den Hocker zu fassen, ehe er auf den Boden knallte. Er mochte es nicht, wenn man ihm das Bier verweigerte; dann mußte er Frankie oder Wilson suchen und um ein Bier schnorren, und das wurde meist ziemlich demütigend. Er fuhr den Barkeeper an: »Vielleicht wär hier mehr los, wenn du etwas freundlicher wärst. Ich hab schon mitbekommen, daß es halbleer ist.«

Der Barkeeper lachte leise vor sich hin. »Komm schon, Gary, ich würde es eher als halbvoll bezeichnen. Was machst du heute abend, Großer?«

»Werde einen Scheißkerl seinem Schicksal zuführen.« Gary machte sich schwerfällig schlurfend davon, hätte gern noch ein Bier gehabt und hoffte, irgendwo draußen in der Nacht noch eins zu bekommen; ein Bier und ein Gewehr und einen Mann, der besser in einem Fluß gestorben wäre, als er noch die Gelegenheit dazu hatte.

3.

Athena Cobb hatte gerade das *Geöffnet*-Schild auf *Geschlossen* umgedreht, als ein Mann vor die Tür ihres Antiquitätenladens trat. Er war vom Regen völlig durchnäßt und fror vermutlich, denn er trug keinen Mantel. Sie zeigte auf das Schild.

Der Mann sagte etwas, was sie nicht richtig verstehen konnte.

Rasch schloß sie die Tür auf.

Als er eintrat, wollte sie ihm sagen, der Laden sei geschlossen, dann bemerkte sie jedoch den Blutfleck auf seinem Hemd – das Blut sickerte durch die regennasse Baumwolle. Die Knie des Mannes zitterten, und er sackte zusammen.

Sie fing ihn auf.

»O mein Gott«, keuchte sie. Er hing schwer in ihren Armen.

Er flüsterte ihr zu: »Kinder.«

Sie konnte ihn nicht länger halten und ließ ihn zu Boden gleiten. Sie bückte sich zu ihm und sah wieder auf, als sie ein Geräusch hörte.

Auf der wegen des Regens dunklen Straße stand ein kleines Mädchen in einem dreckverschmierten Hemd. Im Mund hatte sie etwas, das aussah wie ein Strohhalm.

Ein verrückter Gedanke schoß Athena durch den Kopf: *Das kleine Mädchen hat dem Mann gerade mit dem Strohhalm das Blut ausgesaugt.*

Das war ihr letzter zusammenhängender Gedanke, denn Athena Cobb wußte, ihr Kampf ums Überleben hatte gerade begonnen; ein Kampf, der damit enden würde, daß sich der Strohhalm wie Stahl in ihre Trachea bohrte und sich mehrere Kinder über sie beugten und ihr das Leben aus dem Leib saugten.

4.

Noah Cristman war siebzehn, und die Liebe machte ihn verrückt. Er hat bei Tenley McWhorter zu Hause angerufen, aber niemand ging ans Telefon, was seltsam war.

Gewöhnlich ging Tenleys Mutter an den Apparat und hielt ihm eine Predigt über Gott und Moral – jetzt vermißte er diese Predigt schon fast. Denn Tenley war nicht zur Schule gekommen, und deshalb war er ein halbes Dutzend Mal um ihr Haus herumgefahren. Danach war er, so gegen sechs, zu seinem Kumpel gerauscht, wo ihm aber niemand die Tür aufmachte.

Und das kam ihm dann doch schon ein bißchen unheimlich vor.

Noah mußte Tenley sehen. Er mußte einfach. Würde es keine weitere Stunde ohne sie aushalten. Es gab nur ein Problem: Es war überhaupt nicht erwünscht, wenn er so ohne weiteres bei ihnen klingelte. Mr. McWhorter hatte geschworen, er würde alle Jungen mit der Schrotflinte von seinem Grundstück verjagen. In Colony ging man mit solchen Drohungen nicht leichtfertig um.

Endlich, und schon verdammt frustriert, parkte Noah den Wagen in einer Seitenstraße und schlich sich durch den Garten des Nachbarn auf das Grundstück der McWhorters.

Er wollte schon einen Stein an Tenleys Fenster werfen, überlegte es sich jedoch anders.

Er hatte eine bessere Idee. Denn Noah hatte eine Fähigkeit, die er sogar sich selbst höchst ungern eingestand: Er war ein guter Einbrecher, ein viel zu guter. Er würde sich durch den Keller Einlaß verschaffen, dann die Treppe hochschleichen.

Die McWhorters hatten nur ein einziges, noch dazu winziges Kellerfenster. Als Noah sich davor duckte, war er nicht sicher, ob er hindurchpassen würde. Er nahm einen Stein und schlug die Scheibe ein, dann drückte er die Scherben vorsichtig zur Seite.

Er steckte den Kopf durch, dann die Schulter, die Arme voran.

»Scheiße«, fluchte er leise. Er würde nicht durchpassen. Er wollte sich schon zurückschieben, als jemand seine Arme packte und ihn vorwärts zog.

»Tenley? Bist du's?« fragte er und versuchte, im dunklen Keller etwas zu erkennen.

Er fühlte noch mehr Hände, kleine, wie die von Kindern, und sie alle zerrten an ihm. Er bekam es mit der Angst zu tun, wollte seinen Kopf rausziehen, da berührte etwas sein Gesicht.

Etwas wie eine Feder.

Er machte den Mund auf und wollte schreien, doch etwas aus der Dunkelheit schoß ihm in den Hals und den Ösophagus hinunter.

Sie zogen ihn in den Keller.

5.

Es gab an diesem Abend noch einige solche Ereignisse, die typisch dafür waren, wie der Abstieg der Stadt in die Finsternis begann.

Für andere Leute war es nur ein kalter, verregneter Novemberabend.

Nelda Chambers versuchte, sich in den Schlaf zu weinen,

was unmöglich war, da sie sechs Tassen Kaffee getrunken hatte (in der Absicht, sich mit Koffein umzubringen), nachdem Dale seine Sachen gepackt hatte und aus dem Haus gegangen war.

Einige Familien in der Stadt sahen sich die Wiederholungen der *Cosby Show* an, während die meisten zwischen Connie Chung und Peter Jennings von den Nachrichten hin und her schalteten; Melanie Dahlgren machte auf einem kleinen Orientteppich vor ihrem Kamin Yogaübungen und wartete auf den Besuch ihrer besten Freundin; Abendessen wurde gekocht; Hunde wurden Gassi geführt; der Angel Wing Pub hatte wegen des schlechten Wetters nur wenig Zulauf; an der Oberfläche schien alles so zu sein wie am Abend zuvor, oder wie an jedem verregneten Abend, den die Stadt je erlebt hatte.

Becky O'Keefe, zum Beispiel, fühlte sich beschissen, wie das jeden Abend in diesem Herbst der Fall gewesen war.

KAPITEL 15
Becky fühlt sich beschissen

1.

Becky O'Keefe war in Richmond, Virginia, aufgewachsen, und ihre Eltern waren erst nach Colony, West Virginia, gezogen, als Becky zehn war. Nachdem sie die High-School abgeschlossen hatte, waren ihre Eltern nach Kalifornien gezogen, weil ihr Vater glaubte, im Westen gäbe es mehr Jobs. Becky war in Colony geblieben, zum einen, weil sie sich nicht recht mit Kalifornien anfreunden konnte, und außerdem hatten ihre Eltern kaum genug Geld für sich sebst, geschweige denn für eine erwachsene Tochter. Sie hatte einen Job im Kramladen an der Sodatheke angenommen. Zwei Jahre später hatte sie Homer Petersen geheiratet und als Buchhalterin und Arzthelferin bei Dr. Cobb angefangen. Nach Tads Geburt war sie dann zwei Jahre zu Hause geblieben. Den Job im Angel Wing hatte sie vor sechs Jahren angenommen, als Dr. Cobb die Arbeit in seiner Praxis eingeschränkt hatte. Er konnte sich keine Vollzeitassistentin mehr leisten, weil die meisten Leute sich im Krankenhaus jenseits der Berge medizinisch betreuen ließen.

Mit Ausnahme der Scheidung hatte Becky ziemlich friedlich gelebt, bis zu diesem Tag, an dem ihr Hund tot unten an der Treppe gelegen hatte.

Sie wachte um vier nachmittags aus einem komaähnlichen Schlaf auf und starrte eine Viertelstunde lang an die Decke, bis sie die Kraft zum Aufstehen fand. Sie hatte sich in den Schlaf geweint, weil der Hund ihres Sohnes tot war, und als sie aufwachte, war sie wütend angesichts ihrer Hilflosigkeit gegenüber einer solchen Greueltat. Becky O'Keefe hatte nie geglaubt, sich auf jemand anderen als sich selbst verlassen zu können (ihre Ehe war der beste Beweis dafür), und deshalb war sie nicht überrascht gewesen, als Jud Carey, der einzige verfügbare Repräsentant der hiesigen Polizei, bei ihr vorbeigekommen war, einen Blick auf den Hund und auf die feuchten Fußabdrücke geworfen und schließlich sein Urteil abgegeben hatte: »Dein Hund ist tot.«

Becky hatte ihn gute zehn Sekunden lang angestarrt. Sie hatte bis dahin nie auch nur geahnt, wie blöd Jud Carey wirklich war.

Sie schrie ihn an, bis er das Haus verließ.

Der Hund war tot.

Jemand hatte ihm einen langen Nagel in den Schädel getrieben.

Als Becky am Nachmittag aufwachte, starrte sie an die Decke und dachte darüber nach. Sie wußte, die Bonchance-Jungen, die auf der anderen Seite des Flusses wohnten, waren dazu fähig, Hunde umzubringen – sie hatten bekanntermaßen schon in Häuser und Läden auf der Main Street eingebrochen und waren dabei erwischt worden, wie sie die Katze der alten Risa DeLaMer ersäuft hatten, und zwar aus einer Art perversem Spaß heraus. Becky wünschte, sie könnte ihre Wut an diesen Jungs auslassen und sie erschießen. Aber sie glaubte nicht, daß diese verdrehten Kinder den Hund umgebracht hatten. Die blutigen Fußabdrücke waren die eines kleineren Kindes. *Vielleicht hat jemand anders den Hund getötet, und dann hat ein kleines Kind ihn gefun-*

den und hergebracht. Also, das hört sich ziemlich schwachsinnig an. Sie dachte daran, wie schlecht die Welt war, wie fürchterlich die Menschen sich benahmen, wie sie einem unschuldigen Tier so etwas antun konnten.

Und was sollte sie Tad erzählen? *Irgendein Irrer hat Whitney umgebracht. Irgendein Wahnsinniger hat geglaubt, dieser achtjährige Collie wollte ihn zerreißen, und hat dem armen Whitney einen langen Nagel in den Schädel gebohrt, weil er glaubte, es würde die Stimmen in seinem Kopf zum Verstummen bringen.*

Wie bin ich jetzt darauf gekommen? Stimmen in seinem Kopf. Könnte ja dann nur einer gewesen sein: Joe Gardner, das Funkgerät mit der Frequenz zum Jenseits.

Bei diesem Gedanken wurden ihre Kopfschmerzen wieder schlimmer, und deshalb ging sie ins Badezimmer und nahm ein paar extrastarke Schmerztabletten. *Diese dumme Polizei, diese dummen Leute. Gibt nichts als dumme Leute auf der Welt. Dummer Homer Petersen, mit seinen dummen Zwangsvorstellungen und dummen Geschichten, die ihm dieser dumme Joe Gardner eingeredet hat.*

»Lady«, sagte sie zum Spiegel im Badezimmer, »du siehst schrecklich aus.«

Sie hatte sich nie zuvor so sehr nach einem Bier gesehnt. Sie sah die Falten in ihrem Gesicht, die trockenen Lippen. Sie war seit fast drei Monaten nicht mehr bei den AA-Treffen in Stone Valley gewesen – sie hatte geglaubt, so etwas nicht mehr zu brauchen. Doch der Durst war immer noch da. Er war nach ihrer Scheidung aufgetaucht, wie ein Löwe, der im hohen Gras lauerte und sich vor ihrem Tages-Ich verbarg. Aber in der Nacht, wenn sie Tad zu Bett gebracht hatte und vor dem Fernseher saß, war er dagewesen. Oder wenn sie in der Bar arbeitete und Drinks servierte. Sie sah zu, wie die anderen ihr Bier herunterstürzten, oder Wein, oder Irish Coffee. Der Durst hörte nie auf. Doch sie konnte ihn kontrollieren; sie konnte ihn sicher verstecken, tief in ihrer Seele. Die Treffen hatten ihr sieben Jahre lang geholfen; sie hatte sich vom Dämon Alkohol ferngehalten. (Nur ein einziges Mal hatte sie ihr Gelübde gebrochen, nach ihrer Fehlgeburt. Damals hatte sie eine ganze Flasche Wein allein ausgetrunken. Damals waren sie und Homer noch verheiratet gewesen. Sie hatte an Gott geglaubt, bevor sie das vier Monate alte Kind in ihrer Gebärmutter verloren hatte, und dann hatte sie geglaubt, das sei die Strafe dafür, daß sie ihre Jugend versoffen hatte.)

Aber die AA-Treffen hatten den Durst nie gelöscht. Sie wünschte sich verzweifelt ein Glas Wein. *Nur ein einziges Glas. Nur ein paarmal nippen. Irgendwas, damit ich dieses Gefühl loswerde.*

Sie wartete vor dem Badezimmerspiegel, bis das Gefühl vergangen war.

Nachdem sie geduscht hatte, hörte sie den Anrufbeantworter ab. Eine Nachricht aus dem Pub, die besagte, daß das allnächtliche Pokerspiel heute nach der Arbeit weiterginge. Zwei Nachrichten von Tad, der nur mal kurz Hallo sagen wollte, und daß bei seinem Vater alles in Ordnung sei. Die letzte war von Dr. Cobb.

Alles, was er auf den Anrufbeantworter gesprochen hatte, war: »Rebecca« – er sprach immer so förmlich mit ihr – »ich habe etwas Schreckliches getan. Hier in der Praxis. Etwas wirklich ... Psychotisches ... Ich brauche Hilfe. Bitte kommen Sie vorbei. Rufen Sie nicht an. Ich werde nicht ans Telefon gehen, denn wenn sie herausfinden, was ich getan habe, werden sie mich lynchen.«

2.

»Ich muß in einer Stunde zur Arbeit, Dr. Cobb«, sagte sie, während sie in seine Praxis trat. Der Raum war hell erleuchtet, nicht nur die Neonröhren brannten, sondern jede Lampe im Zimmer. Als sie seine Miene bemerkte, wünschte sie, sie hätte sich nicht so scharf ausgedrückt. »Tut mir leid«, sagte sie.

Virgil Cobb saß auf einem der Stühle im Wartezimmer. »Ich habe den Eltern gesagt, ich hätte sie von einem Krankenwagen nach Stone Valley bringen lassen. Sie waren von der letzten Nacht vollkommen erschöpft und haben es mir abgekauft. Ich habe ihnen gesagt, daß sie ins Koma fallen könnte, wenn sie bewegt würde. Ich habe mir so einen Quatsch ausgedacht, daß Koma-Patienten in den ersten achtundvierzig Stunden nicht gestört werden dürften, weil sie sonst verbluten könnten. Aber das war reine Phantasie, weil sie nicht im Koma liegt und weil sie nicht mal mehr lebt, jedenfalls nicht richtig.«

Becky O'Keefe starrte ihn an, während er weiterplapperte.

Endlich sagte sie: »Was zum Teufel geht hier eigentlich vor?«

Virgil Cobb sah sie traurig an: »Es ist Patty Glass.«

Der Name sagte Becky zuerst nichts. Ihr Verstand arbeitete manchmal wie ein Computer, wenn auch wie ein schlechter. Sie konnte förmlich das Ticken hören, als die Wörter *Patty* und *Glass* durch ihren Kopf rasselten, bis sie das Richtige getroffen hatte. Sie erinnerte sich an ein kleines Mädchen in der dritten Klasse mit langem Haar und den Augen einer Eule.

»Sie ist tot«, sagte Becky ohne Zögern.

»Ich weiß«, sagte Virgil. »Natürlich ist sie das. Natürlich ist sie tot. Natürlich.« Seine Worte endeten in einem lauten Lachen. Während Becky, immer noch im Mantel, vor ihm stand, überlegte sie, ob der Druck, den der Niedergang seiner Praxis auf ihn ausübte, dem Verstand ihres früheren Arbeitgebers geschadet habe. *Vielleicht hätte er einfach in den Ruhestand treten sollen.*

Unwillkürlich ging sie auf den alten Mann zu und legte ihm die Hand auf die Stirn. Die war kalt. Er hörte auf zu lachen und blickte sie statt dessen kalt an.

»Ich verstehe nicht so ganz. Patty Glass ist gestorben, als ich zehn war. Es sei denn, Sie reden von einer anderen Patty Glass.«

Virgil Cobb machte sich nicht die Mühe, ihr noch mehr zu erklären, er stand einfach auf und wischte sich das Gesicht ab, als wäre es dreckig. Er ging ins Untersuchungszimmer. Sie nahm an, sie solle ihm folgen. Seit sie sprechen gelernt hatte, kannte sie Virgil als Dr. Cobb, und sie hatte immer großen Respekt vor ihm gehabt. Doch jeder hatte dann und wann mal einen Zusammenbruch.

Doch immer noch zweifelte sie.

Sie folgte ihm.

3.

Das Zimmer war dunkel. Die Jalousien waren heruntergelassen. Den Umrissen nach, die sie schwach erkennen konnte, war der Raum immer noch so wie damals, als sie für Dr. Cobb gearbeitet hatte: Schaubilder an der Wand, eine Arbeitsplatte und Schränke über die ganze Wand.

Auf dem Untersuchungstisch lag etwas, aber es war zu dunkel, um es zu erkennen.

»Woran glauben Sie, Rebecca?« fragte Virgil.

»An Elektrizität, Dr. Cobb. Könnten Sie nicht ein wenig Licht machen?«

»Noch nicht. Sie sind noch nicht vorbereitet.«

»Okay. Ich glaube an grundlegende Dinge.«

»Sie meinen Gott, Vaterland und all diese Sachen? Was ist mit den weniger grundlegenden Dingen? Was ist mit den Dingen unter dem Bett oder dem seltsamen Licht im Fenster? Was ist mit der anderen Seite?«

»Dr. Cobb, ich weiß nicht ...«

»Die andere Seite, Rebecca. Vielleicht die Toten. Vielleicht die nicht so Toten. Vielleicht eine Spezies, die zwischen den Dimensionen existiert.«

»Sehen Sie«, sagte sie, »ich hatte einen fürchterlichen Morgen, was zum –«, und dann griff sie hinüber zur Wand, fand den Schalter und machte Licht.

Dann geschahen mehrere Dinge gleichzeitig.

Dr. Cobb schüttelte den Kopf, weil sie so ein dummes Kind war und dem Lehrplan vorgriff,

sie bemerkte, daß er sein Untersuchungszimmer, das grün gewesen war, weiß gestrichen hatte;

sie bemerkte das Blut auf einer der weißen Wände;

das Blut in großen Gläsern auf der Arbeitsplatte;

und auf dem Untersuchungstisch die mit Lederbändern gefesselte, enthauptete und ausgeweidete Leiche eines kleinen Mädchens.

Becky O'Keefe war noch nie in ihrem Leben in Ohnmacht

gefallen – sie hatte in betrunkenem Zustand vielleicht schon mal einen Blackout erlebt, ja, aber in Ohnmacht war sie noch nie gefallen.

Aber jetzt sah sie es vor ihren Augen zucken und dachte: *Sehe ich etwa Sterne? Ich sehe zum erstenmal in meinem Leben Sterne.*

Und dann gaben ihre Beine nach, und etwa zum gleichen Zeitpunkt spürte sie ein plötzliches Nachlassen ihrer Kräfte oder sogar einen Abfall ihres Blutzuckers.

Sie hoffte nur noch, sie würde nicht zu hart auf den Boden schlagen.

4.

Sie erwachte und saß in einem Sessel, hinten im Büro. In dem Plüsch- und Ledersessel, in den sie gewöhnlich am späten Nachmittag gesunken war, als sie noch Dr. Cobbs Büroangestellte gewesen war.

Becky rieb sich den Hinterkopf; *keine Beulen.*

Virgil Cobb kannte sie gut genug, um ihr keinen Cognac anzubieten. Anstelle dessen hatte er einen Pfefferminztee gemacht. »Der ist gut, um den Magen zu beruhigen«, sagte er, wobei seine Stimme ein bißchen krächzte, als drohe ihn die Erschöpfung zu übermannen.

»Bin ich froh, daß ich mir nicht den Kopf aufgeschlagen habe«, war alles, was ihr einfiel.

»Ich auch. Ich habe gesehen, wie Sie ganz weiß geworden sind. Ich wußte, Sie würden in Ohnmacht fallen. Ich habe Sie gerade noch rechtzeitig auffangen können. Ich bin nicht mehr ganz so flink wie früher. Hab mir fast den Rücken verrenkt.«

Einen Moment lang hing Schweigen in der Luft. Ein angespanntes Schweigen. Ihr Kopf pochte, doch nicht von der Ohnmacht. Das Zimmer schien sie zu ersticken.

»Sie haben das da drin gemacht? Mit dem Mädchen?« fragte sie und wollte es verstehen. Sie glaube nicht, daß Dr. Cobb eines Mordes oder einer Lüge fähig sei. Wahnsinn war vielleicht etwas anderes.

»Sie war bereits tot, das kann ich Ihnen versprechen. Ich mußte nur eine ambulante Operation vornehmen.«

So ein jämmerlicher und gleichzeitig geschmackloser Scherz sah ihm überhaupt nicht ähnlich. Ihre Alarmglocke, diejenige, die immer losschrillte, wenn Vertrauen und irgendein Mann sich gleichzeitig in ihr Leben mischten, schien ruhig zu bleiben.

Am verrücktesten war, daß sie sich kurz wegen ihrer Arbeit Sorgen machte, so lächerlich das zu diesem Zeitpunkt auch erscheinen mochte. Sie wußte, sie sollte im Pub anrufen und Bescheid sagen, daß sie nicht kommen würde. *»Ach, nur, weil ich ein kleines Mädchen, das zersägt auf dem Tisch des Doktors liegt, gesehen habe, und ich glaube, der Doktor hat heute nacht vielleicht ein bißchen zuviel von seiner Medizin genommen.«*

Sie suchte Virgils Gesicht nach einem Anzeichen von Wahnsinn ab, doch der alte Knabe sah so verdammt gesund aus, als wäre es ein Ding der Unmöglichkeit, daß er dieses Mädchen, das er für die Leiche von Patty Glass hielt, ermordet haben könnte. Die ganze Welt außerhalb der Praxis schien zu verschwinden. »Wie ist das möglich?« brachte sie schließlich nach einem Schluck heißen Tees hervor.

»Gott sei Dank«, sagte er, »Gott sei Dank, daß Sie gekommen sind. Ich dachte, ich wäre verrückt geworden.«

Sie sagte nichts. Sie sah ihn an und nippte an ihrem Tee. Sie war ein wenig überrascht, weil sie nicht um ihr Leben fürchtete. Ihrem Gefühl nach war Dr. Cobb keineswegs verrückt, egal ob ihr Verstand ihr nun diese Möglichkeit vorschlug oder nicht.

»Sie war eine von ihnen«, sagte er. »Sie ist die erste, die ich seit Jahren gesehen habe. Ich dachte, wir hätten es irgendwie aufgehalten. Aber scheinbar habe ich mich getäuscht.«

Dann schwiegen sie beide. Draußen war es inzwischen vollkommen dunkel geworden, bemerkte sie. Es war vielleicht halb sechs. Sie dachte an Tads Hund und an Joe Gardner. Irgendwie verband ihr Verstand alle diese Dinge plötzlich miteinander. Sie sagte: »Sie sind immer wie ein Vater zu mir gewesen, Dr. Cobb.«

Er trommelte mit den Fingern auf den Kaffeetisch, der mit Zeitschriften bedeckt war. »Sie reden, als wäre ich verrückt. Ich werde Ihnen was über Patty Glass erzählen. Sie ist vor über zwanzig Jahren auf der Farm des alten Feely verschwunden. Das wissen wir beide. Die Kinder, die bei ihr waren, haben ausgesagt, sie wäre vermutlich in die alte Zisterne in der Scheune gefallen, aber man hat niemanden darin gefunden. Gestern hat man sie entdeckt. Sie tauchte vor ihrem Elternhaus auf. Sie war stumm und schien niemanden in die Augen sehen zu können. Aber ich habe sie erkannt, Rebecca, ich wußte, sie war auf der Jagd. Ich habe so etwas schon vorher gesehen. Als ich ihr Blut abgenommen habe, hatte sie einige Liter mehr, als ein menschlicher Körper haben kann. Ihr Herz war angeknabbert, wie von Ratten. Sie war noch nicht völlig satt, deshalb hat sie das gemacht.« Virgil Cobb stand auf und zog seine Tweedjacke aus und legte sie ordentlich auf die Armlehne seines Stuhls. Becky sah, wie er zu zittern begann. Dann krempelte er seinen Hemdsärmel auf und hielt den Arm unter eine Tischlampe, damit sie ihn untersuchen konnte.

Sie stand auf und ging zu ihm hin. Sie berührte seinen Arm und drehte ihn leicht.

Ein großer blauer, diamantförmiger Abdruck direkt unterhalb des Bizeps. Der Unterarm war geschwollen. Sie drückte leicht darauf, und Dr. Cobb stöhnte. Ein wenig klare Flüssigkeit trat aus einigen kleinen Wunden seines Unterarms.

»Ich wünschte, ich könnte Ihnen erzählen, es stamme von einem Hund«, sagte Virgil, »oder von einem riesigen Moskito. Tut es aber nicht. Es ist von Patty Glass. Sie hat keineswegs zugebissen. Nicht einfach so wie ein Vampir. Es ging sehr schnell, wie sie es gemacht hat. Es steckte in einer Falte ihrer Haut, nahe am Hals. Wissen Sie, das muß ihre eigene Eintrittswunde gewesen sein. Als sie in den Brunnen bei John Feely gefallen ist, muß das, was auch immer dort unten auf sie gewartet hat, sie zuerst am Hals erwischt haben. Aber eine Schlagader wird auch genügen, schätze ich.«

Becky blickte von seinem Arm auf und schaute ihm ins Gesicht. Er war bleich und hatte Schweißperlen auf der Stirn. Sie merkte, wie es ihr kalt den Rücken hinunterlief. »Ich verstehe nicht«, sagte sie. Ihr Gehirn weigerte sich, weiter wie ein Computer zu funktionieren. Sie fühlte sich, als wäre sie von einem ohnehin schmalen Sims der Vernunft endgültig in die Dimension des Unsinns getreten. Und was am verrücktesten daran war: das alles klang trotzdem irgendwie schlüssig.

Virgil Cobb sah sie an wie ein Kind, das seiner Mutter die Wahrheit sagt und dem man trotzdem nicht glaubt. Er sprach langsam und bedächtig. »Ich habe sie auf den Tisch gelegt und ihre Sehfähigkeit überprüft. Ihre Pupillen weiteten sich, selbst bei extremem Licht, und ich wollte sehen, ob ich dort noch weitere Abnormitäten feststellen konnte. Ich hatte sie bereits gebändigt. Um ehrlich zu sein, ich hatte schon geplant, sie ... nun, Sie haben es ja selbst gesehen. Als ich mich über ihr Gesicht beugte, schienen sich ihre Augen fast in den Schädel zurückzuziehen, wie eine Schnecke, die erschrocken in ihr Haus zurückweicht. Und mein Instinkt hat mir gesagt, da stimmt doch was nicht. Aber es war zu spät.«

Becky betrachtete die purpurfarbenen Schwellungen auf seinem Arm. Sie wurden immer dunkler.

Er keuchte, als er das bemerkte. »Ich sollte mich nicht vorm Tod fürchten. Nicht in meinem Alter. Aber ich tue es trotzdem.«

»Sie werden nicht sterben«, sagte Becky tröstend.

»Nicht im herkömmlichen Sinne, nur, Rebecca«, sagte er und sah durch sie hindurch, als habe sie keinen Körper, als sei er nicht im gleichen Zimmer wie sie, sondern allein in einem dunklen Universum, in dem ihn nichts trösten konnte, außer vielleicht das Echo seiner eigenen Stimme, »ich denke, womöglich bin ich schon tot. Ich denke, auch diese ganze Stadt könnte längst tot sein.«

5.

Becky O'Keefe legte die Arme um Virgil Cobb und drückte ihn fest. Sie schloß die Augen. Es war seltsam tröstlich, diesen Mann im Arm zu halten und nichts zu sehen. Seine Arme hingen schlaff an der Seite herunter, als ob sie nicht wüßten, wie man ein anderes menschliches Wesen umarmt.

Als sie sich schließlich von ihm löste, sagte sie: »Ich weiß nicht, was das alles wirklich zu bedeuten hat, Virgil« – und benutzte zum erstenmal im Leben seinen Vornamen – »ich weiß nur, daß nebenan eine verstümmelte Leiche liegt. Ich weiß, wie freundlich Sie immer zu mir gewesen sind. Ich denke, Sie sind ein sehr guter Freund. Also werde ich Ihnen bereitwillig zuhören, egal, was Sie mir zu erzählen haben. Bitte, erklären Sie mir das alles so, daß ich es verstehen kann. Denn bislang habe ich noch gar nichts verstanden. Ich kann noch nicht mal ahnen, was Sie mir sagen wollen.«

Virgil Cobb begann mit einer anderen Geschichte, die nicht von Patty Glass handelte, sondern von etwas, das Jahre, bevor Patty oder Rebecca O'Keefe das Licht der Welt erblickt hatten, geschehen war.

Eine Geschichte aus der alten Zeit, aus den frühen Tagen von Colony, als der Sommer ewig zu dauern schien, als es für immer grün war, als das Wasser des Flusses so sauber gewesen war, daß man nicht nur darin schwimmen, sondern es auch trinken konnte, als die Welt noch kleiner und Colony größer gewesen war, aus der Zeit, als ein alter Mann namens Virgil Cobb sechzehn Jahre alt war und seinen vierzehn Jahre alten Bruder anstachelte, sich auf eine bestimmte Veranda eines bestimmten Hauses zu wagen.

6.

Virgils Geschichte

Mein Bruder war immer so lebendig, rannte und hüpfte ständig herum und schlug Rad. Ich dachte, er würde nie damit aufhören. Er war ein schrecklicher kleiner Bruder, Eugene, mit seinem irisch-roten Haar, das er von unserer Mutter geerbt hatte, und seinem Grinsen, wie das eines Teufels auf Urlaub. Es war 1937, und in vielerlei Hinsicht hatte uns die Weltwirtschaftskrise in Colony nicht wirklich getroffen, denn wir waren alle genauso arm, wie wir es heute sind. Mein Vater hatte möglicherweise von allen Leuten der Stadt am meisten zu tun, er war auch Arzt und hatte seine Praxis dort, wo meine Nichte heute ihren Laden hat. Deshalb hatten wir immer genug zu essen auf dem Tisch, das stimmt. Und mein Freund Winston und ich bekamen immer Ärger, gewöhnlich mit Eugene, dem liebevollsten Bruder, den ein Junge überhaupt haben konnte. Ich erinnere mich daran, wie wir drei einmal große Steine von der Mine durch die ganze Stadt geschleppt und sie mitten auf der Maple Street ausgelegt haben. Es war Spätsommer. Wir haben die Steine mit Mais abgedeckt, der noch nicht reif war, und dann sind wir rauf zu Winston gegangen und haben gewartet, ob jemand durch den Haufen fahren würde. Die meisten Leute haben es gemerkt und sind drumrum gefahren. Aber der Prediger, ein Idiot namens Lee von jenseits der Berge, fuhr mit seinem großen, glänzenden schwarzen Cadillac genau in der Mitte der Straße. Er muß gedacht haben, der Mais werde zur Seite fliegen, also ist er auf die Steine gefahren, und der Motor ist ihm aus dem Wagen gebrochen. Wir haben uns totgelacht und dann versteckt, weil wir wußten, sie würden uns das Fell über die Ohren ziehen.

Aber Eugene hat es verraten. Nicht uns, sondern nur sich selbst. Der Prediger wurde fuchsteufelswild, und als sich Eugene ihm als Missetäter präsentierte, wurde mein kleiner Bruder gleich an Ort und Stelle auf der Maple Street verdroschen.

Ich fühlte mich deswegen die ganzen nächsten Monate schuldig.

Ich wollte nur, daß Sie wissen, was für ein Kerl Eugene war. Auch wenn er jünger war als ich, übernahm er doch die Verantwortung. Er ließ sich an meiner Stelle bestrafen.

Und dann haben wir ihn dazu angestiftet. Ich weiß nicht mehr, welcher Monat dieses Sommers es war, ich weiß nur noch, es war heiß wie in der Hölle. Wir liefen meist ohne Hemd rum, was meine Mutter flegelhaft fand und mein Vater als ungesund bezeichnete – die Moskitos waren damals geradezu tollwütig, und ich war an Rücken und Schultern von Stichen übersät. Winston schleppte uns zum Anwesen der Feelys. Selbst damals wurde John Feely schon der Alte genannt, und er war vermutlich kaum älter als wir. Doch sein Vater war vor zwei Jahren gestorben, und seine Mutter war invalide, und dann mußten die drei Schwestern auch noch durchgefüttert werden. John hatte also den Platz des Familienoberhaupts eingenommen. Früher war er manchmal mit uns losgezogen. Nur, als er sich dann allein um die Farm kümmern mußte, wurde er einsiedlerisch und rief uns Bibelsprüche zu, sobald er uns zu sehen bekam. Er nannte uns Sünder und so, und schließlich waren wir es leid. Wir warfen Eier gegen sein Haus. Und John Feely, der verdammte Kerl, wusch diese verdammten Eier nie ab – sie blieben für Wochen dort und zogen die Fliegen an. Die Leute in der Stadt erzählten seltsame Dinge über John; angeblich ging er immer auf den Watch Hill und hämmerte Kreuze in den Boden, selbst dort, wo keine Gräber waren. Man sagte, er würde nachts rumlaufen, in den menschenleeren Straßen der Stadt. Ein komischer Vogel. Also beschlossen Winston und ich, eines Nachts in sein Haus einzubrechen, während er draußen war. Wir wollten natürlich nichts Schlimmes anstellen – wissen Sie, damals ließen die Leute ihre Türen immer unverschlossen. Manchmal ließen sie sie sogar sperrangelweit offenstehen.

Also zerrten wir Eugene mit uns, und er erklärte uns die ganze Zeit, daß es falsch sei, schüttelte den Kopf und benahm sich wie ein Stinktier. Aber wir erzählten ihm etwas über das Diebesgut von John Feely. Winston fing damit an. Er konnte schon immer besser reden als ich, und er hatte jede Menge Science-fiction gelesen, Jules Verne und H. G. Welles und all dieses Zeug. Winston überzeugte meinen Bruder, daß John Feely einen alten Steinengel vom Watch Hill geklaut hätte, den, der am Eingang gestanden hatte. Und was für eine frevelhafte Tat das wäre, und wie richtig es wäre, ihn einfach wieder zurückzustehlen.

Ich wußte nicht, daß Winston die Wahrheit sagte.

Jedenfalls stellte sich raus, daß Winston John Feely beobachtet hatte, wie er das Ding eines Morgens um fünf in der Früh gestohlen hatte. Winston hatte aus seinem Fenster geguckt und John die Maple Street damit runtergehen sehen.

Also, es war vielleicht zehn Minuten vor Mitternacht, und wir starrten alle drei auf das alte Farmhaus. Unsere Eltern hätten uns bei lebendigem Leib gehäutet, wenn sie gewußt hätten, daß wir uns so spät noch draußen rumtrieben.

Und dann guckt Winston mich und meinen Bruder an und meint: »Ich wette, ihr beiden habt zuviel Muffe, da rein zu gehen.«

Um die Wahrheit zu sagen, hatte ich wirklich gewaltige Angst. Ich weiß nicht, was es war, aber irgend etwas am Anwesen der Feelys machte mir angst. Obwohl der Verstand es vielleicht nicht registriert, sehen unsere Augen manchmal etwas, ohne es wirklich zu verstehen. Irgendwie ist es der Ruf des Erhabenen. Das glaube ich jedenfalls damals gefühlt zu haben. Sie mögen es erhöhte Wachsamkeit nennen, aber ich war, als ich mir das alte Farmhaus anguckte, überzeugt, daß es irgendwie lebte und geheimnisvolle Kräfte hatte.

Und es ließ mir in einer der heißesten Sommernächte das Blut gefrieren.

Aber Eugene hat so etwas nicht gespürt, nehme ich an. Er nahm die Herausforderung an. Er wartete kaum mehr eine Minute lang, ehe er sich zur vorderen Veranda aufmachte und die Tür probierte.

Und seltsamerweise war sie abgeschlossen.

Eugene ging zu den Fenstern und spähte hinein.

Eines der Fenster, ein kleines, war auffällig erleuchtet.

Ich wollte ihn gerade zurückrufen.

Aber er hatte etwas in dem Fenster gesehen. Ich weiß nicht, was.

Als er einige Minuten später, nachdem wir wieder zu Hause waren, vor mir stand, blieb mir die Luft bei seinem Anblick weg. Er fragte mich, was los sei. Ich konnte nur sagen: »Dein Haar.«

Sein Haar, sein feuerrotes Haar, war vollkommen weiß geworden.

»Es ist wegen dem, was ich gesehen habe«, sagte er, und dann spürte ich es. Ich spürte, daß mein Bruder irgendwie ein Geist geworden war, auch wenn er nicht gestorben war.

Nun, ich glaubte ihm damals nicht. Sie werden es mir auch nicht glauben, wenn ich es Ihnen erzähle. Eugene sagte, er habe etwas gesehen, was John Feelys alter Mutter sehr ähnlich sah und von Kerzen umgeben am Fenster stand. Sie habe Eugene geradewegs angestarrt, obwohl er sicher war, sie hätte ihn gar nicht sehen können, da er doch im Dunkeln stand.

Und dann hätte sie die Hände zu beiden Seiten der Augen an den Kopf gelegt und angefangen, sich das Fleisch von den Knochen zu ziehen, so wie unsere Mutter Hühnern immer die Haut abgezogen hat.

In dieser Nacht konnte ich nicht schlafen, und ich sagte ihm, wir würden nie wieder zum Anwesen der Feelys gehen.

Doch anscheinend will man, wenn man sie einmal gesehen hat, immer wieder zu ihnen zurückkehren. Es ist eine der Kräfte, die sie haben. Sie sind so ähnlich wie eine Gorgo. Man wird von ihnen in Stein verwandelt, machtlos dagegen. Man bietet sich ihnen an, ohne es wirklich zu merken.

Und am nächsten Morgen war mein Bruder Eugene verschwunden.

Es dauerte fünf Wochen, ehe ich John Feely zur Rede stellte. Ich war mir sicher, Eugene sei etwas Geheimnisvollem verfallen, das er im Fenster gesehen hatte. Ich mußte John anschreien, damit ich überhaupt eine Antwort bekam. Als er mich bemerkte, nickte er, als würde er eine Frage beantworten, die er sich selbst gestellt hatte.

John Feely sah mich traurig an, und er hatte Erbarmen mit mir.

Er sagte mir, ich sollte vor der Dämmerung zu ihm kommen, und dann würde ich meinen Bruder sehen.

Ich überwand meine Angst vor Johns Haus, weil die Sehnsucht nach meinem Bruder größer war. Und auch meine Neugier. Ich war wach, noch ehe die Sonne aufgegangen war, und fuhr mit dem Fahrrad zu dem verfluchten Haus hinaus. John begrüßte mich. Er führte mich in das Zimmer, in dem mein Bruder diese schreckliche Vision gehabt hatte.

In dem Zimmer gab es einen Schrank, der sich in einer Ecke seltsam vom Boden erhob. Dieser Schrank war mit Votivkerzen und jeder Art religiöser Zeichen – aus Gold, aus Messing oder aus Stroh – umgeben, und an die Wand war mit Kreide sogar ein Davidsstern gezeichnet; dazu kam das ostasiatische Yin-Yang-Symbol und sogar das ägyptische Henkelkreuz. Ich war überrascht, weil ein Mann wie John Feely, den ich für wenig gebildet hielt, solche Dinge kannte, aber es stellte sich heraus, daß er sich viel angelesen hatte. Seine Bibliothek war ebenso riesig wie exotisch. Er erzählte mir die Geschichte von einem von Gottes Engeln, der an diesen Ort verbannt worden und von Johns eigenem Urgroßvater, einem radikalen Mennonitenprediger, in Ketten gelegt worden war. Der Teufel, sagte John, lebe immer noch unten in seinem Grab und habe Colony bereits mehr als einmal in der kurzen Geschichte der Stadt heimgesucht.

Ich war ungeduldig. Ich wollte etwas über meinen Bruder erfahren.

John Feely sagte zu mir: »Deinem Bruder ist etwas zugestoßen, und ich fürchte, es war meine Schuld.«

Es schien, als habe seine Mutter aus Neugier gerade in dieser Nacht, als Eugene sie gesehen hatte, die Kreuze entfernt und sei hinunter in die Höhle gestiegen.

Der Teufel war in Gestalt von Johns Mutter aufgestiegen und hatte Eugene mit seinen Kräften versucht. Eugene war in jener Nacht zurückgekehrt, ehe John das Gleichgewicht hatte wieder herstellen können.

Und wollen Sie noch etwas wissen? Ich glaubte jedes Wort. Ich hätte schwören können, John Feely glaubte es auch, und ich konnte aus seinen Worten das Leiden und die Trauer um den Verlust seiner Mutter heraushören.

»Wie konnte die Kreatur denn entkommen, wenn sie angekettet ist?«

Und noch ehe John Feely antworten konnte, hörte ich meinen Bruder auf der anderen Seite des verschlossenen Wandschranks. Ich rang mit John, um an die Tür zu kommen, das Schloß zu entfernen und die Kreuze fortzureißen, die davor hingen, doch irgend etwas in mir hielt mich schließlich zurück. Denn während mein Bruder mir zuschrie, ich sollte die Tür öffnen, erkannte ich, daß er nicht mehr Eugene sein konnte.

Mein Bruder hätte nicht eine Sprache wie diese Kreatur benutzen und auch nicht diese Geräusche, die ich hörte, machen können.

Die Geräusche waren nicht menschlich.

John Feely sagte, ich dürfte dem Teufel nicht zu lange zuhören, denn sonst würde er in meinen Körper fahren.

Dann zeigte er mir, was er gemacht hatte, damit er den Teufel unten nicht hören konnte.

Er hatte seine beiden Trommelfelle durchstochen.

Er hatte nichts von dem gehört, was ich zu ihm gesagt hatte.

Ich konnte nicht länger dableiben. Ich rannte hinaus in die Dämmerung, nach Hause, zu meinem sicheren Bett, und ich habe diese Geschichte niemals jemandem erzählt, außer Winston Alden.

Und jetzt Ihnen.

7.

Virgil Cobb forschte in Beckys Augen nach einem Anzeichen dafür, ob sie ihm glaubte.

Sie konnte seinem Blick nicht standhalten. Sie sah zu Boden, war vollkommen in der Welt dieser Geschichte gefangen.

»Und das, was unter dem Haus der Feelys lebt, das, was in den Körper meines Bruder und auch in den von Patty Glass gefahren ist«, sagte er, »hat irgendwie eine Möglichkeit gefunden herauszukommen. Das kann nur eins bedeuten.«

»Der alte Feely ist tot.« Becky hatte sich vollständig in der Geschichte verloren, die Dr. Cobb ihr erzählt hatte.

»Das stimmt.«

»Aber ich versteh noch immer nicht, was es ist. Ein Teufel?«

»So etwas Ähnliches. In alten Zeiten nannte man es den Unaussprechlichen.«

»Nichts ist unaussprechlich.«

»Sie haben es noch nicht gesehen.«

Sie hielt die Luft an. »Sie denn?«

8.

Virgils Geschichte

Es war fast einen Monat später bei Vollmond. Ich hatte mitansehen müssen, wie meine Eltern den Verlust ihres jüngsten Sohnes betrauerten, während ich mich jeden Tag schuldiger fühlte. Dennoch hatte ich John Feely geschworen, niemandem ein Wort zu verraten. Er sagte mir, mein Bruder sei in dem Moment verloren gewesen, als er diese Kreatur erblickt hatte, und ich glaubte ihm.

Dann, eines Nachts, hörte ich, wie es an meinem Fenster klopfte. Mein Zimmer lag im zweiten Stock meines Elternhauses. Ich dachte, Winston wäre unten und würde Steinchen an mein Fenster werfen.

Doch statt dessen entdeckte ich, als ich aus dem Fenster

blickte, gegenüber in der großen alten Eiche etwas, das genauso aussah wie mein Bruder. Es trug denselben Overall, in dem ich ihn zuletzt gesehen hatte.

Er saß im Baum, dachte ich zunächst. Doch während ich ihn mit kalter Angst beobachtete, bemerkte ich, daß er keinesfalls saß. Eugene stand auch nicht. Ich glaubte, er schwebe in der Luft.

Und dann sah ich es, im Mondlicht, das seine Strahlen in die Schatten zwischen dem Laub und den Zweigen warf: Etwas kam aus seiner Wirbelsäule heraus und hielt ihn am Baum fest. Es sah aus wie die dünnen, gebogenen Beine einer Krabbe, so etwa jedenfalls. Oder wie Fühler. Aus seinem Rücken ragte etwas Antennenartiges.

Ich biß mir auf die Wange, um zu testen, ob ich träumte.

Eugene sprach durch das offene Fenster zu mir. Er sagte: »Warum hast du mich dort alleingelassen? Warum hast du mich nicht beschützt, Virg? Warum hast du es mich kriegen lassen?«

Und dann stürzte er in die Dunkelheit, wo ich ihn nicht mehr sehen konnte.

Erst später hörte ich etwas über zwei Kinder, die von zu Hause verschleppt worden waren, ein Junge und ein Mädchen aus der Nachbarschaft. Man fand sie in der Nähe des Flusses, und ihre Leichen waren zerrissen und blutleer.

Ich ging zu John Feely, und er nahm mich mit auf den Watch Hill, wo er mir zeigte, wie sie aus manchen Gräbern stiegen, wie sie die ohne Kreuze als Ausgang benutzten.

Ich hatte dieses Buch von Bram Stoker, *Dracula,* von meinem Onkel stibitzt. Aus der Leihbücherei war es schon vor zwanzig Jahren verbannt worden. Ich wußte einiges über Wesen, die Blut saugten. Ich schrieb vor John in die Erde: »Vampire?«

Er strich das Wort aus.

John Feely hatte den Begriff noch nie gehört. Er sah mich an und sagte: »Engel des Abgrunds. Abaddon.«

An jenem Tag durchsuchten wir den ganzen Watch Hill nach dem Grab, durch das das Wesen herausgekommen war.

Als wir ein frisch ausgehobenes, aber noch leeres Grab fanden, ließ John Feely einige Kreuze hineinfallen und überdeckte sie mit einer dünnen Schicht Erde.

Erst im Winter wurde wieder ein Grab ausgehoben, und da sah ich meinen Bruder wieder und verfolgte ihn bei Anbruch der Dämmerung über schneebedecktes Gelände, um ihn zu fangen. Winston war bei mir, er war vorgegangen (er glaubte mir alles, er glaubte sowieso immer alles) und hatte etliche Kreuze auf den Boden um das Grab herum gezeichnet.

Ich jagte meinen Bruder mit einem Kruzifix, welches ich unter meinem Bett versteckt hielt – ich hatte es mir in St. Andrews geborgt.

Als mein Bruder an dem Grab ankam und die Kreuze sah, blieb er abrupt stehen.

Er schien zu gefrieren. Er starrte die Kreuze an, während die Sonne im Osten aufging. Zuerst war es nur ein purpurnes Licht. Ein schwaches Licht.

Winston und ich konnten ihn einholen.

Wir hielten unsere Ausrüstung bereit. Wir wußten jetzt, daß wir es mit einem Vampir zu tun hatten.

Es war leicht. Er starrte einfach nur auf die Kreuze auf dem Boden, wie ein Vogel, den eine Kobra hypnotisiert. Es war das Seltsamste, das ich je gesehen habe.

Eugene starrte immer noch auf den Boden, als ich ihm den Pflock, den ich angespitzt hatte, an die Brust setzte.

Und dann konnte ich es nicht tun. Ich fing an wie ein Kleinkind zu brüllen. Plötzlich, als es hell wurde, konnte ich nicht mehr glauben, daß mein Bruder ein Monster wäre. Ich glaubte es nicht.

Ich begann, die Kreuze mit den Füßen auszuradieren. Irgend etwas zwang mich dazu, und ich erinnerte mich, wie sehr ich meinen Bruder geliebt hatte, wie ich ihn beschützt hatte, daß ich ihm nie auf irgendeine Art hatte weh tun wollen.

Und als ich mich umdrehte, schrie Winston auf.

Eugene hatte meinen Freund mit einer Hand gepackt und hielt ihn, als wäre er ein Hühnchen, dem man den Hals umdrehen will.

Unter der Gesichtshaut meines Bruders wölbte sich etwas, und ich erinnerte mich daran, wie sich Mrs. Feely in Eugenes Vision das Fleisch vom Gesicht gezogen hatte. Aus Eugenes linkem Auge kam etwas heraus.

Ich wartete nicht ab, in was sich Eugene verwandeln würde.

Ich nahm den Pflock, sprang auf ihn zu und stach immer und immer wieder auf ihn ein, stets in Herznähe, bis ich sicher war, daß es aufgehört hatte.

Ich saß auf seinem Körper im blutigen Schnee. Winston, den ich gerettet hatte, half mir beim Rest der Prozedur.

Als wir fertig waren, als wir das beendet hatten, von dem wir wußten, daß man es mit Vampiren tun mußte, brachten wir ihn zum Fluß und schlugen ein Loch ins Eis. Dort tauchten wir seine Leiche hinein. Wir warteten wochenlang nur darauf, daß jemand über sie stolperte; im folgenden Sommer war der Wasserstand zwar niedrig, doch seine Leiche wurde nie gefunden.

Ich habe seitdem nie wieder mit John Feely gesprochen,

und ich sage Ihnen, obwohl fünfzig Jahre seit jenem Tag vergangen sind, ist meine Erinnerung daran noch so frisch, als wäre es gestern geschehen. Sie mögen sich fragen, wieso ich danach nicht durchgedreht bin.

Ich werde es Ihnen erzählen.

Ich habe weiter nach ihnen Ausschau gehalten. Wir beide, Winston und ich. Wir hatten das leise Gefühl, sie müßten zumindest noch einmal wiederkommen, doch irgendwie hatte John Feely sie unter Verschluß gehalten.

Aber wann immer ein Kind verschwindet, läuft es mir kalt den Rücken hinunter, weil dieses Ding es haben könnte. Dieses Ding, das unter der Erde lebt, auf der wir gehen, und das einen Weg aus seinem Gefängnis sucht. Ich denke, es benutzt Kinder, weil es ihren Glauben braucht. Wenn man älter wird, verliert man seinen Glauben, manchmal sogar den an Gott. Doch Kinder glauben an alles mögliche, und es frißt ihren Glauben genauso wie ihre Körper und ihre Seelen.

9.

Es war knapp sechs Uhr abends, als Virgil Cobb seine Geschichte beendete. Er kam Becky nicht mehr wie der Arzt vor, den sie kannte, sondern wie ein alter, gebrochener Mann, der in seinem Leben einen langen Weg gegangen ist und sich nun vor Geistern und Kobolden fürchtet. Teile von Virgils Geschichte glaubte sie, zumindest so weit, wie er sie selbst glaubte, aber sie wußte, er war nicht gesund. Was er erzählte, hatte keine Grundlage. Becky glaubte eigentlich an nichts so richtig, obwohl sie zu ihrer protestantischen Erziehung stand – zu dem Teil, in dem Gott nicht direkt eine Rolle spielte. Sie stand zu der Moral und zu den Regeln und zu den Ritualen, die sie noch aus der Kindheit von der Kirche her kannte; das übernatürliche Element akzeptierte sie jedoch keinesfalls. Sie glaubte daran, daß Menschen Fehler machten und daß es vielleicht eine karmische Schuld gab, doch die hatte eher rasche und effektive Auswirkungen: *Du betrügst deinen Mann, du wirst geschieden, du belügst einen Freund, du verlierst deinen Freund.* Sie verstand Virgil Cobbs Erzählung als eine Art Metapher über den Verlust seines Bruders. Er glaubte wirklich, daß sein Bruder so etwas wie ein Vampir gewesen sei. Dann ging ihr ein beunruhigender Gedanke durch den Kopf: *Wenn er mir nicht die Wahrheit sagt, wenn er unter Wahnvorstellungen leidet, dann ist das kleine Mädchen im Untersuchungszimmer nicht Patty Glass, natürlich, du gutgläubige Idiotin, dann ist sie ein armes Mädchen, das Virgil aus irgendeinem Grab ausgebuddelt und verstümmelt hat. Oder noch schlimmer, sie hat noch gelebt, als er die Operation an ihr vorgenommen hat.*

Sie wollte ihm glauben, weil er ihr Vertrauen nie enttäuscht hatte. Er hatte geholfen, als sie noch ein Teenager und ihr Vater dem Alkohol verfallen war, und später hatte er sie sogar bei sich eingestellt. Für die Scheidung hatte er ihr einen billigen Anwalt drüben in Stone Valley verschafft. Sie wollte ihm glauben. Aber sie konnte nicht. Etwas in ihr rebellierte dagegen.

Ihr blieb nur ein verzweifelter Gedanke: Sie hatte im besten Fall einem Leichenschänder, im schlimmsten einem Mörder und Psychopathen zugehört.

Sie mochte ihn immer noch. Sie nahm seine Hand. Seine Hand war kalt.

Draußen begann es zu regnen. Sie hörte, wie Wind aufkam, und dann trommelte der Regen auf die Dachziegel.

»Sie müssen müde sein«, sagte sie. »Legen Sie sich doch erst mal hin. Wir können den Rest morgen früh erledigen.«

»Ich bin wirklich sehr müde«, gab Virgil zurück. »Müder, als Sie sich vorstellen können. Danke, daß Sie mir glauben.«

Sie konnte ihm nicht in die Augen sehen.

Zumindest nicht, bis sie den Schrei aus dem Nebenzimmer hörten.

Aus dem Untersuchungszimmer.

Den Schrei eines jungen Mädchens, der sich, während der Regen langsam nachließ, in ein Klagen verwandelte.

Virgil sagte: »Was auch immer Sie tun, Sie dürfen nicht in dieses Zimmer zurückgehen. Es ist jetzt Nacht. Das Mädchen hört seinen Meister, wie sein eigenes Herz, das unter dem Haus schlägt, in dem Boden, auf dem wir leben.«

Er krempelte den Ärmel runter, um den Biß an seinem Unterarm zu verbergen. »Ich schätzte, ich bin es, den es erwischen soll, Rebecca.«

Als wäre es die wichtigste Sache der Welt (und sie wußte im selben Moment, wie lächerlich es war), sagte sie: »Nennen Sie mich Becky, Virgil.«

»Becky« – er sprach leiser, als das Kind einen Augenblick lang zu jammern aufhörte – »ich habe Sie angerufen, weil Sie die einzige Person sind, die klug und gleichzeitig vertrauenswürdig genug ist, um mir zu helfen. Ich fürchte, meinen Freund Winston haben sie bereits erwischt. Ich fürchte, andere auch. Ich weiß nicht, wen. Ich weiß nur, es läuft frei in dieser Stadt herum. Sie können davonlaufen, wenn Sie wollen. Für mich ist es zu spät. Ich denke, noch bevor die Sonne morgen wieder aufgeht, werde ich tot sein, und dann wird es mich für immer haben. Ich möchte, daß Sie fliehen. Ich möchte, daß Sie sich in Sicherheit bringen.«

»Ich kann das alles immer noch nicht glauben«, sagte sie und wägte ihre Worte vorsichtig ab. »Warum sollte es gerade jetzt passieren? Warum jetzt?«

Virgil schüttelte den Kopf. »Ich weiß es nicht. Als ich jung war, war es, als drängte es sich tropfenweise heraus. Es war, als würden wir ihm durch das bloße Anschauen eine Art Macht geben. Vielleicht hat ihm wieder jemand diese Macht gegeben, was immer es auch sein mag.«

»Ich wünschte, die Dinge wären wieder so, wie sie vor Ihrem Anruf waren.« Sie sagte das so, als wäre sie das Problem mit Virgil und dem Mädchen im Zimmer nebenan bereits wieder los.

»Ich verstehe. Sie gehen jetzt und holen Ihren Jungen und jeden, den Sie lieben, und Sie fliehen, Becky. Ich verstehe ganz und gar.« Er nickte.

»Nein.« Sie schüttelte den Kopf. »Das kann ich nicht. Jemand hat heute morgen den Hund meines Sohns getötet. Ich weiß nicht, wer. Sie haben ihm einen langen Nagel direkt in den Schädel getrieben. Ich dachte da, es müsse irgendein sadistischer Jugendlicher gewesen sein. Aber die Fußabdrücke. Blutige Fußabdrücke, so winzig und zart. Wie die eines kleinen Mädchens. Glauben Sie, es sind noch andere Kinder unterwegs?«

»Ich weiß es nicht. Wenn John Feely letzte Nacht erledigt worden ist, kann dieses Ding inzwischen jede Menge Leute erwischt haben.«

»Dann kann ich nicht einfach verschwinden. Ich muß zu Tad gehen, und dann ist da noch Homer – ich kann ihn doch nicht im Stich lassen. Und dann noch Mary Beth Frederick, meine beste Freundin. Und mein Chef, Lou. Wie kann ich sie alle diesem Ding überlassen?« Sie schlug die Hände vors Gesicht. »Ich fühle mich, als hätten wir bereits verloren.«

Der Regen wurde wieder heftiger und lauter.

Denk nicht an das Mädchen im Zimmer nebenan. Denk nicht daran, was wir ihr antun mußten.

Minuten verstrichen.

Becky fühlte sich wie auf der Stelle angewurzelt.

Dann ging die Tür zum Untersuchungszimmer knarrend auf, und ehe sich Becky umdrehen konnte, sah sie es in Virgil Cobbs Augen, der beobachtete, was durch die Tür kam – es war weniger Schrecken, sondern ein Ausdruck absoluter Leere, so daß sie für einen Moment glaubte, Virgil steckte nicht länger in seinem Körper, wäre längst gestorben und hätte nur eine Hülle hinterlassen, die weiterhin zuckte.

Becky drehte sich zu der offenen Tür um.

KAPITEL 16
Pattys Blut

1.

Was durch die Tür zu Virgil Cobbs Untersuchungszimmer hereinkam, ging nicht auf dem Boden, sondern kroch oben über den Türrahmen die Decke entlang. Das Licht der Halogenlampe warf seine Strahlen auf dieses Ding, das sich zunächst vorwärtswälzte, als wäre es eine zähe Flüssigkeit, die auf der Decke vergossen worden war. Aber es war ein Körper, ein kleiner Körper, der sich bewegte und nach den Dämmplatten der Decke griff.

Virgil Cobb hätte Schwierigkeiten gehabt, es später zu beschreiben, denn obwohl es menschlich schien, vielleicht ein Kind, hatte es keine Haut. Und genausowenig schien es einen Kopf zu haben. Statt dessen bestand es aus Arterien und Muskeln und gelbem Fett, als wäre der Körper des Kindes irgendwie von innen nach außen gekehrt worden. Es besaß auch noch andere Züge, doch zwischen seinen Augen und dem Gehirn konnte Virgil die verschiedenen Formen, die aus der Wirbelsäule hervorbrachen, nicht genau erkennen; sein Verstand schien zu rasen und war offensichtlich unfähig zu verarbeiten, was er sah. Einen Moment lang dachte er, er hätte wieder das Kind vor Augen, Patty Glass, sogar ihr Gesicht; und dann war es eine Art Tier, ein blutiger Dachs; und dann bekam es etwas Geometrisches, wie eine kriechende Kristallanordnung.

Wie eine Spinne krabbelte es vorwärts und machte über Beckys Kopf einen Augenblick lang halt.

Virgil wollte ihr sagen, sie solle gehen, sie solle wegrennen, doch er konnte seinen Mund nicht schnell genug öffnen.

Sie schien von dem Wesen hypnotisiert zu sein.

Und dann fiel es herunter.

Und auf Becky regnete ein Schauer Blut hinab.

2.

Becky war nicht mehr in Dr. Cobbs Wartezimmer, sondern an *einem dunklen Ort. Sie hatte die Arme vor der Brust verschränkt. Sie konnte kaum atmen, und als sie versuchte, sich zu bewegen, fühlte sie sich, als wäre sie angekettet. Sie verspannte sich und wollte die Muskeln bewegen, aber nichts gab nach –*

und dann hörte sie die Stimme ihres Großvaters, der ihr ins Ohr flüsterte: »Komm zu uns, Becky, endlich bist du gekommen.«

»Grandpa, wo bin ich?« fragte sie.

»Du bist gestorben, Kleine. Jetzt bist du bei uns, bist eine von uns.«

Durch eine Ecke der Kiste, in der sie lag, fiel ein Lichtstrahl herein, und sie erkannte, daß es nicht eine einfache Schachtel war, sondern ein Sarg, und die Leute, die den Deckel des Sargs abnahmen, waren nicht einfach irgendwelche Leute aus der Stadt –

da war Billy Hoskins, der stand am Fußende des Sargs und gackerte und tanzte herum wie ein Affe –

Tommy Masello, der gestorben war, als ihn sein Vater vor

drei Jahren auf einem Jagdausflug versehentlich für ein Stück Wild gehalten hatte –

Linda Marrow, die im Tode schöner wirkte, als sie in ihrem kurzen, siebenjährigen Leben gewesen war, mit ihren dünnen blonden Haaren, die mit verdorrten Rosen geschmückt waren –

Deke Hunt, der vom Elf-Uhr-Zug überfahren worden war, der einen Teil von ihm bis nach New Orleans hinunter mitgeschleift hatte; er griff mit seinen schlenkernden Armen und faßte sie bei den Knöcheln und zog –

Und über ihr Grandpa und Grandma O'Keefe, deren Haut trocken wie Leder war und an ihren Knochen und Schädeln hing, Grandma mit ihrem dünnen weißen Haar, lang bis zu den Ellbogen – auf dem Arm hatte sie ihren Spielzeugpudel, Buffy, dessen Augenhöhlen leer und dessen Pudelhaare verschwunden waren, aber sein Maul öffnete und schloß sich zu einem vagen Kläffen. Grandma sagte: »Wir sind so froh, daß du zu uns gekommen bist, wir mußten immer auf diese ganzen Kinder aufpassen.«

Der Himmel war rot, und Wind kam auf.

»Ich bin tot«, sagte Becky und erinnerte sich an dieses blutige Wesen, das in Virgils Praxis auf sie heruntergefallen war. Sie wußte, es hatte sie getötet, und sie war begraben, und jetzt, was war sie jetzt?

»Bin ich ein Vampir?« fragte sie.

Grandma O'Keefe grinste, und ein pinkfarbener Wurm kroch über ihr festes Kinn. »So würde ich das nicht sagen«, meinte sie, »ich würde sagen, du warst einfach reif, um gepflückt zu werden, würde ich sagen.«

»Allerdings, ja«, kicherte Grandpa O'Keefe.

Billy Hoskins beugte sich in den Sarg hinein, in sie hinein, direkt in ihren Bauch, als wollte er ihre Gebärmutter aufspüren.

Dann setzte er seine Lippen an ihren Nabel und begann zu saugen.

Sie konnte sich nicht bewegen, egal, wieviel Mühe sie sich auch gab.

Billy beobachtete ihr Gesicht, ließ die Lippen jedoch an ihrem Nabel. Er gurgelte. Ihr wurde übel, und dann spürte sie etwas anderes, etwas Schlimmeres als Schmerz –

ein schreckliches, süßes Gefühl, als würde sie genießen, was es da mit ihr machte –

wie Blut über seine gekräuselten Lippen rann

und dann fielen alle über sie her –

Sie hörte, wie Virgil Cobb sagte: »Es ist in Ordnung, Becky, es ist verschwunden.«

Sie fühlte sich, als wäre sie aus ihrer Haut herausgesaugt worden, und sie erkannte, daß sie immer noch im Wartezimmer war. Sie versuchte die Augen zu öffnen, aber es war dunkel. Sie hörte Virgil in der Nähe, spürte seine Hände auf ihren Schultern, aber sie erinnerte sich an die Blutdusche, die vor Sekunden von der Decke auf sie niedergegangen war, und sie schlug wild um sich.

»Was zum Teufel!« keuchte Becky und strich das weg, was sich anfühlte wie Insekten, die über ihre Haut krabbelten. Sie konnte nichts sehen; ihre Lider fühlten sich an, als wären sie zusammengeklebt. Sie wischte sich heftig das Gesicht. »Nehmen Sie es von mir runter!«

Virgil Cobb wischte ihr mit einem feuchten Handtuch Stirn und Hals ab. Danach konnte sie die Augen aufschlagen.

Becky betrachtete ihre Hände. Sie waren trocken. Ihre Haut war nicht rot, nirgendwo waren Blutflecken zu sehen.

Sie schaute Virgil an. »Es ist auf mich gesprungen. Ich hab es fallen sehen.« Sie guckte zur Decke hoch, aber auch die sah aus, als wäre sie saubergewischt worden.

Sie schüttelte sich schluchzend, und Virgil Cobb nahm sie in die Arme und hielt sie fest: »Was war das?« wimmerte sie, während sie ihr Gesicht an seinen Hals drückte. »O Gott, Virgil, was war das? Bin ich verrückt? Ich war tot – die Kinder – meine Großeltern – Gott, o Gott, hilf mir.«

»Nein, nein, Liebe«, flüsterte er und klopfte ihr auf die Schulter. »Sie sind gesund. Es ist vorbei. Es ist alles vorbei.«

Einen Augenblick lang fühlte sie sich wieder wie ein kleines Mädchen in den Armen seines Vaters. Dort war es sicher und warm und trocken.

3.

Das Telefon klingelte. Becky und Virgil starrten es an, als könnten sie es nicht verstehen, als wäre es etwas Fremdes. Schließlich hob Virgil ab. »Hallo?«

Er sah Becky an. »Es ist Winston.« Nach einem Moment legte er den Hörer auf.

»Geht es ihm gut?«

Virgil wirkte, als hätte man ihm alle Lebenskraft ausgesaugt. »Es sagt, er wäre bei Eugene.«

Ein scharfer Schmerz schoß durch Beckys Kopf.

»Tad«, war alles, was sie darauf sagte.

KAPITEL 17
Nach Hause kommen

1.

Ungefähr zur gleichen Zeit, als Virgil Cobb mit der Geschichte fertig war, die er Becky O'Keefe im Zimmer neben dem mit der Leiche des kleinen Mädchens erzählt hatte, lenkte Joe Gardner seinen Buick Skylark an den Straßenrand. Auf der Rückbank preßte seine Mutter sich die rechte Hand aufs Herz. Ihre linke Hand war steif. Der Wagen kam rutschend zum Stehen. Es begann, wie aus Eimern zu schütten, und der Wind wehte stürmisch. Joe fühlte eine Panik, die er seit dem Tod von Melissa Welles nicht mehr gekannt hatte, ein würgendes Gefühl in der Kehle und Herzklopfen. Es gelang ihm, den Zündschlüssel herumzudrehen, ehe er komplett diesem Gefühl von zunehmender Dunkelheit in seinem Hirn unterlag, als wäre bei ihm gleich Sendeschluß.

Jenny redete hektisch auf ihn ein: Krankenhaus, Arzt, Herzanfall, Schlaganfall. Er entdeckte einen Ausdruck auf ihrem Gesicht, den er aus der Vergangenheit kannte, ein Ausdruck, den er schon einmal im Gesicht einer anderen gesehen hatte. Es war ein Gesicht, über dem ein Schatten lag; die Welt verschwamm vor seinen Augen.

Klapp nicht ab, Joe, klapp nicht ab, sagte er zu sich selbst, *so schlimm ist es nicht.* Er wußte, meistens war er ein richtiger Feigling; man hatte nichts Besonderes zu bezwingen, wenn man als Schriftsteller in seinem Zimmer saß und auf die Schreibmaschine einhackte; aber wenn einem die Mutter auf dem Rücksitz starb …

Er tat es. Er durchbrach das Eis seiner Lethargie und machte seinen Gurt los. Er wischte sich rasch die Tränen fort, die sich in seinen Augen sammelten. Er öffnete die Tür und stieg aus dem Wagen. Er ging auf die Seite, wo seine Mutter saß, und öffnete die Tür. Der Regen war kalt. Er konnte ihn auf den Lippen schmecken.

Er verhielt sich wieder normal, er wußte es. Er ließ sich neben seiner Mutter auf den Sitz gleiten; sie erschien ihm klein und gebrechlich, wie ein Küken, das zu früh aus dem Nest gefallen ist.

»Mom«, sagte er und legte den Arm um sie. Sie fühlte sich an wie eine seidene Handtasche voller Knochen. Er hatte Angst, er könne sie zerdrücken.

Schwach sagte sie: »Es ist schon vorbei, ist schon vorbei, es wird schon wieder.« Sie lag in seinen Armen. Joe seufzte. Sein Herz klopfte immer noch wild. Er versuchte, seine Atmung unter Kontrolle zu bringen. Eine Sekunde lang glaubte er, sie würde sterben, und dann, was sollte er dann tun, nachdem er sie all die Jahre gehaßt und sie einen Tag lang geliebt hatte? Er warf Jenny einen Blick zu, sie hatte Tränen in den Augen. Aaron, neben ihnen, war still und hatte die Augen weit aufgerissen.

Seine Mutter lag wie ein Vogel in seinen Armen, wie ein dürrer kleiner kraftloser Vogel. Sie roch nach Flieder. Er sah eine dünne Stelle oben auf ihrem Kopf. Ihre Haut war weniger faltig als der Flügel eines Schmetterlings, aber so dünn, daß die rosafarbenen und blauen Venen darunter durchschienen.

»Mom, du wirst mir doch nicht sterben«, flüsterte er ihr zu und küßte sie auf den Kopf.

»Werd ich schon nicht«, seufzte sie. Sie drängte sich an ihn, erschöpft und auf der Suche nach einer Zuflucht.

»Du bist die einzige Mutter, die ich habe.«

»Und du bist mein einziger Sohn.«

Für einige Augenblicke verschwand der Rest der Welt um sie herum: der Wagen, der Regen, selbst Aaron, Hillary und Jenny. Er hielt seine Mutter im Arm und wiegte sie, als wäre sie ein kleines Kind.

Und als sie sich wieder ein wenig erholt hatte, erzählte sie ihm die Wahrheit.

2.

»Ich habe schon seit sechzehn Jahren Probleme mit dem Herzen«, sagte sie. »Zuerst war es nichts Dolles. Mein Herz funktionierte eben nicht mehr so gut. Ich verbrachte drei Wochen im Jahr im Krankenhaus. Ich mußte einmal die Woche zur Schmerzklinik über die Berge. Wenn es kleinere Probleme gab, bin ich zu Dr. Cobb gegangen, und der hat sich darum gekümmert. Nun, jedenfalls mußte ich, wenn ich nach Stone Valley fuhr, immer ein Taxi nehmen, und das kostet ein kleines Vermögen und dauert ewig – in dieser verdammten Stadt gibt es nur ein einziges Taxi. Ich weiß, das ist die Strafe für die erste Hälfte meines Lebens.«

»Aber Mom, das ist doch nicht wahr.« Joe wiegte sie im Arm.

»Es stimmt. Ich hab mich dir und deinem Vater gegenüber schrecklich benommen. Ich war eine schlechte Mutter. Ich weiß nicht, warum. Ich weiß auch nicht, was die ganze Zeit in mich gefahren ist. Vielleicht war es eine Krankheit, die niemand diagnostiziert hat. Wer weiß das schon?«

Jenny sagte: »Wir sollten sie ins Krankenhaus bringen.«

Anna Gardner schüttelte den Kopf. »Es ist gut jetzt, wirklich. Ich habe morgen früh sowieso einen Termin. Und zu Hause habe ich noch ein paar Tabletten. Ich hätte nicht vergessen sollen, sie zu nehmen, aber ich war heute so aufgeregt ...«

»Du mußt nicht soviel reden, du brauchst Ruhe«, sagte Joe. »Wir fahren nach Hause. Ich ruf im Restaurant an und hinterlasse eine Nachricht für Hopfrog. Wir werden uns einen schönen Abend zu Hause machen.«

Er blickte Jenny an. In ihren Augen sah er mehr als nur Tränen, da war ein Schimmer, der nur von etwas so Altmodischem wie der Unschuld der Liebe herrühren konnte, denn er wußte, sie sah ihn gerade wieder an, als hätten sie eben erst geheiratet.

Er hatte nicht erwartet, daß ihn seine Frau jemals wieder mit dieser Unschuld ansehen könnte, nicht nach allem, was er getan hatte. Er hatte nie geglaubt, daß sie das wieder lebendig werden lassen konnten.

Joe hielt seine Mutter immer noch in den Armen.

Jenny rutschte auf den Fahrersitz hinüber und fuhr sie durch den Regen nach Hause.

Auf dem ganzen Weg spürte Joe, wie etwas in ihm zerbrach, etwas, das er Jahre zuvor schon einmal geflickt hatte, voller Wut und Stärke und Sturheit. Aber abermals zerbrach es wie Porzellan, das vom Regal fällt. Es war keinesfalls sein Herz; es war der Teil von ihm, der an Happy-Ends glaubte, der Teil, der die Welt nicht ganz so zynisch sah. Und während er neben seiner Mutter im Wagen saß, fürchtete er, daß er diesen Teil von sich nie wieder zurückgewinnen würde.

3.

Selbst, als sie das Haus seiner Mutter erreichten, dachte er noch darüber nach: an was er eigentlich glaubte. Woran konnte man in dieser Welt denn noch glauben? Joe saß auf der Treppe, genauso, wie er es als Junge gemacht hatte, wenn er sich nach unten schlich und das Spätprogramm im Fernsehen guckte (für das seine Mutter aufblieb und das sie sich ansah, während sie im Wohnzimmer trank). Er saß da, den Kopf in die Hand gestützt. Hillary hockte auf seinem Schoß, ihre Beinchen hingen über seine Knie. Sie schlief fast, und ihre kleinen Nasenlöcher blähten sich leicht, wenn sie atmete. Die Augen hatte sie geschlossen. Er küßte sie ein paarmal auf den Kopf.

Jenny kam aus dem Badezimmer. »Sie hat ihre Tabletten genommen, Joe«, sagte sie. »Es scheint ihr besser zu gehen. Sie braucht Ruhe. Es wird schon wieder werden.«

Jenny stand auf dem Treppenabsatz. Aaron war draußen auf der Veranda vorm Haus und sah sich den Sturm an. Joe merkte, wie seine unsichtbaren Tentakel ausfuhren und jeden der Familie berührten, um sich zu versichern, daß es ihnen gutging. »Manchmal kommt es mir vor, als wäre das meine einzige Aufgabe im Leben.«

»Joe?«

»Ich hab nur nachgedacht. Über meine Kindheit – und über das Jetzt. Wie ich immer sichergehen wollte, daß niemandem etwas zustößt. Ich seh mir Hillary und Aaron an, und ich denke an den ganzen Scheiß, der ihnen im Leben noch begegnen wird. Und anderen Kindern auch. Sie sind alle so süß und rein und strahlend, und dann müssen sie das durchmachen, was alle durchmachen müssen, aber nicht sollten. Ich wünschte, ich könnte alles Schlechte aufhalten.«

»Wie Holden Caulfield?«

»Genau: Sie fangen, während sie durch das Roggenfeld laufen. Aber er wollte das, weil er Erwachsene für Scharlatane hielt. Ich glaube das nicht. Ich glaube, Erwachsene sind nur groß gewordene Kinder, die in einen Zerrspiegel gucken und glauben, was sie dort gesehen haben.«

»Ich versteh dich nicht ganz«, sagte sie. Sie ging zwei Stufen die Treppe hinunter und setzte sich unterhalb von ihm hin.

»Ich glaube, im tiefsten Grunde meines Herzens habe ich immer gespürt, daß ich es war, der meine Mutter ausgesperrt hat. Ich habe es immer gespürt ...« Deutlicher konnte er es nicht ausdrücken. Er zog Hillary fest an sich und wiegte sie. Sie roch nach Shampoo und Regen. »Ich möchte nicht, daß meine Kinder sich jemals so fühlen müssen. So, als hätten sie etwas falsch gemacht.«

»Joe.« Jenny legte ihm die Hand aufs Knie. Ihre Stimme war leise und sanft und ruhig. »Vielleicht sollten wir nach Hause fahren. Vielleicht ist das im Moment alles zuviel für dich.«

Er schüttelte langsam den Kopf. »Nein. Ich will jetzt hierbleiben. Dies ist mein Zuhause.«

Bei diesen letzten Worten begann er zu stottern. Schließlich sagte er: »Ich möchte nicht, daß sie stirbt.«

Er hörte das Klingeln des Telefons kaum.

4.

Hopfrog Petersen und sein Sohn hatten schon eine halbe Stunde unten in der Ecknische des Angel Wing gesessen, als

Tad eine brillante Idee hatte. »Warum rufst du sie nicht einfach an? Ich bin am Verhungern.«

Also rollte Hop rüber zu Lous Telefon und wählte die Nummer von Joes Mutter. In all den Jahren hatte er die Nummer nicht vergessen, was weniger ein Tribut an die Freundschaft war als vielmehr Hopfrogs manchmal ärgerlichem Erinnerungsvermögen für unwichtige Details zu verdanken war. Beim fünften Klingeln hob jemand den Hörer ab.

Eine Frau sagte: »Bei Gardner. Hallo?«

Er zögerte. Die Stimme hörte sich nicht nach der alten Lady an, und es war ganz bestimmt nicht Joe Gardner. »Jenny?« fragte er.

»Hallo?«

»Hier ist Homer – Hopfrog Petersen.«

»Oh.« In ihrer Stimme klang Traurigkeit mit. »Es tut mir leid, daß wir nicht selbst angerufen haben. Joes Mutter geht es nicht gut, und wir mußten wieder nach Hause fahren. Ich gebe Ihnen mal Joe.« Ehe er noch ein Wort sagen konnte, hörte er eine andere Stimme.

Es war Joe. »Hop?«

»Joey?«

»Hey, lange nicht gesehen.«

»Also, du hätt'st mich ja gesehen, wenn du deine Verabredung mit dem Schicksal eingehalten hättest.« Innerhalb von Sekunden waren die beiden wieder in die Sprache ihrer Jugend verfallen. »Also, wie sieht's aus?«

»Ach, Jenny hat's dir doch gesagt. Das war Jenny, meine Frau. Wart nur, bis du sie kennenlernst«, kam es mit einem Seufzer, und dann voller Trauer: »Mom geht's heute abend nicht gut. Wir mußten wieder umkehren. Jetzt fühlt sie sich schon ein bißchen besser.«

Hopfrog sagte: »Gibt 'ne ganze Menge, worüber ich mit dir reden möchte, Joe.«

»Ich auch. Vor allem mußt du meine Kinder und Jenny kennenlernen. Ich schätze nur, heute abend wird nichts draus.«

»Wie wär's, wenn ich mit meinem Jungen bei dir reinschneie?«

»Ich frag mal eben«, sagte Joe, und dann herrschte Stille in der Leitung. Hopfrog glaubte schon, er müßte auf die Gabel hauen. Als Joe wieder da war, klang er wie ein aufgeregter Sechzehnjähriger, der Daddys Wagen für den Abend bekommen hatte: »Hey, Hop, Jenny sagt, sie bleibt hier bei Mom und den Kindern. Ich fühl mich ein bißchen schuldig, wenn ich sie allein lasse ...« Aus dem Hintergrund hörte Hopfrog Joes Frau sagen: »Du wirst nicht den ganzen Abend hier herumsitzen und Trübsal blasen«, und dann sagte Joe: »Ich kann in einer Viertelstunde bei dir sein.«

5.

Er brauchte sogar weniger als zehn Minuten und war völlig durchnäßt vom Regen, als er in den Pub kam. Es war voll und verraucht; Joe hatte Probleme mit Asthma und begann sofort zu husten, und deswegen blickte Hopfrog zur Tür.

Da stand Joe, das Haar ein wenig zu lang (obwohl im Vergleich zu ihrer Jugendzeit immer noch sehr kurz), mit runder und schulmeisterlicher Brille. In der ganzen Zeit hatte der Kerl den Stil seiner Kleidung kein bißchen geändert: khakifarbene Hose, Topsiders, weißes Button-down-Hemd und eine blaue Windjacke. Hopfrog mußte bei seinem Anblick lauthals lachen und fuhr praktisch nur auf den Hinterrädern, als er sich zur Tür durchdrängte. Die beiden Männer umarmten sich, und Joe sagte: »Hab dich vermißt, Rattengesicht.«

Tad stellte sich neben seinen Vater, sah zu Joe auf und meinte: »Das wurde aber auch Zeit. Ich bin am Verhungern.«

6.

Lou schob ihnen einen Tisch ins Hinterzimmer, wo es nicht so verraucht war wie vorn (Joe hustete immer noch, aber nicht so schlimm wie in der Bar). Draußen tobte der Sturm, doch es war nicht so kalt, daß es ungemütlich gewesen wäre, und die drei waren die einzigen Gäste in dem kleinen Raum.

»Also, erzählen Sie mal, wie war mein Dad so als Kind?« sagte Tad.

»Ich weiß nicht, ob er das so gern hätte«, meinte Joe und zwinkerte. »Dein Vater war furchtbar. Er hatte keinen Hals, dafür aber X-Beine.«

»Kann ich mir vorstellen«, sagte Tad.

»Heute lauf ich nicht mehr viel rum«, sagte Hopfrog, und als er bemerkte, wie Joes Miene traurig wurde, lachte er. »War nur ein Scherz, Joe. Ich vermisse meine Beine nicht so fürchterlich. Nicht, Tad?«

Der Junge schüttelte den Kopf, während er von einem riesigen Hamburger abbiß.

»Wie läuft es mit der Tischlerei?«

»Gut. Letztes Jahr gab es ein Feuer draußen an der Connaught Road, und ich habe viel Arbeit. Restauriere Küchenschränke und das Treppenhaus. Die Fabrik beschäftigt mich zusätzlich vier Monate im Jahr für Feinarbeiten an den Schaukelstühlen. Und dann gebe ich noch einen Kurs an der Junior High, zwei Tage die Woche. Ich komm ganz gut rum. Wie sieht's mit dem Bücherschreiben aus?«

»Ich will es mal so sagen«, meinte Joe. »Wenn ich es mir noch einmal aussuchen könnte, würde ich Buchhalter werden. Oder Klempner. Aber was anderes kriege ich, glaube ich, einfach nicht hin.«

»Wie geht's deiner Mom?«

»Sie hat ein paar Tabletten geschluckt und schläft. Sie meinte, es würde ihr bald wieder bessergehen, wenn sie nur ein bißchen Ruhe bekommt. Ich hab so'n leichtes Schuldgefühl, weil ich einfach weggegangen bin, aber Jenny fand es in Ordnung.« Darauf wandte er sich wieder an Tad. »Ich hätte vielleicht Aaron mitbringen sollen, damit ihr euch kennenlernt, Tad. Er ist nur ein Jahr jünger als du.«

Tad wurde gerade mit seinem Hamburger fertig und sah erst seinen Vater, dann Joe eingehend an. Er sagte: »Mom sagt immer, wenn ihr beiden zusammen wart, war essen das einzige, was sie tun konnte, um nicht aus dem Fenster zu springen.«

Alle drei lachten. »Also, da hat sie recht«, sagte Joe.

Tad schüttelte den Kopf. »Ich mag es. Dad hat keine Freunde, keine richtigen jedenfalls. Nur mich, und ich zähle nicht, weil ich mit ihm verwandt bin. Ich freu mich echt, daß er einen besten Freund hat.«

Später, nach zwei Bieren und einem Plausch über Familie und Arbeit und Orte, die man besucht hatte, sagte Hopfrog: »Ich muß dich das fragen, obwohl ich mir nicht sicher bin, ob ich das will.«

»Schieß los.«

»Bist du wegen dem zurückgekommen, was passiert ist?«

Joe wirkte ein wenig verwirrt. »Ich bin wegen meiner Mutter zurückgekommen.«

Hopfrog kaufte es ihm nicht ab. »Nein, bist du nicht. Du bist wieder da, weil Es wollte, daß du zurückkommst.«

»Hop? Wovon redest du? Es?«

Jetzt wurde Hopfrog ein wenig ärgerlich. Er sagte: »Treib keine Spielchen mit mir, Joe. Kannst du dich nicht erinnern? An jene Nacht? Als du mich überzeugt hast, wir würden es leer vorfinden – erinnerst du dich jetzt?«

Joe sagte: »Ich weiß nicht, was du ...« und hielt inne. Er sah Tad an, der ihn beobachtete. »Ich weiß nicht, ob wir gerade jetzt darüber sprechen sollten.«

»Schon in Ordnung, Joe. Tad hat sie letzte Nacht gesehen. Ich hab ihm erst nicht geglaubt, nicht, bis ich heute morgen das hier gefunden habe.« Hopfrog griff in die Brusttasche und zog einen Fetzen Seidenstoff heraus. Er reichte ihn Joe.

Joe nahm ihn in die Hand und betrachtete ihn von allen Seiten. »Das kann von allem möglichen stammen ...«

Hopfrog schüttelte den Kopf. »Versuch's gar nicht erst. Du weißt es, und ich weiß es. Oder bist du weggezogen und hast alles vergessen?«

Joe antwortete ein oder zwei Minuten lang nicht. Er schien vergessen zu haben, wo er war. Schließlich blickte er Hopfrog in die Augen. »Es ist nicht, daß ich es vergessen hätte. Eher, daß ich geglaubt habe, wir wären damals verrückt gewesen. Deshalb bin ich bis heute auch nie wieder hergekommen. Ich dachte, ich wäre verrückt. Ich wollte nicht wieder verrückt werden, nicht so wie damals. Ich wollte nicht glauben, daß es wirklich geschehen ist.«

»Glaub es«, sagte Hopfrog. »Sie ist wieder unterwegs.«

Tad, der getan hatte, als beschäftigte er sich mit seiner Seven-Up, sah die beiden Männer an – erst seinen Vater, dann Joe Gardner –, als sprächen sie eine fremde Sprache.

»Redet ihr über den Geist, den ich gesehen habe?« fragte er und sah beide wieder abwechselnd an.

Und dann erzählte er ihnen alles. Nicht nur das mit dem Mädchen, das er am Fenster gesehen hatte, sondern auch von dem frisch ausgehobenen Grab auf dem Watch Hill, wo er geglaubt hatte, Billy Hoskins habe ihn aus der Erde gerufen. Als er mit seiner Geschichte fertig war, hatte Tad zu schwitzen angefangen, weil er sich jetzt, wenn er sich daran erinnerte, mehr fürchtete, als in dem Moment, als die Sachen passiert waren.

So wie die beiden Männer ihn anstarrten, war Tad klar, daß er sich das alles nicht bloß eingebildet hatte. Es war, als ginge Halloween niemals zu Ende.

Joe sagte: »O mein Gott. O mein Gott.«

»Was denn?« fragte Hopfrog.

Joe sagte: »Ich kann sie wieder hören. Sie spricht mit mir.«

»Wer?«

Joes Gesicht verlor alle Farbe. »Melissa.«

7.

Was sowohl die Stimme der schon vor langer Zeit verstorbenen Melissa Welles sein konnte als auch ein Stachel des Wahnsinns, flüsterte in Joes Kopf:

Willkommen daheim, Joe. Wir haben schon so lange auf dich gewartet.

KAPITEL 18
Familie

1.

Bei Anna Gardner zu Hause hatte Jenny gerade Hillary gefüttert und ins Bett gebracht. Aaron saß vorm Fernseher. Jenny war gefühlsmäßig ziemlich mitgenommen, und halb wünschte sie sich, Joe hätte ihr Angebot, nach Hause zurückzufahren, angenommen. *Nicht an diesen Ort hier, sondern unser richtiges Zuhause, drüben in Baltimore.* Sie war sich schon bei der Planung der Fahrt im klaren darüber gewesen, daß es stressig werden könnte, aber sie hatte keine Ahnung gehabt, wie erschöpfend es tatsächlich sein würde. Jenny war daran gewöhnt, die Hauptlast der Arbeit zu tragen, nachdem sie ihre fünf Geschwister praktisch allein großgezogen hatte, und heute waren ihre Arbeit bei der *Weekly,* die Kinder und der Haushalt normal für sie, aber wenn sie sich auch noch um Joe kümmern mußte, trieb es sie manchmal in den Wahnsinn. Sie hatte sich für diese vier Tage einen kurzen Urlaub erhofft, doch der Großwetterlage drinnen und draußen nach sah es eher so aus, als würde die Familienzusammenführung für sie zu einem Full-time-Job.

Sie ging nach unten und ließ sich neben Aaron aufs Sofa fallen. In der Glotze lief eine dumme Comedy über eine Familie, die solche Probleme hatte, die man in einer halben Stunde oder weniger lösen konnte, es war entspannend. Sie schlief ein und wachte dann wieder auf. Die gleiche Sendung schien immer noch zu laufen, sie sah zu Aaron hinüber. Er erwiderte ihren Blick und lächelte.

Sie lächelte voller Zuneigung zurück.

»Wie spät ist es?« fragte sie.

Er zuckte die Schultern. »Woher soll ich das wissen?«

»Wo ist deine Uhr?«

»Oben.«

»Ich glaube, es ist schon spät.«

»Kann nicht sein. Die Sendung ist um halb zehn vorbei.«

»Okay«, sagte sie und schlief wieder ein, ohne es zu wollen. Ihr ganzer Körper schien zu fallen und auf Federn zu landen. Sie hörte die Stimmen aus dem Fernseher wie im Traum.

Als sie wieder aufwachte, lief der Fernseher immer noch. Das Zimmer war, abgesehen von den blauen und weißen Blitzen vom Fernseher, dunkel. Jenny rieb sich die Augen. Aaron saß nicht mehr bei ihr auf dem Sofa. Wo er gesessen hatte, war nur noch der Abdruck eines Körpers auf dem Kissen, als wäre er erst Augenblicke zuvor aufgestanden. Sie gähnte und erhob sich. Regen prasselte an die Fenster; Donner klang auf der anderen Seite des Flusses wie Bomben. Sie ging verschlafen in die Küche, goß sich ein Glas Wasser ein und trank. Sie sah auf die erleuchtete Veranda hinaus, in den Regen und die Blitze des Gewitters.

Draußen bewegte sich etwas, knapp außerhalb des Lichts auf der Veranda.

Es sah aus, als hätten sich mehrere Männer zusammengehockt und formten einen großen Schatten.

Es muß das Gewitter sein.

Sie sah auf die Küchenuhr. Es war erst viertel vor zehn. Joe war also noch nicht lange weg.

Sie sah wieder aus dem Fenster.

Ein Schatten flog flatternd vorbei, durch die Glühbirne auf der Veranda.

Das Licht ging aus.

Einbildung, dachte sie. Aber Jenny bildete sich eigentlich keine Dinge ein, die nicht da waren. Sie war einfach zu praktisch orientiert, um Gespenster zu sehen, wo keine waren.

»Du mußt die Glühbirne auf der Veranda austauschen«, würde sie Joe morgen früh sagen, »sie ist gestern abend bei dem Sturm durchgebrannt.« Sie würde es ihm sagen, und dann würde sie sich dumm vorkommen, weil ihr irgendein Schatten einen Schrecken eingejagt hatte.

Es blitzte. Das Licht wurde vom Fluß reflektiert und erleuchtete die Nacht.

Auf der Veranda stand ein Teenager – so glaubte sie jedenfalls –, vielleicht ein junger Mann, dessen weißes Haar im steten Wind wehte und dessen nackter Oberkörper mit verschlungenen Tätowierungen übersät war. Er sah sie, die sie in der Dunkelheit der Küche stand, direkt an und versuchte ihr durch den Donner etwas zuzuschreien.

Jenny Gardner war plötzlich kalt, als wäre ihre Körpertemperatur binnen Sekunden um einige Grad gefallen.

2.

Aaron konnte wegen des Donners nicht schlafen, so sehr er sich auch Mühe gab und das Kissen über den Kopf zog. Normalerweise überbrückte er solche Situationen, indem er zu Hillary ging und sie ärgerte – manchmal tat er so, als sei sie überhaupt nur deshalb da, damit er jemanden hatte, den er ärgern konnte. Er schlüpfte aus dem Bett und tapste hinüber zu ihrem Bett.

Er setzte sich auf die Bettkante und starrte die schattenhafte Gestalt seiner Schwester in der Dunkelheit an. Gelegentlich erhellte ein Blitz das Zimmer. »Hey, Quiekie.«

Hillary wachte verärgert auf.

»Ich hab gesagt: Hey, Quiekie.«

»Was willst du?« sagte sie im Tonfall einer verärgerten Prinzessin. »Laß mich in Ruhe.«

Er kicherte. Für ihr Alter war sie schon ganz schön eingebildet. »Ich kann nicht schlafen. Sollen wir was spielen?«

Sie schüttelte den Kopf. »Bin müde.«

»Wir können Verstecken spielen«, sagte er.

Dann erhellte wieder ein Blitz das Zimmer, und Aaron glaubte, vorm Fenster einen Jungen gesehen zu haben, einen Jungen wie ihn, mit aufgerissenen Augen und blauer Haut und im Wind wehenden Haaren.

3.

Anna Gardner schlief fest, bis die Blitze so hell waren, daß sie sie aus dem Schlaf schreckten. Sie setzte sich auf, merkte, wie ihr Herz raste, und griff nach den Tabletten auf dem Nachttisch.

Als sie danach griff, lief es ihr kalt den Rücken herunter – jemand hatte das Fenster geöffnet – der Regen fiel herein …

Ihre Tabletten waren nicht da, und als sie im Dunkeln auf dem Nachttisch herumtastete, packte jemand ihre Hand.

Es war, als hätte sie die Hand in ein Hornissennest gesteckt.

KAPITEL 19
Byron

Ihm gehörte die Nacht. Ihm gehörte das Haus, und auch die Frau, die zu ihm heraussah, ihm gehörte alles darin. Er war nicht einfach nur Byron Cheever, o nein, er war der Herr der Finsternis – er hatte schon andere geholt, Frauen, Männer, Kinder, hatte sie dem Strahlenden gebracht, hatte zugesehen, wie ihr Blut getrunken wurde, hatte die warme Flüssigkeit gekostet und sie im Mund hin und her gerollt, das warme, sprudelnde Blut. Er fühlte den Drang der Macht, den nur ein Gott fühlen konnte, die Energie, die ihn durchfloß –

die Elektrizität des Lebens, wenn man es aus einem menschlichen Körper heraussaugte!

Es gab keine Begriffe dafür – seine ganze Erziehung war nur Scheiße, ein riesiger Haufen bedeutungsloser Scheiße. Sein Verstand war klar geworden und vom Feuer seines Meisters erleuchtet, als die Kinder sein eigenes Blut getrunken, die Hälfte seines Fleisches gegessen und ihre Geschichten in seinen Leib eingraviert hatten, ihr Leben und ihre Legenden, er hatte alles über sie erfahren, alles über das Böse, das man seinem Meister angetan hatte, alles über das Böse, das diese Bluttträger im Namen ihrer Nichtigkeit getan hatten. Die Kreuze, die Hieroglyphen, die Gesänge, die seinen Meister in seinem Gefängnis festhalten sollten.

Aber jetzt. *Jetzt!*

Er schrie gegen den Donner an: »Ich werde dir das Fleisch aufreißen und deinen heiligen Wein trinken, du Hure!«

Die Frau mußte ihn gehört haben, die Frau am Küchenfenster, denn auf ihrem Gesicht lag ein Ausdruck des Schreckens.

Er tänzelte über die Veranda, und als die anderen zu ihm aufschlossen, wußte er, dies würde die Nacht des Blutes werden, und alle Kreaturen der Finsternis würden mitfeiern.

KAPITEL 20
Hopfrogs Nachforschungen

1.

Joe und Hopfrog fuhren jeder mit seinem eigenen Wagen zu Hop, nachdem sie gegessen hatten. Tad ging auf seine Bude und machte Videospiele, während sich die beiden Männer im Arbeitszimmer niederließen.

»Ich war mir nicht sicher, wieviel ich vor deinem Sohn sagen konnte«, meinte Joe.

Hopfrog zuckte die Schultern. »Ich glaube, er braucht die ganzen blutrünstigen Einzelheiten nicht mitzubekommen, aber er ist derjenige, der sie gesehen hat. Ich hab versucht, ihm einzureden, es wäre ein Alptraum gewesen, aber ich weiß es besser. Ich glaube trotzdem nicht, daß sie es tatsächlich war. Ich glaube eigentlich, daß sie es überhaupt nie war. Ich würde es eher ein Es nennen, weil es kein besseres Wort dafür gibt.«

»Damals haben wir es Vampir genannt«, sagte Joe. »Weißt du, was sie im Pub zu mir gesagt hat? Sie sagte, sie wäre die ganzen Jahre über treu geblieben. Hätte auf uns gewartet. Nicht nur auf mich, sondern auch auf dich.«

Hopfrog schien mit seinen Gedanken einen Augenblick lang woanders zu sein. »Vampire. Wir waren so von Horrorfilmen beeinflußt. Ich habe in den letzten zehn Jahren meine eigenen Horrorfilme produziert, Joe.« Hopfrog fuhr zu dem kleinen Fernseher am Rand des Schreibtischs und drückte auf einen Knopf des Videorecorders, der darunter stand.

Der Bildschirm wurde blau. Das Wort »play« erschien und verschwand wieder.

Ein statisches dunkles Bild begann sich zu bewegen, als helle Lichter erzitterten.

Hopfrogs Stimme sagte: »Also gut, bevor ich von meiner Frau um die Ecke gebracht werde, kann ich hier auch ein Stück runtergehen. Das solltet ihr besser nicht nachmachen, Kinder, vor allem nicht, wenn eure Beine nicht funktionieren.«

Die Kamera lief, und es war offensichtlich Hopfrog, der diese Höhle filmte und durch einen Stollen glitt, die Kamera umklammerte und eine helle Lampe neben sich her schob.

»Ich werde jetzt in die Mine hinuntergehen. Ich habe mich angeseilt, und wenn Gott will, werde ich es schaffen. Dort«, sagte er, und plötzlich schwenkten Kamera und Licht auf die Höhlenwand.

Als das Bild wieder scharf wurde, zeigte es die Nahaufnahme einer Felswand. Überall waren Kratzer und dunkle Flecken. Hopfrogs Hand kam ins Bild und berührte die Wand.

»Sie haben versucht rauszukommen. Es hat schon andere geholt. Vielleicht gelingt es Ihm, immer noch weitere zu holen.«

Als die Kamera näher herangeht und auf die Felswand zoomt und das Licht heller wird, kann man noch etwas anderes erkennen, neben den Kratzern und den Flecken.

Es ist ein Bild in der Wand, wie ein Relief, das Bild von Kindergesichtern, die von der anderen Seite der Felswand dagegenzudrücken scheinen, als wollten sie sich durchschieben.

Hopfrog stellte den Videorecorder auf Standbild. »Es geht über alles hinaus, was wir uns vorgestellt haben, Joe. Ich glaube nicht, daß es Vampire sind, wie wir sie aus unseren Mythen kennen. Ich glaube, es ist eine andere Spezies, die unter dieser Stadt lebt. Siehst du diese Gesichter? Kannst du irgendeins von ihnen erkennen?«

Joe sah sich die Kinder auf dem Fernseher genauer an, doch die Gesichter der Kinder waren so unscharf, daß man schon eine Menge guten Willen brauchte, um sie überhaupt für richtige Kinder zu halten.

»Das hier, links«, Hopfrog zeigte auf den Bildschirm. »Patty Glass. Kannst du dich an sie erinnern? Sieh dir ihre Nase an.«

»Und, was willst du mir damit sagen, Hop? Daß Patty Glass in Stein eingelassen wurde? Daß sie ein Fossil ist?« Joe mußte lachen. »Daß etwas da unten Abdrücke von Kindergesichtern in den Felsen macht?«

Hopfrog verzog ärgerlich das Gesicht. »Daß Tote wiederauferstehen? Daß Melissa Welles zurückgekommen ist und ein Baby ausgesaugt hat und dann hinter mir her war, viereinhalb Monate nachdem man sie begraben hat? Daß sie und andere Tote zu dir gesprochen haben, als du noch ein Teenager warst? Geh zum Teufel, Joe, wenn du mir mit solchen Sachen kommst.«

»Tut mir leid.«

»Sollte es auch.«

»Okay, was hat es also zu bedeuten?«

»Ich bin nicht sicher. Was, wenn Es etwas ist, das sich seine Opfer holt und sie dann neu erschafft? Vielleicht sind diese Abbildungen im Fels nur ein Abdruck, den es braucht, um die Körper zu formen? Ich habe alles gelesen« – Hopfrog winkte mit der Hand in Richtung der Bücherregale – »über Engel und Außerirdische, und nichts ergibt mehr Sinn als das, was du und ich damals vermutet haben. Aber zumindest ein angeblicher Überlebender einer Begegnung mit Außerirdischen (vorausgesetzt, du kaufst ihm das ab) behauptet, daß von seinem Körper ein Abdruck gemacht wurde, weil der Außerirdische selbst keine Gestalt hatte, sondern nur eine Art gasförmigen Lichtes war. Das ist 1973 in Frankreich passiert, in der Bretagne. Verschiedene andere Berichte erwähnen ebenfalls, daß Außerirdische als Irrlicht erschienen. Seit die Stadt existiert, sind hier Leute verschwunden, und immer hat es Gerüchte gegeben, daß ein verdammter Engel den ersten Siedlern den Ort gezeigt hat. Ich weiß nur, was wir beide erlebt haben, als Melissa aus ihrem Grab gestiegen ist. Ich weiß nur, daß vorgestern ein Kind verschwunden ist, und ich vermute, es ist von dem gefangen worden, was auch immer da unten lebt.«

»Was, unterhalb von Colony lauert der Schwarze Mann?«

Auf Hopfrogs Gesicht trat ein Ausdruck, der weder Ärger noch Frust ausdrückte, sondern nur Verachtung, als hätte Joe einen schweren Verrat begangen. »Ich glaube, was immer hier in der Stadt ist, lebt schon seit tausend Jahren hier, vielleicht länger. Ich glaube, daß es aus einer anderen Welt stammt, entweder von dort oben« – er deutete mit dem Kopf in Richtung Decke – »von jenseits unseres Sonnensystems, oder aus einem anderen Bewußtsein. Und dieses Ding hat eine Brücke zwischen seiner und unserer Welt gefunden.«

»Also«, meinte Joe, »ich schätze, das klingt kaum abgedrehter als meine Theorie mit den Untoten.«

»1865, im Sommer nach dem Ende des Bürgerkriegs, hat

man den Watch Hill in Brand gesetzt. Wußtest du das? Es stand in der Zeitung von Stone Valley – ein paar Kinder haben das Gras angezündet und sind dabei verbrannt. Niemand wußte warum, aber es hat Geistergeschichten über tote Soldaten gegeben, die in der Gegend gespukt haben sollen. Und davor, während des Kriegs, sind zwanzig Kinder verschwunden, hauptsächlich Jungen, doch nach dem Feuer tauchten ihre Leichen auf, gestapelt und blutleer, in der Gruft der Feelys.« Hopfrog zog ein Ringbuch aus einer Schublade des Schreibtisches. Er schlug eine Seite auf und reichte es Joe.

Es war ein Zeitungsausschnitt aus der Zeitung von Charleston, vom 12. Februar 1906. Die Überschrift lautete: *»Fünf Kinder verschwunden: Das Geheimnis von Colony.«*

»Der Ausschnitt handelt von einer Serie unaufgeklärter Vermißtenmeldungen, und dann« – er langte hinüber und blätterte die Seite für Joe um – »sieh mal. Zwei Wochen später.«

Über dem nächsten Artikel stand: *Grabraub in Colony.*

»Sie haben ein paar Wochen später einen Mann erwischt, der gerade ein frisches Grab aufmachte. Er wurde wegen Grabräuberei festgenommen, und dann haben sie die Leichen von vier Kindern gefunden, die enthauptet und ausgeweidet in seinem Keller lagen. Er behauptet, er habe sie dort zur letzten Ruhe gebettet und sie seien keine Kinder, sondern Werkzeuge des Satans gewesen. Keins dieser Kinder konnte identifiziert werden, Joe, weil keins von ihnen aus dieser Zeit stammte. Aber guck mal, hier ist ein Bild von einem.«

Hopfrog blätterte um und riß den Ausschnitt heraus.

Er hielt ihn Joe direkt vor die Nase. Joe mußte sich ein Stück zurücklehnen, um die Fotografie erkennen zu können.

»O Gott«, stöhnte Joe, »wann ist das aufgenommen worden?«

Hopfrog grinste halb. »Gott sei Dank bin ich nicht verrückt, Joe. Weil ich niemanden hatte, dem ich diese Sachen erzählen konnte, hab ich schon geglaubt, ich wäre reif fürs Irrenhaus. Ich hab mich nicht getraut, mich mit irgendwem darüber zu unterhalten, was das alles bedeuten könnte.« Seine Miene verriet gleichermaßen Glauben und Hoffnung. »Ich habe dich so sehr vermißt, Joe, die ganzen Jahre über. Du warst der einzige, der es verstehen konnte.«

Joe rieb sich das Gesicht. »Wann, Hop?«

»Dieses Foto stammt aus einer Zeitung aus Stone Valley, der sogenannten *Press-Enterprise*, und ist von 1906.«

»Das kann nicht sein.«

»Ist es aber. Bemerkenswert.«

»Patty Glass«, stellte Hopfrog fest. »Alter zwölf, und sieht nicht zwei Minuten älter aus in dem Augenblick, in dem sie in der Scheune des alten Feely verschwunden ist. Und das war einer der Körper, die unverletzt waren. Sie lebte noch, und der Zeitung nach konnte sie nicht sprechen. Sie ist wieder verschwunden. Niemand aus jener Zeit hat sie je wiedergesehen.«

»Patty.« Joe versagte die Stimme. Er weinte zwar nicht, aber er konnte auch nicht weitersprechen.

»Wie wär's mit einem Drink?« fragte Hopfrog und griff nach der Whiskyflasche.

Joe nickte. Nachdem Hopfrog einen Schluck genommen hatte, reichte er die Flasche an Joe weiter. Joe betrachtete die Flasche und dann seinen Freund. Er stellte die Flasche wieder auf den Tisch und sagte: »Ich glaube, bei dieser Sache bleib ich lieber nüchtern. Also, was hat das alles zu bedeuten, ich meine, wenn das wirklich Patty Glass auf dem Foto ist, das Jahrzehnte vor ihrer Geburt aufgenommen wurde?«

Hopfrog holte sich die Flasche zurück und nahm noch einen Schluck. »Nun, ja, man könnte sich eine komplizierte Erklärung ausdenken. Vielleicht spielt da jemand einen ausgefeilten Schwindel mit jemandem, der Patty Glass kannte, und dem ist es gelungen, ein falsches Bild in den Mikrofiche der Bücherei zu schmuggeln. Oder, die einfachere Variante: Vielleicht ist Patty Glass in der Zeit zurückgereist. Und wieder nach vorn.«

»Vorn?«

»Du bist noch nicht lange genug in der Stadt, um mitzubekommen, was man so redet, aber heute morgen habe ich gehört, wie die Kinder in der Schule darüber gesprochen haben. Sie ist gestern an der Haustür ihrer Eltern aufgetaucht, und zwar so gut wie neu, und immer noch zwölf Jahre alt.«

»Das glaub ich nicht.«

»Hier.« Hopfrog zog ein paar Papiere aus dem Ordner und reichte sie Joe. »1931 ist eine der Minen eingestürzt. Dabei sind sechzehn Mitarbeiter ums Leben gekommen, und vier wurden eingeschlossen. Von den vieren hat einer überlebt, und der hat in der Psychiatrie, wo er bis zum Ende seiner Tage bleiben durfte, diesen Bericht abgegeben. Er behauptete, in den Stollen gäbe es Geister. Und er hätte da unten etwas gesehen, was wie eine riesige Krabbe ausgesehen hat. Der Kerl hat zwei Monate lang von den Leichen gelebt, bis sie ihn gefunden haben. Und dann erzählte er den Verantwortlichen etwas über Kinder mit Flügeln und den Eingang zur Hölle, der sich dort unten befinden sollte. Er war vielleicht tatsächlich verrückt, aber lies mal diese Stelle.« Er zeigte auf die zweite Seite.

Joe las es laut vor: »James Woodard sagte: ›Der Teufel sagte mir, er suche nach einem seiner Kinder, denn eins sei dort unten eingeschlossen worden, und er suchte die ganze Zeit nach ihm. Er sagte, er würde mein Blut nicht trinken, wenn ich ihm andere bringen würde. Ich mußte ihm etwas Blut geben, wissen Sie, ich mußte‹ ...« Joe ließ die Seite von seinem Schoß zu Boden fallen. »Ich glaub das einfach nicht! Ich glaub es nicht.«

»Joe Gardner, du kannst dich nicht hier hinsetzen und nach allem, was wir durchgemacht haben, sagen ... Gott, Joe. Du hörst Stimmen, diese Vermißten, was wir erlebt haben ... Der Punkt ist doch, dieser Minenarbeiter hat den Teufel gesehen, der Punkt ist, irgend etwas lebt dort unten, und niemand außer dir, mir und vielleicht diesem James Woodard haben Es je gesehen und sind zurückgekommen.«

Joe unterbrach ihn: »Wir sind doch gar nicht da runter gegangen.«

Hopfrog nickte. »Technisch gesehen nein. Aber was wir in der Scheune gesehen haben, das war dieser ... Teufel, Vampir, Außerirdische, nenn es, wie du willst. Gott, kannst du dir eigentlich vorstellen, wie erleichtert ich bin, weil ich hier mit dir sitzen und darüber sprechen kann, Joe?« Er wischte sich über die Stirn und über die trockenen Lippen. »Ich habe das alles so lange für mich behalten, hab meine Nachforschungen ganz langsam gemacht und Stück für Stück alles zusammengesetzt. Du mußt das hier zum Beispiel einfach so nehmen, wie es ist: wir wissen, Patty ist verschwunden, als wir noch Kinder waren. Dem Foto nach ist sie 1906 schon einmal aufgetaucht. Den neuesten Gerüchten nach wurde sie gestern ebenfalls wieder in der Stadt gesehen, und das behaupten Kinder, die noch nicht mal geboren waren, als sie zum erstenmal verschwunden ist. Also, entweder ist Patty eine Art Gott, oder dieses Ding, nennen wir es mal einen Engel, lebt unter dieser Stadt und ernährt sich irgendwie von Kindern. Vielleicht so, wie Melissa das Baby der Fulchers ausgesaugt hat. Vielleicht braucht es das Blut zum Überleben, so wie ein Motor Benzin braucht. Vielleicht saugt es den Bewohnern von Colony schon seit Generationen das Blut aus. Und warum Colony? Warum nicht irgendwo anders? Ich glaube, ich habe auch das herausgefunden. Vielleicht ist das Blut hier ein bißchen besser, wegen irgendwas in der Erde oder im Wasser, verdammt, wir haben schließlich unsere eigenen Brunnen hier. Was die Geologie betrifft, bin ich kein Genie, aber ich weiß auch, daß bestimmte Krebsarten in dieser Gegend häufiger vorkommen als direkt hinter den Bergen, kaum eine Stunde von hier entfernt. Ich weiß nicht, was es ist; vielleicht ist es ein Mineral, das noch niemand entdeckt hat. Aber dieses Ding, dieses Es, ist da unten, ich weiß es, es melkt uns, melkt unsere Kinder, und aus irgendeinem unbekannten Grund muß es in der Zeit vor und zurück reisen. Das hört sich verrückt an, aber nachdem ich dieser Sache zehn Jahre lang meine Freizeit gewidmet habe, ist das dabei herausgekommen.«

Joe holte tief Luft. »Okay. Okay. Ich kann dir nicht ganz folgen. Aber soweit ich es verstanden habe, braucht dieses Es Blut, und warum greift Es dann nicht alle auf einmal an?«

Hopfrog lächelte schief, als hätte er auf diese Frage gewartet. »Warum soll man die Kuh kaufen, wenn man die Milch umsonst bekommt? Warum soll man seine goldene Gans schlachten? Es lebt hier vielleicht seit Jahrhunderten. Warum soll es sich alles kaputtmachen?«

»Ach, komm, du weißt doch selbst nicht mehr, was du da tust. Du konstruierst etwas um all diese Vorkommnisse herum und verbindest sie miteinander, wobei in Wirklichkeit alles vielleicht Zufall ist und überhaupt nicht zusammenhängt.«

»Ich werde es nicht noch einmal sagen, Joe: Leck mich. Du hast mitangesehen, was die Leiche von Melissa Welles getan hat, du hast geholfen, ihr Grab aufzumachen, und du weißt, was wir da gefunden haben ...«

»Ich weiß, ich weiß«, sagte Joe und hielt sich die Ohren zu wie ein Vierjähriger, weil er es nicht mehr hören wollte, es brachte ihn um den Verstand, er würde verrückt werden, wenn er sich daran erinnerte ...

an die Stimmen, als er den Sarg öffnete,

der leer war, doch jemand hatte den Boden durchgekratzt, etwas war herausgekommen, war durch die Erde gekrochen, durch den mit Wurzeln durchzogenen Boden, hatte sich den Weg wie ein Maulwurf nach unten gewühlt, seiner letzten Bestimmung entgegen.

Die Stimmen der Toten hatten zu ihm gesagt: »Joe, komm nach unten, Junge, fühl dich wie zu Hause, wir wollen, daß du und Missy für immer zusammen seid, für die Ewigkeit, zusammen, nur du und die Liebe deines Lebens.«

2.

Nachdem er Hopfrogs Album durchgesehen hatte, blickte Joe seinen Freund an. »Was will Es?«

»Was?«

»Komm schon, jeder will irgendwas.«

»Vielleicht nur Blut. Vielleicht dieses Mineral im Blut.«

Joe schüttelte den Kopf. »Ich hab es immer noch nicht richtig verstanden. Du hast etwas von einem Motor erzählt. Und

Blut, das wie Benzin benutzt wird. Wenn es Blut braucht, wofür? Will es irgendwohin?«

»Ich weiß nicht. Vielleicht in die Zeit zurück?«

»Oder vielleicht sitzt Es fest und sucht nach einem Ausweg?«

»Entweder bin ich betrunken, oder du redest Dünnschiß.« Hopfrog lachte.

Joe blickte aus dem Fenster und sah sein Spiegelbild in der dunklen regnerischen Nacht. »Und warum gerade jetzt? Warum hat dieses Ding, was immer es ist, das nicht letztes Jahr gemacht? Oder vor vier Jahren?«

»Oh, ich glaube, das kann ich dir sagen.« Hopfrog blickte ihn an und fuhr ohne Zögern fort: »Weil du zurückgekommen bist, Joe. Ich denke – ich glaube, Es braucht dich.«

Joe wandte sich wieder Hopfrog zu. »Wie bitte?« flüsterte er.

»Ich habe dir nie geschrieben oder dich angerufen, weil ich dich nicht hierhaben wollte«, flüsterte Hopfrog. »Du warst wie ein Bruder für mich, aber ich wollte nicht, daß du herkommst, denn wenn du hier wärst, würde es passieren. Du hast die Stimmen gehört, Joe, du warst sein Empfänger.«

Joe schloß die Augen und versuchte, sich die Welt binnen eines Herzschlags fortzuwünschen. Als er die Augen wieder öffnete, waren das Zimmer und Hopfrog und die Bücher immer noch da. Er sagte: »Ich verstehe dich nicht. Wegen des Unfalls?«

»Ich habe seitdem immer wieder versucht, die Puzzleteilchen zu einem Ganzen zusammenzusetzen«, meinte Hopfrog. »Ich bin nicht sicher, warum. Vielleicht, weil Es dich damals fast erwischt hat. Vielleicht wegen dem, was du dir selbst angetan hast.«

Joe griff nach der Flasche und trank einen Schluck. Der Whisky brannte in seiner Kehle. Er betrachtete seine Handgelenke. Die Narben waren schon seit Jahren verheilt, doch die weißesten Linien waren noch immer zu sehen, wie Falten in seiner Haut, zackig und lang, von seinen Handgelenken hoch bis zu seinen Unterarmen. *Achtzehn Jahre alt, hockt er in einem Minenstollen, die Rasierklinge in der Hand, wartet auf den Tod, und auf Melissa, daß sie zu ihm kommt und ihn mit sich nimmt.*

»Vielleicht bist du diesem Es damals nahegekommen. Ich weiß es nicht, ich weiß es nicht.« Hopfrog rieb sich das Gesicht und begann zu schluchzen. Es war das traurigste Geräusch, das Joe je gehört hatte. »Ich habe so lange versucht … zu verstehen, warum das alles passiert ist … Auf einer Ebene spinne ich vielleicht nur, auf einer anderen weiß ich einfach, es ist wahr: warum Patty Glass in einer Zeitung auftaucht, die Jahrzehnte vor ihrer Geburt gedruckt wurde … und was wir getan haben, an dem Tag, als sie verschwunden ist. Was wir in dieser Scheune gemacht haben … sobald ich gehört habe … daß du hier bist … wußte ich, es wird wieder von vorn anfangen.«

»Aber Hop«, fragte Joe, »warum ich?«

»Ich bin nicht schlau genug, um das zu wissen. Es ist etwas von unten … ich habe jedes Buch über Entführungen durch Außerirdische aus den letzten zwanzig Jahren gelesen, und warum zum Teufel glaubst du, daß irgendein Trottel vom Lande entführt wird und nicht Einstein?« Hopfrog schluchzte nicht mehr, er brüllte. »Warum passiert es überhaupt irgendwem? Mein Gott, Joe, ich weiß es verdammt noch mal nicht. Ich bin bloß ein blöder Tischler vom Arsch der Welt. Wie zum Teufel soll ich alles wissen? Ich weiß nur, Es existiert, Es ist hier, Es geht in der Zeit vor und zurück, Es benutzt Kinder, und Patty Glass ist zur gleichen Zeit wiederaufgetaucht wie du. Und jetzt werd du mal schlau daraus.«

Tad stand plötzlich in der Tür: »Daddy, streitet ihr euch?« Er sah gleichermaßen verschlafen und aufgeregt aus.

Hopfrog rollte zu seinem Sohn und zog ihn auf seinen Schoß. »Wir diskutieren nur. Zeit fürs Bett, Kleiner – wir versprechen auch, ab jetzt leiser zu sein.«

Tad blickte Joe an. »Meine Mom sagt, Sie hätten einen schlechten Einfluß auf Dad.«

Joe konnte nicht mal lächeln. Wie automatisch antwortete er. »Sagt sie das? Nun, womöglich hat sie recht.«

3.

Zehn Minuten später schloß Hopfrog die Tür von Tads Zimmer und rollte durch den Flur zu Joe, der auf der Treppe saß. »Komm, wir gehen wieder ins Arbeitszimmer«, sagte er, »ich muß dir noch was erzählen.«

4.

»Kannst du dich noch an den Brunnen erinnern?« fragte Hopfrog. »Drüben in der Scheune vom alten Feely?«

Joe nickte. »Wo Patty verschwunden ist.«

»Genau. Was hast du damals gemacht, Joe, kannst du dich noch erinnern?«

Joe dachte einen Moment lang nach und versuchte, sich das Bild wieder ins Gedächtnis zu rufen: das Innere der Scheune, das goldene Licht im Brunnen, die Kruzifixe und ägyptischen Symbole, als wäre es eine antike Gruft. Er konnte sich nicht mehr genau daran erinnern, was passiert war. »Ich weiß noch, daß ich dagewesen bin. Viel mehr allerdings nicht.«

»Es war das, was du getan hast.« Hopfrog grinste. Er sah ein wenig irre aus. Schweißperlen bildeten sich in den Falten seiner Stirn, und er hatte so ein Glitzern in den Augen. »Du hast damals etwas wirklich Wichtiges getan, nur wußtest du es nicht. Ich weiß nicht, wie du es gemacht hast, aber es hat uns beschützt, dich, mich und Melissa, zumindest damals. Später hat Es nur Melissa bekommen.« Er sah auf seine nutzlosen Beine und flüsterte: »Und von mir nur einen Teil.«

»Ich kann mich nur an das Licht erinnern. Das goldene Licht.«

»Was ist mit dem Jungen? Der über und über mit Blut verschmiert war? Nur sah er nicht immer wie ein Junge aus – manchmal auch wie ein Käfer.«

Joe schloß die Augen und versuchte, das Bild aus seinem Gedächtnis abzurufen: *Das warme Licht, in dem er badete, und die Markierungen auf dem Brunnen, die er berührte – obwohl jetzt, wenn er sich als Erwachsener daran erinnerte, kam es ihm eher wie eine Röhre als wie ein Brunnen vor, eine Art dickes, glänzendes Metall ... Hopfrog war da, auf gesunden Beinen, und Melissa war in der Nähe ... und dann sah er ihn, den Jungen, den Blutjungen ...*

Aber Joe sah durch den Jungen hindurch, und es war gar kein Junge, sondern eine Art Insekt oder eine Maschine, etwas mit Facettenaugen, etwas mit runzligen, verkümmerten Flügeln in einer Reihe auf dem Rückenschild ... und dann das neunaugenähnliche Maul des Dings, das nach Luft schnappte, es war eine Art Drachen, und es mußte sich Patty

Glass geschnappt haben – aber Joe wußte, es wollte sie alle … .

An dieser Stelle wurde die Erinnerung unklar, als hätte Joe eine andere darüber gelegt, eine aus seiner Phantasie, denn in seiner Erinnerung war er nicht mehr Joe, sondern *König Joe Drachenherz, und er zog sein flammendes Schwert und stieß es dem Drachen ins Herz …*

Joe öffnete die Augen. »Ich kann mich nicht mehr genau erinnern. Ich bin mir nicht einmal sicher, ob es wirklich passiert ist. Vielleicht war es eine Art Massenhysterie, Hop, vielleicht hatten wir solche Angst, daß wir uns diese Geschichte nur ausgedacht haben.«

»Ich glaube, du hast in der Scheune irgendwas getötet. Auch wenn ich nicht weiß, wie.« Hopfrog hörte auf zu grinsen und preßte die Lippen aufeinander. »Oder vielleicht weißt du, wie du dich vor ihm schützen kannst, Joe. Vielleicht ist das der Grund, warum Es jetzt herausgekommen ist, weil Es dich am meisten will, weil du der einzige bist, der Es aufhalten kann.« Dann holte Hopfrog etwas aus seiner Tasche. »Sieh dir das an«, sagte er. Er reichte Joe den Gegenstand, der aussah wie ein Stein.

Joe drehte ihn von einer Seite zur anderen. »Ein Fossil? Was ist das, vielleicht ein Trilobit oder so was?« Das Stück vulkanischen Gesteins war rund und glänzte in der Mitte, als wäre es mit Glimmer bestäubt. Der Abdruck eines Insekts oder eines Tiers mit vielen Rippen war in der Mitte.

Hopfrog lächelte halbherzig. »Du wirst nicht glauben, was das ist.«

»Ich denke, mittlerweile glaube ich verdammt viel.«

»Was würdest du sagen, wenn ich dir verraten würde, daß dieser Stein erst zwanzig Jahre alt ist?«

Joe zuckte die Schultern. »Das ist Blödsinn. Ich bin kein Steinesammler, aber das ist doch offensichtlich ein Stück Lava mit einem Fossil, einem Insekt oder Krustentier. Wenn es zwanzig Jahre alt ist, dann stammt es von Hawaii oder so.«

»Es ist keine Lava. Es ist Matsch aus der Scheune des alten Feely. Nachdem du dieses Ding getötet hast, Joe, habe ich ihn dort gefunden. Das da hat uns angegriffen. Es ist nicht das, was wir gesehen haben, aber es ist das Ding, was dahinter war. Ich hab es in die Tasche gesteckt und aufbewahrt. Ich habe es aufbewahrt, damit ich niemals vergesse, was dann geschehen ist.«

Joe hielt den Stein ins Licht, schüttelte aber den Kopf.

»Es ist nicht das, was wir gesehen haben. Wir haben selbst geschaffen, was wir von diesem Ding gesehen haben. Das hier ist das Rohmaterial unseres Alptraums, Joe.«

»Joe Drachenherz«, sagte Joe.

»Hä?«

»König Joe Drachenherz. Der habe ich geglaubt zu sein, als ich es getötet habe. Ich habe geglaubt, es sei ein Drachen. Ich habe es so sehr geglaubt, Hop, so sehr ... es schien wahr zu werden.«

Einige Minuten verstrichen, bis Joe bemerkte, daß es an der Tür klingelte, und er hatte ziemlich Angst davor, nachzuschauen, wer oder was auf der anderen Seite der Tür stand. Es war, als hätte die Welt aufgehört, sich zu drehen, damit er und sein alter Freund sich über etwas unterhalten konnten, was verbotener schien als alles, was jemals auf der Welt existiert hatte.

KAPITEL 21
Jenny

Jenny wollte telefonieren, sie hoffte, Joe noch im Angel Wing erreichen zu können, aber die Leitung war tot, und dieser verrückte Junge stand immer noch auf der Veranda und starrte sie an.

Wenn sie gewußt hätte, daß er Byron Cheever hieß und wozu er gegenwärtig fähig war, hätte sie sich ein Messer geholt, doch statt dessen ging sie zur Tür und öffnete sie einen Spalt, um den jungen Mann zu fragen, was er wollte.

Ehe sie noch ein Wort sagen konnte, schlug ein Blitz in einen nahe stehenden Baum und erleuchtete den Himmel so hell, daß sie die anderen Kinder im Garten sehen konnte, die neben dem älteren Jungen standen. Sieben oder acht Kinder, dachte sie, doch das Licht war so hell, und es blendete sie. Es hätten auch mehr gewesen sein können.

Dann fiel der Strom aus.

Die Dunkelheit bewegte sich auf sie zu.

TEIL DREI

NACHT IN COLONY

KAPITEL 22
Belagerung

1.

Joe öffnete Hopfrogs Haustür. »Becky«, sagte er müde.

Sie war vollkommen durchnäßt. »Wo ist Tad?« fragte sie und nahm zwei Stufen auf einmal. »Ist er im Bett?«

Virgil Cobb stand draußen auf der Veranda. »Hallo, Joe«, sagte er, »hallo, Homer.«

Hopfrog fuhr zu ihm hin und streckte die Hand aus. »Dr. Cobb, schön, Sie zu sehen.«

Ein Blitz erhellte wie ein Feuerwerk den Himmel und die ganze Nachbarschaft. Der Regen ließ langsam nach. Für eine Weile verwandelte er sich in Schneeregen.

Virgil sagte: »Es ist wieder da. Heute abend.«

Hopfrog nickte. Es war, als hätten sie die Welt der Normalität verlassen und wären in diesen Abgrund des Glaubens an alles und jedes gestürzt. »Ja.«

Unpassenderweise fragte Virgil: »Wie geht es Ihrer Mutter, Joe?«

Joe meinte, sein Herz würde stehenbleiben. »O Jesus, meine Familie, Hop, wir müssen sie holen.«

Und genau in diesem Augenblick hörten sie einen Schrei, einen grauenerregenden, blutgefrierenden Schrei, wie er einen erwachsenen Mann in die Knie zwingen kann.

Es war Becky, die schrie.

2.

Es war nur der erste Schrei einer langen Reihe, die in der Nacht folgen sollten, wenn die Familien in dieser kleinen Stadt, in der die weltbekannten Schaukelstühle hergestellt wurden, entdeckten, daß ihre Kinder verschwunden waren.

Andere stellten fest, daß ihre Kinder zurückkehrten.

Romeo Dancer kam nach einer durchzechten Nacht nach Hause und fand die blutleere Leiche seiner Frau Wilma und seine vier normalerweise hungrigen Kinder recht satt und abgefüllt vor; Tenley McWhorter und ihr Freund Noah Cristman hatten bereits angefangen, Tenleys Vater, den sie auf einen der berühmten Colony-Schaukelstühle gefesselt hatten, auszusaugen, seine Venen aufzureißen, und halbtot beobachtete er, wie etwas, das ganz und gar nicht menschlich aussah, aus Noahs Mund herausschoß, etwas, was ihn an die Fühler eines Käfers erinnerte; Elvis Bonchance hielt seine kleinen Brüder, die beide unter zwei Jahre alt waren, die ihre Augen aufgerissen hatten und deren Körper reinweiß waren, in seinen Wurstfingern, und sein Overall war schwarz und rot verschmiert; und Davy, der kleine Junge, der gerade erst von den Toten zurück war, begann, an Dale Chambers Knochen zu lutschen, als wären sie Zuckerrohr; er saß auf dem Motelbett, als warte er auf ein Signal; in der ganzen Stadt waren weniger als zwanzig Leute noch am Leben, und innerhalb von Minuten würde man die Überlebenden an einer Hand abzählen können.

Die Nacht hatte sich über diesen Winkel von Gottes Erde gesenkt, und es herrschte eine Finsternis, die man nicht mit Licht erhellen konnte.

3.

Joe fand Becky, die schluchzend oben auf der Treppe hockte. Er nahm sie in die Arme. Er spähte in Tads Zimmer, sah das offene Fenster, durch das Regen hereinfiel, und den Blitz draußen.

»Bitte«, sagte sie, »bitte, laß mich gehen, ich muß mein Kind finden!« Sie machte sich von ihm los, ging jedoch nicht weiter. Statt dessen zitterte sie und weinte und schien ihre Umgebung vergessen zu haben.

Hopfrog war die Treppe hochgekrabbelt, indem er sich an speziellen Sprossen am Geländer hochgehangelt hatte. Er kniete sich neben seine Frau hin und sprach leise und tröstend auf sie ein, wobei er Joe wütend anblitzte. »Ich hab in der obersten Schublade meines Schreibtisches eine Waffe. Hol sie mir. Ich geh raus und hole meinen Sohn zurück.«

Erst jetzt verstand Joe. Plötzlich stand er inmitten eines Alptraums, der nicht nur ihn selbst betraf, der nicht nur aus der jahrelangen Angst und den Märchen und den Einbildungen eines jungen kreativen Mannes bestand – nein, in diesen Alptraum war er schon vor Jahren hineingestolpert, und dieser Alptraum hatte nur geschlafen wie ein Vulkan vor dem Ausbruch.

Er vergaß, Hopfrog die Waffe zu holen, vergaß die Tragödie mit Hops Sohn Tad, der verschwunden war, vergaß alles und jedes außer dem Bild von Jenny und Hillary und Aaron. Es war, als wäre in ihm ein Damm gebrochen, ein Damm, der Ängste und Schrecken und Ahnungen und Glauben gestaut hatte – der ganze Mist der Kindheit brach wieder über ihn herein. *MEINE FAMILIE, O GOTT, LASS*

MEINER FAMILIE NICHTS PASSIEREN, BITTE GOTT, BITTE.

Und diese andere Stimme, nicht die irgendeines Toten, nein, die von Mr. Schicksal, die immer aus dem Hintergrund auf ihn eingeflüstert hatte, sagte:

Was möchtest du am liebsten, Junge?

Willst du Glück? Liebe? Geld? Familie?

Siehst du, was passiert, wenn du nach Hause zurückkommst? Willst du sehen, wie jeder, den du je geliebt hast, wieder und wieder und wieder stirbt?

Willst du wissen, was mit Kindern passiert, die Drachen erschlagen und dann erwachsen werden? Der Drachen kehrt zurück, König Joe – Es kommt zurück, und Es hat Hunger auf dich.

4.

War er zu seinem Buick gelaufen? Joe konnte sich nicht erinnern, denn das Fieber hatte ihn gepackt, das Fieber und auch die Angst. Es war alles verschwommen, seit er Becky im Arm gehalten hatte, als sie um Tad geweint hatte, um ihr Kind, das irgendwie aus seinem Zimmer entführt worden war, ohne daß sie es bemerkt hatten. Dann hatte er noch jemanden gesehen, der wie ein quengeliger alter Dr. Cobb aussah, der Mann, der in der Vergangenheit vielleicht ein – gelinde ausgedrückt – zu enger Freund seiner Mutter gewesen war. Er war die Einfahrt zu seinem Wagen runtergerannt, hatte im Regen am Schloß herumgefummelt, die Schlüssel fallenlassen, sie wieder aufgehoben, sie nochmals fallenlassen. Endlich hatte er sie ins Schloß gesteckt, als jemand seinen Namen rief.

Er wirbelte herum, erwartete halb einen Angriff, und da stand ein spindeldürrer alter Säufer, der kaum mehr Haare auf dem Kopf hatte, das karierte Flanellhemd aus der Hose, halb aufgeknöpft, den Mantel zerfetzt, die Augen voller Feuer. »Joe? Bist du das, du Hurensohn?« Es war Gary Welles, Joe erkannte die Stimme. »Du hast mein Kind umgebracht, und jetzt bringe ich dich um.«

In Gary Welles' zitternden Händen lag ein Gewehr. Joe kannte sich mit Gewehren nicht besonders gut aus, aber das da in Gary Welles Hand war eindeutig eins. »Wußte doch, ich finde dich bei deinem alten Kumpel – wußte, du kommst zurück und lachst uns kleine Leute aus, wie du mein kleines Mädchen ausgelacht hast.«

Joe hielt die Hände hoch. »Bitte, meine Familie ...«

Gary knirschte mit den Zähnen. »Was is mit deiner Familie, du Hurensohn? Was ist mit meinem kleinen Mädchen, Missy, meinem Kind Missy, meinem größten Schatz ... du süßholzraspelnder Perverser, du hast sie fortgelockt, und dann hast du dafür gesorgt, daß sie stirbt, und dann hat mich meine Frau verlassen und mein Sohn, gut, der war ein bißchen lahm und ein bißchen blöd, aber er war mein Junge! Jetzt redet er nicht mal mehr mit mir – er ist sich jetzt zu fein für mich, aber damals war er nicht so – ist alles nur wegen dem, was du uns angetan hast, du mieser Scheißer! Und dann hast du die Leiche von meinem Mädchen ausgebuddelt und diese – diese ekelhaften, krankhaften – du bist nicht besser als dieser Kerl, dieser Jeffrey Dahmer war, aber dem hat auch schließlich jemand die Lichter ausgeblasen, so wie ich das jetzt mit dir machen werde.«

Joe wollte gerade etwas sagen (obwohl er nicht sicher war, was), als er ein helles Licht sah, das nicht vom Gewitter herrührte, und dann hörte er das Blut in seinen Ohren rauschen wie ein Meer, und er stellte fest, daß er getroffen war. Mehr noch als die Taubheit, die, wie er gehört hatte, immer eintreten sollte, wenn man von einem Schuß getroffen wurde, fühlte er eine gewaltige Hitze, die sich in seiner Seite ausbreitete. Er fiel auf den schlammigen Boden.

Gary Welles lachte triumphierend und kniete sich neben ihn. »Wenn du den Teufel siehst, Junge«, sagte er, »bestell ihm schöne Grüße, und ich käme demnächst auch vorbei.«

Dann setzte Gary Welles Joe die Waffe an den Kopf und drückte ab.

5.

Das Gewehr machte Klick. Dann hörte Joe nichts mehr.

Dann hörte er den Regen, der ihm aufs Gesicht klatschte.

Dann hörte er Gary Welles fluchen und schreien und das Gewehr noch mehrmals abdrücken.

»Scheiße«, sagte Gary und warf das Gewehr weg. »Und dafür hab ich mein gutes Geld ausgegeben.«

Zu diesem Zeitpunkt konnte sich Joe bereits wieder aufrichten, seine Kräfte sammeln und Gary Welles einen ziemlich festen Kinnhaken verpassen.

Dann ging er wieder zu Boden und verlor glückselig das Bewußtsein, mit einem letzten Gedanken, bevor ihn die Dunkelheit umhüllte: *Wenn man gerade glaubt, man wüßte, wer das Ungeheuer ist …*

6.

Wenn du Flügel gehabt hättest, hättest du über die Dächer der Häuser fliegen und auf die Frau hinuntersehen können, die auf der Straße lag, ein Bein auf dem Bürgersteig, der Körper im Rinnstein, und ihre eigene Tochter, nicht älter als vier Jahre alt, über ihr, scheinbar mit etwas wie Mund-zu-Mund-Beatmung beschäftigt, doch bei näherer Betrachtung könnte es auch etwas anderes sein, denn der Mund des kleinen Mädchens war blutverschmiert; Jephta Bonchance hatte gerade das Schlafzimmer vernagelt, in dem vier seiner Kinder waren, aber eins von ihnen, Hank, dessen Hände aufgerissen und zerfetzt waren, weil er sich seinen Weg durch die Wand gekratzt hatte, stand schon hinter ihm und beobachtete seinen Vater grinsend. Minnie Harper, achtundsiebzig Jahre alt, saß wie gewöhnlich am Fenster ihrer Wohnung über Logan's Market in der Main Street. Draußen, an der Tür, weinte ein Kind wie nach seiner Mutter, und so ging Minnie langsam hinunter, wobei sie ihre Knochen knacken hören konnte. Cally Harper machte sich gerade einen Tee, als sie sie erwischten, eine ganze Bande von ihnen, und zuerst dachte sie, es wäre immer noch Halloween, weil sie so abgehärmte, fast runzlige Gesichter hatten, wie Weintrauben kurz vorm Pflücken. Wenn du Flügel gehabt hättest, hättest du fliegen und das alles sehen können, und wenn du zu dem dunklen Haus an der River Road gekommen wärst, dem, wo auf dem Briefkasten das Wort GARDNER stand, hättest du gewußt, daß auch in diesem Haus etwas Böses vor sich ging.

7.

Oben in dem Zimmer, das einst Joe Gardners gewesen war, nahm Cheever die Leiche, schlitzte sie auf und verspritzte Blut nach einem bestimmten Muster.

Er tauchte die Finger hinein und schrieb, was ihm sein Großer Meister zu schreiben aufgetragen hatte.

8.

Joe erwachte im Regen. Neben ihm kniete Virgil Cobb. Der alte Mann sagte: »Es ist nicht allzu schlimm, aber es blutet. Wie fühlen Sie sich?«

»Schlecht. Wo ist Gary?«

»Er ist drinnen. Ohnmächtig. Becky und Homer sind auch drinnen.«

»Ich muß nach Hause«, sagte Joe.

»Jetzt nicht.« Virgil schüttelte den Kopf. »Wir müssen in meine Praxis, damit ich die Wunde anständig desinfizieren kann.«

Joe versuchte aufzustehen, sank jedoch wieder zurück. »Für einen Streifschuß tut das ganz schön weh.«

Virgil begann, Joe zu verbinden. »Mit ein bißchen Druck kann man die Blutung stillen.«

»Meine Familie«, sagte Joe, »ich muß sie holen.«

»Ja, machen Sie das«, sagte Virgil, »wenn ich die Wunde gesäubert habe.«

»Nein«, sagte Joe, »sofort!«

9.

Joe spürte den Adrenalinschub, während er mit Virgil durch die regennassen Straßen fuhr.

»Ich habe ihn schon einmal erlebt«, sagte Virgil, »diesen Widersacher.«

»Ich auch.«

»Ich weiß. Homer hat es mir erzählt. Es gibt Möglichkeiten, Es aufzuhalten, zumindest eine Zeitlang.« Virgil griff auf den Boden seines Wagens. Er holte eine Tasche hervor und legte sie auf den Platz zwischen ihnen. »Das sind die Werkzeuge, die wir brauchen. Schraubenzieher, Kruzifixe und sogar ein bißchen Weihwasser, das ich im Laufe der Jahre in der Kirche in Stone Valley gestohlen habe.«

»Sie glauben, es sei ein Vampir …«

»Nein. Aber es kann genauso aufgehalten werden. John Feely hat in seinem Haus überall religiöse Symbole angebracht, um es auszusperren. Er ging sogar auf den Watch Hill und brachte dort zusätzliche Kreuze an. Haben Sie gewußt, daß der Watch Hill früher der Haupteingang zu den Minen war? Dort haben die Gleise angefangen, auf denen die Kohle zum Fluß transportiert wurde, wo sie auf Schiffe verladen wurde. Watch Hill war bis 1918 gar kein Friedhof, und zu der Zeit gab es schon neue Minen an anderen Stellen in der Stadt.«

»Wie viele Minen gab es eigentlich?«

»Achtundzwanzig, und sie waren alle miteinander verbunden. Auf einer Fläche von fünf Quadratmeilen.«

»Unter der ganzen Stadt?«

Virgil nickte.

»Mein Gott«, stammelte Joe. »Die ganze Stadt.«

»John Feely hat es von seinem Großvater gelernt, die Kreuze aufzustellen, und der muß dem, was auch immer dort unten ist, begegnet sein. So wie Sie.«

»Hä?«

»Sie sind ihm auch begegnet. Ich kann mich an die Stimmen erinnern, an die Geschichten, die Sie den Leuten erzählt haben. Ich hatte die Leiche von Patty Glass in meiner Praxis. Und bevor ich ihr ein Skalpell ins Herz bohren konnte, hat sie mir etwas gesagt, was sich auch auf Sie bezog.«

Virgil lenkte den Wagen in die Einfahrt von Anna Gardners Haus. Er meinte: »Sie hat mir gesagt, daß sie nach Ihnen suchten. Es war nicht Pattys Stimme, sondern ein Zusammenklang von vielen Stimmen, und trotzdem eine Stimme. Es sagte, Es brauche Joe Gardners Blut.«

10.

Joe durchsuchte das Haus Zimmer für Zimmer und fand niemanden. Er richtete den Strahl seiner Taschenlampe in jeden Wandschrank, wobei er jedesmal halb erwartete, ihn würde etwas anspringen. Virgil rief ihn aus einem der Schlafzimmer oben. Obwohl seine Seite schmerzte und brannte, stieg Joe die Treppe hoch. Er fühlte sich, als bewegte er sich in Zeitlupe durch dickflüssige Luft. Er erreichte sein altes Zimmer, und Virgil zeigte mit der Taschenlampe auf etwas an der Wand.

»Ich fürchte, ich habe auch die Leiche Ihrer Mutter gefunden«, sagte Virgil.

Joe las, was da mit Blut geschrieben war:

MELISSA + JOE
AUF EWIG

Dann drehten sich beide Männer um, weil sie ein Geräusch hörten. Ein Geräusch, als würde jemand Saft aus einer reifen Frucht lutschen.

Joe stand wie erstarrt da, spürte keinen Schmerz mehr, nur noch Taubheit und vielleicht das Gefühl, als würde etwas in ihm sterben, zumindest jener Teil von ihm, der einmal glücklich gewesen war oder gehofft oder geträumt hatte.

Der Strahl der Taschenlampe traf die blutverschmierte Gestalt von Byron Cheever, der nackt glänzend über Anna Gardners Knöchel hockte und gierig daran schleckte.

Byron zuckte im Licht zusammen, bedeckte die Augen und wandte sich ihnen zu. »Joe«, sagte er schwerfällig, als wäre er übersatt. »Deine Mutter war echt ein Leckerbissen. Ich bin sicher, wenn mein Meister deine Kinder bekommen hat, wird er sie ähnlich lecker finden.«

Virgil zog etwas aus seiner Tasche und hielt es in den Strahl der Taschenlampe.

Es war ein kleines Kreuz, das jetzt seinen Schatten auf Byrons Gesicht warf.

Byron wich zurück, versteckte sich jedoch nicht davor, wie Joe es erwartet hatte. Statt dessen erschien er irgendwie hypnotisiert, wie betäubt. Er blieb regungslos stehen.

Virgil sagte: »Merken Sie, wie er auf das Kreuz reagiert? Nicht mit Angst, sondern einfach nur wie betäubt.«

Und dann ging Virgil, während er das Kreuz weiterhin vor sich hielt, vorsichtig zu Byron hinüber. Er kniete sich neben ihn und drückte ihm das Kreuz auf die Stirn. Mit seiner freien Hand holte er einen Schraubenzieher hervor und trieb ihn Byron Cheever rasch und sicher ins Herz. Zu Joe sagte er: »So, ich muß ihn operieren, weil sein Körper vollständig unbrauchbar gemacht werden muß, sonst besteht die Möglichkeit, daß Es ihn immer noch benutzen kann, um weiter zu ernten.«

Joe stand da und hielt die Taschenlampe, doch sein Verstand hatte sich längst an einen stillen Ort zurückgezogen, einen Ort ohne Familie, ohne Liebe, ohne Wärme. Joe war wie eine Statue. Dieser Schmerz, diese Angst, diese Tragödie um ihn her waren eine Traumwelt, und die wirkliche Welt war nur Dunkelheit und eisige Öde. Er erinnerte sich, genauso gefühlt zu haben, als er nach Melissas Tod Selbstmord begehen wollte. Auch damals hatte er in diesem arktischen Land gestanden und hatte sich nicht vorstellen können, daß irgendwo noch Leben existierte. Er hatte sich wegen des körperlichen Schmerzes an diesen Ort zurückgezogen und wegen des Schmerzes, den ihm das Wissen bereitete, daß alles, was er liebte, tot war.

Irgendwo in diesem Zustand der Abgeschiedenheit glaubte er seinen Sohn rufen zu hören, und für einen Augenblick raste er durch die Räume seines Bewußtseins und versuchte die Tür zu finden, die ihn wieder in die Normalität zurückführte.

Er sah vor seinem geistigen Auge, wie sein Sohn Aaron auf ihn zulief, nur war es nicht sein Sohn, denn seine Haut war zerfetzt, als wäre er in Stacheldraht gefangen, und statt dessen flog da ein Engel – kein Engel des Todes oder der Gnade, sondern der Engel des Abgrunds – mit rotverschmiertem Gesicht auf ihn zu und wollte ihn umarmen.

»Joe.« Virgils Stimme schnitt sich in seine Taubheit. »Joe?«

Joe Gardner öffnete die Augen.

In der Tür waren drei Kinder aufgetaucht und bewegten sich wie Wölfe auf sie zu.

Joe richtete die Taschenlampe auf sie. Bei dem Lichtschein zuckten sie zusammen, blieben jedoch nicht stehen. Ihre Kleidung bestand aus blutigen Lumpen, ihre Haare waren mit Dreck und Laub verklebt.

Dann ging nur eines der Kinder, ein Mädchen von fünfzehn Jahren, ein Mädchen, das noch vor kurzem Tenley McWhorter gewesen und jetzt einfach nur noch ein Mitglied des Rudels war, weiter vor. »Wir haben deine Frau und deine Mama gegessen, Joe.« Sie grinste und umklammerte die Fetzen ihres Kleides. »Deine Kinder sind bei uns. Das Blut deiner Mama war wie warmes Gelee, Joe. Wirklich köstlich.«

Virgil griff nach dem Kreuz, das er bei Byrons Leiche liegengelassen hatte, fand es jedoch in der Dunkelheit nicht.

»Dein kleines Mädchen wird die Blume der Hölle werden«, kicherte Tenley. Der Junge, der bei ihr war, ließ sich auf alle viere nieder und sprang vor, so daß er direkt vor Joe stand.

Er griff nach der Taschenlampe, aber Joe schlug sie ihm an den Kopf. Er fiel. Etwas wie glühende weiße Würmer spritzte seitlich aus seinem Schädel. Der Junge griff nach Joes Knöchel.

Joe hörte Virgil aufschreien, mußte sich jedoch dem Jungen zuwenden. Er trat ihn gegen die Wand und nahm einen der langen Nägel vom Gürtel, trieb ihn dem Jungen in die Brust und riß ihn auf der Suche nach dem Herzen durch den Brustkorb. Das alles war eine Sache von Sekunden, und als er die Taschenlampe auf Virgil richtete, sah er, daß das Mädchen und der andere kleine Junge Virgil zu Boden geworfen hatten.

Joe klemmte sich die Taschenlampe unter die Arme und richtete sie auf das kleine Mädchen; dann legte er beide Zeigefinger wie ein Kreuz übereinander.

Der Schatten brannte sich in das Gesicht des Mädchens und brach die Haut von Wange und Nase auf.

Sie kreischte und fiel zur Seite.

Zur gleichen Zeit fand Virgil sein Kreuz und trieb dem Jungen die Spitze in die Kehle. Er rang den Jungen zu Boden, und dann erledigten die beiden Männer die chirurgischen Maßnahmen, die notwendig waren, um den endgültigen Tod dieser Wesen zu garantieren.

»Sie dürfen sie nicht als Kinder betrachten«, sagte Virgil. »Betrachten Sie es als das Ding, das Ihre Familie ermordet hat.«

11.

Als sie fertig waren, schmerzte Joes Seite von der Kugel, die ihn gestreift hatte, und er ließ sich an der Wand zu Boden rutschen. »Ich würd am liebsten ewig schlafen«, sagte er, »aber mein Körper will nicht. Es ist, als würde etwas in mir kämpfen.«

»Überlebensinstinkt«, sagte Virgil sachlich. »Es werden noch mehr hinter uns her sein. Wir sollten zu den anderen zurückgehen und uns für die Nacht verbarrikadieren. Wir können morgen früh weitermachen.«

Die blutige Inschrift brannte sich in Joes Verstand ein. *Melissa + Joe auf ewig.*

12.

»Guter Gott«, sagte Virgil, als er den Buick zwei Häuser vor Hopfrogs Haus zum Stehen brachte. »Kommt mir vor wie ein letztes Aufgebot.«

Joe überraschte der Anblick, der sie begrüßte, kaum: Zwanzig oder dreißig Kinder hatten das Haus umzingelt, überall in den Büschen und Bäumen sah man ihre Schatten und Gestalten, manche krabbelten seitlich an den Mauern entlang, manche waren schon auf dem Dach.

»Ich hoffe nur, Becky und Hop haben es geschafft. Ich hoffe, sie leben noch«, sagte Joe.

»Und wie sollen wir die alle vernichten?«

»Sehen Sie mich nicht an. Ich weiß darauf auch keine Antwort.«

Die Haustür ging auf, aber es war zu dunkel, um zu erkennen, was da vor sich ging.

Der Mann stand aufrecht, also konnte es nicht Hopfrog sein.

»Es ist Gary Welles«, sagte Joe. »Was zum Teufel macht er da?«

13.

Gary fühlte sich jetzt ein bißchen besser. Soweit er mitbekommen hatte, hatte er Joe einmal getroffen, und beim nächstenmal würde er die Sache ganz sicher zu Ende bringen. Er hatte es geschafft, die Tür des Zimmers, in das sie ihn eingeschlossen hatten, aufzubrechen, und war durch das dunkle

Haus getorkelt, ohne jemandem zu begegnen. Er trat auf die Veranda hinaus und verlachte das Schicksal. Er schrie: »Leckt mich alle! Leck mich, Colony, du arschige Stadt, weil du mein Mädchen umgebracht hast und meine Ehe vergiftet! Ihr könnt mich alle mal!«

Im Mondlicht konnte er die Gestalten der Kinder um sich herum sehen, und obwohl ihm das seltsam vorkam, war er dennoch betrunken genug, um sie für eine Art weiße Mäuse zu halten.

Und ehe er noch viel darüber nachdenken konnte, waren die Kinder schon über ihn hergefallen, und Gary spürte Dutzende kleiner Münder an seinen Schlagadern, spürte die Zähne, die sich in sie hineingruben, spürte die kleinen Zungen, die an ihm leckten.

14.

Joe keuchte: »JESUS!« Er wollte die Tür öffnen, doch Virgil hielt ihn zurück. »WIR KÖNNEN IHN DOCH NICHT VOR DIE HUNDE GEHEN LASSEN!«

Virgil sagte: »Es ist zu spät, Joe. Sie haben ihn schon.«

»Nein.« Joe schüttelte Virgil ab und stieg aus dem Wagen. Er hielt das Kreuz in die Höhe, rannte auf den Kreis der Kinder zu und fuhr ihnen mit dem Kreuz über den Kopf oder durchs Gesicht. Er konnte es riechen, sie stanken nach Tod, nach Würmern und Erde und Schwefel. Er nahm seinen langen Nagel und rammte ihn wahllos in ihre Körper, als stünde er am Fließband, und obwohl sie nach ihm griffen und ihm in die Arme bissen, stach und schlug er weiter zu …

Als er fertig war, lachte er, lachte so laut, daß er glaubte, die Welt, das Universum und Gott lachten alle mit ihm.

Er betrachtete die Leichen.

Du hast mich in den Wahnsinn getrieben. Du hast mich zum Unmenschen gemacht, dachte er.

Joe Gardner sank auf die Knie, ließ Kreuz und Nagel fallen. Er lachte, bis er sich nicht mehr daran erinnern konnte, jemals nicht gelacht zu haben.

Becky kam aus dem Haus. Sie legte ihm eine Decke um, aber er lachte weiter, er wußte, nichts konnte sie retten. Es gab keinen Weg, die Kinder aufzuhalten, keinen Weg, Es aufzuhalten, keinen Weg, den Drachen zu besiegen.

Es dauerte noch lange bis zum Morgen. Als die Sonne schließlich den Himmel erhellte, an dem es purpurn und blau dämmerte, war das Haus von Joes Mutter voller Kinderleichen und Kruzifixe, die aus Holzstücken und allem, woraus man ein Kreuz machen konnte, gefertigt waren.

Hopfrog saß die ganze Nacht neben dem Bett, in dem Joe schlief, und erzählte den anderen am anderen Morgen, daß Joe selbst noch in seinen Träumen gelacht habe.

KAPITEL 23
Beute

1.

Joe Gardner schlief bis weit in den Morgen. Er wurde nicht von Alpträumen geplagt, und auch die Kälte störte ihn nicht, obwohl man das Schlafzimmerfenster offengelassen hatte, als gäbe es Hoffnung, seine Kinder würden wie nach einem Abenteuer mit Peter Pan wieder nach Hause zurückkehren. Als er zum erstenmal erwachte, sah er die Sonne und den Reif auf dem Fensterbrett. Er betrachtete seinen Atem, der in der Luft kleine Wölkchen bildete. Er hörte das Ticken der Uhr im Flur. Er schloß die Augen und fiel wieder in die Dunkelheit des Schlafes.

In seiner eisigen, sonnenlosen Traumlandschaft fühlte er nichts, sondern hörte nur das endlose Flattern der Flügel des Engels des Abgrunds, während der seine Arme um ihn legte.

Joe hatte noch nie einen besonders tiefen Schlaf gehabt, aber der äußerliche Joe, der, der seine Frau und seine Kinder liebte und Erinnerungen hatte und Schmerz und Leid kannte, dieser Joe war untergetaucht. Der Joe, der zurückgeblieben war, war nur noch Körper: Er atmete, er schlief, und erst, als Hunger seinen Magen zusammenzog und Durst seine Lippen trocknete, erwachte dieser Joe gegen Mittag.

Er setzte sich auf und zog sich eine blau-grüne Steppdecke

um die Schulter. Er zitterte vor Kälte. Er hatte einen steifen Nacken, weil er krumm gelegen hatte. Sein Kinn war stoppelig. Seine Knochen knackten leise, als er die Beine ausstreckte und sich reckte. Ein Geräusch, ein hohes Pfeifen, tobte schmerzhaft durch seinen Kopf, aber er konnte es ausschalten, als würde das Mittel, das Virgil Cobb ihm gegeben hatte, nicht nur seinen Körper, sondern auch seinen Verstand betäuben. (Was war passiert? War er selbst ins Bett gekommen? Hatten Becky und Hopfrog sich um seine Wunden gekümmert und sie gesäubert? Wo hatte sein Bewußtsein aufgehört und der Schlaf begonnen? Er konnte sich nur noch ausschnitthaft erinnern, an Gesichter, an jemanden, der die Wände des Zimmer abgeschrubbt, die Wörter *Melissa + Joe auf ewig* getilgt hatte. Hatte Becky sich irgendwann heute morgen über ihn gebeugt und seine Stirn mit einem feuchten Tuch abgewischt? All das kam ihm wie Erinnerungen aus einem anderen Leben vor.

Einen Augenblick lang glaubte er wieder ein Junge zu sein, in seinem alten Zimmer. An der Wand hingen drei Poster: Peter Frampton, Jackson Browne und Linda Ronstadt, ausgeblichen und an den Kanten eingerissen, mit vergilbtem Klebeband und kleinen Stellen, wo das Klebeband die Farbe von der Wand abgezogen hatte. *Sieh nicht dorthin, wo sie die Wand abgeschrubbt haben, sagte er sich, sieh nicht hin. Du willst nicht sehen, was dort ist. Sieh auch nicht dorthin, wo du deine Mutter zum letztenmal gesehen hast, vermutlich ist dort ein Fleck. Sieh nichts an, was dir zu sehr weh tun könnte.* Auf dem Ankleidetisch standen uralte Fläschchen British Sterling und Old Spice, genau dort, wo er sie mit achtzehn zurückgelassen hatte. Sein Hundertliteraquarium auf dem Bücherregal war jetzt leer, stand zwischen der in Leder gebundenen Ausgabe von *Tausend und einer Nacht* und Herman Wouks *Youngblood Hawke.*

Erst dann entdeckte er Aarons schwarze Jeansjacke über dem Stuhl, und er begann zu schluchzen. Er hatte Aaron gerade erst ein Sweatshirt gekauft, und das hatte sein Sohn letzte Nacht im Bett angehabt. Aarons Seesack lehnte in der Ecke, voll mit zusammengeknäulten Strümpfen, Unterwäsche, Jeans und zwei Paar Turnschuhen. *Hat Aaron nicht daran gedacht, seine Jacke anzuziehen? Es ist doch kalt draußen.*

(Alle deine Kinder, flüsterte eine Stimme in ihm, erst Paul in der Wiege, und jetzt Aaron und Hillary und deine Frau, die haben wir auch. Was wünschst du dir, Joe? Liebe? Glück? Kinder? Familie?)

Joe ließ sich in die Kissen zurückfallen. Im Kissen konnte er Aarons Haar riechen, als wäre sein Sohn gerade erst aus dem Bett gestiegen und nach unten oder ins Badezimmer gegangen.

Joe preßte sein Gesicht ins Kissen, damit er seine Tränen unter Kontrolle bekam.

2.

Nach einer Weile setzte er sich wieder auf und sagte: »Nein.«

Er war fast enttäuscht, weil er nicht den Verstand verloren hatte.

3.

Becky saß auf der Veranda vorm Haus, in eine lange Daunenjacke gehüllt. Sie nippte an einer Tasse Kaffee. Virgil Cobb saß ihr gegenüber und rauchte eine Zigarre.

An niemanden gerichtet, nickte sie gen Himmel: »Sieht nach Schnee aus, nicht? Kalt genug wär's ja.«

»Letztes Jahr hat es erst im Dezember geschneit. Und im Jahr davor schon im Oktober«, sagte Virgil.

Joe stand da, die Steppdecke um die Schultern, und starrte die beiden an. »Es hat meine Kinder.«

Becky sah auf. »Joe.«

Sie sprach nicht aus, was ihr auf der Zunge lag: *Du lebst. Hab ich eigentlich gar nicht erwartet. Dachte, das war alles zu viel für dich, der Schock, das Trauma, der Alptraum. Schön, dich zu sehen.*

Und noch etwas:

Alle unsere Kinder sind verschwunden, Joe, alle unsere Kinder. Deine Tragödie ist nicht schlimmer als die von jedem anderen auch, also beschwer dich nicht. Und wir sind alle abgestumpft und entmenschlicht und traumatisiert und verflucht geschockt, also erwarte von unserer Seite kein Mitleid.

Joe sah über die Straße hinweg zum Fluß. Auf dem Wasser glänzte eine dünne Eisschicht.

»Die Temperatur ist letzte Nacht gefallen«, sagte Virgil und blies einen Rauchring in die Luft. »Das wird uns vielleicht behilflich sein.«

»Weiß man nicht«, sagte Joe. »Weiß man nicht. Weiß keiner, oder?«

»Joe?« Es gelang Becky nicht, zu lächeln, obwohl sie sich alle Mühe gab. »Hast du dich ein bißchen ausgeruht?«

»Niemand weiß überhaupt irgendwas. Diese ganze Stadt ist ein Friedhof. Wir sind alle tot. Wir könnten auch gleich zu diesem Ding gehen, diesem Engel oder Vampir oder Marsmenschen, oder was Es auch immer sein mag. Wir könnten uns ihm auch gleich stellen.«

Virgil sagte: »Nicht alle in der Stadt sind tot. Hopfrog ist unterwegs und sieht nach, wer noch lebt.«

»Gefällt es dir etwa, daß Es dein Kind hat?« Joe zeigte auf die Straße. »Du sitzt hier rum und trinkst Kaffee, während dein Kind …«

Becky stellte ihre Kaffeetasse ab.

»Was für eine Mutter bist du eigentlich?« fauchte Joe. »Du hättest dein Kind nehmen sollen und es in den Wagen setzen und verdammt noch mal hier verschwinden sollen, wenn du irgendwelchen …« Er bekam Schaum vorm Mund, und er fühlte sich, als hätte er eine Art Anfall. Die Gedanken schossen ihm schneller durch den Kopf, als sein Verstand erlaubte. Sein Mund bewegte sich selbständig, stimmte sich nicht mit dem Rest ab. Er kämpfte gegen diesen überwältigenden Drang zu fliehen, so weit wie möglich von diesem schrecklichen Ort zu fliehen.

Becky fauchte zurück. »Du ziehst es vielleicht vor durchzudrehen, aber ich halte mich an der Hoffnung fest, daß es einen Weg gibt, wie ich meinen Sohn unverletzt wiederbekomme. Ich weiß nicht, wie, aber ich weiß, mit Meckern und Dummgeschwätz geht es nicht.« Dann beruhigte sie sich. »Ich habe gestern nacht alles aus mir rausgeschrien und geweint. Wir wissen nicht, ob Tad tot ist, genausowenig wie wir wissen, ob deine Familie tot ist. Warum haben wir sonst die Leiche deiner Mutter und nicht die deiner Frau gefunden? Vielleicht sind sie entkommen, Joe. Vielleicht sind sie entkommen.«

Joe ging ins Haus und holte sich die Zigaretten, die er in der Innentasche seiner schwarzen Jeansjacke versteckt hatte. Er zündete sich eine an und ging wieder zu den anderen. Er und Becky rauchten eine nach der anderen, bis die Packung leer war. »Tut mir leid. Ich bin einfach nur durchgedreht.«

Becky nahm die Entschuldigung an. »Ich hab Hopfrog versprochen, ich würde helfen. Wir machen das, was ihr beide letztesmal schon gemacht habt. Wir holen sie einen nach dem anderen raus. Wir werden es zu einem Ende bringen. Wenn es eine Chance gibt, daß Tad oder deine Familie noch leben ...«

»Nein«, sagte er und rieb sich die Augen. »Werden wir nicht. Wir werden dabei draufgehen und wie sie werden, eine Art Vorratstank für das Ding, das unten in den Minen lebt.«

»Wir können aber auch nicht abhauen«, sagte sie und ging an den Rand der Veranda. »Nicht, ehe wir Es aufgehalten haben. Es hat Tad. Es hat deine Kinder. Wie kannst du so sicher sein, daß sie tot sind? Ich glaube nicht, daß sie tot sind.«

Joe wollte ihr sagen, was er dachte, daß sie tot und jetzt Vampirkörper waren und vielleicht heute nacht kamen, um ihn und sie und Virgil und Hopfrog zu erledigen.

Aber er wußte, er mußte bleiben.

»Das Telefon funktioniert noch nicht wieder«, sagte Virgil Cobb. »Einer von uns könnte rüber nach Stone Valley fahren, aber was sollte er sagen? ›In Colony sind alle tot, und die Kinder sind entführt worden. Es war nicht der Rattenfänger, sondern irgendein Wesen, das unter dem Grundstück von John Feely lebt.‹ Also«, schnaufte er, »da würde man schon eine

Weile brauchen, um sie zu überzeugen. Drei Stunden hin und zurück über die vereisten Straßen, und dann drei Tage, bis sie die Ärsche hochkriegen und herkommen, um es zu überprüfen.«

Joe zuckte mit den Schultern. »Oder sie stecken denjenigen, der diese Geschichte erzählt, gleich in die Zelle.«

»Und inzwischen«, sagte Becky leise, »stirbt mein Junge.«

4.

Hopfrog war gegen zwei wieder zurück, und Becky half ihm vom Wagen in den Stuhl.

»Irgendwas rausgefunden?« fragte sie.

Er schüttelte den Kopf. »Ich würde gern sagen, alle wären wohlauf, aber wenn außer uns noch jemand in Colony lebt, dann versteckt er sich jedenfalls wirklich gut. Ich hab's in den Läden versucht. Ich hab es in sechs verschiedenen Straßen versucht. Drüben an der Paramount Bridge hab ich ein paar Reifenspuren gefunden. Vielleicht sind ein paar Leute rausgekommen. Und vielleicht haben sie die draußen benachrichtigt. Vielleicht sind sie zu entsetzt, um überhaupt irgendwas zu unternehmen. Ich hoffe nur, sie sind entkommen.« Hopfrog gelang es inzwischen sehr gut, seine Tränen zu verbergen. Er schloß die Augen. »Meine Cousinen und Cousins, alle, Becky: Kyle und Frankie und Janie, alle. Ich habe Frankie gefunden, hat unter seinem eigenen Bett geschlafen, mit blutverschmiertem Mund. Acht Jahre alt. Jetzt ist er einer von ihnen. Ich mußte ...« Er seufzte, ein Seufzer, der tief aus seiner Seele zu kommen schien. Als er sich wieder zusammengerissen hatte, fuhr er fort: »Ich habe jedem einen langen

Nagel in den Leib gestoßen, damit sie heute nacht nicht wiederkommen.«

Becky nahm ihn in die Arme. Sie holte die letzte Wärme aus einem ausgelaugten Ort in sich und bot sie ihm mit dieser Umarmung an. Sie preßte ihr Gesicht an seinen Hals.

»Ich muß Tad finden. Vielleicht, wenn wir ihn noch vor Einbruch der Dunkelheit finden, vielleicht ist er dann noch am Leben. Vielleicht haben wir eine Chance ...« Seine Stimme erstarb, wie auch der Wind erstarb, alles zusammen. Dann sagte er ihr, sie solle zum Wagen gehen und hinten reinsehen.

Becky ging zum Wagen, schirmte die Augen ab und sah durch die abgedunkelten Scheiben hinein. »Jesus, was ist das?«

»Unser Waffenarsenal. Ich hab es in sechs verschiedenen Häusern eingesammelt. Die Uzi stammt von Miles Fauvier.«

»Dem Galeriebesitzer? Jesus.« Sie schüttelte den Kopf und lachte. »Sieht aus, als wären wir in Los Angeles oder New York und nicht in West Virginia.«

Sie lächelte ihn liebevoll an. Nach all der Trauer und Niedergeschlagenheit der Nacht kam ihm dieses Lächeln wie die Sonne selbst vor. Er hätte es fast gesagt. *Fast. Becky. Ich schaff's nicht ohne dich. Ich liebe dich. Du bist die einzige Frau für mich.* Dann wurde ihr Gesicht wieder hart. »Ich dachte, Waffen könnten nichts gegen Es ausrichten. Ich dachte, wir wären uns darüber im klaren.«

»Vielleicht nicht gegen Es, aber gegen das, was Es den Kindern, ihren Leichen antut. Wir können damit vielleicht verhindern, daß sie uns kriegen. Becky, sie sind wie wilde Hunde. Nach allem, was wir wissen, verstecken sie sich überall in der Stadt. Oder in den Gräbern auf dem Watch Hill. Und warten nur auf die Nacht.« Hopfrog lehnte sich in seinem

Rollstuhl zurück und schlug den Kragen seiner Lederjacke hoch. Er flüsterte: »Ich liebe dich.«

»Was?« fragte sie und kniete sich neben ihm hin (in solchen Situationen hatte er sich immer wie ein Kind gefühlt, nur diesmal nicht, diesmal fühlte er sich gut dabei).

»Nichts«, sagte er und spürte ihre Wärme, als sie ihn berührte.

Sie sah ihm in die Augen. »Wir müssen Tad finden. Wir dürfen ihn nicht sterben lassen.«

»Ich weiß. Wir gehen bald los.«

»Du glaubst, er ist schon tot, nicht?«

»Nein.«

»Ich weiß, du glaubst es. Aber ich nicht. Ich bin seine Mutter. Ich weiß, er lebt noch.«

Hopfrog rollte hinüber zur Veranda. Becky hatte eine provisorische Rampe für ihn gebaut, mit Brettern, die im Keller gelegen hatten. Die Bretter knarrten, als er darüber fuhr. Es war anstrengend, nach oben zu kommen, denn die Bretter waren verzogen und fast unbrauchbar.

Virgil Cobb nickte ihm zu. »Mr. Petersen, guten Morgen.«

»Ich hab ein paar Waffen und Benzin besorgt«, sagte Hopfrog. »Ich denke, wir können im größten Teil des Hauses Feuer legen. Wenn sie drin sind, können wir sie dann erschießen, wenn sie wieder rauskommen. Das hier habe ich auch mitgebracht.« Er warf einen Haufen langer Nägel, Schraubenzieher, Hämmer und Holzhämmer auf den runden Gartentisch. »Aus meiner Werkstatt. Wenn wir schon Vampire töten müssen, dann können wir es auch mit Stil machen. Und wie ich mich aus meiner Jugend erinnere, kann man die Sache mit einem Sechser-Phillips ganz gut erledigen, und es ist auch nicht so schwer, einen richtigen Pflock zu machen.

Mit dem Zeug und den Kugeln haben wir, glaub ich, eine Chance.«

»Silberne Kugeln«, sagte Virgil. »Sie halten sich an die Regeln der Mythen. Silberne Kugeln und Pflöcke durchs Herz und Kreuze. Ich weiß nicht, warum sie das tun.«

»Yeah.« Hopfrog schüttelte den Kopf und fragte sich, wie gut sein Verstand noch funktionierte. Er erwartete schon halb, Hexen und Trolle unter Brücken und Kobolde und Gespenster zu sehen. »Ist Joe drinnen?«

»Ist ein bißchen spazierengegangen«, sagte Virgil. »Vor zehn Minuten. Sagte, er wolle nachdenken. Ich hab ihm gesagt, er solle bald zurückkommen, und dann könnten wir anfangen.«

»Ist es nicht verrückt«, sagte Hopfrog. »Nur wir?«

»Nur wir?«

»Nur wir. Niemand sonst. Eine Stadt von nahezu zweitausend Einwohnern, eine kleine Stadt zwar, aber trotzdem noch ein Haufen Leute. Draußen sieht's wie in Guyana oder Waco aus. Ich habe Leichen gefunden, die wie Steine aufeinander gestapelt waren, und allen hatte man das Blut ausgesaugt. Keine Kinder. Es hat jetzt alle Kinder. Aber von allen Erwachsenen sind noch Sie, ich, Joe und Becky über – warum nur?«

Virgil sagte: »Vielleicht, weil wir alle schon mal sein Gesicht gesehen haben. Vielleicht spielt Es mit uns. Oder vielleicht haben wir etwas an uns, wovor Es Angst hat, was anderen Leuten aber fehlt. Vielleicht haben wir eine Kraft in uns, von der wir selbst gar nichts wissen.«

»Oder vielleicht hebt Es uns nur zum Nachtisch auf«, meinte Hopfrog.

5.

Joe vermied sorgfältig die rutschigen Ränder der Straße, wo das Eis nicht geschmolzen war. Er setzte einen Fuß vor den anderen. *Du mußt in Bewegung bleiben. Wenn du stehenbleibst, stirbst du. Wenn du stirbst, kannst du deinen Kindern nicht helfen. Wenn deine Kinder noch leben. Wenn deine Kinder noch leben, mußt du in diesen Brunnen in dieser Scheune steigen und dem entgegentreten, was du mit elf nicht aufhalten konntest.* Der Himmel im Osten war hell und immer noch bewölkt. Sturmwolken, unten grau, an den Rändern weiß. Die Luft roch so sauber und scharf wie kurz vor einem Schneefall. Er ging die River Road entlang, versuchte nachzudenken, doch sein Verstand bewegte sich immer noch langsam. Sein Denken bestand nur noch aus einem Wirrwarr von Ängsten und Bildern: *Melissa, Jenny, Mutter, Haus, Fluß, Brücke, Lastwagen, Wagen, Blutdrache, Kruzifix, Henkelkreuz.* Er blieb stehen und preßte die Hände an den Kopf.

Nur zwei Tage her. Er hätte nicht zurückkommen müssen. Er hätte seiner Mutter eine Flugkarte schicken können. Er hätte allein fahren können, und dann würde Jenny noch leben, und Aaron und Hillary würden noch zu Hause spielen.

Wolken zogen vor die Sonne, und einen Augenblick lang dachte Joe voller Schrecken, es würde schon wieder Nacht, als wäre die Welt aus dem Kurs geraten und in die Dunkelheit gestürzt. Als er die verhüllte Sonne betrachtete, riß es ihn kurz aus seiner Trauer. *Himmel.* Er hatte noch nie viel darüber nachgedacht; er hatte an ihn geglaubt. *Wenn die Welt so ein schrecklicher Ort ist, muß es einen Himmel geben, oder warum sollte man sonst darauf hoffen? Vielleicht ist er nicht mit Gold gepflastert und hat keine perlenbesetzten Tore, aber es muß einen friedvollen und glücklichen Ort geben, wenn schon das ganze Leben ein einziges Elend ist.*

Die Sonne brach durch die Wolken. Er fühlte, das war ein Zeichen des Universums weiterzumachen, die Vampire zu bekämpfen, sich nicht vor der Ungeheuerlichkeit dieses Dings zu ducken.

6.

Als Joe zu den anderen zurückkehrte, hatte er einen Plan.

Er erzählte ihnen: »Wir haben noch ein paar Stunden bis zur Dunkelheit. Und wir haben schon zuviel Zeit verschwendet. Hop, du und Virgil, ihr stellt überall Kreuze auf. Becky, wir beide besorgen Essen, weil wir nicht wissen, was das für eine Nacht wird, und meine Mutter hat bestimmt keine Vorräte hier.«

»Okay, aber, wie – sollen wir vielleicht die Kirchen plündern?« fragte Hopfrog.

»Das müssen wir nicht«, sagte Virgil und zog seine Tweedjacke über. »John Feely hat wenigstens dreihundert Kruzifixe auf seinem Grundstück. Selbst wenn die meisten zerstört sind, finden wir vielleicht in seinen Schränken noch mehr als in allen drei Kirchen zusammen.«

Virgil und Hopfrog fuhren in Virgils Honda Civic davon.

Becky fragte: »Wozu brauchen wir Essen? Mir ist es egal, ob wir jemals wieder etwas essen. Wir werden sterben, Joe. Unsere Kinder sind tot, und wir werden sterben.«

Joe legte ihr den Arm auf die Schulter und sagte: »Jetzt bist du der Pessimist. Ich schätze, das ist ganz normal. Aber ich habe heute ein Zeichen vom Himmel bekommen. Und weißt du, was es mir gesagt hat?«

Sie schüttelte den Kopf.

»Nichts ist vorbei, ehe es vorbei ist. Wir besorgen Vorräte für heute und für heute nacht.« Er ließ sie los und ging vor, nach draußen. »Ich werde diesen Vampiren den Arsch aufreißen.«

Becky starrte ihn schockiert an.

»Ich weiß«, sagte er, »ich bin verrückt. Ich renne kopflos und verängstigt durch die Gegend. Ich stehe vermutlich am Rand des Wahnsinns. Aber weißt du was? Ich gewöhne mich langsam dran.«

KAPITEL 24
Die Jagd vor der Dunkelheit

1.

Das Verrückte war, Colony sah ganz normal aus, als wäre es ein gewöhnlicher ruhiger Nachmittag, kurz vor Feierabend, ehe die Kinder aus der Schule kamen. Nirgends waren Schäden sichtbar, abgesehen von gelegentlichen Leichen auf der Straße, aber selbst die paßten irgendwie zu dieser verschlafenen winterlichen Atmosphäre. »Ich habe auf einmal gar keine Angst mehr«, sagte Becky. »Es ist, als hätte sich die Welt einfach nur verändert.«

»Soweit ist es noch nicht«, sagte Joe und tastete seine Taschen nach etwas Rauchbarem ab. »Hast du eine Zigarette, Becky?«

»Hab ich in meiner Handtasche bei deiner Mutter vergessen«, antwortete sie und kicherte dann. Als sie nicht mehr aufhörte zu kichern, fuhr er an den Bordstein. Sie waren auf der Princess Anne Street, genau gegenüber dem Kino.

Ihr Kichern erstarb. Er sagte: »Geht's wieder?«

»Ich weiß es nicht. Laß uns in den Supermarkt einbrechen.«

Dieser Teil ist noch der lustigste, dachte Joe. Sie stiegen aus dem Buick Skylark; Joe kümmerte sich nicht darum, ob er anständig parkte.

Logan's Market war noch einen Block weiter, und er hätte

genausogut dort halten können, aber dann dachte er, was soll's, ein kleiner Spaziergang wird uns guttun.

Er war allerdings auch ein bißchen mißtrauisch. Er hatte sich mit einem kleinen Kreuz bewaffnet; Becky trug ein winziges Kruzifix an einer Kette um den Hals. »Es hat meiner Mutter gehört. Glücklicherweise war sie ein anständiges katholisches irisches Mädchen.«

»Hast du deinen Nagel?« fragte er.

Sie hielt ihn hoch. »Ich weiß nicht, ob ich einen von ihnen damit abstechen kann. Selbst wenn sie Untote sind, sehen sie doch immer noch wie Kinder aus.«

»Nach ein paar«, sagte er, »hast du dich daran gewöhnt.«

Sie gingen um einen Block und sahen überall in den Wohnungen über den Läden zugezogene Vorhänge. »Ich wette, sie ruhen sich für heute nacht aus.« Joe rieb sich der Kälte wegen die Hände. »Weißt du, was traurig ist?«

»Joe. Nach alldem.«

»Nein, ich meine traurig in einem anderen Sinn.«

»Also gut: was?«

»Ich hab gerade angefangen, diese Stadt zu mögen. Ich hab mich gerade wieder an die guten Seiten erinnert.«

Eine Weile schwiegen beide, selbst als Joe die Glastür von Logan's Market mit einem Stein einschlug. Er hielt Becky die Tür auf und schaltete schon die Neonlampen ein, ehe sie noch halb eingetreten war.

Becky holte sich einen Einkaufswagen. Die beiden packten alles von Toilettenpapier bis Apfelsaft in den Wagen. An der Kasse nahm sich Joe sieben Packungen Marlboro Light und stopfte sie in die Taschen seines Mantels.

»Papier oder Plastik?« fragte er. Sie stopfte ihre Beute in Taschen.

Beckys Gesicht war schrecklich gealtert, das fiel ihm erst jetzt auf. Sie war alt, so alt, wie Leute werden, wenn ihnen das Leben übel mitspielte, alt und geronnen wie Milch. Joe wußte, mit ihm war es ähnlich. Selbst wenn sie überlebten und das Ungeheuer vernichteten, würde das Leben nie wieder schön werden.

Denk nicht an Jenny oder Hillary oder Aaron oder Mom.

Denk ans Überleben.

»Er war noch ein kleiner Junge«, sagte Becky. Aber in ihren Augen waren keine Tränen, nicht einmal eine Spur davon – sie konnte nicht mehr weinen.

Joe stopfte das Obst und das Gemüse in Papiertüten.

2.

»Sehen Sie sich das an«, sagte Hopfrog und hievte sich aus dem Corvair auf den Boden.

»Brauchen Sie Hilfe? Ich kann Ihnen Ihren Stuhl holen«, sagte Virgil.

»Danke, geht schon«, sagte Hopfrog. Er zerrte an seinen Beinen und schleppte sich mit der Muskelkraft seiner Arme auf die Scheune von John Feely zu. »Yeah, manchmal ist der Stuhl gut. Aber sehen Sie sich das an. Zumindest wissen wir, daß die Kinder dort nicht hineingegangen sind.«

Virgil ging um den Wagen herum, wo er den Rollstuhl herausholen wollte. Er sah auf und entdeckte die drei pennsylvaniadeutschen sechszackigen Sterne, die auf die Scheune gemalt waren und zwischen denen ein Kreuz hing.

Hopfrog sah zu ihm zurück. »Könnten Sie sich mit dem Stuhl ein bißchen beeilen? Die Erde ist gefroren.«

Virgil faltete den Stuhl auseinander. »John Feely hat sich gut auf dieses Ereignis vorbereitet.«

»Nicht gut genug. Es muß ihn erwischt haben, nicht?« Hopfrog hatte ein System, wie er sich auf den Stuhl hieven konnte; er hielt sich an einer Armlehne fest und zog sich dann mit einem Ruck so schnell hoch, daß man es manchmal mit der Angst bekam. Virgil hielt die Luft an, während er ihm zusah. »Sie wußten nicht, wie leicht ich das hinkriege, nicht, Doc? Diese Technik habe ich über Jahre perfektioniert. Also, was denken Sie? In die Scheune? Als ich ein Kind war, haben wir dort einen Haufen Kreuze gesehen. Massen. Glauben Sie, es ist sicher dort?«

»Ich weiß es nicht.« Virgil spürte etwas, nichts Großartiges oder Wunderbares wie eine Vorahnung, sondern nur etwas Vages und dennoch Aufdringliches – ein Pulsieren in seinem Körper. Er fragte sich, ob das sein Herz war, weil es rhythmisch pulsierte, wenn auch zu schnell.

Hopfrog bemerkte den Ausdruck, der über Virgils Gesicht huschte, und sagte: »Dr. Cobb – alles in Ordnung mit Ihnen?«

»Für jemanden meines Alters geht es mir besser, als zu erwarten wäre«, sagte er. »Ich hätte längst einen Herzanfall bekommen müssen, wissen Sie, bei meiner Lebensart: fettes Essen, Wein, Zigarren, immer nur im Sitzen arbeiten. Ich bin erstaunt, daß ich noch nicht tot bin.«

Als Hopfrog sich zurücklehnte, trat Virgil hinter ihn und schob den Rollstuhl. »Wenn man den Regeln über Vampire folgen kann«, sagte Virgil, »werden sie uns auch dann nicht angreifen, wenn sie in der Scheune sind.« Sie gingen zum Scheunentor. Virgil schob den Stuhl ein wenig zur Seite und ging vor, um das Tor zu öffnen.

Drinnen fanden sie Kreuze – viele Kreuze, bei zweiundsechzig hörten sie auf zu zählen.

»Wir hatten recht; hier ist ein Unterschlupf«, sagte Hopfrog und fuhr um den Brunnen in der Mitte der verstaubten Scheune herum, »und Es kann uns nicht kriegen.«

»Sein Unterschlupf besteht aus dem ganzen Netzwerk der Minen. Alles, was Es brauchte, war, endlich irgendwo einen Riß zu finden. Ich würde wetten, daß John Feely die ganze Stadt mit Kruzifixen und Hexagrammen gepflastert hat. Aber irgend jemand muß John überwältigt haben, ehe Es diese Verwüstung anrichten konnte. Das muß ein Mensch gewesen sein, jemand, der es herauslassen *wollte*. Vielleicht im Tausch gegen Macht.«

»Gott«, sagte Hopfrog. »Was für eine Welt! Hier sind wir ihm begegnet, als wir noch Kinder waren. Ich und Joe und Missy. Es hat sich Patty geholt, aber wir haben irgendwas gemacht, was Es zurückgestoßen hat, ehe Es sich uns holen konnte. Ich hab gesehen, wie Joe etwas tat, was wie Magie aussah.«

»Was denn?«

»Ich weiß nicht, wie er es angestellt hat. Aber er hat sich verwandelt. Es war wie ein Trick mit Licht – dort wo Es stand, war ein helles Glühen, und Es sah aus wie ein blutüberströmter Junge. Und dann hat Joe diesen Stock aufgehoben, der auf dem Boden lag, und ihn wie ein Schwert benutzt. Er war wie besessen, als wisse er, was er zu tun hatte. Ich mußte mir in den Arm kneifen, weil ich es nicht glauben konnte. Eine Sekunde dachte ich, er hätte eine Rüstung an und wäre kein Junge mehr, sondern ein Mann mit einer Krone auf dem Kopf und einem Schwert in der Hand. Und das Ding wurde zu einer großen Eidechse, fast wie

Godzilla, und Missy flüsterte mir zu: ›Es ist Joe. Joe kann einen alles glauben machen, was er will‹, und obwohl ich glaube, daß wir alle halluziniert haben, war das der Moment, in dem ich erkannte, daß sie nicht mich liebt. Wir waren noch Kinder, aber ich wußte, sie liebt ihn. Sie glaubte an ihn, und er glaubte an sich, auf eine Art, wie ich niemals an irgendwen glauben könnte.« Hopfrog beugte sich vor und sammelte einige der Kreuze auf. »Es ist der Glaube, nicht wahr?«

»Was meinen Sie?«

»Joe, seine Phantasie – deshalb hat er die Stimmen der toten Leute gehört. Deshalb ist er damals halb wahnsinnig geworden. Er war darauf eingestellt, als hätte Es seinen Verstand gefressen. Als wüßte Es, daß er die Macht hatte. Er wußte das noch nicht mal selbst.« Hopfrog lehnte sich zurück, die Arme seitlich ausgestreckt. »Das heißt, er kann es aufhalten. Er hat die Macht. Wenn er es nur noch einmal machen kann. Was glauben Sie?«

»Ich glaube, hier unter uns sitzt ein Ungeheuer. Ich glaube, Es hat eine Menge Männer über Jahre hinweg an der Nase herumgeführt, sie dazu gebracht, etwas zu glauben, was nicht wahr ist. Ich würde Ihren Freund Joe nicht einfach einer solchen Theorie überlassen wollen.«

»Na gut.« Hopfrog zuckte die Schultern und tat so seine Idee ab. »Und vor allem nicht einer so blödsinnigen Theorie. Sollen wir als nächstes im Haus nachsehen?«

Virgil wollte nein sagen, denn der Gedanke, einen Fuß in John Feelys Haus zu setzen, erschreckte ihn zu Tode, aber er wußte, daß sich das Schreckliche und das Unausweichliche nun überschnitten. »Ja. Solange es noch hell ist.«

3.

Joe und Becky luden die Lebensmittel – ausreichend für eine ganze Woche – in den Kofferraum des Buick. Joe riß eine Packung Zigaretten auf. Er drückte den Anzünder im Wagen. Als das Ding wieder herausschnappte, steckte er sich die Zigarette an. Er inhalierte tief. »Köstlich«, sagte er. »Bis heute war ich nicht richtig süchtig.«

»Gib mir auch eine«, sagte Becky und lehnte sich neben ihn an den Wagen. Sie rauchten jeder drei Zigaretten, ehe sie sich wieder ins Auto setzten. »Ich fühl mich, als würde ich die Schule schwänzen.«

Joe hustete. »Ich hab nie richtig geraucht. Wenn man richtig rauchen will, darf man keine Angst vor Krankheit und Tod haben. Und mir hat beides immer wahnsinnige Angst gemacht.«

Becky schenkte ihm ein fast kokettes Grinsen. »Das ist der Spaß beim Rauchen – die Verbindung von Todesangst und Genuß.« Dann sagte sie etwas ernsthafter: »Würdest du mit zu meinem Haus kommen? Ich möchte mir noch ein paar persönliche Sachen holen. Hört sich vielleicht ein bißchen bescheuert an, aber ich möchte gern.«

Joe stieß eine letzte Lunge voll Rauch aus. Und in bestem Südstaatenakzent setzte er hinzu: »Ich hab ein Kruzifix, und ich hab 'nen Pflock, und ich pfähl dir so viele Vampire, wie du willst.«

4.

Als sie vor Beckys Haus eintrafen, sah sie nach oben und keuchte: »Es ist jemand da. Sieh doch nur!«

Joe beugte sich vor und schaute zu dem Fenster im ersten Stock hoch, konnte aber nichts entdecken.

»Es ist Tad«, sagte Becky. »Ich weiß, daß er es ist.« Ihre Stimme klang so aufgeregt wie die eines kleinen Mädchens an Weihnachten. »O mein Gott, Joe, es ist mein Junge, er muß ihnen entkommen sein. Er ist nach Hause gelaufen!«

Und ehe Joe sie aufhalten konnte, war sie aus dem Wagen gesprungen und die Stufen zum Haus hinaufgerannt.

Die Tür stand offen, als würden sie erwartet.

5.

Hopfrog hatte sich in die Eingangshalle des Feely-Hauses gerollt, wo ihn der Gestank mit voller Ekelhaftigkeit traf. Es war schlimmer als alles, was er je gerochen hatte. Er nahm an, daß der Gestank vor allem von John Feelys Leiche herrührte, die an den Füßen aufgehängt vor ihm baumelte.

Hopfrog hielt sich ein Taschentuch vor den Mund und versuchte, nicht durch die Nase zu atmen.

John Feely war wie ein Stück Wild ausgeweidet worden, und sein offener Brustkorb war voller Maden.

In seine Stirn war ein Wort eingeritzt: ENGEL.

Hinter Hopfrog sagte Virgil Cobb: »Großer Gott.«

»Was ist das für ein Zimmer?« fragte Hopfrog und rollte näher an die baumelnde Leiche heran.

»Johns Schlafzimmer. Auf der anderen Seite davon ist ein Wandschrank. Das ist das innere Heiligtum. John hat mir, als ich noch ein Junge war, erzählt, daß er dort den Engel des Abgrunds gefangenhalte, wie es sein Großvater getan habe, und so würde es immer sein, bis zum Tag des Jüngsten Gerichts.«

»Heute«, sagte Hopfrog, »ist der Tag des Jüngsten Gerichts. Glauben Sie, Sie können die Leiche abnehmen, damit wir vorbeikommen?«

Die Wahrheit war, Virgil glaubte, er könne weder John Feelys Leiche abschneiden noch diese Nacht durchstehen. Er zitterte und fühlte sein Herz so schnell schlagen, daß er jeden Moment fürchtete umzukippen – er hatte in den langen Jahren als praktizierender Arzt mindestens eine Patientin gehabt, die vor Angst gestorben war. 1972 hatte diese Frau eine Reihe von Alpträumen gehabt, die sie buchstäblich ins Grab trieben, und er spürte, daß er der Angst ebenfalls ziemlich bald zum Opfer fallen würde. Er fühlte sich nicht mehr wie ein alter Mann, sondern wie der Junge, der er gewesen war, als sein Bruder Eugene ihm mit blutverschmiertem Gesicht erschien. Es war dieselbe Angst, die er erlebt hatte, als er und Winston Eugene den Pflock ins Herz gestoßen und die Leiche seines Bruders zerteilt hatten, als sie mitangesehen hatten, wie sich Eugenes Blut in fast menschlicher Gestalt erhob, ehe es vor ihren Augen verschwunden war.

Virgil ging in die Küche und holte ein großes Tranchiermesser. Er zitterte, während er John abschnitt, indem er das Seil durchhackte, das an einem Nagel oberhalb des Türrahmens hing. Als John auf den Boden plumpste, stoben schwarze und grüne Fliegen aus seinem Inneren.

»Herr der Fliegen«, sagte Hopfrog. »Beelzebub.« Hopfrog

rollte sich um die Leiche herum ins Schlafzimmer. »Würden Sie sich das hier mal ansehen?«

Virgil betrat das Zimmer, und seine Angst festigte sich zu dem sicheren Gefühl, das Verhängnis sei unausweichlich.

Das Zimmer war über und über mit Blut bespritzt, als hätte jemand einen Schlauch genommen und an mehrere menschliche Körper angeschlossen.

Jemand hatte Winston Alden die Haut abgezogen und sie an die gegenüberliegende Wand genagelt:

»Ich kann da nicht reingehen«, sagte Virgil, wobei er sich nicht sicher war, ob er weinte oder jammerte oder ob er überhaupt laut sprach. »Ich kann nicht.«

»Heilige Scheiße«, sagte Hopfrog, der bemerkte, daß seine Räder mit Blut vom Boden verschmiert waren. »Das ist frisches Blut!«

»Wir sollten nicht dort reingehen«, sagte Virgil. »Vielleicht, wenn die anderen zurück sind …«

Hopfrog fragte: »Haben Sie das gehört?«

»Was?«

Hopfrogs Augen funkelten wild, sein Gesicht war verschwitzt. Er drehte sich um und klammerte sich an Virgils Mantel. »Mein Junge. Haben Sie ihn gehört? Ich habe ihn gehört. Es ist da unten.«

»Nein, Homer, da unten ist nur dieses Ding. Da unten bei ihm ist niemand, der lebt.«

»Nein«, sagte Hopfrog. »Hören Sie ihn nicht? Oh, Gott, er braucht mich, er ist verletzt, ich muß …«

Und bevor Virgil ihn aufhalten konnte, sprang Hopfrog aus dem Stuhl, drückte sich mit den Armen hoch und schleppte sich über den blutverschmierten Boden auf den Wandschrank zu.

Virgil wollte ihn zurückhalten, doch er konnte sich nicht bewegen. Das Entsetzen, das ihn ergriffen hatte, war unfaßbar. Er stand in der Tür des Schranks und rief nach Hopfrog, aber Hopfrog rief immer nur nach seinem Sohn, wollte den Ort finden, an den sein Sohn gebracht worden war, und als er aufhörte zu rufen, war da Stille, nichts als Stille.

Die Stille wurde nur noch einmal durchbrochen, durch den Schrei eines Menschen, als habe der Mann, der sich jetzt im Unterschlupf des Ungeheuers befand, den schönsten und grausigsten Anblick erlebt, als könne dieser Mann das, was er gesehen hatte, nicht anders als in der unsäglichen Sprache der Schreie ausdrücken.

6.

Joe rannte, das Kruzifix in der Hand, hinter Becky zum Haus und folgte ihr dann die Treppe hinauf in den ersten Stock.

Er hörte Becky rufen: »Tad! Tad, o mein Gott, Tad, du lebst, du ...«

Joe nahm zwei Stufen auf einmal, und sein Herz klopfte so laut, als säße es nicht in seiner Brust, sondern in seinem Kopf. Er zog den Schraubenzieher aus dem Gürtel und betrat Beckys Schlafzimmer.

Da war Tad oder das, was aus Tad geworden war, und er hatte die Arme um seine Mutter geschlungen, und sie ihre um ihn, und ringsum in diesem Zimmer waren Spiegel und mit Kreide gemalte Kreuze und Schüsseln mit klarem Wasser.

»Guck mal«, sagte Tad und zeigte es seiner Mutter, »sie haben mich dreimal gebissen, aber ich bin abgehauen, ich bin abgehauen.«

»Oh, Gott sei Dank, Gott sei Dank.« Becky heulte, bis ihr Heulen wie Lachen klang.

Nach ein paar Minuten fragte Joe: »Wie hast du das gemacht, Tad? Wie bist du ihnen entkommen?«

Tad grinste, aber seine Augen lagen tief in den Höhlen, und sein Gesicht war bleich und schmutzig – das Kind hatte die Hölle durchgemacht. »Ich habe sie angelogen. Und das hier war auch ganz praktisch.« Er hielt sein Schweizer Armeemesser hoch. »Man kann sie verletzen, wenn man es nur wirklich versucht. Und sie sind echt blöd. Ich war im Bett, als etwas drunter vorkroch und nach mir grabschte. Es war Elvis Bonchance, aber ich wußte, er war ein Vampir. Er und sein Bruder und ein Mädchen zogen mich zum Fenster und dann hindurch, ich wäre fast rausgefallen, nur, daß sie fliegen konnten. Aber ich hab immer mein Messer bei mir, und da hab ich Elvis ziemlich genau ins Auge gestochen und bin weggerannt. Ich war schon zwei Blocks weit, da hab ich mich dran erinnert, daß Grandma Mom dieses Kreuz geschenkt hat, und also bin ich hierhergerannt, weil ich dachte, Mom wäre vielleicht da und würde mir helfen. Nur, als ich hier ankam, war schon ein ganzer Haufen von ihnen da. Und dann hab ich mir gedacht: Wenn sie Vampire sind, dann haben sie bestimmt auch vor einer Menge Sachen Angst.« Er zeigte auf die Schüsseln mit Wasser. »Ich hab ihnen gesagt, das wäre Weihwasser. Ich hab richtig so getan, als wär's wahr, so wie ich es immer mache, wenn ich lüge, und wißt ihr, was? Sie haben es geglaubt. Sie haben noch eine Weile hier rumgehockt, aber als ich mit dem Wasser nach ihnen gespritzt habe und so falsche Kirchenflüche gemacht habe, wißt ihr, so wie ›Und gehet heim zu Eurem Herrn der Dunkelheit!‹ und so was, sind sie davongerannt. Ich habe so stark daran geglaubt, wie es ging, und sie sind echt total dumme Vampire, wenn ihr mich fragt.« Dann ließ er sich in die Arme seiner Mutter fallen und flüsterte: »Ich hatte zuviel Angst, um irgendwohin zu gehen. Und ich habe solchen Hunger.«

»Also«, meinte Joe, »das ist echt dein Glückstag, denn wir haben mindestens eine Tonne Lebensmittel unten im Wagen.« Und während er dastand, wünschte er, es wäre sein Sohn, in seinem Haus, er wünschte, sein Sohn und seine Tochter und seine Frau hätten soviel Glück gehabt. Dennoch war es tröstlich, dieses eine Kind lebendig und gesund zu finden.

»Komm, wir wollen gehen«, sagte Becky und nahm Tads Hand. »Dein Vater wird sich freuen, dich zu sehen.«

»Habt ihr euch überlegt, wieder zusammenzuziehen?« fragte Tad, der eine Schüssel falsches Weihwasser mitschleppte (»Nur für den Fall«, hatte er vor sich hin gemurmelt). »Ich meine«, fügte er hinzu, »*daran* glaube ich auch.«

Becky gab ihm keine Antwort, doch sie schien zu neuem Leben erwacht zu sein, als wäre die fast erloschene Flamme in ihr wieder aufgelodert.

7.

Zwanzig Minuten später waren Becky, Tad und Joe wieder im Haus von Anna Gardner. Tad war erschöpft. Er schlief in den Armen seiner Mutter auf dem Sofa im Wohnzimmer ein. Sie ließ ihn nicht mehr los. Sie wiegte ihn, schloß die Augen und schlief ebenfalls ein. Joe holte sich eine Coke und ein Bologna-Sandwich. Er schaltete das Kofferradio aus der Küche ein. Er fand eine Nachrichtensendung aus Stone Valley, dann eine andere direkt aus Washington, D.C. Während er zuhörte, war er erstaunt, wie normal die Welt draußen schien. Er hatte schon halb erwartet, die Kinder der Nacht hätten bereits den ganzen Planeten übernommen.

Als Virgil schließlich zurückkam, war es halb fünf, und der Himmel wurde schon dunkler.

»Heh«, sagte Joe und stand auf, um aus dem Fenster nach Hop zu schauen.

Die Einfahrt war leer.

»Ich bin den ganzen Weg zu Fuß gelaufen«, sagte Virgil Cobb, und sowohl an seiner zusammengesunkenen Haltung als auch an seinen glasigen Augen konnte Joe erkennen, daß der alte Mann aufgegeben hatte. Ganz einfach aufgegeben.

Keine besondere Überraschung. Wir hätten alle längst aufgeben sollen.

Alles, was Virgil herausbrachte, war: »Es hat Homer. Es hat ihn.«

Joe kniff die Augen zu. *Überlebende. Wir sind die einzigen Überlebenden. Der Countdown für die letzten lebenden Seelen von Colony, West Virginia, beginnt.* Er beneidete in gewissem Maße die, die bereits tot waren; sie hatten den Schrecken und den Schmerz hinter sich. Er machte die Augen auf und sagte: »Wir haben Tad gefunden. Es geht ihm gut. Er hat ein bißchen Angst und ist müde, aber wohlauf. Wir müssen gehen und es Becky sagen.«

8.

Nachdem sie geweint und getrauert hatten, sagte Virgil, noch ehe es richtig dunkel war: »Ich werde noch mehr Kreuze suchen. Wir haben welche bei John Feely gefunden – es gab Unmengen dort. Ägyptische Symbole, Davidssterne, sogar ein paar Pentagramme – offensichtlich hält jede Religion die Vampire in Schach. Die Sonne geht erst in etwa vierzig Minuten unter.«

Joe sah Becky an und sie ihn. Sie verstanden sich, als könnten sie ihre Gedanken lesen: *Der alte Mann hat aufgegeben – ist zusammengebrochen – ist dem Tode geweiht. Als wäre es sein Fehler, daß Hopfrog tot ist.*

»Bleiben Sie doch bei uns«, sagte Becky. »Wir können im Garten noch mehr Kreuze aufstellen. Wir werden es schon noch eine Nacht durchhalten.«

»Sie sollten verschwinden. Alle.« Virgil konnte sie nicht einmal mehr ansehen. »Sie haben Ihren Sohn. Verschwinden Sie, solange er noch am Leben ist. Solange Sie noch am Leben sind.«

»Wir haben das schon besprochen«, sagte Joe. »Ich bleibe, weil ich diese Sache zu Ende bringen muß. Es hat meine Familie getötet. Ich kann nicht einfach abhauen.«

»Aber Sie, Becky, Sie könnten fortgehen«, sagte Virgil.

»Nein«, sagte sie und schüttelte den Kopf. »Nicht, ehe es nicht vorbei ist. Zusammen sind wir sicherer.«

»Wenn ich mit ein paar Kreuzen zurückkomme«, sagte Virgil, »sollten Sie, glaube ich, lieber in den Wagen steigen und nach Stone Valley fahren. Sie setzen Ihren Sohn einer zu großen Gefahr aus.«

Becky sagte: »Ich werde Joe nicht alleinlassen, und ich kann Tad nicht allein losschicken. Vielleicht morgen früh. Vielleicht dann.« Sie saß wie versteinert da, und Tad hatte sich an sie angeschmiegt; seit er die Nachricht vom Tod seines Vaters gehört hatte, schien er sich irgendwo in sich verkrochen zu haben, von wo man ihn nicht mehr hervorlocken konnte.

»Wie auch immer«, sagte Virgil. »Ich muß gehen. Ich muß herausfinden, ob in dieser Stadt noch irgend etwas zu retten ist. Ich muß.«

Virgil fuhr mit Hopfrogs Wagen los, um vor Einbruch der Dunkelheit noch alles an Waffen einzusammeln, was er finden konnte.

9.

»Ich gehe zur Feely-Scheune«, sagte Joe. »Ich werde die Treppe runtergehen. Ich werde tun, was ich kann, um den Engel des Abgrunds zu vernichten. Ich möchte, daß ihr, falls ich nicht wiederkomme, bis morgen früh hierbleibt. Stellt Kreuze auf und haltet lange Nägel bereit, nur für den Fall, daß eins der Kinder der Nacht irgendwie hereinschlüpft. Haltet euch immer mit dem Rücken zur Wand.« Er machte die Tür des Buick auf.

»Ich komme mit«, sagte sie.

»Nein. Du mußt auf Virgil warten.«

»Virgil wird nicht zurückkommen, und das weißt du auch. Er kommt nicht zurück.« Sie war nicht hysterisch, sondern ruhig, als hätte sie ihr Schicksal angenommen und als könne dieser Entschluß nicht mehr ins Schwanken geraten. »Du bist jetzt der einzige, Joe, der je gegen dieses Ding gekämpft hat. Laß Tad und mich nicht hier. Wenn wir zusammenbleiben, ist es vielleicht sicherer. Ich werde nicht vor dem Monster davonrennen, das den Vater meines Sohns getötet hat.«

10.

»In zehn Minuten wird es dunkel«, sagte er, als er durch die eisglatten Straßen fuhr.

»Wir werden eher da sein.« Becky lehnte sich zurück; alle paar Augenblicke griff sie nach hinten und berührte Tad, als wollte sie sich überzeugen, daß er immer noch atmete. »Hopfrog hat mir erzählt, du hättest schon einmal gegen Es gekämpft, Joe. Du warst so alt wie Tad. Wie hast du das gemacht?«

Joe sagte: »Ich werd dir erzählen, woran ich mich noch erinnere. Ich weiß nicht, ob uns das hilft oder nicht. Was passiert ist, als wir klein waren ...« Und er begann mit der Geschichte von Patty Glass und Hopfrog und Melissa, die sich an diesem regnerischen Frühlingstag ereignet hatte, der Geschichte von König Joe Drachenherz, der glaubte, einen Drachen zu töten. Er war noch nicht mit Erzählen fertig, als er den Buick neben der Scheune parkte und hineinging und Becky und Tad den Brunnen zeigte, der einst wie ein Metallzylinder voll goldenem Licht ausgesehen hatte. Jetzt lag ein Kruzifix oben drauf, und in die Wände waren uralte Symbole geritzt. Sie setzten sich neben John Feelys alte Werkbank.

Tad hörte offensichtlich nicht zu, kauerte sich aber an seine Mutter und starrte auf den Brunnen, als erwartete er, daß jeden Moment etwas aus ihm herausspringen würde.

KAPITEL 25
Das Kind im Innern

1.

Nachdem Joe Becky die Geschichte erzählt hatte, sagte er: »Weißt du eigentlich, wie Melissa gestorben ist?«

Becky nickte. »Hopfrog hat sich deswegen so schuldig gefühlt.«

Joe schüttelte den Kopf. »Es war ein Unfall.«

»Er hat es dir nie erzählt.« Becky lehnte sich an die Werkbank.

»Nie erzählt?«

»Er hatte jahrelang jede Nacht Alpträume, und in allen kam Melissa vor und manchmal auch du. In diesen Träumen war es immer direkt nach dem Unfall, und er stand am Ufer. Du und Melissa kamen aus dem Fluß auf ihn zu. Er sagte, sie hätte immer gefragt: ›Hopfrog – warum? Warum?‹ Schließlich hat er mir gestanden, daß er sich an diesem Tag umbringen wollte. Er war so in sie verliebt. Er wußte, sie liebte ihn nicht. Er wollte, daß der Unfall passiert. Er wollte, daß ihr alle sterbt. Und deshalb ist sein Leben die reinste Hölle gewesen.«

Joe schloß die Augen. Er war wütend auf die ganze Welt. »Ich kann nicht glauben, daß Hopfrog das getan hat. Ich glaube es nicht. Ich denke, der Blutsauger hat Melissa geholt. Jeder von uns stand auf seiner Liste, nachdem wir gesehen hatten, daß man Es aufhalten kann. Niemand darf sein wirkliches Gesicht und sein wirkliches Wesen sehen. Ich denke, Es hat Angst vor uns, weil wir Es irgendwie verletzen können. Wenn ich nur herausfinden könnte, wie.«

»Er hat zweimal versucht, sich umzubringen«, sagte Becky. Sie legte Tad, der immer noch vor sich hinmurmelte, die Hand an die Stirn. Sein Fieber hatte während des Schlafes nachgelassen. »Wir sollten ein paar von diesen Kreuzen auf dem Hof verteilen«, sagte sie, »ehe es zu dunkel wird. Sie werden bald herauskommen.«

Joe und Becky sammelten so viele Kreuze auf, wie sie tragen konnten, und gingen nach draußen. Der Himmel war schon fast völlig dunkel, bis auf ein schwaches Licht im Westen über den Malabar Hills. Mit einem Hammer trieben sie die Kreuze in den Boden, bis das Land um die Scheune herum wie ein Friedhof aussah.

Dann sicherten sie das Scheunentor mit einem Kreuz, legten sich neben Tad und wickelten sich in ein paar zerlumpte Decken.

Tad zitterte. »Werden sie heute nacht kommen?«

»Bestimmt nicht. Wir haben so viele Kreuze draußen verteilt, daß wir eine Erweckungsversammlung veranstalten könnten. Wenn sie den Regeln folgen wie bisher, sind wir heute nacht sicher. Morgen früh werde ich runtergehen und Es mir schnappen, während Es schläft.«

»Warum nicht heute nacht?« fragte Tad.

»Es folgt so vielen von diesen Vampirregeln, deshalb. So, jetzt schlaf. Du brauchst deine Kräfte noch.«

Becky nahm ihren Sohn in die Arme und schlief auf der Stelle ein. Joe saß noch eine Weile lang da und glaubte Geräusche zu hören. Allmählich schlief auch er ein.

Am nächsten Morgen erwachte er plötzlich. Becky war schon auf.

»Wär schön, wenn wir Kaffee hätten«, sagte sie.

»Find ich auch«, sagte Joe.

»Wär auch schön, wenn mein Ex noch da wäre«, sagte sie traurig.

»Find ich auch.«

»Erzähl mir den Rest«, sagte Becky. »Was passiert ist, nachdem Melissa gestorben ist. Homer hat gesagt, daß du schon einmal nach unten gestiegen bist.«

Joe nickte und setzte die Geschichte fort. »Ich hab versucht, mich umzubringen, damals. Ich wäre froh, wenn ich es geschafft hätte.« Joe erzählte die Geschichte, die ihm mit achtzehn passiert war. »Es war, nachdem Hop und ich Melissa wiedergesehen hatten. Nachdem sie tot war. Wir gruben sie aus – es regnete in Strömen, und das Graben war leicht. Ich mußte wissen, ob sie wirklich ein Vampir war oder ob wir beide bloß verrückt waren. Der Sarg war nicht mehr da, und statt dessen gab es einen Tunnel nach unten ...«

2.

Aus dem Tagebuch von Joe Gardner, als er achtzehn war:

Ich ließ Hopfrog oben am Grab zurück und rutschte in den Stollen runter, wobei ich mich mit Dads Gartenhandschuhen an der Kette festhielt. Hopfrog hatte die Kette an seinen Stuhl gebunden; wenn ich also fallen würde und danach schnappte, würde der Stuhl verhindern, daß auch er herunterfiel. Ich hatte mir Taschenlampen an der Hüfte festgebunden, und eine große hatte ich mir unbequemerweise unter den Arm geklemmt. Ich ließ mich hinab, bis ich zu einer Art Gang kam, den offenbar jemand erst kürzlich durch die feuchte Erde gegraben hatte. Er erinnerte mich ein wenig an die Tunnel, die Leute unter der Berliner Mauer gegraben haben. Und an den Bau einer Taschenratte.

Ich begann erst zu zittern, als ich unten im Gang war und die Kette losließ. Ich mußte einigen Dreck beiseiteschieben, wo der Tunnel bereits teilweise wieder eingefallen war.

Nach einer Weile, in der ich mich zusammenreißen mußte, weil ich sonst vor Angst, lebendig begraben zu werden, losgeschrien hätte, mündete der Tunnel in eine Höhle.

Danach kann ich mich an nichts mehr erinnern. Wirklich. Ich weiß, irgendwas ist da unten passiert. Aber es ist, als wüßte das nur mein Körper, und nicht mein Verstand.

Ich denke, vielleicht habe ich etwas gesehen, aber ich weiß es nicht. Danach war ich über eine Stunde lang blind, und dann war ich wieder in dem Tunnel, wo ich nach der Kette griff, damit Hopfrog mich hochziehen konnte.

Als ich wieder oben war, sagte Hopfrog, er hätte nicht gewußt, was er tun sollte, als er mich schreien gehört hat. Ich sagte: Schreien? Ich habe geschrien?

Dreimal, sagte er, so, wie er es noch nie zuvor gehört hat.

Grauenerregend, sagte er. Diese Schreie.

Ich kann mich an nichts erinnern, und ich will es auch nicht.

Wir warteten bis kurz vor der Dämmerung am Grab. Dann kam Melissa, aufgedunsen und grinsend, und ich warf sie auf eine der Grabplatten und stach ihr den Schraubenzieher immer wieder ins Herz, bis Hopfrog mir sagte, ich sollte aufhören, weil ich ihr das Ding schon durch den Rücken gestoßen hätte.

Danach hörten die Stimmen auf.

Für eine Weile.

Dies ist mein Geständnis.

Heute nacht werde ich mich umbringen.

Ich kann mit dem, was ich getan habe, nicht leben.

Ich will nicht mit dem Wissen darüber leben, was Melissa zugestoßen ist.

Ich will lieber als alles andere bei ihr sein.

Ich will …

3.

»Ich wollte sterben«, sagte Joe, »ich wollte nicht weitermachen. Je mehr ich darüber nachdachte, desto besser gefiel mir der Gedanke an den Tod. Aber ich konnte es nicht tun. Ich konnte es einfach nicht. Es war, als wäre ich wieder König Joe Drachenherz, und der würde sich nie selbst umbringen. Und jetzt werde ich sterben. Aber ich muß dieses Ding aufhalten.«

Becky sah auf ihre Armbanduhr. »Es ist acht. Wenn die Sonne noch nicht aufgegangen ist, sind wir alle geliefert.« Sie sah zum Scheunentor, das die Kinder der Nacht ferngehalten hatte.

Joe gelang ein Lächeln, als würde das bloße Überleben genügen. Er spürte, dies alles war nur noch eine grausige Pflicht, denn das Leben hatte auch das kleinste Vergnügen, das es einst gehabt hatte, verloren. »Dreiundvierzig Kreuze. Gott segne den alten Feely, weil er sie gesammelt hat, weil er wußte, wie man Es in Schach hält.«

Er stand auf und ging zum Tor. Er konnte sich riechen – er

stank von oben bis unten, von seiner Jeans bis zum Pullover, von seiner schwarzen Jeansjacke bis zu den Turnschuhen.

Er zog den Riegel und drückte das Tor auf. Es quietschte in den Angeln. Die Morgenluft war beißend kalt.

Im Apfelgarten und im Haus gab es kein Zeichen von Leben.

Er wandte sich an Becky. »Sie sind schon in ihren Betten. Alle Kinder der Welt.«

»Gut. Dann müssen wir ihren Besitzer umbringen.«

Joe lehnte sich an das Tor. »Nein, nicht wir. Ich werde Es töten. Du bleibst hier und sorgst dafür, daß dein Sohn überlebt. Ich werde in dieser Stadt kein einziges Kind mehr sterben lassen, so wahr mir Gott helfe. Wenn du die Stadt schon nicht sofort verläßt, dann wirst du jedenfalls nicht mit in die Minen kommen, um den Vampir zu suchen.«

4.

Einige Kinder der Nacht schliefen im Haus des alten Feely auf der Treppe, und vier im Bett, und sie sahen so unschuldig aus wie richtige menschliche Kinder, die der Sandmann besucht hatte, kaum wie die Marionetten eines Außerirdischen. Joe stach dem ersten einen Nagel ins Herz, aber Becky konnte es immer noch nicht über sich bringen. Statt dessen stand sie im Sonnenlicht in der Tür bei Tad, der in eine Decke gewickelt auf der Veranda saß. »Es tut mir leid, Joe, aber ich kann es einfach nicht.«

»Es sind keine Kinder mehr«, sagte er. »Es sind nur noch die Hüllen übrig. Die wirklichen Kinder sind verbraucht worden. Denk dran. Das sind nur noch die Schatten der Kinder.«

Er fühlte sich wie ein Roboter, als wäre auch er nur der Schatten von Joe Gardner.

Als die Arbeit erledigt war, holte er sich von Becky eine Taschenlampe und ein Kreuz. In seinem Gürtel steckte ein Holzhammer und ein Schraubenzieher, damit er sich um das kümmern konnte, was immer er da unten vorfinden würde.

Er konnte nur an die denken, die er geliebt hatte und die ihm genommen worden waren.

Er sagte nichts zu Becky oder Tad. Er war nicht sicher, ob sie aus der ganzen Sache lebend herauskommen würden. Er drehte sich einfach nur um und ging in das Zimmer.

Die verwesende Leiche des alten Feely lag in der Ecke. Was einst religiöse Symbole und Ikonen gewesen waren, war verschandelt oder zerstört und lag in kleinen Haufen neben der Tür zu dem Wandschrank, auf die jemand gekritzelt hatte:

ER HAT SICH ERHOBEN.

Joe öffnete die Tür des Wandschranks und leuchtete mit der Taschenlampe hinein.

Der Lichtstrahl traf eine steinerne Wendeltreppe.

Ohne zu zögern, setzte Joe den Fuß auf die erste Stufe, dann auf die nächste, und die nächste, bis er sich fühlte, als stiege er in die tiefste Hölle hinab.

5.

Er hörte ein Flattern wie von Flügeln, und dann schlug ihm jemand die Taschenlampe aus der Hand. Er hörte, wie sie zu Boden fiel. Instinktiv griff er nach dem Schraubenzieher, mit der Absicht, ihn als Pflock zu benutzen, doch aus der Dunkelheit sprach jemand besänftigend auf ihn ein.

Es war Melissas Stimme, und es war ihre Hand, die ihn in die Dunkelheit führte.

»Ich habe auf dich gewartet, all die Jahre«, sagte sie, »in meinem Gefängnis.«

Gib ihr nicht nach. Es ist nicht Melissa. Es ist der Vampir.

»Meine Gedanken können frei umherwandern, aber ich kann mich von dieser Existenz nicht freimachen.«

Joe fragte: »Warum tötest du mich nicht?«

»Ich möchte mehr mit dir anstellen, als dich nur zu töten, König Joe.«

»König Joe?« Die Treppe war plötzlich zu Ende, und während sie weitergingen, hörten die Mauern von John Feelys Keller auf, und die Wände der Minen, die gelbfluoreszierend glänzten, als hätte man sie mit Glühwürmchen abgerieben, fingen an.

Die Dunkelheit wich, und er blickte Melissa an, die für einen Moment deutlich sichtbar war. Sie trug dasselbe Kleid wie an dem Tag, an dem sie gestorben war, war klatschnaß bis auf die Haut und roch nach Flußwasser. »König Joe Drachenherz, der Junge, dem es gelang, mich wieder in meinen Käfig zu sperren, nachdem ich schon fast draußen war.«

Dann schien sich Melissa aufzulösen, direkt vor seinen Augen. Joe blinzelte zweimal und starrte in die Dunkelheit. Der Raum war in den Fels geschlagen. Er sah die Umrisse der Mine, die Stollen, die nach allen Seiten davonstrebten.

Das Licht flackerte auf und blendete ihn, als stünde er einer himmlischen Erscheinung gegenüber, die zu strahlend für seine Augen war. Er konnte das goldene Licht spüren. Über seine Haut schienen Tausende von Fühlern zu streichen. Ein Summen begleitete das Licht, betäubte die Ohren wie Millionen von Zikaden, die um ihn herumschwärmten, Zikaden aus Licht und Dunkelheit, wirbelnde Atomteilchen aus gelbem Feuer und Nacht; sein Arm, sein ganzer Körper, schien sich in dem Licht zu verwandeln wie durch die Berührung des Midas, bis er sich selbst nicht mehr von dem Licht unterscheiden konnte – er spürte seinen eigenen Körper nicht mehr.

Und dann traf ihn ein Wind wie ein Preßlufthammer; es fühlte sich an, als schlage etwas durch ihn hindurch, durch Fleisch und Blut und Knochen, und er fiel zu Boden.

Es wird mich töten, dachte er, *ich habe mich gerade dem Monster ausgeliefert, das meine Familie umgebracht hat* – den langen Nagel, den er mitgenommen hatte, um ihn irgendwelchen Vampiren ins Herz zu stoßen, hatte er fallenlassen, und seine Absicht, dieses Wesen zu vernichten, hatte er bei all diesen Gefühlen, all diesen elektrischen Strömen, die durch seinen Körper schossen, vergessen.

6.

Joe hob den Kopf. Er mußte die Augen eine Minute oder zwei schließen, denn das Licht war wie Feuer – und dann endlich hatte er sich daran gewöhnt und konnte die gelb-gold-fluoreszierende Kreatur sehen. Ihre Facettenaugen waren klein und glänzten, und der Rüssel, der darunter hervorragte, bog sich wie der eines Elefanten, immer an den kreidigen Wänden seines Gefängnisses entlang. Das Geschöpf hatte zwei Paare verkümmerter Flügel auf dem Rücken, und diese flatterten leicht und waren von den stets vereitelten Fluchtversuchen im Laufe der Jahrhunderte zerfleddert. Es wirkte wie halb zerschmolzen, und sein Thorax endete an einem vernarbten Abdomen, der wiederum in der Mitte aufhörte, es erinnerte ihn an die Bilder von Mücken und Ameisen, die in Bernstein gefangen waren.

Er fragte sich, warum er Es sehen konnte. *Warum ich? Warum Joe Gardner aus Colony? Warum nicht einer der anderen?*

Und dann eine Stimme. Eine Stimme, die um vieles grauenhafter war, als er es sich selbst von dieser Kreatur vorgestellt hatte. Beinahe wäre ihm das Herz stehengeblieben.

»Joseph.« Seine Mutter stand vor ihm, in einem ihrer Morgenmäntel, als wäre sie erst vor einer halben Stunde aufgewacht und hätte gerade Kaffee aufgesetzt. An ihr war nichts Unmenschliches. Es war nur einfach nicht seine Mutter, sondern die Mutter, die er sich immer gewünscht hatte, denn sie war liebevoller. Sie hatte den liebenswertesten Gesichtsausdruck, den er sich bei ihr vorstellen konnte. Die Arme hielt sie ihm entgegengestreckt. »Joseph, Gott sei Dank, du bist hier. Mein Kind!«

»Nein«, schrie er und schlug in die Luft, als könnte er sie so vertreiben.

Ein Blitz warf Joe mitten in einen Film über seine eigene Vergangenheit:

der Volkswagen, der über den Rand der Brücke stürzt

Joe, der nach Melissa greift, um sie zu retten

der Aufprall, das Wasser, das in den Wagen eindringt

er, der wieder nach Melissa greift und etwas anderes berührt

etwas anderes als Melissa

»Du hast geglaubt«, sagte Anna Gardner. »Du hast verstanden. Du hast gewußt, was es bedeutet, das zu verlieren, was du liebst. Du hattest einen starken Glauben, selbst für ein Kind.«

Vor ihm verschwamm alles wieder zu Blau, und er sah die Kreatur. Die tentakelähnlichen Arme rieben aneinander, und die Stimme fuhr fort: *Du hast gewußt, was ich empfand.* Dann war es wieder seine Mutter. Ihre Haut war bleich und glänzend und erinnerte ihn an eine Larve. Sie weinte. »O Joe, Joseph, ich habe solche Angst. Warum haßt du mich so sehr?«

»Du bist nicht meine Mutter.«

»Joe«, schluchzte sie und schlug die Hände vors Gesicht. »Was habe ich getan, daß du mich so sehr haßt?«

»Tu mir das nicht an«, sagte er und kämpfte gegen den Drang, zu dieser Frau zu gehen und sie zu umarmen. »Tu mir das nicht an. Du bist ein Monster.«

Anna Gardner grinste. Bluttränen rannen über ihre Wangen. »Ja, ich bin ein kleines Monster, nicht?« Sie ging auf ihn zu. »Ein kleines Monster, das mit anderen Männern fickt und deinen Daddy haßt und dich haßt, nur weil du überhaupt auf der Welt bist. Du bist ein Zerstörer, Joe, wußtest du das? Du bist der Antichrist. Alles, was du anfaßt, verwandelt sich in Scheiße. Wie viele Leute mußten sterben, nur weil du zurückgekommen bist? Wie viele? All die Kinder, Joe. Du warst es, der sie getötet hat. Nur dadurch, daß du diese Brücke überquert hast, hast du ihr Schicksal besiegelt. Und Aaron, mein Enkel. Oh, mein Gott, du hättest sein Kreischen hören sollen, als sie ihm die Haut abgezogen haben, wie einem Ferkel im Schlachthof. Hillary? Wir haben sie gekocht. Wir haben einen großen Topf Baby-Suppe gekocht. Ihre Haut hat sich schon nach zehn Minuten von ihrem Rücken gelöst. Als würde man eine Tomate enthäuten. Ich hab sie selbst ausgesaugt, Joe. Ihr Blut war so rein und frisch.«

»Hör auf«, flüsterte Joe und zitterte. Er fühlte sich, als hätte man ihn in einen Kühlschrank gesteckt. »Du bist ein verdammtes Monster!«

»Ich möchte dir noch etwas von Jenny erzählen«, gackerte seine Mutter und warf den Kopf in den Nacken. »Oh, Gott, Joseph – mit ihr war es schwieriger. Du hast ein echtes Biest geheiratet. Sie hat gekämpft, gekratzt, gebissen. Sie war der beste Fang, das kann ich dir sagen. Weißt du, wie sich eine Frau anhört, wenn du sie von ihren eigenen Kindern aufschlitzen läßt? Es ist nicht einmal ein Schrei, Joe. Es ist, als würde Luft aus einem Ballon entweichen. Sehr amüsant. Und das schönste war: Sie hat am Ende deinen Namen gerufen, Joe. Du solltest stolz sein. Sie hat deinen Namen gerufen. ›Joe – Joe‹, hat sie gekeucht. Wo bist du gewesen, Joe? Warum warst du nicht da und hast ihr geholfen? ›Joe!‹ hat sie geschrien.« Anna Gardner begann, irrsinnig zu kichern. »Und alles nur wegen dir, Joe. Du hättest deine Familie und deine Freunde retten können, wenn du nur gleich hier runtergekommen wärst. Ich habe von deiner Frau viel über dich erfahren, ehe sie starb. Sie hat uns die schockierendsten Dinge erzählt. Sie hat gesagt, du hättest hinter ihrem Rücken eine andere Hure gefickt. Sie sagte, du wärst kein guter Vater. Und deine arme alte Mutter ist so eine Hexe, nicht? Also, willst du dich nicht endlich mal ändern?«

Joe zitterte in der Kälte. Er sagte: »Ich weiß, du bist nicht meine Mutter.« Er versuchte, die Bilder, die diese Kreatur in seinem Kopf hervorrief, zu verdrängen, aber er sah sie: *Aaron, der verblutet, während irgendein grausiges Wesen über ihm hockt und an seinen Wunden leckt. Hillary, wie sie schreit, als die Kinder sie in das siedende Wasser stoßen.*

Jennys Gesicht, wie es sich verkrampft, während sie in ihren letzten Augenblicken nach ihm ruft.

»Warum zum Teufel machst du das? Warum? Brauchst du es als Antriebskraft? Warum, verdammt noch mal?« schrie Joe.

Anna Gardner schüttelte traurig den Kopf. »Ich sag dir, warum, Joe. Willst du es wissen? Weshalb die Kinder, weshalb das Blut? Warum Vampire und Dämonen und die ganze Maskerade? Weil ich es mag. Weil es Spaß macht. Weil deine Art so ekelerregend ist, daß mir nichts Besseres einfällt, als sie zu bestrafen. Ich bin dein Gott, du dummes Arschloch.« Die Augen seiner Mutter blitzten. »Und du bist mein Kind. Du bist mein kleiner Joe, der diese kleinen Geschichten über Dinge geschrieben hat, die nicht wahr werden können. Diese ganzen Gute-Nacht-Geschichten sind nur Scheiße, Joey. Mamas kriegen ihre Kinder nie zurück.«

Und dann dämmerte es Joe. Die Teile des Puzzles paßten plötzlich zueinander. »Du hast auch Kinder gehabt.«

»Was?« fragte sie.

»Du hast auch Kinder gehabt. Wir haben eins von ihnen getötet. Vielleicht das letzte. Vielleicht hat der alte Feely auch eins getötet. Und vielleicht haben sein Vater und sein Großvater und sein Urgroßvater auch ein oder zwei erwischt. Und ich und Hopfrog und Melissa, wir haben auch eins umgebracht. An diesem Tag in der Scheune. Irgendwie haben wir eins deiner Kinder getötet.«

Die Kreatur stieß einen durchdringenden Schrei aus. Joe mußte sich die Ohren zuhalten. Selbst dann dröhnte sein Kopf noch von dem Krach.

»MEIN EIGENES BLUT. MEINE KINDER!«

Durch das Bild seiner Mutter, als wäre sie nur ein Skelett,

sah er, wie sich die Kreatur erhob, wie ihre verkümmerten Flügel in der stinkenden Luft flatterten.

Joe sagte: »Was, willst du mich jetzt töten? Dann nur los, verdammt, tu es! Du hast mir alles genommen, hörst du? Alles! Meine Frau, meinen Sohn, meine Tochter, mein kleines Mädchen, wie – wie konntest du einem kleinen Mädchen das antun!« Er konnte nicht mehr weinen. Er konnte nur noch schreien und mit der Faust auf den steinernen Boden schlagen.

Nachdem er sich wieder beruhigt hatte, sagte seine Mutter: »Sie sind alle hier, denn sie sind in meinem Blut, sie leben, Joe, sie alle, und Melissa auch. Ich werde dir einen Vorgeschmack geben.«

Zwischen ihren Lippen schoß ein Rüssel vor und setzte sich an seinen Hals. Er spürte einen kurzen, scharfen Schmerz, und er wußte, es hatte sich in seine Schlagader gebohrt. Er fragte sich, ob es sich so anfühlte, wenn man Heroin spritzte, denn er fühlte sich plötzlich leichter und glücklicher,

und er

saß auf einer grasbewachsenen Anhöhe mit Jenny, die Hillary auf den Knien hatte. Unten am Fluß fing Aaron eine Frisbeescheibe, die Joe ihm selbst zugeworfen hatte.

Jenny blickte zu Joe hinüber und sagte: »Du solltest dich ein bißchen entspannen und die Umgebung genießen, Joe.«

Aber es war nicht mehr Jenny, sondern Melissa, die Hillary auf den Boden setzte, sich umdrehte, aufstand, sich zu Joe beugte und ihm ins Ohr flüsterte: Niemand stirbt hier, Joe. Niemand.

Joe biß sich, so heftig er konnte, auf die Zunge. Der Schmerz riß ihn zurück in die goldene Aura der Kreatur. »Es ist nur ein Trugbild«, fauchte Joe. »Du machst mir das nur vor, damit ich dir gebe, was du willst. Hast du das mit den Kindern auch so gemacht? Hast du dir Patty Glass geholt und ihr ihre Familie gezeigt? Oder mein Sohn – hast du ihn denken lassen, er würde seine Mutter im Himmel sehen? Hast du deshalb mit den Kindern angefangen? Weil es bei ihnen leichter ist? Aber mit den Erwachsenen war es schwieriger. Wir geben unser Leben nicht so gern auf, nicht? Wir lassen uns nicht so leicht etwas vormachen.«

Seine Mutter kam noch näher und kniete sich neben ihn. »Kinder glauben, Joe. Und ihr Glauben gibt ihnen Macht. Und ihre Macht gibt mir Stärke. Du glaubst auch, Joe, egal, wie sehr du dich dagegen wehrst. Du glaubst an mich, nicht?«

»Nein«, sagte Joe, »ich glaube nicht, daß du wirkliche Macht besitzt, falls es das ist, was du meinst. Ich glaube, du jagst die Schwachen und die Jungen. Wie ein Schakal. Kennst du Schakale? Sie holen sich Aas und Kinder und Kranke und Hilflose. Vielleicht bist du nur ein Schakal, oder schlimmer. Vielleicht hat deine Art dich hier eingesperrt, damit sie nie wieder etwas mit dir zu tun haben muß.«

Die Lippen seiner Mutter waren süß wie Apfelblüten. Sie strich ihm über den Kopf. »Oh, mein Kind. Du warst der einzige, durch den ich sprechen konnte. Ich habe dir vertraut, weil ich wußte, du hast geglaubt. Ich könnte auf der Stelle dein Blut trinken, Joe, wenn ich wollte. Ich könnte dir dein Leben nehmen. Mein süßes kleines Kind.«

»Dann mach's doch. TU ES!« schrie Joe und verrenkte den Hals – der Sauger riß an seinem Hals, und um das Kinn herum durchschoß Joe ein glühendheißer Schmerz. »TU ES JETZT GLEICH, UND WENN MEIN BLUT IN DIR IST, DU BASTARD, WERDE ICH DICH BIS IN ALLE EWIGKEIT LEI-

DEN LASSEN, FÜR DAS, WAS DU DENEN ANGETAN HAST, DIE ICH LIEBE!«

Er zog sich an die Kreatur heran, und dann war sie plötzlich nicht mehr das Monster oder seine Mutter, sondern Melissa, die ihm über die Haare strich, während er, den Kopf in ihrem Schoß, auf der Rückbank seines Trucks lag. Der Himmel war violett. Die Nacht senkte sich. Melissa hatte sich Gänseblümchen ins zerzauste Haar gesteckt. Sie lächelte ihn an, und er grinste, weil er noch nie in seinem ganzen Leben so verliebt gewesen war, nie so ein unzertrennliches Band der Liebe gefühlt hatte. Sie sagte: »Denk nur, bald werden wir heiraten, und dann werden wir hier verdammt noch mal verschwinden, und du schreibst Romane, und ich werde … auch irgendwas machen.«

Sie legte ihm die Hand ans Kinn. Sie strich mit dem Finger darüber. »Hast du dich beim Rasieren geschnitten? Du hast da eine Wunde.«

»Wahrscheinlich«, sagte er, in der Vision gefangen, und spürte den Schmerz an seinem Hals. »Du bist trotzdem nicht Melissa, oder? Du bist ein Phantom, eine Einbildung. Du bist nur das Ding aus der Mine und saugst mir mein Blut aus.«

Sie kicherte. »Du hast recht. Aber das stört dich doch nicht, oder? So schlimm ist es nicht. Wenn du menschliches Blut bräuchtest, um deinem Gefängnis zu entkommen und dein einziges Kind zu finden, würdest du da nicht auch Opfer in Kauf nehmen?«

»Ich denke schon. Aber willst du was wissen?«

Melissa zog die Augenbrauen hoch, als wüßte sie nicht, was er dachte.

»Ich weiß etwas über dich, was du selbst nicht weißt. Ich weiß etwas über den Glauben. Wenn ich an diese Vision von dir glaube und in diesem Truck bin, dann bin ich deiner Gnade ausgeliefert. Der alte Knabe hatte recht – Virgil hatte recht. Der Grund, weshalb du hauptsächlich hinter den Kindern her warst, liegt darin, daß du ihren Glauben ausnutzen konntest. Aber sieh mal, ich weiß etwas, was du nicht weißt. Ich habe eine Phantasie wie ein Kind, aber ich habe auch die Herrschaft über denjenigen, der meine Phantasie gestalten kann. Ich kann glauben, was ich will. Und was ich gerade in diesem Augenblick glaube, ist, daß du vielleicht mein Blut trinkst, aber im Austausch trinke ich deins. Und dein Blut ist der Glaube, und deshalb konnten dich die Kreuze zurückhalten, deshalb konnte man dich einsperren. Nicht, weil du der Teufel der Christen bist, nein, es ist ein Teil deiner Veranlagung, daß du an alles glaubst. Stimmt das nicht? Du kannst nicht anders, du mußt glauben.«

Melissas Fleisch zerfloß, ihre Haut um die Nase begann zu bluten, ihre Augen tropften wie aufgeschlagene Eier.

Es war wieder seine Mutter. Anna Gardner brachte ihr Gesicht nahe an seins. Preßte ihre Lippen auf seine.

Öffnete seine Lippen mit ihrer Zunge.

Er schob sie von sich fort, wußte, daß es der Vampir war und nicht seine Mutter.

»Du kannst nicht anders, du mußt glauben. Also, hier ist meine Religion, hier ist mein Glaube«, keuchte Joe und spürte seine geheimsten Gedanken. »Ich glaube, daß mein Blut für deine Art Gift ist. Ich glaube, daß es so ist, als würdest du das Blut deines eigenen Kindes trinken, ich glaube, daß du dir die Kehle mit meinem Blut verbrennst, du SCHEISSER!«

Die Vision verschwand von selbst, und er befand sich wieder im zischenden Licht in der Höhle. Über ihm pumpte der

Körper der Kreatur, die Ableger von ihrem Fleisch zu seinem geschickt hatte, in seine Arme, Beine, Oberschenkel, Stirn, Hals, und beim Anblick dieser peristaltischen Ableger wußte Joe, die Kreatur würde ihn innerhalb von Minuten ausgesaugt haben.

Ich werde sterben, sterben, sterben.

Und da kam ihm etwas in Erinnerung, der kleine Junge, der in ihm gelebt und während all der Jahre geschlafen hatte, der kleine Junge, dem es schon einmal gelungen war, diese Kreatur in Angst und Schrecken zu versetzen:

König Joe Drachenherz. Er sah den Jungen, elf Jahre alt, mit einer Krone auf dem Kopf, in der Ritterrüstung, dem flammenden Schwert der Tapferkeit und des Glaubens in der Hand.

Er stand nicht mehr den Unterirdischen gegenüber. Es war jetzt ein Drache, der Feuer spuckte, seinen langen Hals hin und her schwenkte, während er Kraft sammelte.

Ich brauche mehr Glauben, ich brauche mehr Glauben …

König Joe Drachenherz spürte sie plötzlich, hörte nicht ihre Stimme, sah nicht ihr Gesicht, sondern fühlte sie, Melissa, in sich, als wäre sie nie gestorben, und auch Hopfrog war bei ihm, nicht der Erwachsene, sondern der Elfjährige, tapfer und treu, in der Scheune des alten Feely, eingehüllt in goldenes Licht.

Was Joe als nächstes wie ein Blitz traf, was das Geheimnis erleuchtete, war eine simple Wahrheit:

Wir haben seinen eigenen Glauben gegen Es gerichtet.

Wir haben seine eigene Macht umgedreht.

Wir haben Es auf die Knie gezwungen, weil wir geglaubt haben.

Er fühlte sich schwach, aber er behielt den Gedanken im

Kopf, und aus dem Glauben wurde der GLAUBE, nicht nur sein eigener, sondern der von König Joe Drachenherz und der von Melissa, der von Hopfrog, ihre ganze Kraft als Kinder – das Licht um ihn herum schuf eine Welt, in der er mächtiger war als der Außerirdische, MÄCHTIGES LICHT GERECHTE STÄRKE.

Joe stellte sich die Kinder vor, wie sie ihm halfen, all die toten und vermißten Kinder der Geschichte von Colony, sie kamen zurück und vereinten sich im Glauben an die Zerstörung dieses Feindes.

Ich bin gekommen, um dein Leiden zu beenden.

Und dann merkte Joe, daß er kurz vor der Ohnmacht stand. Er betete, daß sein Blutopfer ein Gift sein möge, für das es kein Gegenmittel gab.

Ich bin eine Schlange, eine Kobra, eine Klapperschlange, und du saugst dein eigenes Verderben aus mir, du preßt deine Zähne in meine Haut und saugst das letzte aus mir heraus, und das wird das letzte für dich sein, wie Karma, wie Gerechtigkeit, fluchte Joes Verstand, während es dunkel um ihn wurde.

Aber schließlich wurde es doch wieder hell, und Joe Gardner hoffte, im Himmel zu sein, oder wenigstens an einem warmen Ort. Statt dessen war er immer noch bei diesem Ding, das ihn aus tausend Augen beobachtete, das mit seinen Gliedern über die Erde kratzte, als wollte es sich vorwärtsbewegen, mit seinen Flügeln in die muffige Luft schlug.

Es verblaßte, als hätte Es alle Kraft verloren, die Es je besessen hatte.

Es schrie: »Meine Kinder, meine Kinder ...«, und dann verwandelten sich seine Worte in die Sprache einer anderen Welt, eine Sprache aus flackernden Lichten und Funken und Keuchen.

Joe hatte keine Kraft mehr.

Er sah zu, wie das Licht um die Kreatur herum schwächer wurde, und als er sicher war, daß sie tot war, als ihre Flügel still neben dem Körper lagen, öffnete er den Mund und wollte um Hilfe schreien, doch seine Stimme versagte.

Und die Kreatur wurde so substanzlos wie das Licht selbst. Joe sah, wie ein kleiner, schwacher Blitz an der Stelle explodierte, wo die Kreatur gefangen worden war.

Er wartete ebenfalls auf den Tod, glücklich, zumindest Becky und Tad gerettet zu haben.

7.

Als er erwachte, war Becky da und beugte sich mit einem langen Nagel in der Hand über ihn.

Sie fragte: »Joe? Joe?«

»Becky«, keuchte er. »Ich lebe. Ich bin Joe. Ich bin kein Vampir. Bitte, töte mich nicht.«

8.

Und als er das nächste Mal erwachte, war er über der Erde, und leichter Schnee fiel aus einem morgendlichen Himmel. Becky sah auf ihn herunter, und ebenso Tad, der sagte: »Ich wußte, Sie schaffen es. Dad hatte immer gesagt, Sie könnten alles schaffen, wenn Sie sich nur darauf konzentrierten. Er hat recht gehabt.«

Joe flüsterte, und es tat ihm weh zu reden: »Es schneit.«

Becky, deren Augen von dunklen Ringen umgeben waren

und deren Haar fettig und strähnig herabhing, legte ihm den Finger auf die Lippen. »Du bist überall verletzt, Joe. Du hast einiges an Blut verloren. Du bist die Treppe allein hochgekrochen und hast die ganze Zeit dabei geblutet. Ich dachte, es wäre aus mit dir. Du brauchst Ruhe.«

»Ist es tot?«

»Ich habe ein Licht gesehen, einen Strom von Licht, wie ein Zyklon, und der fegte aus dem Hause heraus«, sagte sie, als hätte sie gerade eine Erleuchtung erfahren und würde nun an etwas glauben, das größer war als das Leben selbst.

9.

Einige Stunden später setzte er sich auf – er hatte in einem harten Bett gelegen, und die ganze Zeit hatte ihm Stroh in den Rücken gestochen. Er sah sich um – er war in der Scheune des alten Feely.

Als er sich etwas kräftiger fühlte, stand er auf und ging auf wackeligen Beinen los, um die Überlebenden zu suchen.

Becky saß auf der Veranda vorm Haus des alten Feely und wiegte Tad in ihren Armen, der sie umarmte und weinte. Sie weinte auch.

»Ist es vorbei?« fragte sie.

»Ich weiß es nicht. Sein Körper ist zerstört, aber ich weiß nicht, ob Es selbst auch zerstört ist. Es hat mir gesagt – in meinem Kopf – für seine Spezies gäbe es keinen Tod.«

»Ich bin so müde«, sagte sie. »Ich bin so verdammt müde.«

»Du und Tad, ihr könntet erst mal schlafen. In einigen Stunden ist es Nacht. Von den Kindern könnten noch welche da sein. Ich werde die hier in dem Haus verbrennen, diejenigen, die ich nicht zu fassen bekomme. Falls noch andere auftauchen, bin ich auf sie vorbereitet«, sagte Joe.

Aber er war ebenfalls erschöpft und fühlte sich kaum mehr lebendig. Er fühlte sich, als wäre ihm etwas Helles, etwas wie ein Feuer, aus der Seele gesaugt worden, und jetzt war er nur noch ein Tier, das nach seinen Instinkten lebt. Er traute niemandem. Er brachte Mutter und Kind zurück in die Scheune und überprüfte, ob alle Kreuze an ihrem Platz waren.

Tad, der Fieber gehabt hatte, legte sich neben seiner Mutter auf den Scheunenboden. Joe wickelte sie in eine Decke und zwei Mäntel aus dem Kofferraum des Buick. Einer der Mäntel hatte Jenny gehört. Er drückte sein Gesicht kurz hinein und empfand ein wenig Trost, ehe er den schlafenden Tad damit zudeckte.

Becky flüsterte: »Ich möchte fast sterben. Ich glaube, ich kann nicht mehr. Nicht noch eine solche Nacht.«

Joe hätte gern gesagt, daß es noch Hoffnung gab, doch er verspürte keine. Es war, als hätte jemand das Licht des Universums ausgemacht.

Er wußte, er mußte heute nacht Wache halten, weil Es vielleicht immer noch da war.

Weil Es vielleicht noch nicht mit ihnen fertig war.

Er wußte, wenn er schlau wäre, wenn er noch normal wäre, würde er Becky und Tad nehmen und verdammt noch mal hier verschwinden. Aber etwas in ihm hielt ihn zurück, etwas, dem er keinen Namen geben konnte, das er nicht beschreiben konnte, etwas, das eher eine vage Hoffnung, ein Wunsch, ein Gebet um ein Wunder war.

Er sah zu John Feelys Werkbank hinüber, die im Schatten lag. Sah die Werkzeuge, mit denen John und vielleicht sein Vater und sein Großvater Es seit über einem Jahrhundert davon abgehalten hatten, sich zu vermehren: Schraubenzieher, Holzhämmer, Nägel, Sägen, dazwischen Kruzifixe und Henkelkreuze, die aus Hufeisen gemacht waren.

Die Macht des Glaubens. Nicht des Glaubens der Kreatur, sondern des Glaubens jener, denen die Werkzeuge gehörten. Es waren nicht das Kreuz oder die uralten Symbole, die die Macht besaßen, es war John Feely, der einfach an sie glaubte und Vertrauen hatte, wie die Phantasie eines Kindes. Joe konnte sich an ein Bibelzitat erinnern: *»Wer nicht das Reich Gottes annimmt wie ein Kind, der wird nicht hineinkommen.«* So hielt man ein Monster auf, mit Vertrauen und Glauben, so stark, daß Es ihn nicht begreifen konnte.

Deswegen hat Es sich die Kinder genommen. Sie waren Brunnen des Glaubens, Türme des Vertrauens. Sie haben an Gott und den Nikolaus und den Osterhasen und den Schwarzen Mann und an Vampire und sogar an die Welt geglaubt – sie haben so stark daran geglaubt, daß die Welt der richtige Ort für sie wäre.

Es war eine unbeschreiblich widerwärtige Kreatur, weil Es die Kinder ausgenutzt hatte, nicht wegen des Blutes und des Fleisches, sondern wegen der Seelen – die Seelen der Kinder waren der Treibstoff, mit dem Es sich durch die Zeit bewegen konnte, um seine eigenen Kinder zu suchen, die vor Jahrtausenden verlorengegangen waren, vernichtet worden waren, ohne Zweifel durch irgendwelche Vorfahren der Menschen, die die Gabe des Glaubens hatten, um sich vor solchen Eindringlingen zu beschützen.

John setzte sich erschöpft zwischen die beiden Schlafenden und weinte um die Kinder, die die Welt an Es verloren hatte, und vor allem um seine eigenen.

Ohne es zu merken, schlief er ein, und etwas warnte ihn,

eine Stimme brummte in seinem Kopf, daß sie noch immer dort draußen waren, Kinder, die noch übrig waren, immer noch Diener jenes Teufels, den er zerstört hatte.

Er träumte, sein Sohn würde kommen und ihm das erste Blut aus der Fingerspitze saugen.

KAPITEL 26
Am Anfang

Joe wachte unvermittelt auf, von einem Geruch.

Ein Sinn, einer, den er erst kürzlich erworben hatte, nichts Spezifisches, mehr ein Instinkt, sagte ihm, seine Beute sei in der Nähe. Es war, als hätte er so etwas wie Radar – *vielleicht spürst du sie, wenn du sie erst kennst, oder vielleicht (he he, mein kranker Freund) spüren sie dich ebenfalls und strecken unsichtbare Fühler nach dir aus.*

Er griff nach dem Hammer; der war immer noch da, unter den Lumpen, die er als Kissen benutzte. Sein ganzer Körper war schweißgebadet wegen dieses Fiebertraums, der durch seinen Kopf gedröhnt war. Er wischte sich über den Nacken. Der Nacken tat ihm weh; die Beine auch.

Wie lange hatte er geschlafen? Schlaf war ein Problem. Nach allem, was er durchgemacht hatte, machte ihn sein Körper fertig, zwang ihn, zuviel zu schlafen. Die anderen erwarteten, daß er Wache hielt. Er hatte sich selbst als jemand dargestellt, der keinen Schlaf brauchte, und das letzte, woran er sich erinnern konnte, war, wie er sich aufgesetzt, nach ihnen gelauscht und auf sie gewartet hatte.Und irgendwie hatte er sich dann doch reinlegen lassen und war eingeschlafen.

Er traute niemandem. Er stand auf, aber er achtete darauf, die anderen nicht zu wecken. Sie waren nur noch zu dritt. Nur noch drei. *Ich, Tad, Becky.* Sein Knie schmerzte noch immer von der letzten Wunde. Er schaffte es, den Schmerz zu verdrängen, so zu tun, als wäre er nur das Relikt eines vergangenen Lebens. Er mußte sich auf die Lippe beißen, denn als er endlich stand, fühlte es sich an, als wollte sein Bein gleich wieder einknicken; er hielt sich an einem Holzpfosten fest, an dem Ketten und Haken hingen.

An einem der größeren Haken war Blut angetrocknet, Blut und etwas Haar. Vielleicht auch noch Haut, die mit Haar und Blut verfilzt war, oder vielleicht hatte er sich auch einfach nur so an diese Scheußlichkeiten gewöhnt, daß er sie überall wähnte.

Er sah zu den anderen hin. Er wollte sie mit dem, was er tun würde, nicht beunruhigen. Er war immer noch nicht sicher, ob sie das waren, was sie vorgaben. Die schlafenden Gestalten waren in Decken und Stroh gewickelt. Sie hatten den Geruch nicht an sich, doch er traute seinen eigenen Sinnen noch weniger als allem anderen.

Er bewegte sich leise und nahm den Werkzeuggürtel von dem Nagel in der Korkwand. Er hätte eine Schußwaffe nehmen können, es waren genug da, ein ganz anständiges Arsenal, doch mit einer Schußwaffe konnte man die Sache nicht richtig erledigen. Es reichte nicht aus, es einfach zu tun und danach wieder fortzugehen, so viel hatte er in den letzten vierundzwanzig Stunden gelernt – man brauchte einige Zeit, man brauchte Geduld, wenn man die Sache richtig erledigen wollte. Man mußte sie leiden sehen, ehe man mit Sicherheit wußte, daß sie wirklich und endgültig tot waren.

Er hob den Hammer mit der rechten Hand, schwang ihn vor und zurück, machte sich mit dem Gefühl vertraut; dann verließ er die Scheune. Die Hand am Griff des Hammers schwitzte – er fragte sich, ob dieser Hammer ein Teil von ihm werden würde, mit seinem Fleisch verschmelzen, bis er selbst kein Mensch mehr war, sondern nur noch ein ausführendes Organ – ein Werkzeug aus Fleisch und Blut und Holz und Stahl. Er war nie sehr religiös gewesen, doch manchmal sagten ihm die Stimmen, was er zu tun hatte, und manchmal glaubte er, was sie sagten. Manchmal glaubte er, jemand habe ihn hierher gerufen, zu diesem Ort, dieser Zeit, dieser Stunde.

Es war noch dämmerig, noch nicht ganz dunkel, und er wußte, wenn er sie töten wollte, mußte es dunkel sein, weil er ihnen in die Augen sehen wollte, weil er das Ding, das er tötete, sehen wollte – nicht sie, sondern das, was hinter ihnen stand, das, was ihnen ihr Wesen gab. Er versuchte, nicht an *sie* zu denken, weil es ihn schon nervös genug machte, zu wissen, was sie waren, ohne die noch größere Angst vor dem anderen. *Was ist, wenn ich verrückt bin? Wenn ich einer dieser Psychopathen bin, die sie überall sehen?* schoß es ihm flüchtig durch den Kopf; er ignorierte den Gedanken.

Bei Tageslicht wäre es fast unmöglich gewesen, sie zu finden, aber bei Nacht mußten sie rauskommen. Sie näherten sich wie ein Betender dem Altar, und er brauchte sie nur zu erledigen.

Nun, ganz so einfach würde es nicht werden.

Er würde zumindest mit einem kämpfen müssen, vielleicht mit allen. Wer ließ sich schon freiwillig den Kopf einschlagen? Er wußte, er war verrückt, aber er konnte sie nicht einfach gehen lassen und aufgeben. *Wenn du aufgibst, kriegen sie dich. Wenn du aufgibst, schnappen sie dich und machen Sachen mit dir, die du nicht willst, sie bringen dich auf ihre Seite, und dann sieht alles ganz anders aus.*

Die Bäume bogen sich im starken Wind, als verneigten sie

sich vor ihm. *Aber du bist nicht Gott, denk dran,* sagte eine Stimme zu ihm, *du bist nur du, und du wirst ihnen irgendwann in die Augen sehen, und du wirst sie niederschmettern und durchbohren müssen, und sie werden wissen, was du denkst, sie werden dir schon halb ins Gehirn gekrochen sein, Tasten drücken, wie bei einem Computer, bis sie herausfinden, was du vorhast, und dann werden sie etwas tun, womit sie dich aufhalten können.*

Er konnte einen von ihnen riechen – sie stanken, hatten den Gestank von Menschen an sich –, der Wind war eisig, und bei dem Gestank hätte er am liebsten gekotzt. Er packte den Hammer noch fester. Das Schlimmste an allem war, sie rochen einfach nur wie Menschen, die vielleicht nur eine Weile lang nicht gebadet hatten, wie menschliches Fleisch.

Einen Moment lang glaubte er, jemanden in dem Wäldchen am Rande des Anwesens stehen zu sehen.

Er tastete nach dem Werkzeuggürtel, suchte den Schraubenzieher.

Er war schon einmal auf die Jagd gegangen, als er jung gewesen war, und hatte von dem Phänomen gehört, daß ein Jäger, der nach Wild Ausschau hielt, manchmal auf einen anderen Menschen schießt, weil er sich das Wild so sehr herbeiwünscht, daß er nichts anderes mehr sieht. Manch einer hatte auf diese Weise sogar Freunde erschossen.

Das war das Problem mit ihnen, sie sahen aus wie jeder andere auch. Man konnte einfach nicht sicher sein, bis man mit dem Schraubenzieher in sie reingestochen hatte. Das Leben war nicht einfach, nicht grau – für ihn waren die Dinge immer entweder schwarz oder weiß. *Gut und Böse, und du bist entweder für uns oder gegen uns. Der einzige Weg, im Augenblick zu leben. Der einzige Weg zu* über*leben.*

Aber wenn er falschlag? Er konnte ihnen in die Augen schauen, und wenn er nicht das sah, wonach er suchte, würde er sie dann trotzdem töten?

Vielleicht bin ich nur ein Irrer, vielleicht hatte ich einen Nervenzusammenbruch, und der ganze Streß dieser beschissenen Welt liegt auf meinen Schultern. Vielleicht bin ich so einer wie Ted Bundy oder John Wayne Gacy, der rumläuft und alle, die ihm nicht passen, mit dem Hammer niederschlägt, ihre Gesichter zerschmettert, damit er nicht in ihre starrenden Augen blicken muß, und ihnen dann den alten Phillips Größe Zwei in die kleine süße Stelle zwischen den Rippen sticht, wo ein nettes, kräftiges Herz nur darauf wartet, durchbohrt zu werden.

Ich muß mich konzentrieren, ich darf nicht abschweifen. Das wollen sie ja gerade – in Gedanken torkelst du am Rande einer Klippe, und sie kriegen dich. Wenn sie dich erst mal haben, bringen sie dich dorthin, wo sie dich hinhaben wollen, und wer weiß, was dir dann passiert, wie sie dich aushöhlen und dein Innerstes nach außen kehren, und dann bist du nicht mehr der, für den du dich hältst, oh nein, meine Lieben, du bist etwas vollkommen anderes, und du siehst in den Spiegel, aber du erblickst nicht dich selbst, nein, nein, nein, du siehst etwas anderes, und dann willst du den Spiegel zerbrechen, weil sie dir das angetan haben, nein, danke, Ma'am, ich möchte nichts davon.

Er betrachtete die Bäume, die sich im Wind neigten. Der Himmel wurde dunkel – es war noch nicht viel später als vier, wurde jedoch schon dunkel. *Such sie niemals in ihrem Versteck auf – manchmal muß man eben ein bißchen warten, bis sie zu dir kommen.*

»Heh«, rief er. Freundschaftlich, nachbarschaftlich; er hielt den Hammer hinter dem Rücken. Was auch immer dort stand, würde ihn nicht verdächtigen. Sie waren nicht gerade besonders schlau, diese Geschöpfe, und wenn sie noch frisch waren, ehe sie reiften, hatten sie ein bißchen zu viel von dem, was ihnen eigen gewesen war, und das machte sie auch nicht schlauer.

Du bist krank, sagte die Stimme in ihm, *das ist alles nur ein Traum, alles ist nur ein Traum gewesen, du hast zu viel getrunken und deine Frau gequält, deine Familie, du hast zwei Six-Packs Rolling Rock getrunken, und dann bist du ausgerastet.*

Die Stimme wußte, was es bedeutete, auszurasten.

Jemand trat aus dem Schatten des Wäldchens. Es war kein *Es,* kein *Ding,* keiner von *ihnen.*

Es war ein Junge. Dunkles Haar, blasse Haut. Er trug ein Sweatshirt mit Kapuze, die Kapuze runtergezogen. Auf dem T-Shirt, das blau war, standen die Worte: *Wenn Virginia für Liebende ist, dann ist West Virginia was für uns.* Er konnte es eigentlich aus dieser Entfernung gar nicht lesen, aber er kannte die Aufschrift, weil er das T-Shirt keine zwei Tage zuvor für den Jungen gekauft hatte, eigenhändig, weil er es irgendwie lustig gefunden hatte.

Er kannte den Jungen.

Er ist trotzdem einer von ihnen.

Der Junge lächelte.

Joe mit dem Hammer stand reglos da. Seine Finger fühlten sich taub an.

Der Junge lief mit einem Schrei auf ihn zu.

Joe holte den Hammer hinter dem Rücken hervor.

Als der Junge Joe erreichte, nahm er den Jungen in den freien Arm und hob den Hammer, bereit zuzuschlagen.

Du bist verrückt, sagte die Stimme.

Bin ich? Fahr zur Hölle, sagte er ihr.

Er hielt den Kopf des Jungen fest im Arm und starrte in diese Augen, und während sich um sie herum die Dunkelheit senkte, suchte er in den Augen nach dem Licht, er versuchte zu erkennen, was den Jungen antrieb.

In den Augen des Jungen schimmerten Tränen.

Der Junge sagte: »Dad? Daddy?«

Joe würde nur wenige Sekunden haben, um sein Vorhaben durchzuführen.

Aber er mußte sichergehen.

Er war schon zu weit gegangen, hatte den festen Boden unter den Füßen verloren – hatte den Bereich des Normalen und der Wirklichkeit verlassen –, um alles durch ein kurzes Zögern zu verlieren.

Dennoch mußte er absolut sicher sein, daß der Junge einer von ihnen war, ehe er ihm ins Herz stach.

Sie sind hinterlistig und treten auf wie einer deiner eigenen Art – es war nicht wie im Kino oder in Romanen, wo man nur an der richtigen Stelle treffen mußte –, es war blutig, und du mußtest wieder und wieder zustechen, bis nichts mehr pumpte – es war, als würdest du einen deiner eigenen Art umbringen, nur, daß sie nicht von deiner Art waren, sie waren eine andere Spezies, und wenn du sie nicht jagst, dann jagen sie dich.

Die Stimme sagte: *Du hast das alles satt, nicht? Du willst, daß sie dich nehmen, damit du einer von ihnen wirst und nicht mehr zu kämpfen brauchst. Du brauchst nicht mehr zu kämpfen. Alle, die du geliebt hast, sind fort, und alles, wofür du gelebt hast, ist verschwunden. Wenn du ihn tötest, tötest du dich selbst. Sieh ihn dir an, sieh ihm ins Gesicht, sieh dir seine Haut, seine Augen an. Du warst auch einmal so, weißt du noch? Als du in seinem Alter warst, genau hier am gleichen Ort, hast du das alles in Bewegung gesetzt, zusammen mit deinen Freunden. Was hat dich hierher gebracht? Du selbst. Wer ist dieser Junge? Du bist es, wie du vor so vielen Jahren warst, als du durch das Wäldchen gerannt bist und dies hier in Bewegung gesetzt hast, damit du eines Tages zurückkehren und deinem Sohn das Herz durchbohren kannst, als gerechtes Opfer für das, was du und deine Art getan haben.*

Und in diesem Moment wußte Joe, er war verrückt, denn obwohl er den Jungen immer noch festhielt und den Hammer zum Schlag erhoben hatte, sah er, was er für das anbrechende Tageslicht hielt, in einer Farbe, wie er es noch nie gesehen hatte, und der Junge war nicht mehr das, was er noch vor einer Sekunde gewesen war, sondern eine verstümmelte und zersetzte Kreatur. Die Welt wurde fließend, bis alles Licht wie ein Strom war, und Joe packte den Hammer fester, senkte ihn, versuchte nach dem Schraubenzieher zu langen, um ihn dem Jungen ins Fleisch zu treiben, ehe es zu spät wäre, als etwas seine Hand packte und sie durch eine Art Öffnung zog, als wäre die Welt nur eine Haut, die man abziehen kann.

Und auf der anderen Seite stand sie, so schön, wie er sie in Erinnerung hatte. *Melissa.*

Sie machte den Mund auf und wollte etwas sagen; Wasser quoll zwischen ihren Lippen hervor.

»Ich weiß, du bist nicht sie«, sagte er, »ich weiß, ich stehe einfach vor der Scheune und halte meinen Sohn im Arm. Weiter unten an der Straße liegt eine Stadt. Und Apfelbäume. Es ist kalt. Es wird Nacht. Ich weiß, du kannst nicht hier sein. Ich weiß nicht, was du bist, aber ich weiß, du bist nicht sie.« Schrie er? Er konnte es nicht sagen – das Atmen fiel ihm schwer, und er spürte einen Schmerz in der Brust, dort, wo sein Herz heftig pochte. Unwillkürlich liefen ihm Tränen über die Wangen, während er versuchte, sie als das zu sehen, was sie war, und nicht so, wie sie sich ihm zeigte.

Ihr Gesichtsausdruck gefror, und dann, in einem klaren und hellen Augenblick merkte er, daß die Stimmen nur versuchten, ihm etwas vorzumachen: daß sie tatsächlich das wäre, wonach sie aussah, und daß sie versuchte, mit ihm zu sprechen, doch die Stimmen in seinem Kopf wurden lauter, aufbrausender, kreischten durch seine Nervenbahnen. Er wußte, die Welt war nicht dieses Irrenhaus, in dem er gelebt hatte, das alles konnte nicht sein; diese Kreaturen, die er niedergemetzelt hatte, konnten nichts anderes als menschliche Wesen sein, und er wußte, er war durch seine eigenen Zwangsvorstellungen an diesen Punkt gekommen.

Er spürte den Schraubenzieher in seiner Hand und richtete die Spitze gegen sich selbst.

Du hast schon einmal versagt, sagte die klarste Stimme in seinem Kopf, *also mach es diesmal richtig. Mach es jetzt.*

Er drückte sich die Spitze an die Brust und wollte ihr gerade einen Stoß geben, als er eine brennende Taubheit in seinem Bein fühlte, und er fiel zu Boden – der Knall einer Schußwaffe – seine Wade brannte –, er schloß die Augen, und als er sie wieder öffnete, war es Nacht, und der Junge stand über ihm und sah ihn an. Er konnte die Scheune sehen und den dunkel werdenden Himmel. Aus der Nähe rief ein Mann: »Verdammt, was machst du mit dem Jungen?«

Angeschossen. Ich bin angeschossen, verflucht, man schießt nicht auf seine eigene Art.

Aber natürlich macht man das, man tötet immer seine eigene Art, das ist das Gesetz der Menschheit.

Und was du nicht tötest, bekommen die Ungeheuer.

Er blickte auf und erkannte den anderen Mann, es war Virgil, der das Gewehr hielt, und er versuchte, ihm etwas zuzurufen. Obwohl er jetzt niemandem mehr traute, wußte er, Virgil glaubte, er werde den Jungen aus den Klauen eines Wahnsinnigen retten. Virgil würde versuchen, dem Jungen zu helfen.

Joe wußte, es war zu spät, wußte, daß sie ihn ausgetrickst hatten, ihn fast dazu gebracht hatten, sich selbst zu töten, und jetzt würden sie auf Virgil losgehen, und dann wäre alles verloren.

Das Spiel war aus.

Jetzt wußte er, der Junge war einer von ihnen. Sein Sohn. Aaron.

Der Junge, der einfach nur aussah wie ein Junge, eine perfekte Imitation seines eigenen Sohnes. Und jetzt sah er ihn an.

Dann drehte sich der Junge zu Virgil um und schnaubte wie ein wildes Tier, das seine Beute wittert.

Joe stand da, und eine Sekunde lang überfiel ihn die Erinnerung an all das, was in diesen paar Tagen passiert war, all das, was aus einem gesunden Mann einen Menschen gemacht hatte, der glaubte, die Finsternis habe sich über das Universum gesenkt.

Er nahm den Jungen in den Nelson. Mit der anderen Hand drückte er ihm den Schraubenzieher auf die Brust. Die Tränen blendeten ihn, als er den Herzschlag seines Sohnes fühlte. Aaron begann zu schluchzen, versuchte, sich loszureißen, aber Joe hielt ihn fest. Er drückte ihn an sich.

»Daddy«, keuchte der Junge *(aber es ist kein Junge, er ist ein Monster, eins von diesen Monstern, er tut nur so als wäre er ein*

Junge, er ist in den Körper dieses kleinen Jungen geschlüpft, nachdem diese Kreatur Aaron das Leben genommen hat, deinem Sohn. Er ist eine Marionette, ein Vorratstank für Blut, aber nicht dein Sohn! schrie die Stimme in seinem Kopf.).

»Bitte«, keuchte der Junge, während Joe bedächtig den Hammer hob – *du mußt es schnell machen, du mußt sie aufhalten, ehe sie dich kriegen, du mußt sie ausweiden, damit sie nicht mehr funktionieren.*

Joe schwang den Holzhammer, aber dann ließ er ihn los, ließ ihn fliegen, ließ ihn harmlos auf dem Boden landen.

Joe ging in die Knie, der Schmerz in seinem Bein war zu stark.

»Ich kann nicht«, sagte er und ließ den Jungen los. Er berührte den gefrorenen Boden mit der Hand. Er wußte, jetzt hatte Es ihn erwischt. Er wußte, obwohl er den Drachen besiegt hatte, würde dieser Junge, den Es aus dem Körper seines Sohns geschaffen hatte, ihn nun vernichten.

Aber dann erhob sich etwas, ein gewaltiger Schatten, als verdunkle sich das Universum und begliche seine Schuld mit Licht. Der Himmel schien für einen Augenblick aufzureißen, und dann war er wieder ganz.

Jetzt ist Es wirklich tot. Ich habe Es nicht dort unten getötet. Ich habe Es hier getötet, weil ich nicht nachgegeben habe. Es wollte, daß ich meinen Sohn töte. Das alles dort unten in der Mine wäre vergeblich gewesen, wenn ich meinen eigenen Sohn geopfert hätte.

Er spürte die Arme des Jungen um seinen Hals und hörte Stimmen, von denen er geglaubt hatte, er werde sie nie wieder hören:

»Joe, bist du das? Oh, mein Gott, Joe!« rief Jenny. Er hörte Hillary, die vor Hunger krähte.

Und als Joe die Augen aufschlug, hatte er ein Wunder vor sich.

Er sah seine Familie. Seine Frau, seinen Sohn und seine Tochter, und sie waren nicht Es, keine Vampire, keine Blutsauger, sondern seine Familie, unschuldig und wohlauf und lebendig.

Lebendig.

Er hatte an so vieles geglaubt, nur nicht an Wunder. Er schnappte sich seinen Sohn und blickte ihm in die Augen. »Aaron? Aaron?«

Sein Sohn schluchzte. Über die Schulter sah Joe Jenny, ihr Gesicht war schmutzig und ihre Kleidung zerfetzt, und sie hatte Hillary auf dem Arm. Joe schrie auf, kein Wort, sondern ein Brüllen, ein Schrei der Freude, Ausdruck eines Gefühls, von dem er vergessen hatte, daß es möglich war.

EPILOG
Der Fluß fließt weiter

1.

Aus dem Tagebuch von Joe Gardner, als er elf war:
Es war nicht ich alleine, wir waren es alle, das konnte ich spüren. Ich weiß nicht, was es war. Es berührte mich und schien meine Gedanken zu lesen und tat das, wovon ich mir am meisten wünschte, daß es wahr werden sollte. Ich verstehe es nicht. Aber Hopfrog war ein Teil davon, und Melissa auch.

Ich glaube, wir haben den Drachen besiegt.

2.

In Joe kämpfte es immer noch. Er trug den Glauben an das Universum auf seinen Schultern, das Vertrauen, daß der Kosmos gut war, daß Liebe selbst den Tod überlebte. Er fand Kraft in diesen Gedanken. *Mit meiner Familie, meinem Jungen, meiner Tochter, meiner wundervollen Frau, mit mir …*
Sie bauten einen großen Scheiterhaufen, auf dem sie die meisten Leichen verbrannten; sie wollten nicht das Risiko eingehen, daß irgendwo noch ein Fünkchen Vampirismus in einem der Kadaver blieb. Einige wenige Leichen von Erwachsenen ließen sie dort, wo sie lagen. Für sie wäre noch genug Zeit, wenn die Verantwortlichen über die Malabar Hills kamen und sich um das kümmerten, was passiert war.

Jenny war stark. Joe war nicht sicher, ob er das erwartet hatte. Sie würden beide noch viel Zeit brauchen, mit dem Schrecken und der Trauer zu kämpfen. Virgil hatte Jenny und die Kinder in der Sakristei der Episkopalkirche gefunden. Auch andere hatten sich versteckt, an Orten, wo Kreuze und Symbole und die Kraft menschlichen Glaubens sie geschützt hatten. Die Kinder der Nacht hatten das Haus von Joes Mutter angegriffen, erzählte Jenny, und Anna Gardner hatte sich tapfer gewehrt, doch Jenny hatte ihr nicht mehr rechtzeitig helfen können. Jenny hatte Aaron und Hillary aus dem Haus gebracht, und sie hatten es die drei Blocks bis zur Kirche geschafft. Jenny kannte weder Glauben noch Religion, doch sie hatte die Kinder instinktiv an einen Ort gebracht, wo der Glaube und die Bekenntnisse anderer wirkten. Sie sagte Joe, sie wäre auch in eine Synagoge oder eine Moschee gegangen, wenn sich in der Stadt eine befunden hätte, aber St. Andrew's war die nächste religiöse Stätte gewesen, die sie finden konnte.

Joe beerdigte seine Mutter nicht, sondern ließ ihre Überreste in ihrem Bett, wo er sie mit der Steppdecke seiner Großmutter zugedeckt hatte, als würde sie nur ein Nickerchen machen und als könnte sie jeden Augenblick erwachen. Er dachte: *In meinen Träumen lebt sie noch immer, und deshalb habe ich sie nicht verloren, nur ihren Körper, der sowieso krank war und den die Außerirdischen nun zerstört haben.* Virgil Cobb, den Joe nach all diesen Jahren als einen Mann kennengelernt hatte, der seine Mutter sehr liebte, blieb bei ihr im Haus. »Mir wird schon nichts passieren«, sagte er, »ich möchte sie nur nicht allein lassen, selbst jetzt nicht. Ihr holt Hilfe und schickt mir ein paar Leute her, um hier aufzuräumen. Ich mache mir einen Tee und warte ab.«

»Ich weiß, daß Sie sie geliebt haben«, sagte Joe und spürte, wie sich die Wut, die er über die Affäre zwischen dem Arzt und seiner Mutter gehabt hatte, in Luft auflöste. An ihre Stelle trat ein Gefühl der Verbundenheit. Beide würden Anna Gardner in Erinnerung behalten.

Als er und seine Familie Anna Gardners Haus verließen, glaubte er zu hören, wie ihm sein alter Kumpel Hop alles Gute wünschte. Es fühlte sich an wie ein Schulterklopfen, wie der Knuff eines Freundes, der die Straße noch ein Stück mit hinuntergeht, um die Lebenden zu beschützen, weil die Toten sowieso immer gut zurechtkommen.

Der Schneeregen hörte bis Mittag nicht auf. Sie tankten bei Cally's ValCo Tankstelle. Es kam Joe nicht so seltsam vor, wie er befürchtet hatte, Benzin im Wert von fünfzehn Dollar zu stehlen. Er betrachtete die Stadt, und er sah nichts außer den Spuren der Zeit in den Steinen und dem Holz und dem Stahl. Es war, als betrachtete er eine Leiche, eine Geliebte, die gestorben war, und er wußte, daß sie sich nicht mehr in dieser sterblichen Hülle befand, daß die, die er einst geliebt hatte, schon auf der Reise in ein entferntes Land waren. Und so hatte auch Colony seine Hülle verlassen, und die Geisterstadt, die zurückgeblieben war, erschien ihm wie ein Laubhaufen, der darauf wartet, sich in Kompost zu verwandeln.

Wieder auf der Main Street, wartete Becky, bis Tad auf dem Rücksitz eingeschlafen war. Aaron schlummerte ein wenig, aber er schreckte immer sofort hoch, wenn der Wagen durch ein Schlagloch fuhr. Hillary war ruhig – Joe bezweifelte, ob sie überhaupt etwas von den Ereignissen mitbekommen hatte. Jenny sagte: »Vielleicht sollten wir noch weiterjagen. Womöglich haben wir nicht alle erwischt.«

Joe schüttelte den Kopf. »Es gab nur einen. Die anderen waren nur seine Hände und Augen und Zähne. Ich glaube, Es ist verschwunden. Es ist erledigt.« Er war nicht sicher, ob das stimmte, aber in diesem Moment war es zum Teufel noch mal wichtiger, aus Colony rauszukommen, als die feineren Einzelheiten des Unbekannten zu diskutieren.

Sie verließen die Innenstadt, fuhren die River Road entlang und bogen dann in die Lone Duck Road ein. Dort wurde der Regen zu Schnee. Joe war besorgt, ob der Skylark durchkäme, wenn die Straße vereist wäre. Aber die Reifen, so abgefahren sie sein mochten, klebten an der Straße. Der Sturm schien sich zu beruhigen. Als sie fast an der Paramount Bridge waren, schnappte Becky nach Luft.

Sie zeigte nach vorn. »Sie ist verschwunden.«

Durch die Scheibenwischer, die über die Windschutzscheibe scharrten, sah Joe, was sie meinte.

Die Paramount Bridge war immer noch da, zumindest ihr Skelett, aber die Deckbohlen waren vom Blitz getroffen worden und schwelten.

Joe fuhr an den Straßenrand und hielt vor der Brücke an. Er stieg aus dem Wagen. Becky und Tad stiegen ebenfalls aus. Jenny blieb bei den Kindern. Joe sah sie an und schüttelte den Kopf. »Irgendwie passiert immer etwas, wenn ich die Stadt über diese Brücke verlassen will.«

Tad sagte: »Vielleicht ist das gut so. Vielleicht haben wir Sie immer hier gebraucht. Ich weiß, Dad hat Sie gebraucht.«

Joe blickte den Jungen an und mußte ihn in den Arm nehmen. Sie gingen zum Rand der Brücke, wo das Holz verkohlte.

Joe setzte sich auf den Boden und warf einen Stein ins Wasser. Das Wasser stand hoch und floß schnell, als wollte es nicht Winter, sondern Frühling werden.

Er wandte sich an Tad, der sich neben ihn gesetzt hatte.

In seinen Haaren hing Schnee. Nichts außer der Weiße des Schnees bedeckte die Berge mit dem toten Gras und fror ihren Rücken und das Steilufer auf der anderen Seite des Flusses ein.

»Sieh dir den Fluß an«, sagte Joe. Er konnte weder lachen noch weinen. »Es ist so sauber, das Wasser, jetzt. Man könnte es trinken.«

Tad sagte: »Nein, kann man nicht. Es ist verschmutzt.«

»Jetzt nicht. Nicht mehr.«

Sie saßen eine lange Zeit dort. Becky holte eine Jacke aus dem Buick und legte sie Tad um. Jenny und die Kinder kamen und setzten sich neben Joe. Joe zog Hillary an sich und küßte sie auf die Stirn. Es war so still. Als sich der Tag dem Ende zuneigte und der Schnee immer dichter wurde, sagte Jenny: »Laßt uns aufbrechen. Wir können nach Süden fahren und die Straße durch die Malabars nehmen.«

»Es wird glatt sein. Der Buick wird es nicht schaffen. Wir können uns vielleicht irgendwo einen Wagen mit Allrad-Antrieb klauen.«

Aaron ließ sich vernehmen. »Ich weiß, wo ein Truck steht.«

Tad sah Joe an und flüsterte: »Ich weiß, ich sollte nicht soviel Angst haben, Joe, aber ich möchte nicht wieder dorthin zurückgehen.«

»Ach«, sagte Joe. »Dort ist nichts mehr. Nichts mehr. Es ist verschwunden.«

Tad sagte: »Ich weiß nicht. Ich kann meinen Vater hören, Joe. Ich kann ihn hören.« Er begann zu zittern.

Joe zögerte, ehe er fragte: »Was sagt er?« Er sah Becky

an. Auf ihrer Miene spiegelten sich Erschöpfung und Besorgnis.

Tad sagte: »Dad sagte, wir sollten hier warten. Er sagt, wir sollten den Himmel beobachten. Er sagt, Es könnte wiederkommen.«

»Nein«, sagte Joe, »wir müssen aufbrechen, ehe der Schnee die Straße unpassierbar macht. Wenn wir erst mal aus der Gegend raus sind, werden wir ein Telefon finden – ich weiß zwar nicht, wen wir anrufen sollen, vielleicht die Polizei – und dann können wir unsere Geschichte erzählen.« Joe nahm Tad bei der Hand. Sie gingen zurück zum Wagen. Tad protestierte nicht; er war eher übermäßig gehorsam. Joe zitterte genauso wie der Junge. Sie stiegen alle wieder in den Buick und fuhren zurück in die Stadt, wo sie vor dem Gardner-Haus parkten. Jenny, Aaron und Joe gingen nach hinten, in die Garage.

Joe zog das alte Garagentor auf, und als das Licht des Tages den Raum erhellte, sah er noch ein Wunder.

Sein alter Ford Explorer glänzte immer noch gelb, als wäre er für diesen Augenblick aufbewahrt worden.

Seine Mutter hatte ihn die ganzen Jahre über saubergehalten, hatte dafür gesorgt, daß er gut in Schuß war. Hatte nur darauf gewartet, daß Joe wieder nach Hause kam. Inmitten dieser Tragödie fand er ein wenig Freude: Freude darüber, daß Liebe selbst die Wracks und Mängel des Lebens überdauert. Er liebte sie alle, *meine Mutter, meine Frau, meine beiden wunderbaren Kinder (nein, drei, nur ist mein Kind Paul schon vor einigen Jahren gestorben). Melissa, Hopfrog, Patty Glass* – er verspürte in diesem Moment eine gewaltige, intensive Liebe. Er erkannte, daß er alles, was er je in seinem Leben geliebt hatte, verlieren würde, und doch würde die

Liebe in ihm nicht sterben, weil *er an sie glaubte.* Er drückte seinen Sohn noch einmal an sich, als könnte er ihn so in sich aufsaugen und ihn in seinen Knochen sicher bewahren; dann ließ er ihn los. Seine Mutter war bei ihm; er konnte ihre Gegenwart spüren. Nicht in der Garage, sondern in seinem Herzen, an dem Platz, den sie nie verlassen hatte.

Er überprüfte die Reifen und startete den Wagen, nachdem er ein wenig unter der Haube herumgefummelt hatte, und dann drängten sie sich hinein, wie Sardinen in der Büchse, die Kinder auf dem Schoß, Jenny so dicht an ihm, daß es sich fast anfühlte, als wären sie eine Person. Sie fuhren den House Mountain hinauf und nahmen den Weg über die Malabar Hills, bis sie nach Stone Valley kamen.

Joe nahm ihnen zwei nebeneinander liegende Zimmer in einem Motel, und alle fielen sofort in tiefen Schlaf.

Als Joe kurz vor der Morgendämmerung erwachte, schaute er hinaus in den schneeweißen Morgen, in die stille Welt, und er lachte laut, weil er ein Kind sah, auf der gefrorenen Straße, ein Kind, das Schnee rollte und einen Schneemann baute und die kristallklare Stille zerriß, als es seinem Freund zurief, daß heute die Schule ausfiele.

Es wurde hell, und der Alltag begann.